U0140528

ZHONGGUO ZUQIU NIANJIAN

《中国足球年鉴》编委会

本书编辑人员

主　　编　彭小华
副 主 编　袁亚兵　杨建文
编撰人员（以姓氏笔划为序）
王继洋　尹华良　沈力夫　张　健　张晓华
杨　华　杨　卓　杨　健　杨建文　孟晓雨
赵　可　郭牧宁　贾　婷　钱　业　徐　铭
徐承琪　黄昌浩　戚德志　韩瑞峰　熊　刚
图片提供　CFP/Gettyimage

中国足球年鉴

ZHONGGUO ZUQIU NIANJIAN

2008

《中国足球年鉴》编委会　编

武汉出版社
WUHAN PUBLISHING HOUSE

(鄂)新登字 08 号

图书在版编目(CIP)数据

中国足球年鉴·2008/《中国足球年鉴》编委会编.
—武汉:武汉出版社,2008.6
ISBN 978-7-5430-3880-6

Ⅰ.中…　Ⅱ.中…　Ⅲ.足球运动-中国-2008-年鉴
Ⅳ.G843.92-54

中国版本图书馆 CIP 数据核字(2008)第 060926 号

编　　者:《中国足球年鉴》编委会
责任编辑:祝　郧
装帧设计:刘福珊
出　版:武汉出版社
社　址:武汉市江汉区新华下路 103 号　　邮　编:430015
电　话:(027)85606403　85600625
http://www.whcbs.com　　E-mail:wuhanpress@126.com
印　刷:湖北新华印务有限公司　　经　销:新华书店
开　本:850mm×1168mm　1/32
印　张:13.75　　字　数:343 千字　　插　页:10
版　次:2008 年 6 月第 1 版　　2008 年 6 月第 1 次印刷
定　价:50.00 元

2007年9月10日，国际足联第5届女足世界杯赛在中国上海盛大开幕。

2007年12月27日，北京奥运会足球城市赛区第二次工作会议在沈阳召开，北京奥组委体育部部长张吉龙及各足球赛区相关负责人出席会议。

⬆ 2007年7月
日，马来西亚吉
坡，亚洲杯小组赛
组最后一场比赛
国队0比3负于乌
别克斯坦队，近2
来首次亚洲杯小
未出线。

⬅ 2007年9月
日,中国湖北武汉
5届女足世界杯1
决赛，东道主中国
0比1不敌挪威队,
缘晋级4强。

2007年11月3日,第6届全国城市运动会在湖北武汉圆满闭幕。在足球项目的决赛中,东道主武汉男女队分别战胜北京顺义队和大连队,双双夺得冠军。

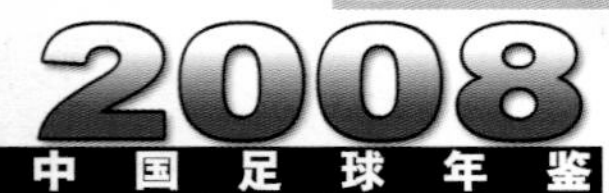

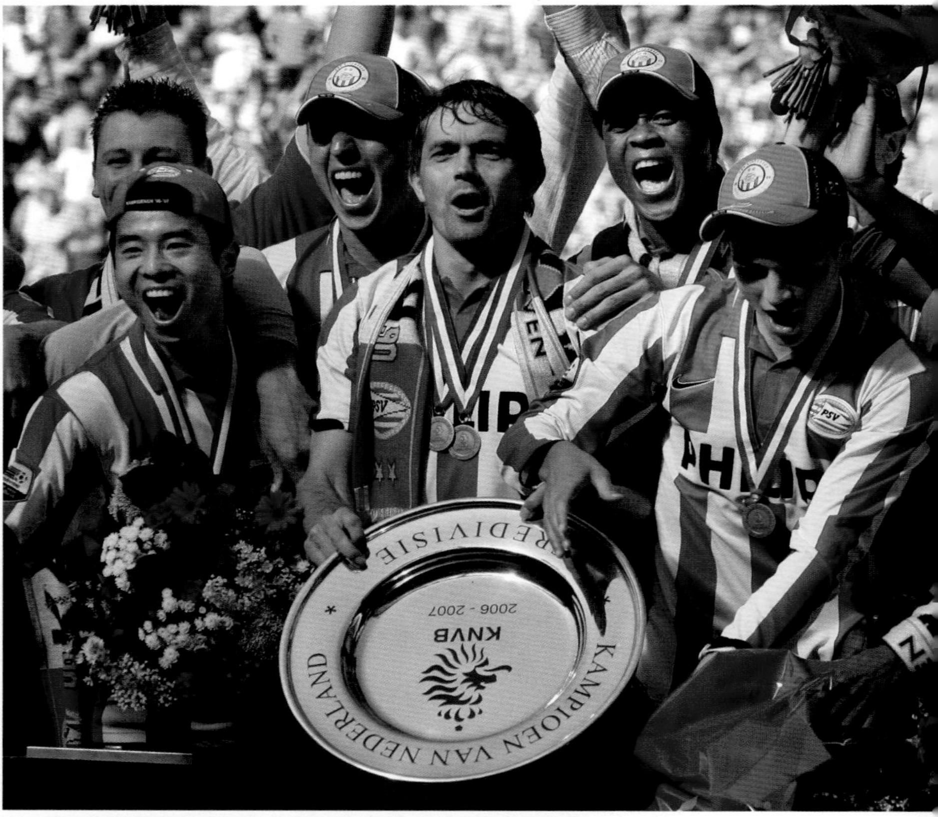

2007年4月29日，埃因霍温队主场5比1狂扫维特斯队，从而以1个净胜球的优势压倒阿贾克斯队获得2006–07赛季荷甲联赛冠军，以租借形式效力于该队的中国球员孙祥（前左一）也获得了中国海外球员在欧洲顶级联赛中的第一个冠军。

2007年8月11日，从中超山东鲁能俱乐部转会到英冠查尔顿俱乐部的中国球员郑智（右）与另一名新援拉孔一起亮相山谷球场与主场球迷见面。

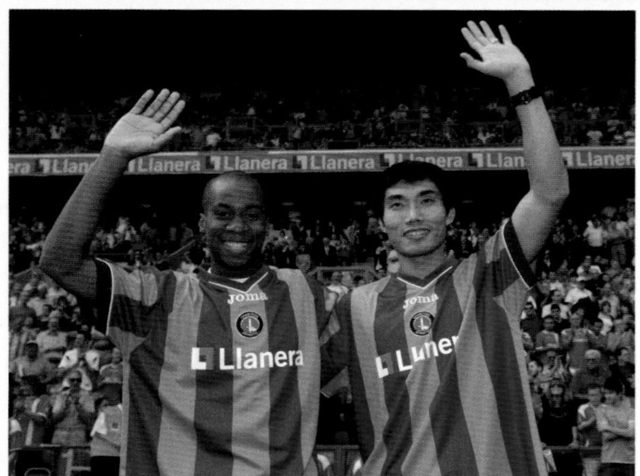

中国 ZHONGGUO

足球

2008

ZUQIU NIANJIAN

一、《中国足球年鉴》是以足球运动管理人员、科研人员、运动员、教练员和广大足球爱好者为读者对象的大型专业工具书，以连续出版的方式每年编印一本，力求从史料的角度为中国足球运动的理论研究做一些基础性的工作。《中国足球年鉴2008》全面、系统、客观、真实地记录了2007年中国足球运动发展的状况，具有较强的文献性、资料性和权威性。

二、尽管中国男足国家队又一次在国际大赛中失意而归，但女足世界杯的成功举办和中超联赛的全面复苏依然使得中国足球在2007年呈现出了近年来少见的喜人景象，从某种意义上来讲，2007年是中国足球的“希望之年”。《中国足球年鉴2008》首先以专稿的形式对2007年中国足球运动发展的总体状况和主要特点进行全面而深入的评述，然后以赛事为中心进行分类综述。赛事分为第5届女足世界杯赛、第14届亚洲杯足球赛、U19亚洲青年足球锦标赛预选赛、U19亚洲青年女足锦标赛、第2届亚洲少年女足锦标赛、2007年亚洲冠军联赛、2007年A3冠军联赛、2007年中国足球超级联赛、2007年中国足球甲级联赛、2007年全国足球乙级联赛、2007年全国女子足球超级联赛等11大项，每项赛事部分都由文字综述和相关资料组成，所收资料截至到2007年12月31日止。除赛事外，还收有《法规文件》、《2007年中国足球纪事》，《附录》为《2007年国际足球大事记》。

三、本书所采用的稿件，均由长期从事中国足球报道和评论的专业人员撰写。《中国足球的2007》由韩瑞峰执笔，《第5届女足世界杯赛综述》由戚德志执笔，《中国队征战第14届亚洲杯足球赛综述》由徐铭执笔，《中国队征战U19亚青赛预选赛综述》和《中国俱乐部征战2007年亚冠联赛综述》由杨健执笔，《中国队征战U19女足亚青赛综述》和《中国队征战第2届女足亚少赛综述》由孟晓雨执笔，《中国俱乐部征战2007年A3冠军联赛综述》由杨华执笔，《2007年中超联赛综述》由张健执笔，《2007年中甲联赛综述》由王继洋执笔，《2007年全国足球乙级联赛综述》由黄昌浩执笔，《2007年全国女足超级联赛综述》由钱业执笔，《2007年中国足球纪事》由徐承琪执笔，《2007年国际足球大事记》由杨卓执笔，资料收集和整理工作由足球之夜杂志编辑部完成。本书在编辑过程中得到了国内多家俱乐部、媒体及有关部门的协助和支持，在此一并表示感谢。

四、中国足球年鉴的编辑出版工作是个不断探索、不断积累、不断完善的过程，由于时间紧张，加上我们水平有限，书中肯定还存在许多不足和疏漏之处，欢迎大家批评指正，以便我们在以后的编辑出版工作中进行改进。

《中国足球年鉴》编委会

二〇〇八年四月

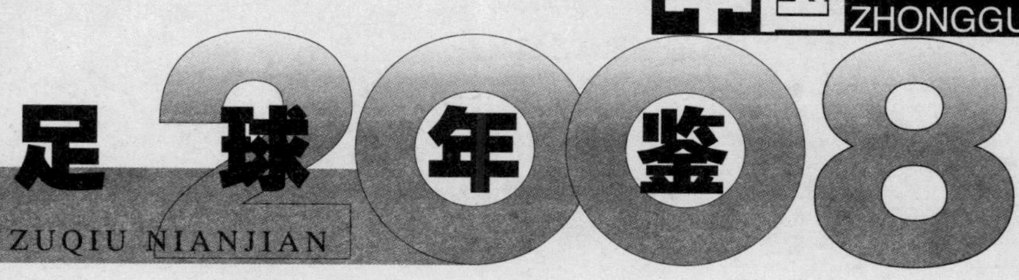

目录

中国 ZHONGGUO

足球年鉴 2008

ZUQIU NIANJIAN

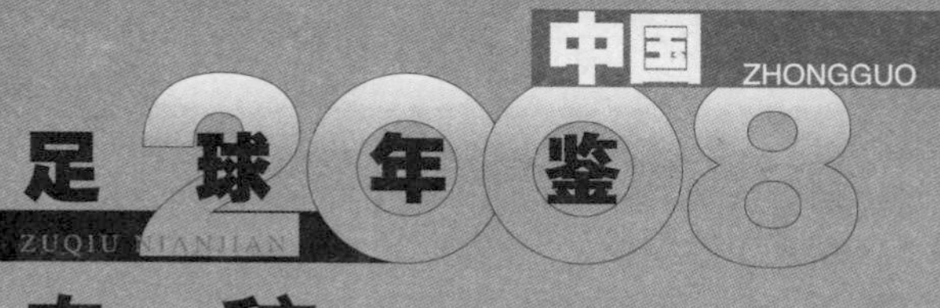

专稿

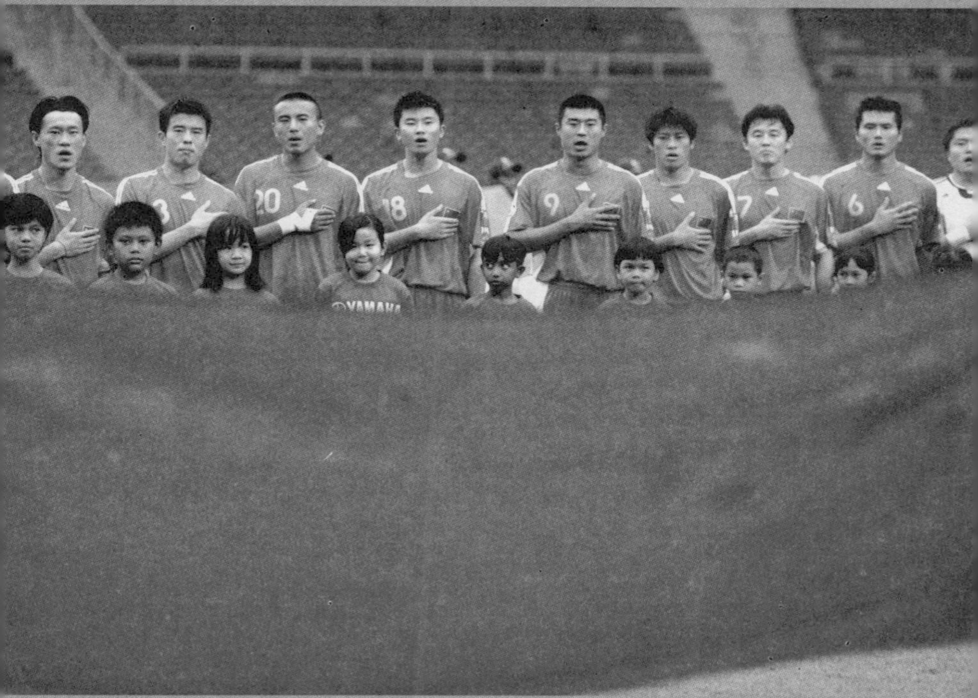

中国足球的2007

2007年原本是一个平淡无奇的体育小年，但是，在奥运光环的照耀之下，中国体育在这个小年竟然过得活色生香、风生水起，足球自然也不例外。尽管男足国家队又一次把吉隆坡变成了落凤坡，但女足世界杯的成功举办和中超联赛的全面复苏依然使得中国足球在2007年呈现出了近年来少见的喜人景象。对于饱受磨难的中国球迷来说，男足的落败和女足的式微只不过是历史的重演，而联赛的崛起才是足球大树上赏心悦目的一片新绿。此时，即使是微小的一点进步都显得弥足珍贵，因为它能告诉我们：未来还有希望，春天并不遥远。因此，我们愿意把2007年定义为中国足球的“希望之年”。

一、中超联赛开始复苏　联赛基础尚需稳定

问世三年之后，中超联赛第一次显示出了些许“超级联赛”的味道。甲A十年基本被大连独霸，2007年的中超联赛与甲A年代最大的不同就在于强队数量的明显增加和精彩比赛的层出不穷。长春亚泰、北京国安、鲁能泰山、天津康师傅、上海申花和大连实德这6支一流球队在10个月的时间里联袂为我们奉献了一出起伏跌宕的连续剧，而导演这部电视剧的“高手”则是足球！

对冠军的渴望让英雄奋起，令懦夫折腰。在中超六骏跃马扬鞭逐鹿中原的过程中，我们看到的是近乎纯粹的足球，而这是近年来久违的。尽管仍然有各种传闻，但“假赌黑”的现象已较往年大

幅度减少。这种体育精神的回归其实要比竞技水平的提高更为重要。中国足球如果想尽快崛起，首先要做的就是精神上的自强和自爱。只有坚守这条底线，才有可能重新赢得尊重。

2007 年中超联赛场均近两万人的纪录再次证明了那句老话：群众的眼睛是雪亮的。足球人的每一次努力都会在观众那里得到热烈的回应。和 1994 年的百废待兴相比，2007 年的复苏其实具有更为重要的意义，能够把失去的观众重新请回来，这种难度要比培养一个新球迷大得多。比统计数字更为重要的是，群雄争霸万马奔腾的场面贯穿了联赛始终，多场比赛都表现出了较高的竞技水准。夺冠和保级这两大因素就像两台发动机，使整个联赛从始至终都处在匀速奔跑的状态，而且，整个剧本充满悬念。以往那种提前数轮夺冠或者降级的情形没有再现，这也使得绝大多数球队即使是到了最后几轮也不敢松懈，假球黑哨也鲜有传闻。中国足球在这一年似乎又恢复了清纯的面貌，而所有关心中国足球的人也因此对未来增添了一分信心。

在这样一个拨乱反正的时刻，长春亚泰的夺冠便有了更为深刻的意义。除了为我们贡献第 5 个联赛冠军球队之外，长春亚泰的成功更印证了一句古语："有恒产者有恒心，无恒产者无恒心。"11 年的坚守、6 亿多元的投资，在众多的国内俱乐部当中，除了北京国安之外，再无二例。因此，让亚泰与国安争冠，并最终让亚泰修成正果，也可以说是暗合天意。如果非要为此再寻找另一个佐证的话，那就是河南建业。尽管坚持低成本路线，但河南人胡葆森始终对足球不离不弃，如果把这样的痴情者打回中甲，那不啻是对足球本身的一大戕害。对于动荡不安的中国足球来说，现在最需要的就是坚守和关爱。

由此我们很容易联想到上海申花、大连实德、深圳以及厦门这 4 个名字。2007 赛季的繁荣景象并不能掩盖中超联赛所隐含的经济危机，甲 A 时代遗留下来的"造血能力"不强、股东更换频繁等先天痼疾到了中超时代依然在时时发作，其体表特征就是“连沪争霸”的盛景不再。上海申花是经济学家郎咸平所说的典型的“国退民进”，上广电退出，朱骏接盘，带来的是短暂繁荣之后的迅速萎缩。在网络游戏中呼风唤雨迅速致富的朱骏在得到申花之后仿佛找到了《足球经理》的征战秘笈，他陶醉其中，如痴如醉。直到乌拉圭人吉梅内斯下课之后，我们方才知道，上海申花07赛季的大部分比赛都是由朱骏在排兵布阵，而吉梅内斯只是一个牵线木偶而已。尽管在赛季结束之后，朱骏又请回了吴金贵，留下了“威峰组合”，但如果他不改变管理方式，新申花要想真正有所作为，至少是两三年之后。因为没有哪个冠军是可以轻易花钱买到的，即使是切尔西这样的新贵豪门，也需要时间的磨砺。

同样是生意人，大连人徐明也许要比朱骏精明一些。很多人看得越来越清楚，足球只不过是徐明整体战略的一部分，或者说，足球已经从“大连的名片”变成了“实德的名片”。如果一千万元就能够达到宣传的效果，那么，商人徐明决不会花两千万元。在这种务实策略的指导下，实德集团对于足球俱乐部的投资在近几年呈现出直线下降的趋势，其结果是实力下滑成绩坠落。继1999年的艰难保级之后，2007赛季的第5名实在是一个令人汗颜的纪录。但是，不管徐明怎样折腾，在整体思路上他仍然比朱骏要清晰很多，比如赛季后把季铭义、王鹏、阎嵩等主力球员悉数上榜，把重点放在下一代球员身上，还是让我们看到了他东山再起的魄力和信心。

如果说连沪双雄是内部盘整的话，那么，深圳和厦门两家俱乐部则接近于跌停告急。由于长期缺少稳定的经济基础，这两家球队一直在惨淡经营，艰难度日。当降级丧钟敲响的时候，很多人都意识到厦门队迎来的将是一个黯淡的未来。而深圳队虽然侥幸保级，但何去何从令人担忧。

上述4家俱乐部其数量占中超总数的四分之一，除此之外，在中甲赛场还发生了呼和浩特俱乐部崩盘的现象。这种状况充分说明:我们花费了十几年时间培育的大树其根基还不够牢固,稍有风吹草动就会岌岌可危。好在我们还有时间,好在中国球迷并不缺少耐心。只有当广州广药、成都谢菲联这样的优质俱乐部越来越多地进入联赛体系时,中超联赛这棵大树才会枝繁叶茂、八面临风。最令人欣慰的是,在经过频繁的人事更迭和挫折之后,中国足协已经认识到:"联赛为本,俱乐部为木,国家队为果。"如果中国的足球人能够在一位智者引领下沿着一个正确方向持续地走下去,那么,未来的前景仍然是值得期待的。

二、男足国家队创亚洲杯最差战绩　青训体系岌岌可危

尽管对中国足球的未来充满信心,但是,我们仍然要遗憾地说,2007 年的中国足球还暂时没有找到正确的方向,男足国家队在亚洲杯小组赛阶段即被淘汰便是明证。一名患得患失的主教练加上一群各怀心思的球员,一个高喊"疯狗精神"实则脆弱无比的中年人率领一群茫然失措的年轻人,一支在防守反击和攻势足球之间左右摇摆的球队再加上几位一心博取功名的行政领导,这样的组合早已注定将迎来失败的结局。在一地鸡毛的表象之后,掩饰不住的是足球风格的缺失和后备力量的匮乏。尤其是后者,它已成为中国足球体内的毒瘤,如果再不及时医治,就将愈演愈烈,最终成为不治之症。

1994 年的职业化现在看来可以说是利弊参半。红火的联赛将足球第一次纳入"眼球经济"的范畴,吸引了无数球迷为之疯狂,同时也为俱乐部带来了不少红利。在那个时代,"职业化"似乎成了包医百病的良药秘方,成了中国足球"冲出亚洲,走向世界"的金钥匙。在职业足球的感召之下,类似李金羽、肇俊哲等懵懂少年在父母的倾力支持下义无返顾地走上了足球之路,而更多的人则是选择了足球学校来完成自己"成球星、挣大钱"的梦想。在上世纪

90 年代中期，各种各样的足球学校多达 3000 多所，在校学习的学生更是达到了数十万之多。时至今日，还有很多人把那个时代看作是中国足球的黄金时期，而他们佐证自己观点的就是那似是而非的 3000 多所足球学校。当泡沫退去、尘埃落定的时候，我们再来审视那个时代的短暂繁荣，就更加容易看清楚其真相。从表象而言，很多投机商人以足球之名行赚钱之实，指望他们来培养球星简直就是缘木求鱼。很多原本热爱足球的家庭因为承受不了过于沉重的经济负担而从此远离足球，这对于中国原本并不多的足球人口本身就是严重的伤害。从根本上来说，培育足球土壤构建人才体系这项巨大的系统工程其实是属于"全民体育"的一部分，而职业足球俱乐部顶多只是生长于这片土壤之上的几棵大树，用职业化的手段来解决后备力量的问题在方法论上就是在本末倒置。

从这个意义上说，2007 年金志扬领军的北京理工大学队的出现就是对"伪职业化"的一次严重质疑，一次彻底的反动。让足球回归学校，让竞技让位教育，这种思路是我们花了十几年的代价才明白的一个过于浅显的道理。老帅金志扬在回归职业足球圈之后能够总结出这样的道理，实在值得我们反复向他致敬。在这个从谬误走向真理的过程中，我们看到了政府的失位。具体点说，是中国足协在宏观思路上出现了严重的偏差。尽管阎世铎在 2000 年上任之初曾经喊出过"把工作重点转移到青少年"的响亮口号，但他却从未把这个口号落实到行动之中。2001 年的"出线足球"虽然换来了短暂的繁荣，但却导致足球市场一片凋零。命运之神与中国足球开了一个天大的玩笑，让它在享乐之际突然闻到了死亡的气息。从 2002 年到 2006 年，连续 5 年的低迷使得足球这个往昔的"第一运动"在中国被迫让位于姚明领衔的篮球。当篮管中心主任李元伟对外宣称篮球已经取代了足球在中国体坛的领导地位时，中国足协的领导者只能是噤若寒蝉。2007 年年初，《足球》报发表了"中国足球人口调查"系列报道，他们的主要根据是：目前在中国足协注册的职业球员（包括各地的青少年梯队）只有区区一万多名，由此他们发出了“08 之后谁来踢球”的警世危言。

事实上，“中国足球人口调查”系列报道只是揭露了冰山之一角，在报道深度上也存在着意犹未尽之处。相比于足球人口的迅速衰减，我们在训练方法和选人标准上的偏颇才是更值得反思的事。长期以来，由于中国足协缺少统一的青训教材和相关指导，基层教练都是沿用“师傅带徒弟”的经验主义方法来进行训练，再加上请客送礼这些社会不正之风的侵蚀，很多真正有足球天赋的孩子都被摒弃于大门之外。而在实际训练当中，基层教练往往都强调整体，压制个性，这使得很多类似陈涛那样的天才少年很难进入到更高一级的体系之中。即使以陈涛为例，假如不是高丰文爱才如命，他肯定早已消失在职业足坛之外了。而且，在陈涛目前所效力的长沙金德队中，陈涛也不得不面临是改变个性服从强权还是坚持自己另谋出路的艰难选择。由此我们不难明白，以中国足球的现状而言，要想再出现容志行、赵达裕那样的技术型球星，简直就是痴人说梦。所以，在 2005 年荷兰世青赛之后，香港教练郭家明曾经戏言：“如果中国教练不改变选人标准和训练思路，即使是贝肯鲍尔来带中国队，中国足球也没戏。”

在面向未来时我们常说要“以史为鉴”，其主旨就是要从历史中汲取成功的经验和失败的教训。在中国足球并不悠久的历史当中，失败的例子比比皆是，而成功的经验却寥若晨星。不尊重足球规律，不重视后备力量的培养，一心只抓国家队，“行政足球”致恶果，现在该是改变的时候了。尽管我们并不奢望在 2008 这个“奥运之年”就能有所改观，但是，在 2009 年，我们希望能够看到新的气象！

三、洋帅全面接管国字号　本土教练还需自强

杜伊统领国家队和国奥队，福拉多执掌国家队，多曼斯基刚

走，又来了伊丽莎白，外籍教练全面接管国字号球队，这样的景象出现在2007年无疑是耐人寻味的。中国是中医的故乡，但是，在碰到头疼脑热这样的毛病时，我们总是会去寻求西医的帮助，尽管我们也深知那是治标不治本，但它毕竟在很多时候都能够药到病除。

在中国足球集体迷失而08奥运又迫在眉睫的时候，众多洋帅集体上位，这其中固然有政治上的需要，但更有历史的积淀。我们不妨放眼日韩这两个亚洲近邻，从上世纪90年代初期开始，他们就坚定不移地走“外教路线”，除了国家队聘请外籍主教练以外，他们还在基层俱乐部邀请了大量欧美教练来做基础指导。这种做法的结果是他们的国家队连续打进世界杯决赛圈。当1998年世界杯两位日韩本土教练双双折戟之后，他们又不约而同地迅速回到“外教路线”上来。究其原因，就是他们认定：在发展初期本国足球还离不开高手指点，独立自主发奋图强尚属“百年梦想”。

在这样的历史背景之下，中国足协聘请外籍教练指导国家队就很容易让人理解了。而且，外籍教练下车伊始通常都会给我们带来很多新鲜的见闻，他们的敬业精神也常常会让有些人误以为白求恩再世。但是就个体而言，并不是每一任外教都能够给我们带来足球真经。远的不说，就说女足世界杯后上任的法国人伊丽莎白，她忽视中外球员在先天力量上的差异，在两次集训当中不听中方教练的力谏，坚持不进行力量训练，导致主力球员接连受伤。我们暂且不提她执教法国队的过往成绩，仅就训练方法而言，我们很难对她寄予过高的希望。如果联想到多曼斯基执教时的重重矛盾，我们只能说：中国女足要想在奥运会上进入前四，只有指望命运垂青。在足球人口锐减、足球市场式微这样的大环境中，中国女足碰到的问题和中国男足如出一辙，5年当中更换7名主教练只能说明中国女足的生存环境更加险恶。在本土教练不堪重任而聘请外教又囊中羞涩的情况下，伊丽莎白的上任更像是一次无奈的急就章。

在 3 位国字号外教中，杜伊科维奇的名头和水平无疑是最高的，据说他在国际足联评选的世界最佳教练的排行榜中名列第 8。但即便如此，如果把中国足球的希望都寄托在一个或几个外籍教练身上，显然是一件非常不靠谱的事。令人担忧的是，在杜伊率队获得了几场热身赛的胜利之后，中国足协的某位领导竟然放言："日本足球没有出路，如果杜伊成功了，中国足球会比日本更强。"这种言论如果是出自一位普通球迷之口，倒也无可厚非，但如果是中国足球的领导这样说，那就十分危险了。杜伊上任之后，国奥队的表现呈现出了明显的高开低走的趋势，尽管他在多哈亚运会上曾经使我们眼前一亮，但还远没有到可以托付终生的地步。我们现在面临的两难选择是：奥运在即，必须无条件地信任他；但是，他是否能够把中国国奥带进奥运四强并顺理成章地接管中国国家队，进而冲击南非世界杯，都是一个大大的疑问。换句话说，2008 固然重要，但绝不应成为中国足球前进的坐标和决定命运的那枚硬币。归根结底，我们必须要夯实基础，积蓄实力，任何急功近利的行为都会导致自食恶果，历史明镜已经无数次昭示了这一道理。

除了 3 位执掌国字号大权的外教之外，在 2007 年的中超联赛中还活跃着 7 位外籍教练，这个数字是 1994 年职业化以后最高的，但是，他们最后都输给了一个叫高洪波的中国人。尽管这只是一个个案，但却大有深意。即使是高洪波本人也承认，时下的中国本土教练水平整体低下，仍然不能承担引领中国足球的重任。但是，从 8 年前卸任中国少年队开始，高洪波就走上了一条无比艰辛的求学之路。到大学补习足球理论，到英国俱乐部登门求教，然后潜身低级联赛磨练意志和技能，这就是高洪波 8 年当中的主要经历。而最终，他换来的是率厦门蓝狮升入中超，然后又带领长春亚泰问鼎冠军。他的成功经历说明一点，在中国足协缺少宏观指导和资金支持的情况下，本土教练的个人追求犹为重要。如果仍然满足于“师傅带徒弟”的传统模式，不虚心向欧美学习，那么，中国足球和所有的本土教练都注定只能在低水平上徘徊不前，在这个杯那个杯中自娱自乐。

高洪波的故事很容易让我们联想到李章洙讲述的韩国本土教练卖车卖房自费到巴西求学的例子。韩国足球之所以能够长期称霸亚洲足坛，可以说，和韩国本土教练自强不息的追求有着直接的关系。可惜的是，在中国足坛，类似高洪波这样的人和事还少了点，就整体而言，中国足球也欠缺韩国足球那种知耻而后勇的精神力。也许在未来相当长的时间内，我们仍然需要向外教学习，但是，我们依然期待着能够有直立行走的那一天。因此，我们希望本土教练能够发奋图强、知难而进，在将来的某个时候成为中国足坛的主导力量。

四、广州成都重回顶级联赛　川粤足球重振雄风

中国文化绵延五千年的传统告诉我们，在民族危难国家存亡的时刻，总会有英雄豪杰横空出世。而在中国足球屡遭磨难低头徘徊的时候，也并不是所有的人都沉睡不醒，那些胸怀大志的人总能够在适当的时候挺身而出。2007 年的中国足坛给我们上演了两出这样的历史大片：昔日的败军之将沈祥福在广州喜获新生，另一位少帅黎兵带领川军重返中超。在实现个人成功的同时，他们也在中国足球的版图上重新写上了广州和成都的名字。

如果我们简单回顾一下中国足球的发展历史，不难发现，广东足球在其中扮演着一个非常重要的角色。在中国足坛，南派足球曾经独树一帜、名震九州。1981 年苏永舜率领的中国国家队差点就打进世界杯，在那届国家队中，广东球员占据了半壁江山。遗憾的是，在上世纪 90 年代末期两支广东球队先后降级之后，广东足球就进入了冰河期。企业独臂支撑，缺少政府支持，使得他们在和其他俱乐部的竞争当中败下阵来，并从此一蹶不振。

然而，足球的星星之火并没有在广东熄灭，这一点从广州近几年的球市就可以管窥一豹。几乎是从 2002 年中国队对阵巴西队的那场比赛开始，在历次确定重大商业比赛的赛地时，广州都是最有力的竞争者之一。历史的积淀加上政府部门的猛醒最终促成了广药集团的强力介入。连续两年的冲击换来的是成功的喜悦。在目前市场低迷的情况下，这样一支生力军的崛起对各方而言都是一件可喜可贺的事。尤其是对中国足球来说，南派足球的新生有着特殊的意义。尽管现在的广州广药队搀杂了大量的外地甚至是外籍球员，但是，它的整体风格仍然秉承了技术足球的传统精髓。当中国国家队迎战欧美球队时，他们面临的问题和广药队参加国内联赛是完全一样的。如果中国足协的领导者能够从这样的战略高度去评估广药队的成功，也许会有更多的收获。否则，这件事情的意义不过就是更换了一支中超球队而已。

当然，与以往那些昙花一现的升班马相比，广州广药和成都谢菲联的品牌和质量都明显高出一等，他们的加盟将有助于改变中超联赛以往存在的强弱分明的传统格局，尤其是剔除那些投机足球却又实力欠缺的滥竽充数者，这对于提高联赛质量提升品牌价值无疑有着非常重要的意义，而成都谢菲联的加入更是具有特殊的价值。作为中国足坛第一个外资主导的俱乐部，成都谢菲联自 2006 年以来一直坚持理性投资的思路，即使是冲超成功，他们也未改初衷。而且，在开发球市组织球迷方面，他们也屡屡推出一些令人耳目一新的招数。如果他们在中超赛场上能够继续成功的话，将给其他俱乐部带来更多的启发和帮助。

除了竞技价值以外，我们还不能忘记成都谢菲联可能为四川足球带来的好处。成都曾经是中国独一无二的金牌球市，十几年的职业联赛为这里培育了成千上万的球迷。成都谢菲联升入中超和翟飙率领的四川队冲甲成功，重新唤醒了四川球迷心中沉睡已久的足球热情，这一点从 2007 年女足世界杯成都赛区的火热场景中就可以感受出来。如果成都谢菲联能够在2008年的中超联赛中表现出色的话，可以预期，成都将再现职业化初期的火爆场面，那种情景对于尚在困境中挣扎的中国足球来说无疑是巨大的激励。

五、李金羽打破联赛进球纪录　邹侑根跻身名人堂

尽管就整体而言，中国足球在2007年仍然处于低迷状态，但在很多局部，并不缺少成功的个例。除了前面提到的高洪波以外，还有李金羽。

2007年对李金羽是五味杂陈的一年。一方面是和相恋多年的女友正式分手，在亚洲杯之前被恩师朱广沪抛弃；另一方面却是以不断的联赛进球不断刷新个人进球数，并第三次获得金靴，最终以100个的总进球数打破郝海东的职业联赛进球纪录。年近三十的李金羽想必多少体会到了人生的诸多况味。

就"射手"李金羽而言，他的职业生涯可以说具有典型意义。他是众多健力宝球员中为数不多的名利双收者之一，但是到了国家队却诸事不顺。每每在联赛中收获进球，但代表国家队却经常是颗粒无收，因而导致两次在大赛之前被主帅剔除于主力名单之外。即使是放到世界足坛，这也是一个奇怪的现象。如果非要寻找答案的话，那只能说，成亦萧何，败亦萧何。中国足球相对低下的联赛水平成就了一飞冲天的大羽，但到了水平更高的国际赛场，他却难以展翅翱翔。这不是对李金羽自身水平的诋毁，而是对中国足球现有实力的感叹！

除了李金羽之外，34岁的邹侑根是2007年另一个色彩丰富的个体。他创造了284场的职业联赛出场纪录，但他所在的厦门蓝狮队却不幸降入中甲。但无论如何，17个进球和284场比赛都代表了职业精神的积淀和足球传统的延续，它们无疑都将成为激励后辈的目标和荣誉。因此之故，我们将李金羽和邹侑根列入那

座虚拟之中的中国足球名人堂。事实上，这座名人堂就存在于每个足球人的心中，存在于记录足球的每一段字里行间。

六、A3 联赛冠军含金不足　争霸亚洲始于足下

就像我们前面提到的李金羽的个案一样，每一种成功其价值高低都取决于采用哪种坐标。中国足球在数十年摸索前行的过程中始终在寻找自身的定位和国际形象。在 2007 年，我们好像找到了，但好像又怅然若失。上海申花在第 5 届 A3 联赛上一举夺冠；但两个月后，中国国家队却在亚洲杯上一败涂地，颜面尽失。现在看来，A3 冠军更像是对超级球痴朱骏的安慰，而不是对中国足球的奖励，如果把它当作是衡量中国足球在亚洲地位的坐标，就大错特错了。

创立于 2003 年的 A3 联赛其实从诞生之日起就落下了先天不足的毛病，其原因是，日韩两国足球界对这项赛事的重视程度远没有他们的赞助商那么高。日本足球早已把脱亚入欧作为立国之策，而韩国人在 2002 年世界杯上打进四强之后，也早已把中国足球远远地甩在身后。因此，可以说，A3 联赛的政治意义要大于它的竞技价值。尽管如此，在前面的 4 届比赛中，中国球队从未染指过冠军奖杯。上海申花在 2007 年夺冠只能说是一个偶然。这个奖杯丝毫不能说明中日韩三国足球的水平高低。在 7 月份进行的亚洲杯上，缺少了多名主力球员的日本队和韩国队依然打进四强，而中国队在小组赛中即遭淘汰。如果联想到这个残酷的事实，那么，A3 冠军所带来的喜悦就可以忽略不计，它的惟一价值就是在申花队的荣誉室里多了一件展品而已。

毫无疑问，能够鉴定中国足球真正成色的是世界杯，而这次大考就近在眼前。当年，大连实德为了讨个口彩，非要为一位塞黑人起个“福拉多”的名号，而今，这位临危受命的福拉多就要带领中国国家队参加世界杯预选赛第一阶段的 20 强赛。毫不夸张地说，中

国队能否在这次世界杯预选赛上获得成功，将在很大程度上决定未来三到四年中国足球的臧否祸福，甚至也将影响到刚刚复苏的中超联赛能否将良好的势头延续下去。对此，我们只能祝中国队好运。

七、负面新闻频繁发生　公众形象亟待维护

如果用媒体曝光率来衡量的话，在中国众多的体育项目当中，足球无疑是最高的，这一点在 2007 年再次得到验证。CBA 出现的新疆广汇俱乐部错把美籍华人官秀昌当成国内球员使用的事件即使再炒作，也没有国奥队在欧洲打架的影响更大。从这个角度来说，中国足协完全应该有自信去和篮管中心理论一下什么才是中国的第一运动。

我们不妨简单历数一下 2007 年中国足坛发生的负面新闻：从年初中国国奥队访英期间同皇家巡游者的群殴，到国奥队军训时 3 名队员被处分；从成耀东遭足协全年禁赛，到肖战波被罚掉半年年薪；从崔鹏在大连酒后驾车肇事，到长沙金德球员李振鸿神秘失踪……赛场外的中国足坛可以说是热闹非凡，气象万千。所有这一切，无不说明尚处于职业化初级阶段的中国足球还有很多毛病需要修正，还有很多制度急需建设。假如说 13 年的时间还不足以让中国足球实现真正的职业化，那只能说明我们未来的道路还依旧漫长。

从球员频繁违纪，我们联想到赛季后的转会。对职业球员来说，“职业化”意味着优胜劣汰，意味着不努力就会丢掉饭碗。如果职业俱乐部的竞争机制能够进一步加强的话，相信就不会频繁发生上述那样的负面新闻了。

2007 年总共 461 人的转会名单虽然不是历年最高，但从成交情况来看，其中的绝大多数人都要面临下岗的危机。从 2002 年中国足球进入盘整期以来，“下岗”这个词语就成了年底年初盘旋在

很多人上空的一只秃鹫。对此，我们只能说，让暴风雨来得更猛烈些吧，让危机促使足球人猛醒，让压力推动中国足球前行！

八、女足世界杯圆满举行　申办男足世界杯逐渐升温

在 2007 年屈指可数的亮色之中，女足世界杯是最耀眼的一片。之所以这么说，是基于两个原因：一个是女足世界杯的确办得非常出色，贝肯鲍尔甚至称它可以和德国世界杯媲美；另一个原因是，女足世界杯的成功举办再次证明了中国人承办大型赛事的能力，由此也引申出中国是否应该申办男足世界杯的话题。在外界舆论的不断刺激之下，中国足协已经表示，将在适当时候向国家体育总局提交申办报告。

在北京奥运会即将来临的时候，讨论中国申办世界杯的话题有着特殊的意义。有人说，2008 年将意味着中国在各方面都达到顶峰。如果中国能够成功申办 2018 年世界杯，就等于是给中国带来了又一个历史机遇。这个意义已经远远超出了足球的范畴。时至今日，很多人还在怀念 2001 年 10 月 7 日中国队打进世界杯之后数万人自发到天安门广场狂欢庆祝的情景。但事实上，对于日渐强大的中国来说，我们已经不需要用体育来提升国民的自信，我们也不需要用锦标来进行心理按摩。我们需要的是借助于体育比赛来展现自信乐观的民族形象，向全世界展示和平友好的愿望和善意。这种理念上的彻底转变将在 2008 年的北京奥运会上得到初步实现。

由于和北京奥运会仅仅相隔一年，因此，无论从哪个角度来说，2007 年的女足世界杯都被很多人看作是奥运会的预演和前奏。2003 年得而复失曾经令中国人扼腕叹息，但是 4 年后的成功却将遗憾化为喜悦。38000 人的场均上座率换来的是国际足联主席布拉特五星级的评价，他同时也多次表示希望中国在未来的某个时候考虑申办男足世界杯。

布拉特的话重新唤醒了很多中国人的世界杯之梦。这个梦在2002年时曾经被扭曲变形，甚至有些人对此产生怀疑，因为在2002年世界杯之后，中国足球从巅峰跌落谷底。就现实来说，中国足球还没有在世界足坛占据一席之地，但是，联想到韩国申办2002年世界杯之前的情形，我们也平添了许多信心。韩国申办委员会主席郑梦准曾说，当时韩国足球面临的主要问题是：联赛水平低、基础设施差。但他说："如果我们能够承办世界杯，这些问题不就迎刃而解了吗？"2007年女足世界杯的成功举办已经证明：要想当好世界杯的东道主，首先要转变思维方式和工作标准，更重要的是要相信自己能够完成目标。时下的中国足球缺少的就是那种不达目的决不罢休的勇气和自信。好在奥运会就要来了，让中国足球和奥运共同成长吧。

九、南北明星赛成功举办　责任教育刚刚开始

继2006年之后，中国足协在中超联赛结束之后又成功地举办了南北明星对抗赛。这项赛事的推出其宗旨不言自明，除了把比赛所得捐助给慈善事业之外，还要向全社会展示中超联赛健康阳光的公众形象。

在这场比赛后不久，刚刚冲甲成功的上海东亚队在同一块场地上和上海明星队进行了一场慈善比赛，双方把比赛的全部收入都捐献给了身患重病的上海足坛资深教练沈志强。一手把上海东亚队从乙级带到中甲的徐根宝在给队员进行赛前动员时讲得最多的不是技战术，而是"感恩"和"回报"。而带队获得中超冠军的高洪波在接受采访时也念念不忘徐根宝当年的恩情。所有这些事情都在向年轻一代的职业球员传递同一个信息：作为球员，要时刻不忘社会责任，在索取的同时更要回报。

在2007年那些为数不多的慈善事件中，前北京国安球员高雷雷的行为值得特书一笔。在暂时结束了欧洲生活之后，他回到国

内，只身赴四川藏区寻访当地的希望小学。当地学生的艰苦生活让他大为震惊，他决定从 2007 年开始每年赞助数名学生。无论是在国内还是在欧洲，高雷雷都不是球星，但他却做出了球星做不到的事。遗憾的是，这样一件善举没有能够在更大范围内得到回应。但无论如何，我们都应该为高雷雷的举动喝彩，也希望在未来的数年这样的善举越来越多，有社会责任感的球员越来越多，而那时，类似高雷雷这样的事也不再成为新闻。

在 2007 赛季开始之前，我们曾经从不同的渠道听到球员和教练打好联赛的表态；而在最近两年足协官员的口中，我们也经常听到“把观众请回来”这样的说法。这样的情形让我们仿佛回到了 1994 年春天，那时，徐根宝和范志毅站在昆明海埂基地的门口，大声呼唤球迷们到体育场去捧场助兴，其殷殷之情溢于言表。他们的努力换来的是职业联赛短暂的繁荣，换来的是一批率先富起来的人，换来的是不断破灭又不断重生的足球之梦。但愿 2007 年的复苏只是一个新的开始，但愿没有下一个轮回。

十、从希望到复兴　任重而道远

在中国足球的历史当中，2007 年注定不是一个划时代的年份，也许当很多年后，这一年会显得稀松平常。但是，至少在现在这样一个时间点上看，2007 年有望成为一个新纪元的起点。因为在这一年，我们从中超联赛中看到了复苏的迹象。有了前些年惨淡度日的经历，我们完全不必为金威啤酒不再冠名中超而担忧，从暴富到赤贫的反差足以让我们对现在的小康感到满意；从女足世界杯我们看到了自身的能力，看到了男足世界杯并不是遥不可及；即使是亚洲杯的惨败也让我们看到了系统的缺陷和青训体系的急需重建；一个 A3 冠军让我们联想到的是中国足球在亚洲乃至世界足坛的定位，长春亚泰和北京国安参加亚冠联赛时，他们的身上肯定会多一份责任和荣誉，他们也会和国家队一样经受澳大利亚球队的冲击和检验；高洪波率队夺冠、川粤足球重返中超以及李金羽、邹侑根等个体的成功，让我们看到的是苍茫之中的几片亮点，它让我们多少恢复了对中国足球人的一点信心；至于不断发生的负面新闻，也从另一个侧面印证了足球仍然是当今中国真正的第一运动，篮球欲与之比肩而立，尚需时日。但中国足球需要增强危机感和责任感，要先为生存而战，然后再徐图发展大计。

在奥运会的恢弘背景下，中国足球显然不是顶天立地的巨人，而是受命而行的伙伴，在国人的关注下，它首先要做到的是，在世界杯预选赛中冲出重围，然后在奥运会上证明自己，尽管它不承担争金夺银的重任，但也要为荣誉而战。最重要的是，2007 年发生的一切已经告诉我们，从希望到复兴，还有很长的一段路要走，对未来，我们应该充满信心！

女足世界杯赛

第5届女足世界杯赛综述

虽然这是一次迟到4年的约会，但当《美的力量》9月10日在上海虹口足球场华美上演的时候，那些如花朵般美丽的女孩子和她们脚下充满魅力的足球，仍然在刹那间征服了观者的心。女足世界杯终于来了，其实，迟到4年又有什么关系呢？那只会放大人们对女足世界杯的无限期待。

这是女足世界杯第2次在中国举行。上一次中国举办女足世界杯是在1991年，那也是第1届女足世界杯。本来中国队在2003年就应该在主场做战，但因为众所周知的“非典”缘故，国际足联临时决定由美国承办2003年世界杯，并同时承诺2007年世界杯将在中国举行。女足世界杯与中国的约会，由此被推迟了4年。

4年之间，中国女足发生了太多太多让人意想不到的变化。美国女足世界杯上，一代天才球员孙雯在中国队被意外淘汰之后宣布退役。虽然此后她也曾断断续续复出并试图重现当年那种舍我其谁的霸气，但遗憾的是，她的巅峰状态再也没有回来过，而这也似乎宣告中国女足由此进入了人才断档的真空阶段。加上中国足协在女足主教练人选问题上的摇摆不定，中国女足在这4年之间始终徘徊于低谷，连偶尔的峥嵘都很难一见。

瑞典人多曼斯基执掌中国女足之后，除了在调节队员心态方面取得了一定的成效外，在整合球队战斗力、提升球队技战术水平方面，却始终难有大的起色。东道主中国队的弱势，映衬的是争冠军团的强势。其中呼声最高者，无疑是卫冕冠军德国队和两届世界杯冠军得主美国队。

德国女足与阿根廷女足的对决，拉开了为期 20 天的铿锵玫瑰之旅。卫冕冠军德国队、传统豪强美国队、东道主中国队以及南美霸主巴西队、黑马朝鲜队，加上今不如昔但风范犹存的挪威队、瑞典队……列强们以围剿之势冲击女子足坛的至高荣誉。在影响力上，女足世界杯肯定不如男足世界杯，但在传达竞技体育精神的比拼中，谁说女子不如男？

中国女足“自甘堕落”

2007 年 10 月 23 日，离兵败女足世界杯整整一个月之后，瑞典人多曼斯基回复中国足协，因为家庭原因，将无法继续带领中国女足征战北京奥运会。由此，中国足协不得不仓促找来法国人伊丽莎白，全面推翻多曼斯基带队期间所积累的经验和教训，从头起步。

多曼斯基为什么拒绝中国女足？她给出的理由是家庭因素，但实际上是她在对中国女足这支球队有了更多了解之后所做出的决定。还是先看看多曼斯基带领中国队征战世界杯所选择的阵容吧：32 岁的张鸥影、31 岁的韩文霞、31 岁的谢彩霞、30 岁的潘丽娜……老将的经验固然是一笔宝贵的财富，但这支着眼于北京奥运会的中国女足显然严重缺乏可塑性和成长性。多曼斯基并非不知道这一点，问题在于，除了老将，她手中没有其他底牌。一直号称世界一流的中国女足，在人才建设方面的严重断档，恐怕是让当初声称“至少杀进半决赛”的多曼斯基始料未及的。

何况，中国女足所在的 D 组杀机四伏。打法硬朗的丹麦队是中国女足所忌惮的，拥有世界足球小姐玛塔的巴西队脚下技术细腻，新近崛起的新西兰队也曾经给中国女足制造过麻烦。坐镇江城武汉的中国女足，面临的不是温柔的一江春水，而是随时可以吞没一切的恣肆洪流。但中国足协为中国女足制定的目标，又是严重偏离中国女足实际的。两难之间，多曼斯基和她的中国女足踏上征战路。

9 月 12 日，中国女足首战 3 比 2 艰难击败丹麦队。马晓旭夸张地展开双臂拥抱攻入致胜球的宋晓丽的镜头，惟妙惟肖地刻画了中国姑娘们的心态。一方面，先进两球、却被追平，到最后再次领先比分的过程的确跌宕起伏，队员们需要发泄被压抑的激情；但另一方面，丹麦队绝对不是什么一流球队，连战胜丹麦队都如此艰难，中国女足凭什么“至少杀进半决赛”？

果然，9 月 15 日的次战，巴西女足好好给中国女足上了一课。中国女足好歹也是靠技术流起家的，在世界女子足坛也以技术细腻著称，但在巴西姑娘眼花缭乱的配合面前，中国姑娘的技术之粗糙令人发指。论速度，对中国女足也向来就有“速度奇快”的评价，但在巴西姑娘疾如旋风的奔跑面前，中国姑娘只有双手叉腰大喘粗气的份了。4 比 0 的比分，全面反映出中巴的实力对比，而中国姑娘们赛后也一改往昔输球之后“双方实力差距没这么大”之类的借口，连连感慨“技不如人”。

经此一战，别说进入四强了，中国女足就连小组出线都存在困难，9 月 20 日与新西兰的小组赛最后一战，因此变得如履薄冰。好在又有老将挺身而出，中后卫李洁（28 岁）和老前锋谢彩霞（31 岁）的进球，帮助中国女足冲破台风的“封堵”，以小组第 2 名的身份进入 8 强。

D 组第 2 的中国女足，在淘汰赛首轮即遭遇 C 组第 1、硬朗型打法的代表挪威队。比赛中，使出浑身解数的中国队在场面上与挪威队不相上下，但在人高马大的对手冲击下，中国女足的防守难免百密一疏。第 32 分钟，王坤在防守中犯下低级失误，被挪威队赫尔洛夫森抢断成功，后者轻松攻破中国队门将张艳茹的十指关，并由此锁定胜局。比赛结束之后，中国女足主教练多曼斯基泪洒赛场。后来在接受采访时，多曼斯基承认，从那时起就有了离开中国的想法。

一支没有速度、没有技术、没有特点的中国女足，是不可能完成中国足协交付的重任的。

德国女足霸气尽显

从 11 比 0 开始，到 2 比 0 结束，德国女足在 2007 年的中国书写了一个童话般完美的故事。这次世界杯，进一步强化了德国女足在世界女子足坛的强势地位。

2003 年女足世界杯，家门口作战的美国队硬是没能阻挡住德国姑娘通往冠军的道路。在前 4 届女足世界杯中，德国队 3 次打进了半决赛，强悍的身体条件以及由此带来的强大的攻击力，是德国女足的最大法宝。坚持男子化道路的德国女足，由此在女足世界中掀起了阵阵飓风。现在的情况是，只要德国人自己不出现明显失误，其他的球队很难给她们制造实质性的威胁。

德国女足的强大，在揭幕战 11 比 0 横扫阿根廷女足一役中表现得淋漓尽致。那是重大比赛揭幕战中罕见的一个高比分，这样的一个高比分来得毫无征兆。阿根廷人在第 12 分钟用一粒乌龙球拉开了被对手狂戮的序幕，随后德国女足队长普林茨和老将斯米塞克先后上演“帽子戏法”，可怜的阿根廷姑娘们只能一次一次从球网里往外拣球。11 比 0 除了帮助德国女足捞足净胜球之外，最大的意义在于强烈地震慑了争冠对手。

小组赛中，德国队虽然没能从英格兰队身上全取 3 分，但也没有被对手攻破大门。而在最后一战 2 比 0 轻取日本女足之后，德国女足以 A 组第 1 的身份昂首出线。如果说德国女足的小组赛对手偏弱并非没有道理，但一支强队之所以能够屹立于强队之列，就在于无论对手强弱，它始终能展现出真正属于自己的东西。小组赛时的德国女足是这样，淘汰赛阶段的德国女足同样如此。

淘汰赛阶段，德国女足遇到的对手是清一色的强队。1/4 决赛的对手是朝鲜队，半决赛的对手是挪威队，决赛的对手是巴西队。这三支球队，全都是中国女足的苦主，也是世界女子足坛屈指可数的优秀球队。近年来朝鲜队一直在亚洲范围内压得中国女足抬不起头来，从成年队到青少年队均是如此；一贯凭借身体素质高举高打的挪威队也是中国女足最为忌惮的，她们正是在淘汰中国队之后得到与德国女足过招机会的；而技术与速度兼备的巴西女足就更不必多说，拥有世界足球小姐玛塔的她们已经具备了与任何顶尖球队一较高下的资本。但德国女足交出的答卷是 3 比 0、3 比 0、2 比 0。对阵以精神顽强著称的朝鲜队，德国女足靠的是比钢铁还要坚韧的气质，以及可以穿花引线的脚下技术；对阵身体强壮的挪威姑娘，德国女足靠的是更甚的身高和更壮的体型，以及更加强烈的冲击力；对阵个人英雄主义的巴西女足，德国女足靠的是精诚的团队配合和伟大的集体精神，以及不逊于巴西人的速度和技术。

人员稳定、打法成熟、身体强壮、速度惊人、技术细腻、精神顽强……面对几乎没有明显弱点的德国女足，对手们只能感叹生不逢时。作为女足世界杯历史上第一个成功卫冕的世界冠军，德国女足 6 场比赛攻入 21 球并保持了 540 分钟不失球的纪录，让这一荣誉完美无瑕。

巴西女足引领风潮

中国女足前任主教练马良行在展望本届世界杯的时候曾经表示，作为仅有二十几年发展历史的女足运动，那些具备底蕴的球队往往能在大赛中有上佳发挥。美国女足在本届世界杯上的表现印证了马良行的说法，但异军突起的巴西女足却让人眼前一亮。

作为第一届和第三届女足世界杯的冠军得主，美国女足的最大自信来自历史。前四届世界杯四次闯进半决赛，其中两次夺冠。而在主教练瑞恩上任之后，美国女足在国际 A 级赛事中创造了不败的显赫纪录。美国队能成为本届女足世界杯夺冠呼声最高的球队，也不难理解。跟德国队比起来，美国人不缺技术，也不缺斗志，惟独缺少了身体。一个显而易见的问题是，当普林茨攻到门前时，谁能扛得住她？

但美国女足没有机会直面这个问题，巴西队以 4 比 0 将她们送到了争夺第三四名的赛场上。小组赛与朝鲜队战成 2 比 2 平、2 比 0 轻取瑞典队、1 比 0 小胜尼日利亚队以及淘汰赛第一场 3 比 0 完胜英格兰队，都证明这支老迈的美国队依然蕴藏着令人惊讶的能量；但在遇到充满朝气的巴西队时，美国队却疲态尽显，拱手为巴西队送上了 4 个净胜球。

虽然在决赛中负于德国队无缘世界冠军，但巴西队为充斥着德国、美国、挪威、英格兰、澳大利亚等一帮力量型打法的世界女子足坛吹来了一股清新的空气。如果要评选本届世界杯上最具观赏性的球队，巴西队是当仁不让的选择。美轮美奂的个人技术、快如闪电的奔跑速度、出其不意的灵光闪现……巴西足球的风格永远如她们钟爱的桑巴舞那样奔放恣肆。

巴西女足向世界女子足坛奉献了玛塔这样的天才球员，并且在玛塔的旁边还聚集着一群跟玛塔一样才华横溢的球星。个人英雄主义的单打独斗是巴西足球的优点也是她们的缺点。说优点，是因为玛塔这样级别的球员，完全具备了左右比赛进程的能力，只要放一个玛塔在前面“骚扰”，对手就几无还手之力。而单打独斗的缺点也是显见的，玛塔的脚下败将中不乏美国女足、中国女足这样缺乏身体素质，防守又不能尽善尽美的球队，一旦遇到德国女足这种在身体素质上明显占据上风，脚下技术又不落下风，并且完全依靠协同作战的团队精神的对手,纵使玛塔有万般能耐,也不能一人穿越铜墙铁壁。何况,身边队友的能力还是比她有大截差距,玛塔只能一次次感受冲击敌阵却只能无功而返的堂吉诃德式悲怆。

但玛塔也并非一无所获。女足世界杯金靴奖和金球奖是对她个人努力的肯定,而杀进决赛的巴西队的表现也堪称惊艳。联想到巴西队在 2004 年雅典奥运会上同样杀进决赛的事实,巴西女足近年来的巨大进步有目共睹。假以时日,已经跻身超级强队行列的巴西女足,必将更多地震惊世界女子足坛。

除此之外,其他球队在本届世界杯上表现只能用平庸来形容。亚洲球队中,在中国女足一落千丈之后,虽然保持了相对稳定的朝鲜队和取得了一定进步的日本队试图冲击更好的名次,但终究不是欧美强队的对手。而尼日利亚和加纳等球队的表现,则进一步强化了非洲女足在世界女足版图中的弱势地位。2007 年女足世界杯证明,如同男足世界的争霸体系一样,女足世界也无可挽回地滑向欧美争冠的格局之中。

中国女足赛事回顾

小组赛第 1 场:中国队 3 比 2 丹麦队

第 29 分钟,中国队后卫李洁利用任意球机会先发制人,中国队 1 比 0 领先。第 49 分钟,毕妍带球到禁区弧前 3 米处突然起脚射门,皮球划出一道优美的弧线应声入网,中国队 2 比 0 领先。1 分钟后,丹麦队利用右路角球机会由尼尔森后点头球攻门得分,将比分追为 1 比 2。第 87 分钟,丹麦队后场快速发出任意球并就此形成人数优势,索伦森帮助球队将比分追为 2 比 2。当丹麦队还沉浸在扳平比分的喜悦中时,中国队由宋晓丽打入一脚世界波,将最终比分锁定为 3 比 2。

小组赛第 2 场:中国队 0 比 4 巴西队

第 42 分钟,面对冲出禁区的韩文霞,玛塔挑球过人后轻松推射空门得分,巴西队 1 比 0 领先。第 46 分钟,玛塔直塞妙传,克里斯蒂安妮禁区线附近面对韩文霞冷静推射球门下角中的,将比分扩大为 2 比 0。阵脚大乱的韩文霞手抛球直接被玛塔截下,世界小姐一路突入禁区左翼后传中,克里斯蒂安妮中路包抄破门,比分变为 3 比 0。第 69 分钟,玛塔禁区右翼得球后,连续摆脱浦玮、周高萍后射门得分,帮助巴西队将比分定格为 4 比 0。

小组赛第 3 场:中国队 2 比 0 新西兰队

第 56 分钟,中国队周高萍将球输送至小禁区线中路,宾顿出击失误闪出空门,李洁高点头球得分,中国队 1 比 0 领先。第 78 分钟,张欧影中路快分右翼,谢彩霞带球突入禁区,很轻巧地摆脱防守球员的滑铲后近距离冷静低射破门,比分锁定为 2 比 0。

1/4 决赛:中国队 0 比 1 挪威队

第 32 分钟,挪威队后场断球反击,本来是一脚没有威胁的传球,然而遗憾的是,王坤大意失荆州,被身后的赫尔洛夫森禁区内断球成功,后者轻松破门。凭借此球,挪威队 1 比 0 淘汰中国女足。

小组积分榜

A组

球队	赛	胜	平	负	进球	失球	净胜球	积分
德国	3	2	1	0	13	0	13	7
英格兰	3	1	2	0	8	3	5	5
日本	3	1	1	1	3	4	－1	4
阿根廷	3	0	0	3	1	18	－17	0

B组

球队	赛	胜	平	负	进球	失球	净胜球	积分
美国	3	2	1	0	5	2	3	7
朝鲜	3	1	1	1	5	4	1	4
瑞典	3	1	1	1	3	4	－1	4
尼日利亚	3	0	1	2	1	4	－3	1

C组

球队	赛	胜	平	负	进球	失球	净胜球	积分
挪威	3	2	1	0	10	4	6	7
澳大利亚	3	1	2	0	7	4	3	5
加拿大	3	1	1	1	7	4	3	4
加纳	3	0	0	3	3	15	－12	0

D组

球队	赛	胜	平	负	进球	失球	净胜球	积分
巴西	3	3	0	0	10	0	10	9
中国	3	2	0	1	5	6	－1	6
丹麦	3	1	0	2	4	4	0	3
新西兰	3	0	0	3	0	9	－9	0

第 5 届女足世界杯赛完全赛果

A 组

比赛时间	地　点	对阵双方及比分
2007.09.10　20:00	上海	德国 11 比 0 阿根廷
2007.09.11　20:00	上海	日本 2 比 2 英格兰
2007.09.14　17:00	上海	阿根廷 0 比 1 日本
2007.09.14　20:00	上海	英格兰 0 比 0 德国
2007.09.17　20:00	杭州	德国 2 比 0 日本
2007.09.17　20:00	成都	英格兰 6 比 1 阿根廷

B 组

比赛时间	地　点	对阵双方及比分
2007.09.11　17:00	成都	美国 2 比 2 朝鲜
2007.09.11　20:00	成都	尼日利亚 1 比 1 瑞典
2007.09.14　17:00	成都	瑞典 0 比 2 美国
2007.09.14　20:00	成都	朝鲜 2 比 0 尼日利亚
2007.09.18　20:00	上海	尼日利亚 0 比 1 美国
2007.09.18　20:00	天津	朝鲜 1 比 2 瑞典

C 组

比赛时间	地　点	对阵双方及比分
2007.09.12　17:00	杭州	加纳 1 比 4 澳大利亚
2007.09.12　20:00	杭州	挪威 2 比 1 加拿大
2007.09.15　17:00	杭州	加拿大 4 比 0 加纳
2007.09.15　20:00	杭州	澳大利亚 1 比 1 挪威
2007.09.20　17:00	上海	挪威 7 比 2 加纳
2007.09.20　17:00	成都	澳大利亚 2 比 2 加拿大

D组

比赛时间	地　点	对阵双方及比分
2007.09.12　17:00	武汉	新西兰0比5巴西
2007.09.12　20:00	武汉	中国3比2丹麦
2007.09.15　17:00	武汉	丹麦2比0新西兰
2007.09.15　20:00	武汉	巴西4比0中国
2007.09.20　20:00	天津	中国2比0新西兰
2007.09.20　20:00	杭州	巴西1比0丹麦

1/4 决赛

比赛时间	地　点	对阵双方及比分
2007.09.22　17:00	武汉	德国3比0朝鲜
2007.09.22　20:00	天津	美国3比0英格兰
2007.09.23　17:00	武汉	挪威1比0中国
2007.09.23　20:00	天津	巴西3比2澳大利亚

半决赛

比赛时间	地　点	对阵双方及比分
2007.09.26　20:00	天津	德国3比0挪威
2007.09.27　20:00	杭州	美国0比4巴西

三四名决赛

比赛时间	地　点	对阵双方及比分
2007.09.30　17:00	上海	挪威1比4美国

决赛

比赛时间	地　点	对阵双方及比分
2007.09.30　20:00	上海	德国2比0巴西

第 5 届女足世界杯赛射手榜(前 10 名)

排名	球员	国家	进球数
1	玛塔	巴西	7
2	艾比·瓦姆巴克	美国	6
2	兰希尔德·古尔布兰德森	挪威	6
4	克里斯蒂安妮	巴西	5
4	比尔吉特·普林茨	德国	5
6	伦奈特·林格尔	德国	4
6	凯莉·史密斯	英格兰	4
6	丽莎·德·凡纳	澳大利亚	4
9	桑德拉·斯米塞克	德国	3
9	克里斯汀·辛克莱尔	加拿大	3

亚洲杯足球赛

中国队征战第 14 届亚洲杯足球赛综述

2007 年 7 月 7 日至 7 月 29 日，第 14 届亚洲杯足球赛在东南亚的四个国家越南、泰国、马来西亚、印度尼西亚进行。16 支球队被分为了 4 个小组，朱广沪挂帅的中国队和伊朗队、乌兹别克斯坦队和东道主马来西亚队一起被分在了 C 组，小组赛的比赛被安排在马来西亚进行。结果“朱家军”3 战 1 胜 1 平 1 负积 4 分名列小组第 3，不仅没有完成赛前“进四强”的任务，止步于小组赛也是中国队自 1980 年以来征战亚洲杯赛取得的最差战绩。赛后，执教中国队两年半之久的朱广沪被足协解职，中国足球在一片狼藉中继续向低谷滑落。本届亚洲杯上，以“练兵”为主要目的的东亚两强韩国队、日本队均止步于半决赛，而首次参加亚洲杯赛事的“澳洲袋鼠”澳大利亚队表现不佳，未能进入四强；冠军决战在伊拉克队和沙特队这两支西亚传统劲旅之间展开，最终饱受战乱困扰的伊拉克队凭借顽强的团队精神首次捧起了亚洲杯冠军奖杯，而最佳球员的奖项则颁发给了伊拉克队的进攻核心尤尼斯。

中国队参赛名单

守门员	李雷雷、杨君、宗垒
后卫	杜威、孙祥、张耀坤、李玮峰、孙继海、张帅、季铭义、曹阳
中场	邵佳一、李铁、郑智、赵旭日、王栋、周海滨、郑斌、毛剑卿
前锋	韩鹏、董方卓、朱挺、王鹏

中国队 5 比 1 马来西亚队

北京时间 7 月 10 日晚，中国队迎来小组赛首场比赛，对手是东道主马来西亚队。在两队此前的 11 次国际 A 级赛事的交锋中，中国队以 8 胜 3 平的战绩占据了绝对上峰，但本届亚洲杯开幕以来的“东道主强势”现象不容忽视——越南队两球击败阿联酋队、泰国队逼平伊拉克队、印度尼西亚队也以 2 比 1 击败巴林队。因此朱广沪在此战的布阵上，也对此前的主力阵容略微做了一些改动，王栋顶替赵旭日出任右边前卫，周海滨顶替李铁出任后腰。

开赛仅 1 分钟，中国队就获得破门良机，周海滨后场长传准确地找到了左翼的毛剑卿，后者在两名防守球员夹击下低传禁区，王栋迎球劲射被对方门将封出。之后，中国队又连续获得了几次得分良机，并在场上始终保持着优势。

当比赛进行到第 15 分钟的时候，中国队终于将优势转化为进球，王栋右路下底传中，韩鹏在快速移动中后点头球破门，中国队 1 比 0 领先。失球后，马来西亚队加强了进攻，但以李玮峰为核心的中国队后防线表现稳定，数次化解了对方的攻势。第 36 分钟孙祥左侧下底与对手相撞倒地，郑智快步跟进，底线前挑传中路，韩鹏在前点的争顶吸引了对方门将与后卫的注意力，邵佳一后点轻松将球打进空门，中国队 2 比 0 领先。

易边再战，马来西亚队攻势不减，但依旧是“只开花不结果”，而中国队则继续依靠着身体的优势向对方发起攻击，并在第 51 分钟凭借王栋的幸运进球将领先优势扩大为 3 球。大比分落后，马来西亚队场上球员的情绪明显受到了影响，阵型也逐渐趋于零乱。中国队则趁势继续扩大比分，第 54 分钟，毛剑卿的精确传中帮助韩鹏再下一城，比分变成了 4 比 0。此后，双方主帅都对首发阵容进行了调整，马来西亚队将球队的主力得分手阿克马尔换下，朱广沪则用李铁和董方卓分别换下表现出色的邵佳一和韩鹏。第73分钟，马来西亚队替补出场的因德拉抓住中国队防守松懈的机会打入精彩的一球，其后马来西亚队势头大涨，中国队两大主将——李玮峰和郑智在这段时间里均因为犯规而领到黄牌，这也为他们最后一战不能上场埋下了伏笔。

“躲过”了马来西亚队这一波进攻后，朱广沪在第87分钟用郑斌换下了毛剑卿加强中场控制。补时最后时刻，王栋在点球点附近甩头攻门得分，将比分定格在5比1，这也是他在本场比赛收获的第2粒进球。中国队顺利地取得了本届亚洲杯赛的开门红，这也是中国队在历届亚洲杯揭幕战中取得的最大胜利。

双方出场阵容

中国队(442)：李雷雷/孙祥、张耀坤、李玮峰、孙继海/毛剑卿(第87分钟，郑斌)、郑智、周海滨、王栋/邵佳一(第65分钟，李铁)、韩鹏(第72分钟，董方卓)

马来西亚队(442)：阿齐宗/凯隆尼萨姆、福齐埃、罗斯蒂、法兹里(第56分钟，南坦库尔马)/沙赫鲁尔(第46分钟，埃迪)、舒科尔、哈尔蒂、扎马尼/阿克马尔(第61分钟，因德拉)、海鲁丁

双方技术统计

	中国队	马来西亚队
进球	5	1
射门	18	6
射正	8	4
角球	2	9
前场任意球	8	6
犯规	12	12
越位	1	1
黄牌	2	1
红牌	0	0

中国队 2 比 2 伊朗队

北京时间 7 月 15 日晚，中国队迎来本届亚洲杯上的第二场比赛，对手是小组实力最强大的伊朗队。在上届亚洲杯上，中国队凭借主场优势在半决赛中通过点球大战淘汰伊朗队。而在本届亚洲杯上，伊朗队首战乌兹别克斯坦队已显露出“老迈”的迹象，再加上伊朗队主帅加里诺伊在首战因向场内投掷矿泉水瓶被罚出场。因此在赛前，中国队对战胜对手显得信心十足。

比赛当天下午天降大雨，赛前雨停，天气变得十分凉爽，这有助于球员在场上发挥出最高水平。开赛后，信心满满的中国队表现果然令人眼前一亮，比赛仅仅进行了 22 秒，中国队就完成了首次射门，在张耀坤错失了一次得分良机之后，邵佳一在第 6 分钟时便利用一次任意球机会先声夺人，中国队取得了完美开局。之后双方互有攻守，但均未获得很好的得分机会。第 26 分钟，中国队中场核心郑智在右路拦截伊朗队左路大将赞迪突破时犯规，领到黄牌，这也导致他无缘最后一场对乌兹别克斯坦队。但 6 分钟后，中国队又收获了 1 粒进球。第 32 分钟，郑智在接到王栋分球后及时传向禁区，尽管邵佳一没有抢到第一点，但吸引了伊朗队后卫卡阿比的注意力，后点埋伏的毛剑卿稍作调整，一脚扫射将球送入伊朗队球门下角，中国队 2 比 0 领先。

两球落后的局面激发了伊朗人的斗志，他们频频向中国队发起猛烈的攻势，一时之间，中国队疲于应付。而伊朗人的努力终于在上半场补时阶段取得成效，赞迪同样利用任意球机会攻破李雷雷把守的大门，将比分追为 1 比 2。下半场比赛一开始，伊朗队就接连换上莫巴利与凯泽米安这两名攻击球员。而中国队主帅朱广沪则想尽全力保住领先的优势，要求全队“收缩”防守，因此下半场比赛的大部分时间内，形成了伊朗队围攻中国队的局面，而中国队只能依靠韩鹏的零星反击去威胁对手。而这样的被动局面也导致了中国队在比赛进行到第71分钟的时候再度被对手攻破球门，内科南的头球破门将比分追为2比2。被对手扳平比分后，中国队重新将阵型前压，但为时已晚，最终两队以2比2握手言和。

本场比赛中国队尽管取得了一个完美的开局，但由于朱广沪的保守战术以及换人的失误，中国队最终丧失了两球领先的大好局面，未能提前从小组赛出线。而本场比赛后，郑智、李玮峰、李雷雷三员大将因为累积黄牌和伤病的原因，将铁定缺席与乌兹别克斯坦队的生死战，这对实力平平的“朱家军”而言可谓致命打击。

双方出场阵容

中国队(442)：李雷雷/孙祥、张耀坤、李玮峰、孙继海/毛剑卿(第68分钟，朱挺)、周海滨、郑智、王栋(第60分钟，赵旭日)/邵佳一、韩鹏(第78分钟，杜威)

伊朗队(352)：罗德巴里安/雷扎伊、马达维基亚、侯赛尼/赞迪(第88分钟，马丹奇)、卡里米(第46分钟，莫巴利)、内科南、卡阿比(第46分钟，凯泽米安)、特穆里安/哈什米安、恩纳亚蒂

双方技术统计

	中国队	伊朗队
进球	2	2
射门	11	17
射正	4	4
角球	7	7
前场任意球	5	9
犯规	14	19
越位	1	3
黄牌	4	4
红牌	0	0

中国队 0 比 3 乌兹别克斯坦队

北京时间 7 月 18 日晚，中国队迎来了本届亚洲杯小组赛最后一场与乌兹别克斯坦队的“生死战”。历史上双方在国际 A 级赛事中共交锋 7 次，中国队以 2 胜 1 平 4 负的战绩处于下风。1994 年，正是乌兹别克斯坦队击碎了中国队亚运夺金的梦想，但这次中国队的出线前景还是为大多数球迷和媒体所看好，因为只要战平对手，中国队就将获得小组出线权。

由于郑智、李玮峰因为累积黄牌停赛，李雷雷又遭遇伤病困扰，因此本场比赛中国队的首发阵容发生了很大的变化，杨君出任门将，杜威出现在中后卫位置，孙继海移至后腰，此外张帅、董方卓两人也获得了首发资格。

与小组赛前两战相似，中国队开场后立刻向对手展开进攻，董方卓与毛剑卿的边路突破极具威胁，但乌兹别克斯坦队的防守非常稳定，因此尽管中国队在控球上占据着明显的优势，但所获得的破门机会并不多。上半场结束时，僵局依然没有被打破。

下半场开局阶段，中国队依旧保持着控球上的优势，但始终无法破门。此后乌兹别克斯坦队逐渐占据了比赛的主动，特别是他们的“箭头”人物沙茨基赫开始威胁中国队的大门。而中国队最有威胁的进攻出现在比赛第 65 分钟，张帅右路切入禁区送出极具威胁的传中，跟进的王栋近点怒射击中横梁弹回。中国队丧失这次最佳得分机会 6 分钟之后，就遭遇了“致命”打击，刚刚被换上场的赵旭日犯规送给对手一个任意球，沙茨基赫接到开出的皮球后头球攻门，虽被杨君挡出，但他补射将球送入网窝，乌兹别克斯坦队 1 比 0 领先。

失球后，朱广沪立即对球队阵容作出调整，用朱挺换下张帅加强攻势，但此时中国队场上球员的心态已经开始变得焦躁，根本无法组织起有效的攻势，结果在比赛进行到第86分钟时再遭打击，卡帕泽利用任意球机会将比分扩大为2比0。此球一进，几乎提前宣告了中国队的出局，中国队在场面上已完全失控，朱挺前场拼抢动作过大领到黄牌，韩鹏更是在拼抢中严重受伤，长卧球场令比赛暂停。补时阶段，乌兹别克斯坦队再获得禁区前任意球机会，中国队虽将对手首次攻门挡下，但还是被海因里希补射破门，最终中国队0比3落败，耻辱般地告别了本届亚洲杯，同时这也是中国队27年来首次未能从亚洲杯小组赛中出线。

双方出场阵容

中国队(442)：杨君/孙祥、杜威、张耀坤、张帅(第76分钟，朱挺)/毛剑卿(第40分钟，王栋)、孙继海、周海滨、董方卓(第69分钟，赵旭日)/邵佳一、韩鹏

乌兹别克斯坦队(352)：内斯特罗夫/卡里莫夫、尼古拉耶夫、加富罗夫/德尼索夫(第62分钟，卡尔彭科)、杰帕罗夫、伊布拉吉莫夫(第90分钟，索洛明)、海达罗夫、卡帕泽/沙茨基赫、巴卡耶夫(第46分钟，海因里希)

双方技术统计

	中国队	乌兹别克斯坦队
进球	0	3
射门	10	12
射正	4	7
角球	2	2
前场任意球	4	5
犯规	12	9
越位	1	5
黄牌	2	2
红牌	0	0

第 14 届亚洲杯赛完全赛程赛果

比赛时间	组别	对阵	地点	赛果
7月7日 20:35	A组	泰国—伊拉克	泰国	1:1
7月8日 18:20	A组	澳大利亚—阿曼	泰国	1:1
7月8日 20:35	B组	越南—阿联酋	越南	2:0
7月9日 18:20	B组	日本—卡塔尔	越南	1:1
7月10日 20:35	C组	马来西亚—中国	马来西亚	1:5
7月10日 18:20	D组	印度尼西亚—巴林	印度尼西亚	2:1
7月11日 18:20	C组	伊朗—乌兹别克斯坦	马来西亚	2:1
7月11日 20:35	D组	韩国—沙特	印度尼西亚	1:1
7月12日 18:20	A组	阿曼—泰国	泰国	0:2
7月12日 20:35	B组	卡塔尔—越南	越南	1:1
7月13日 18:20	A组	伊拉克—澳大利亚	泰国	3:1
7月13日 21:35	B组	阿联酋—日本	越南	1:3
7月14日 18:20	C组	乌兹别克斯坦—马来西亚	马来西亚	5:0
7月14日 20:35	D组	沙特—印度尼西亚	印度尼西亚	2:1
7月15日 18:20	C组	中国—伊朗	马来西亚	2:2
7月15日 20:35	D组	巴林—韩国	印度尼西亚	2:1

比赛时间	组别	对阵	地点	赛果
7月16日 18:20	B组	越南—日本	越南	1:4
7月16日 18:20	B组	卡塔尔—阿联酋	越南	1:2
7月16日 20:35	A组	泰国—澳大利亚	泰国	0:4
7月16日 20:35	A组	阿曼—伊拉克	泰国	0:0
7月18日 18:20	D组	沙特—巴林	印度尼西亚	4:0
7月18日 18:20	D组	韩国—印度尼西亚	印度尼西亚	1:0
7月18日 20:35	C组	马来西亚—伊朗	马来西亚	0:2
7月18日 20:35	C组	乌兹别克斯坦—中国	马来西亚	3:0
7月21日 18:20	1/4决赛	日本—澳大利亚	越南	5:4（点球）
7月21日 21:20	1/4决赛	伊拉克—越南	泰国	2:0
7月22日 18:20	1/4决赛	伊朗—韩国	马来西亚	2:4（点球）
7月22日 21:20	1/4决赛	沙特—乌兹别克斯坦	印度尼西亚	2:1
7月25日 18:20	半决赛	伊拉克—韩国	马来西亚	4:3（点球）
7月25日 21:20	半决赛	日本—沙特	越南	2:3
7月28日 20:35	三四名决赛	韩国—日本	印度尼西亚	6:5（点球）
7月29日 20:35	决赛	伊拉克—沙特	印度尼西亚	1:0

第 14 届亚洲杯赛小组赛各组积分榜

A 组

名次	球队	场次	胜	平	负	进球	失球	积分
1	伊拉克	3	1	2	0	4	2	5
2	澳大利亚	3	1	1	1	6	4	4
3	泰国	3	1	1	1	3	5	4
4	阿曼	3	0	2	1	1	3	2

B 组

名次	球队	场次	胜	平	负	进球	失球	积分
1	日本	3	2	1	0	8	3	7
2	越南	3	1	1	1	4	5	4
3	阿联酋	3	1	0	2	3	6	3
4	卡塔尔	3	0	2	1	3	4	2

C 组

名次	球队	场次	胜	平	负	进球	失球	积分
1	伊朗	3	2	1	0	6	3	7
2	乌兹别克斯坦	3	2	0	1	8	2	6
3	中国	3	1	1	1	7	6	4
4	马来西亚	3	0	0	3	1	12	0

D 组

名次	球队	场次	胜	平	负	进球	失球	积分
1	沙特	3	2	1	0	7	2	7
2	韩国	3	1	1	1	3	3	4
3	印度尼西亚	3	1	0	2	3	4	3
4	巴林	3	1	0	2	3	7	3

第 14 届亚洲杯赛射手榜

排名	球员	进球数	球队
1	尤尼斯	4	伊拉克
	亚希尔	4	沙特
	高原直泰	4	日本
2	昆塔纳	3	卡塔尔
	维杜卡	3	澳大利亚
	沙茨基赫	3	乌兹别克斯坦
3	马列克	2	沙特
	邵佳一	2	中国
	韩鹏	2	中国
	王栋	2	中国
	中村俊辅	2	日本
	卷诚一郎	2	日本
	通坎亚	2	泰国
	卡帕泽	2	乌兹别克斯坦
	阿尔穆萨	2	沙特
	贾萨姆	2	沙特
	阿尔科斯	2	阿联酋

U19亚洲青年足球锦标赛预选赛

中国队征战 U19 亚青赛预选赛综述

2007 年 U19 亚青赛预选赛于 2007 年 9 月正式拉开战幕。中青队所在的 F 组赛事开战时间相对较晚，11 月 6 日才在广西柳州打响。虽然中青队坐拥主场之利，且主帅刘春明曾先后在多支青年国字号球队任职，球队也云集了 17 岁－19 岁年龄段国内多数优秀球员，但中青队还是在小组赛含金量最高的一场焦点战中以 0 比 1 不敌朝鲜队，屈居小组第二。幸运的是这并没有影响中青队晋级 2008 年亚青赛决赛阶段的比赛。尽管中青队打出了两场酣畅淋漓的大胜，张呈栋也被评为本次赛事的最佳球员，但球队在 4 场比赛中也暴露出了技术水平普遍较差、临门一脚不过关、过于依赖核心球员的缺陷。

中国队 7 比 1 新加坡队

2007 年 11 月 6 日下午 4 点，亚青赛预选赛 F 组首轮中国队与新加坡队的比赛在柳州体育中心进行，中青队实力明显胜出对手一筹，比赛进程也没有太大悬念。第 8 分钟，中青队中场断球后打对手身后，10 号高中锋谈杨得球直扑禁区，他轻松晃过对方一名后卫后小角度抽射，皮球从近角直飞网窝，中青队 1 比 0 领先。第 18 分钟，中青队门将吴炎大脚开球发动进攻，前场左侧小个子左前卫王云龙头球前摆，12 号张呈栋拿球直扑禁区，面对一名后卫的紧逼，他左脚一扣闪开防守右脚大力抽射将球打进，比分变为

2 比 0。就当人们认为中青队将继续扩大战果时，新加坡队却给了东道主一个难堪，第 38 分钟，新加坡队前场界外球发动进攻，22 号球员禁区前左侧连续过人，禁区前沿将球回做给无人防守的 12 号凡宾，后者起左脚推射，皮球绕过站位靠前的门将吴炎飞进远角。上半时伤停补时阶段，中青队后场长传前场左侧的王云龙，王云龙拿球后在两名防守球员的逼抢下强行传中，后点包抄的右前卫王亮停球假射晃开一名防守球员，大力抽射，将比分扩大为 3 比 1。

下半场中青队继续进攻但有些急躁，前 20 分钟穷追猛打但始终与进球失之交臂。第 67 分钟，中青队前锋张呈栋前场左路突破，禁区内面对 3 名防守球员的夹击，他连续两个转身后将球传到门前，无人防守的替补前锋周燎轻松将球顶进空门，中青队将比分扩大为 4 比 1。第 69 分钟，中青队左路将球转移到右边路后回敲，2 号钟蓓伟左脚将球吊入禁区，16 号王云龙抢点头球吊射，皮球绕过站位靠前的对方门将直飞网窝，场上比分变成 5 比 1。第 85 分钟，中青队中场组织进攻，中路直塞禁区，两名新加坡队后卫关门防守撞到了一起同时倒地，9 号周燎收到大礼后轻松将球打进，场上比分变为 6 比 1。第 87 分钟，中青队替补出场的前锋 11 号张远左路带球用速度突破一名后卫在禁区线上推射远角再进一球，将全场比分锁定为 7 比 1。

中青队出场阵容(442)：

吴炎/钟蓓伟、李昊桢、邱添一、郑铮/王亮、张琳芃（第 81 分钟，李智超）、曹赟定、王云龙/谈杨（第 62 分钟，周燎）、张呈栋（第 81 分钟，张远）

中国队 1 比 0 马来西亚队

2007 年 11 月 8 日晚上 8 点，亚青赛预选赛 F 组次轮赛事全面打响，中青队迎来马来西亚队。尽管赛前无论是刘春明还是队员们都对比赛信心满满，但比赛进程的艰苦程度却超出了球员的预料。

开场后中青队很快先声夺人，第 12 分钟，中青队获得角球机会，21 号于洋在禁区内后点头球攻门将比分改写为 1 比 0。但进球后中青队进攻反而偃旗息鼓，在脚下技术不占优势的情况下，依靠身体对抗打到前场的几次机会都被莫名其妙的远射或主动失误挥霍掉，有些心浮气躁的中青队越发控制不住场上局势，而马来西亚队队员隐蔽的小动作则让双方的对峙情绪不断升级。第 38 分钟，马来西亚队球员在裁判员没有留意的情况下恶意侵犯中青队球员，双方球员发生肢体接触后被裁判分开，而随后动作过大的后卫钟蓓伟被出示了黄牌。半场结束比分仍是 1 比 0。

下半场中青队场面上仍占据主动，但球员浪费机会的表现令人瞠目结舌，多达五六次的单刀机会竟然没有一次转化为进球，张呈栋、王云龙、黄洁近在咫尺的射门不是被扑出就是打高，全场比赛结束，中青队收获的只是一场颇为尴尬的胜利。而刘春明的脸色也难看到了极点。

中青队出场阵容(442)：

吴炎/钟蓓伟、邱添一、郑铮、于洋/张琳芃、曹赟定、王云龙、黄洁/周燎、张呈栋

中国队 10 比 0 中国澳门队

在上一场比赛全队哑火之后，刘春明对球员不够冷静的表现提出了批评，并且对前两战表现不佳的锋线进行了人员调整。在迎战中国澳门队的比赛中，来自山东鲁能梯队的高迪获得首发机会，而他也没有辜负主帅的信任，开场仅 3 分钟就通过一次反越位进攻突入禁区，随后连续突破防守球员将球打入，中青队 1 比 0 领

先。第 9 分钟，高迪中路接到队友右侧传中后头球梅开二度。1 分钟后，又是高迪在禁区内接到对友打在门柱上的射门后头球补空门完成“帽子戏法”。中青队开场 10 分钟便取得 3 球领先的大好局面。

第 12 分钟，改打左前卫的谈杨开始发威，他先是禁区内轻松垫射破门，然后又用头球梅开二度。第 25 分钟谈杨投桃报李边路传出一记高质量的传中，7 号吴曦抢点打入了个人本届亚青赛预选赛首粒进球。第 27 分钟中青队开出角球，中卫 21 号于洋抢点头球破门。上半场结束，中青队以 7 比 0 遥遥领先。

下半时中青队开场后又犯了急躁的老毛病，队员脚风不顺，前 15 分钟虽然压着对手打，但始终无法扩大比分。刘春明只得再度调兵遣将，用 18 号王亮换下了张利锋，随后又用 26 号汪洋换下了 11 号张远。第 63 分钟，中青队终于打破僵局，高迪接队友右路传中再次上演头球破门好戏。5 分钟后，中青队边路突破到三角传到大禁区弧顶，6 号李智超在禁区外远射破门。补时阶段又是高迪中路包抄抢点破门，将比分锁定在 10 比 0。

中青队出场阵容(352)：

邵镤亮/李智超、于洋、吴曦/谈杨、张远(第 57 分钟，汪洋)、张利锋(第 50 分钟，王亮)、郑铮、李昊祯/郭朝鲁、高迪

中国队 0 比 1 朝鲜队

在击败 3 个并不强大的对手后，中青队终于迎来了小组赛的头号劲敌朝鲜队。本场比赛刘春明几乎派上了球队所有主力，开场之后中青队也希望从气势和场面上压倒对手。王亮率先发难但将球打飞，而朝鲜队则用一记打在中青队门柱上的远射给予回敬。第 35 分钟中青队迎来绝佳机会，12 号张呈栋在中路直塞朝鲜队防线身后，但 11 号张远未能调整好步伐，遗憾错失了单刀良机。

上半场双方亮点不多，以 0 比 0 易边。

下半场开场不久刘春明就用上一场独进 5 球的高迪换下了曹赟定，球队改打 3 前锋，此后中青队基本控制了比赛主动权。而第 70 分钟王云龙的上场则让中青队的进攻达到了前所未有的高潮。第 75 分钟，中青队利用前场任意球机会将皮球打到门前，乱战中队员的射门高出球门。紧接着中青队在禁区外的大力远射也被朝鲜队门将化解。第 80 分钟刘春明孤注一掷，来自武汉的高中锋周燎再度领命上场，中青队的前锋人数一度达到了 4 名之多！虽然中青队狂轰滥炸了半场球，但朝鲜队的防守非常顽强，门将的表现更是有如神助。就当比赛行将结束时，令人意想不到的一幕发生了，朝鲜队 10 号球员禁区外大力远射踢出世界波，皮球直飞中国队大门死角，门将吴炎鞭长莫及。主裁判随即吹响比赛结束哨音，中国队只能接受家门口落败并屈居小组第 2 的现实。

中青队出场阵容(442)：

吴炎/钟蓓伟、郑铮、邱添一、于洋/张琳凡、曹赟定(第 50 分钟，高迪)、黄洁、王亮(第 70 分钟，王云龙)/张远、张呈栋(第 80 分钟，周燎)

2007 年 U19 亚青赛预选赛 F 组积分榜

球队	赛	胜	平	负	进球	失球	积分
朝鲜	4	4	0	0	14	2	12
中国	4	3	0	1	18	2	9
新加坡	4	1	1	2	6	10	4
马来西亚	4	1	1	2	5	4	4
澳门	4	0	0	4	0	25	0

U19亚洲
青年女足锦标赛

中国队征战 U19 女足亚青赛综述

2007 年 10 月 5 日至 10 月 16 日，U19 女足亚青赛在中国重庆进行。本届赛事一共有 8 支球队参加，共分为 A、B 两组。A 组有澳大利亚、朝鲜、日本、缅甸队；B 组有中国、中国台北、韩国、泰国队，小组赛的前两名晋级半决赛。

上届在马来西亚进行的亚青赛上，中国女足青年队连克强敌，历史上首次获得该项赛事的冠军。本次比赛球队在主教练高荣明的带领下志在卫冕，但由于在半决赛中遭遇了实力强大的朝鲜青年队，中国女足青年队以 1 比 4 的悬殊比分败北，最终只获得了本届赛事的第三名。

小组赛：中国队 2 比 0 泰国队

北京时间 10 月 5 日下午，中国女青迎来小组赛的第一个对手泰国队。主帅高荣明并没有安排马晓旭首发，3 名国家队员中只有翁新芝首发出场。

比赛开始之后，中国队始终压着泰国队打。第 8 分钟，马自翔主罚角球开至后点，中国队队员在禁区起脚捅射，乱战中泰国队后卫用身体将球挡出。上半时第 14 分钟，中国队获得了一次绝佳的破门机会，李丹阳在中路拿球后一脚妙传将球从人缝中传出，李文琪及时上抢得球，以一记漂亮的反扣骗过对手直接起脚打门，但被出击的门将倒地扑住。上半时第 35 分钟，中国队获得角球，球被开至前点，李文琪抢点头球攻门被门将得到。2 分钟后，中国队在中路形成突破，5 号翁新芝起脚传中，李文琪半转身扫射打门，门将倒地扑球脱手，皮球擦着右侧立柱滑出底线。上半时第 41 分钟，李丹阳直传李文琪，后者拿球后一个变向突至禁区内横传，中路插上的队长李琳拍马赶到头球攻门却遗憾将球打高。

在打不开局面的情况下，中国队主教练高荣明用马晓旭替下李琳。全场比赛进行到第 76 分钟时，中国队终于取得了第一个进球，刚刚替补上场的马晓旭凭借个人能力在底线突破传中，朱薇在中间一漏，对方后卫苏干亚解围失误将球碰进自家大门。第 87 分钟，中国队右路形成突破，18 号李文琪右路变线摆脱对手后直传，后插上的前锋朱薇及时跟进起脚挑射，皮球在空中划出一道漂亮的弧线后直接飞进球门左上角。最终中国女足 2 比 0 战胜泰国队。

中国队出场阵容(442)：

迟晓慧/阮小清、翁新芝、曾秀兰、李丹阳（第 46 分钟，汪玲玲）/刘佳、李文琪、张睿（第 77 分钟，刘树坤）、马自翔/李琳（第 73 分钟，马晓旭）、朱薇

小组赛：中国队 5 比 0 中国台北队

北京时间 10 月 7 日晚，中国女青在重庆市奥体中心同中国台北队进行了亚青赛小组赛的第 2 场比赛。头号球星马晓旭在这场比赛中首发出场并戴上队长袖标，上一场对阵泰国队打满全场的翁新芝再度首发打中后卫。

上半时第 12 分钟，中国队获得左路角球机会，马自翔主罚将球直接吊到禁区里，李雯在人群中高高跃起甩头攻门，中国台北队后卫奋力上前用身体将球挡下，然后将球捅出，此时埋伏在禁区前沿的刘树坤调整角度迎球推射将球打进，中国队 1 比 0 领先。

上半时第 22 分钟，中国队右路发起攻势，李文琪边路带球高速突破后在禁区右路起脚传中，中国台北队门将扑球脱手，此时插上赶到禁区内的李雯抢在门将再度拿球之前背对球门脚后跟一磕直接将球打进，中国队 2 比 0 领先。

第 29 分钟，马晓旭外围拿球之后一脚过顶长传将球吊向球门，马自翔中路拍马赶到起脚挑射，皮球越过门将头顶直接飞进球门左上角，中国队 3 比 0 领先。

下半场中国队的攻势不减。第 63 分钟中国队从左路发起攻势，刘树坤中场妙传，前锋朱薇高速插上起脚大力抽射破门。第 65 分钟，中国队再度发起进攻，马自翔在中路高速推进形成单刀后打出一脚地滚球，皮球从门将脚边滑过滚进球门。中国队最终以 5 比 0 大胜中国台北队。

中国队出场阵容(442)：

迟晓慧/汪玲玲、阮小清、翁新芝(第 46 分钟，曾秀兰)、李丹阳(第 46 分钟，李东娜)/李雯、刘树坤、张睿、李文琪/马晓旭(第 60 分钟，朱薇)、马自翔

小组赛：中国队 1 比 1 韩国队

北京时间 10 月 9 日下午，中国队迎来了小组最后一轮与韩国队的比赛。马晓旭继续被主教练安排首发出场。

第 14 分钟，韩国队在中国队禁区前沿突然将球反向传出，前锋刘英雅斜射将球打进，不过助理裁判举旗示意越位在先。第 36 分钟，中国队刘佳左路突破后传中，后点包抄的李雯抢到落点头球攻门，皮球被对方门将挡了一下后击中门柱弹出底线。

第 40 分钟，整个上半时被对方后卫紧紧缠住的马晓旭终于获得机会，她接到朱薇的传球后在禁区前沿右脚一扣摆脱两名防守球员的围堵，闪出空当后左脚抽射，皮球绕过门将直接飞进球网，

中国队 1 比 0 领先。

下半场双方易边再战，第 69 分钟，中国队李雯右路突破后将球传到门前，刘佳禁区线上右脚扫射没能踢正部位。第 80 分钟，韩国队左路传中，郑慧妍抢在出击的门将之前头将球顶进空门。韩国队连续不断的进攻终于有所收获，场上比分变成 1 比 1。经过 2 分钟补时，双方以 1 比 1 战平。中国队因净胜球少以小组第 2 出线，淘汰赛的对手是朝鲜队。

中国队出场阵容(442)：

迟晓慧/汪玲玲、阮小清、翁新芝、李丹阳（第 32 分钟，张睿）/刘佳、刘树坤、马自翔、李雯/朱薇（第 59 分钟，李冬娜；第 84 分钟，李琳）、马晓旭

半决赛：中国队 1 比 4 朝鲜队

北京时间 10 月 13 日 19 点，女足亚青赛半决赛，中国队遭遇老对手朝鲜队。

上半时第 6 分钟，中国队犯规送给朝鲜队一个前场任意球机会，球开出后朝鲜队黄静薇在禁区内骗过中国队后卫半转身抽射将球打在左侧门柱上反弹入网，朝鲜队 1 比 0 领先。上半时第 35 分钟，朝鲜队获得前场边线球机会，黄静薇起脚传中将球直接吊向门前，门将迟晓慧抢先出击却不慎将皮球托进了自家的大门。第 46 分钟，朝鲜队在右路发起攻势，队长丁恩欣右路拿球突破后在禁区前沿起脚传中，李仪静外围拿球一记外脚背大力抽射，皮球直入球门死角。上半场朝鲜队 3 球领先。

下半场第 52 分钟，中国队马自翔左路突破后传中，朱薇抢点打门被门将倒地扑出，李文琪右路得球补射破门，但裁判鸣哨示意越位在先进球无效。第 75 分钟，中国队终于利用一次前场任意球机会扳回 1 球，李文琪左路起脚传中，后卫阮小清后点前插抢点打

门,皮球从对方后卫身边滑过飞进球门死角。但在第 82 分钟,朝鲜队李仪静梅开二度再次拉开比分差距。

第 87 分钟时,中国队进行了最后一次换人调整,娄佳慧上场替下了体力不支的马晓旭。此后的时间之内双方都没有进球,这场比赛的比分最终被定格在 1 比 4。中国队无缘决赛,不得不与韩国队争夺第 3 名。

中国队出场阵容(442):

迟晓慧/汪玲玲(第 46 分钟,朱薇)、阮小清、翁新芝、曾秀兰/刘树坤、刘佳、李雯(第 46 分钟,李文琪)、张睿/马晓旭(第 87 分钟,娄佳慧)、马自翔

三四名决赛:中国队 1 比 0 韩国队

北京时间 10 月 16 日下午,U19 女足亚青赛展开第 3 名的争夺。由于本届亚青赛的前 3 名将获得 2008 年智利世青赛的资格,因此两队的交锋格外引人注目。最终中国队凭借阮小清的进球 1 比 0 战胜对手,获得第 3 名。

上半时第 9 分钟,中国队在右路角旗附近获得一个边线球机会,7 号刘树坤将球开至远点,朱薇禁区前沿得球后起脚推射,皮球打在边网上滑出底线。上半时第 14 分钟,娄佳慧在底线附近突然起脚传中,马自翔迅速包抄到位抢点甩头攻门,皮球偏出左门柱。上半时第 33 分钟中国队获得前场任意球机会,马自翔主罚直接大力抽射,门将及时救险双拳将球击出横梁化解危机。

下半时第 31 分钟,中国队获得右路角球,朱薇主罚将球开至远点,阮小清在禁区内高高跃起头球冲顶,门将后撤拿球不及,皮球重重砸进了网窝,中国队 1 比 0 领先。1 分钟后韩国队利用右侧角球机会传中门前,李恩美中路后插上起脚推射,中国队门将反应迅速将球得到。下半时第 41 分钟,中国队获得右侧角球机会,

朱薇主罚将球开至前点，李雯接球被对方后卫破坏，刘树坤及时跟进小角度推射，皮球沿着边网稍稍偏出。在比赛的最后时刻中国队仍然压住韩国队进行围攻，使对手没有一点喘息的时间。最终中国队 1 比 0 战胜韩国队，以亚青赛第 3 名身份杀入了 2008 年的世青赛。

中国队出场阵容(442)：

迟晓慧/汪玲玲、阮小清、翁新芝、刘树坤/马自翔、刘佳、李雯、张睿（第 87 分钟，李琳）/朱薇（第 90 分钟，李文琪）、娄佳慧（第 63 分钟，李东娜）

2007 年女足亚青赛小组积分榜

A 组

名次	球队	场次	胜	平	负	进球	失球	净胜球	积分
1	朝鲜	3	3	0	0	8	2	6	9
2	日本	3	2	0	1	10	3	7	6
3	澳大利亚	3	1	0	2	3	4	−1	3
4	缅甸	3	0	0	3	1	13	−12	0

B 组

名次	球队	场次	胜	平	负	进球	失球	净胜球	积分
1	韩国	3	2	1	0	10	2	8	7
2	中国	3	2	1	0	8	1	7	7
3	泰国	3	1	0	2	3	5	−2	3
4	中国台北	3	0	0	3	0	13	−13	0

2007 年女足亚青赛完全赛程赛果

A 组

开赛时间	地点	对阵
2007.10.06 16:00	重庆奥林匹克中心	朝鲜 3 比 0 缅甸
2007.10.06 18:15	重庆奥林匹克中心	日本 1 比 0 澳大利亚
2007.10.08 16:00	重庆奥林匹克中心	缅甸 0 比 8 日本
2007.10.08 18:15	重庆奥林匹克中心	澳大利亚 1 比 2 朝鲜
2007.10.10 16:00	重庆奥林匹克中心	朝鲜 3 比 1 日本
2007.10.10 16:00	重庆大田湾体育场	缅甸 1 比 2 澳大利亚

B 组

开赛时间	地点	对阵
2007.10.05 16:00	重庆奥林匹克中心	韩国 6 比 0 中国台北
2007.10.05 18:15	重庆奥林匹克中心	中国 2 比 0 泰国
2007.10.07 16:00	重庆奥林匹克中心	泰国 1 比 3 韩国
2007.10.07 18:15	重庆奥林匹克中心	中国台北 0 比 5 中国
2007.10.09 16:00	重庆大田湾体育场	中国 1 比 1 朝鲜
2007.10.09 16:00	重庆奥林匹克中心	泰国 2 比 0 中国台北

半决赛

开赛时间	地点	对阵
2007.10.13 16:00	重庆奥林匹克中心	韩国 5 比 6 日本
2007.10.13 19:00	重庆奥林匹克中心	中国 1 比 4 朝鲜

三四名决赛

开赛时间	地点	对阵
2007.10.16 16:00	重庆奥林匹克中心	韩国 0 比 1 中国

决赛

开赛时间	地点	对阵
2007.10.16 19:00	重庆奥林匹克中心	日本 0 比 1 朝鲜

各项奖项

赛事最有价值球员	丁恩欣(朝鲜)
赛事最佳射手	丁恩欣(朝鲜)4 球
赛事公平竞赛奖	日本队

亚洲少年女足锦标赛

中国队征战第 2 届女足亚少赛综述

2007 年 3 月，第 2 届女足亚少赛(暨 16 岁以下青年足球锦标赛)在马来西亚吉隆坡拉开战幕。本项赛事是在 2005 年首次举办的，举办地是韩国。在首届比赛的决赛中，中国国少队在 90 分钟内 1 比 1 与日本国少队战平，点球决战以 1 比 3 不敌对手屈居亚军。本届比赛只有包括中国队在内的 6 支球队参加，共分成 A、B 两组，每组的前两名进入四强进行交叉淘汰赛，获得前 3 名的球队将取得 2008 年在新西兰举行的 U17 世界女子足球锦标赛的资格。

小组赛：中国队 3 比 1 韩国队

北京时间 3 月 9 日，中国女子国少队在小组赛首战中以 3 比 1 力克东亚劲敌韩国队，取得了首场比赛的开门红。

中国队前锋李薇在上半场第 9 分钟首开记录，后卫刘佳惠在第 16 分钟以一记 30 码开外的远射技惊四座，为中国队再下一城。两球领先后的中国队并没有放松，继续向韩国队施加压力，并最终在第 37 分钟再有收获，杨莉将场上的比分改写为 3 比 0。此后韩国队由队长智劭娟在第 43 分钟利用任意球扳回 1 球。下半场韩国队明显加强了攻势，但中国国少队利用积极的拼抢和凶猛的铲球扼制了韩国队的反攻，也最终以 3 比 1 取得了胜利。

小组赛:中国队 0 比 0 澳大利亚队

北京时间 3 月 12 日,中国队迎战澳大利亚队。本场比赛中国队只要打平就能够从小组出线,所以中国队打得较为保守,澳大利亚队则全线压上进攻。但中国队并没有给对方机会,久攻不下的澳大利亚队渐渐失去了斗志,最终双方互交白卷。中国队以 1 胜 1 平的成绩力压韩国队,以小组头名身份出线,晋级半决赛。

半决赛:中国队 1 比 3 日本队

北京时间 3 月 14 日,在女足亚少赛半决赛中,中国女子国少队以 1 比 3 不敌卫冕冠军日本队无缘决赛。

在从 B 组跌跌撞撞中出线以后,日本队在同中国队的半决赛中发挥出了自开赛以来的最佳水平,最终确保晋级决赛。尽管比赛是在绵绵细雨中进行的,但日本队还是发挥出了自己技术出色的特点,在上半场先失 1 球的不利情况下,下半场连入 3 球,取得胜利。而以 A 组小组第 1 出线的中国队则不得不去为第 3 名而战。

三四名决赛:中国队 2 比 4 韩国队

北京时间 3 月 17 日,U16 女足亚少赛三四名决赛在中国队和韩国队之间展开,中国队在小组赛中曾以 3 比 1 战胜过韩国队。在 90 分钟的比赛中,双方战成 1 比 1 平,随后的加时赛也没有进球。在点球决战中,中国队以 2 比 4 败下阵来,最终以总比分 3 比 5 失利,从而无缘 2008 年举行的首届女足世少赛。

小组积分榜

A组

名次	球队	场次	胜	平	负	进球	失球	净胜球	积分
1	中国	2	1	1	0	3	1	2	4
2	韩国	3	1	0	1	4	4	0	3
3	澳大利亚	3	0	1	1	1	3	−2	1

B组

名次	球队	场次	胜	平	负	进球	失球	净胜球	积分
1	朝鲜	2	2	0	0	8	1	7	6
2	日本	2	1	0	1	2	2	0	3
3	泰国	3	0	0	2	2	9	−7	0

完全赛程赛果

A组

比赛序号	开赛时间	对阵
1	2007.03.08 17:30	中国3比1韩国
3	2007.03.10 17:00	韩国3比1澳大利亚
5	2007.03.12 17:00	中国0比0澳大利亚

B组

比赛序号	开赛时间	对阵
2	2007.03.08 20:00	日本0比1朝鲜
4	2007.03.10 19:30	朝鲜7比1泰国
6	2007.03.12 19:30	泰国1比2日本

半决赛

比赛序号	开赛时间	对阵
7	2007.03.14 17:00	中国1比3日本
8	2007.03.14 20:00	朝鲜4比1韩国

三四名决赛

比赛序号	开赛时间	对阵
9	2007.03.17 17:00	中国 3 比 5(点球)韩国

决赛

比赛序号	开赛时间	对阵
10	2007.03.17 20:00	日本 0 比 3 朝鲜

赛事各项奖项

最有价值球员	尹铉喜(朝鲜)
最佳射手	尹铉喜(朝鲜)7 球
公平竞赛奖	日本队

中国
ZHONGGUO
足球年鉴
2008
ZUQIU NIANJIAN

亚洲冠军联赛

OFFICIAL DRAW
AFC CHAMPIONS LEAGUE 2007 Draw
AFC
Group A
AL ARABI sport club
AL-WAHDA
AL-RAYYAN sport club
AL-ZAWAR'A
Group B
PAKHTAKOR
KUWAIT
AL-HILAL
ESTENGHAL
Group C
AL KARAME sport Club
NEFTCHI
AL-NAJAF
AL-SADD sport club
Group D
AL-AIN
AL- ITTIHAD
FOOLAD Mobarake
AL-SHABAB
Group E
URAWA RED DIAMONDS
SYDNEY FC
SHANGHAI SHENHUA
BERSIK KEDIRI
Group F
BANGKOK UNIVERCITY
KAWASAKI FRONTALE
PS.AREMA MALANG
CHUNNAM DRAGONS FC
Group G
ADELAIDE UNITED FC
LONG AN
SEONGNAM ILHWA FC
SHANDONG LUNENG

中国俱乐部征战 2007 年亚冠联赛综述

2007 年亚洲冠军联赛于 3 月 7 日开打，共有亚洲 15 个国家的 28 支球队参加，冠军将获得 50 万美元奖金以及世界俱乐部杯赛的参赛资格。代表中国参加的是 2006 年中超联赛的冠亚军山东鲁能队和上海申花队，他们分别与韩国 K 联赛冠军城南一和队和日本 J 联赛冠军浦和红宝石队同分在 G 组和 E 组。由于各组只有第一名才能获得出线权，结果中国两强均没能闯过小组赛难关，无缘第二阶段的淘汰赛。这也是近三年来中国球队首次全部止步于亚洲冠军联赛小组赛。

2007 年亚洲冠军联赛分组情况

A 组	阿尔阿拉比（卡塔尔）、阿尔华达（阿联酋）、阿尔莱阳（卡塔尔）、阿尔绍拉（伊拉克）
B 组	棉农（乌兹别克斯坦）、科威特竞技（科威特）、阿尔希拉尔（沙特）、埃斯特格拉尔（伊朗）
C 组	阿尔卡拉默（叙利亚）、内夫特奇（乌兹别克斯坦）、阿尔纳加夫（伊拉克）、阿尔萨德（卡塔尔）
D 组	阿尔艾因（阿联酋）、伊蒂哈德（沙特）、福拉德（伊朗）、阿尔萨巴普（沙特）
E 组	浦和红宝石（日本）、悉尼 FC（澳大利亚）、上海申花（中国）、佩西克（印度尼西亚）
F 组	曼谷大学（泰国）、川崎前锋（日本）、全南天龙（韩国）、阿雷马（印度尼西亚）
G 组	阿德莱德（澳大利亚）、越南隆安（越南）、城南一和（韩国）、山东鲁能（中国）

山东鲁能队亚冠征程综述

尽管 2006 赛季山东鲁能队以刷新多项中国顶级联赛纪录的表现让整个亚洲足坛为之震惊，但年初队中核心郑智被租借到英超查尔顿队后，球队赖以生存的进攻体系出现了无法弥补的真空。加之球队松散的后防始终未能改变，在阵中多名国字号球员被频繁抽调、身心俱疲的情况下，小组赛中一路领先的山东鲁能队最终被城南一和队逆转，痛失出线机会。

阿德莱德队 0 比 1 山东鲁能队

2007 年 3 月 7 日，亚冠联赛小组赛全面开战，山东鲁能队经过长途飞行抵达澳大利亚，挑战澳超亚军阿德莱德队。尽管两天之前鲁能队刚在中超联赛首轮中 5 比 2 大胜辽宁队，但主教练图拔由于在 2005 年亚冠联赛中遭到亚足联禁赛处罚，本场比赛只能和巴辛一道在看台上观战。开赛后鲁能队面对澳大利亚人凶猛的逼抢一度被动，但在李金羽一次漂亮的凌空抽射破门被吹越位后，顶住了对手“三板斧”的鲁能队逐渐掌握了比赛的主动。下半场刚一开场，鲁能队获得角球机会，球开至禁区前点，李金羽抢在门将身前高高跃起甩头攻门，球弹在 5 号后卫瓦尔卡尼斯身上变线入网，鲁能队客场 1 比 0 领先。此后韩鹏、吕征等人都有扩大比分的机会，但在对方门将的出色表现前均无功而返。终场比分为 1 比 0，山东鲁能队获得了开门红。

双方出场阵容

阿德莱德队(442)：丹尼尔/格尔丁、里尔斯(第 82 分钟，杰拉尔蒂)、瓦尔卡尼斯、阿拉吉奇/波恩斯、迪特、冯特、特维斯多德/阿拉季奇、费尔南多(第 65 分钟，阿尔卡特)

山东鲁能队(442)：李雷雷/娇喆、舒畅、尼古拉、王超(第 77 分

钟，苑维玮)/周海滨、日科夫、王永珀、崔鹏(第 79 分钟，布兰科)/韩鹏(第 75 分钟，吕征)、李金羽

双方技术统计

	阿德莱德队	山东鲁能队
进球	0	1
射门	11	10
射正	3	3
角球	5	2
前场任意球	4	7
犯规	16	13
越位	1	5
黄牌	2	2
红牌	0	0

山东鲁能队 2 比 1 城南一和队

2007 年 3 月 21 日，山东鲁能队坐镇山东省体育中心迎来小组赛最强的对手城南一和队。此战前城南一和队轻取小组最弱的对手越南隆安队，士气正旺，但山东鲁能队却在主场打出了惊人的气势。上半时双方互交白卷后，K 联赛冠军率先发起攻势，崔成国推空门失之毫厘，巴西外援莫塔的劲射造成李雷雷脱手。稳住阵脚的山东鲁能队开始反攻，王永珀第 63 分钟右边路下底传中，中路的韩鹏禁区内被对方后卫拉倒，黎巴嫩裁判果断判罚了点球。日科夫骗过门将推射球门右下角入网，1 比 0。但城南一和队在第 77 分钟随即还以颜色，周海滨禁区前对内亚加犯规，裁判判罚任意球。球开至禁区，后点球员头球攻门被门将扑出，朴珍燮补射击中横梁，无人盯防的中卫曹秉局补射破门，1 比 1。不过山东鲁能队在第 79 分钟再次用精彩的进攻将比分超出，矫喆右路突破到底

线处倒地传中，跑位极佳的王永珀不待皮球落地，原地跃起侧身倒勾射门，皮球直挂球门左上角，这记世界波彻底摧垮了城南一和队的士气。由于两队攻防转换极快，体能消耗不小，比赛最后的 10 多分钟内虽然气氛紧张，但有威胁的进攻都不多，终场哨响，鲁能队 2 比 1 惊险取胜，坐上了小组头名交椅。

双方出场阵容

山东鲁能队(442)：李雷雷/矫喆、舒畅、尼古拉、王超(第 72 分钟，苑维玮)/周海滨、日科夫、王永珀(第 92 分钟，巴科维奇)、崔鹏/韩鹏、李金羽(第 81 分钟，刘金东)

城南一和队(451)：金龙大/张学英、曹秉局、金永徹、朴珍燮/金相植(第 84 分钟，南基一)、金斗炫、孙大镐(第 46 分钟，崔成国)、莫塔·达·席尔瓦(第 70 分钟，金东炫)/内亚加

双方技术统计

	山东鲁能队	城南一和队
进球	2	1
射门	15	19
射正	6	8
角球	5	4
前场任意球	12	9
犯规	33	28
越位	3	3
黄牌	2	0
红牌	0	0

山东鲁能队 4 比 0 越南隆安队

2007 年 4 月 11 日，山东鲁能队主场迎来小组最弱对手越南隆安队，由于实力悬殊，这场比赛成为了鲁能队的进球表演。第 43 分钟，鲁能队日科夫禁区前将球挑传至小禁区左侧，高速插上

的崔鹏不等皮球落地把球传至门前，球越过对方出击失误的门将，韩鹏插上推空门得手，1 比 0。第 55 分钟，矫喆右路高速下底传中，球飞至球门远角，李金羽抢在后卫身前头球摆向中路，对方门将出击没能接到皮球，中路韩鹏再度顶空门建功，2 比 0。2 分钟后，鲁能队左路下底传中，越南隆安队中后卫解围失误没有踢到皮球，李金羽得球后分到右路，王永珀面对门将大力低平球射门，皮球越过门将腋下入网，3 比 0。第 78 分钟，鲁能队获得右侧角球，日科夫开至前点，本场比赛多次为队友送出好球的李金羽鱼跃冲顶得手，将比分锁定为 4 比 0。

双方出场阵容

山东鲁能队(442)：李雷雷/矫喆、舒畅、尼古拉、苑维玮/周海滨、日科夫(第 79 分钟，王晓龙)、王永珀(第 70 分钟，李微)、崔鹏/韩鹏(第 73 分钟，吕征)、李金羽

越南隆安队(442)：法比奥·桑托斯/阮文雄(第 75 分钟，阮文才)、潘文焦、黎光斋、阮黄强/潘文才安、潘清江、阮俊风、阮明方/沙马拉·卡邦加、阮越生

双方技术统计

	山东鲁能队	越南隆安队
进球	4	0
射门	29	9
射正	17	1
角球	13	1
前场任意球	10	7
犯规	12	17
越位	7	4
黄牌	2	3
红牌	0	0

越南隆安队 2 比 3 山东鲁能队

2007 年 4 月 25 日，一周双赛的紧密赛程让鲁能队从春寒料峭的济南飞往了炎热的越南，就当人们认为鲁能队将再次大比分战胜对手时，此前表现尚可的鲁能队防线却让球迷惊出了一身冷汗。第 11 分钟，越南隆安队中路抢断后组织进攻，潘文才安接球后连续晃过 3 名鲁能队球员，并将球转移球到了禁区弧顶前的沙马拉·卡邦加脚下，后者背对球门反向抽射球门远角，门将李雷雷扑救不及，球直飞入网，0 比 1。第 27 分钟，鲁能队获得大禁区前右侧直接任意球，王永珀踢出弧线球，皮球越过人墙直接入网，比分变成了 1 比 1。但鲁能队后防线的疏忽大意再次让对手偷袭得手，第 33 分钟，鲁能队在后场漫不经心地倒脚，隆安队阮越生断球后高速启动甩开两名后卫，面对出击的李雷雷低平球推射远角，鲁能竟以 1 比 2 再度落后。丢球后图拔在场边大声呵斥队员，而打起精神的中超双冠王终于不再“梦游”。第 48 分钟，鲁能队右路将球转移至左路无人防守的日科夫脚下，后者精确传中，李金羽包抄头球破门扳平比分。此后比赛因球场断电一度中断，而得到喘息机会的鲁能队在体能有所恢复后终于在终场前完成了绝杀。第 91 分钟，鲁能队中场断球后直塞，埋伏在对方后卫线上的李金羽接球杀入禁区，面对出击的门将冷静推射，球从对方裆下入网，3 比 2。虽然鲁能队赢得了比赛，但防线在比赛中的低迷表现却为即将到来的小组决战埋下了隐患。

双方出场阵容

越南隆安队(442)：法比奥·桑托斯/泰同、武氏常、卢明池、阮明方/段纳天、栾清德(第 53 分钟，阮文雄)、阮黄强、潘文才安/阮越生(第 74 分钟，阮文凯)、沙马拉·卡邦加

山东鲁能队(442)：李雷雷/矫喆、舒畅、尼古拉、苑维玮(第 55 分钟，王晓龙)/刘金东(第 74 分钟，李微)、日科夫、王永珀、崔鹏

(第45分钟,吕征)/韩鹏、李金羽

双方技术统计

	越南隆安队	山东鲁能队
进球	2	3
射门	15	19
射正	3	10
角球	3	7
前场任意球	3	9
犯规	18	20
越位	2	6
黄牌	2	2
红牌	1	0

山东鲁能队2比2阿德莱德队

2007年5月9日,鲁能队回到主场迎战阿德莱德队,此前阿德莱德队逼平城南一和队,鲁能队只要取胜就可稳获出线权,但正是这支出线无望的球队改变了小组的形势。第36分钟,阿德莱德队中场断球直塞鲁能队后卫身后,前锋迪特大步趟球到禁区后被门将李雷雷扑倒。裁判判罚点球,费尔南多一蹴而就,0比1。第39分钟山东鲁能队立刻扳平比分,李微接到中场直传球后在禁区边缘趟过一名后卫,右脚小角度射门从门将身下入网,1比1。但下半场率先得分的仍是阿德莱德队,第48分钟,鲁能队前场丢球造成阿德莱德队二打二,亨德里斯直传高速插上的波恩斯,后者面对出击的李雷雷推射远角得手,1比2。山东鲁能队在第57分钟立即还以颜色,日科夫开出任意球,阿德莱德队门将空中拦截未果,后点舒畅将皮球送进空门,2比2。主场痛失3分的山东鲁能队只要在客场不输给城南一和队2球以上,就能顺利出线。

双方出场阵容

山东鲁能队(442):李雷雷/矫喆、舒畅、尼古拉、王超(第 85 分钟,苑维玮)/周海滨(第 73 分钟,王晓龙)、日科夫、李微(第 50 分钟,吕征)、崔鹏/韩鹏、李金羽

阿德莱德队(442):贝特雷姆/阿拉吉克、里斯、瓦尔坎尼斯、康斯坦/坎普(第 82 分钟,佩塔)、特维斯多德、费尔南多(第 46 分钟,亨德里斯)、波恩斯/多梅里、迪特

双方技术统计

	山东鲁能队	阿德莱德队
进球	2	2
射门	11	6
射正	5	4
角球	5	0
前场任意球	9	4
犯规	11	19
越位	2	1
黄牌	1	2
红牌	0	0

城南一和队 3 比 0 山东鲁能队

2007 年 5 月 23 日,亚冠小组赛最后一轮同时开战。李雷雷和李金羽累计黄牌停赛,阵容不整的山东鲁能队再次遭遇了两年前亚冠联赛的梦魇。第 36 分钟城南一和队门将金龙大手抛球发动进攻,8 号金斗炫接到长传球突入禁区,面对出击的门将杨程抢先一脚把球挑过其头顶,然后头球顶空门远角轻松得手。半场结束前鲁能队再遭打击,金斗炫开出左侧任意球,鲁能队后卫防守盯人不紧,6 号孙大镐抢得前点,高高跃起后头球后蹭,皮球越过站位靠前的杨程飞入球门,山东鲁能队 0 比 2 落后。下半时开场后有些被打懵的山东鲁能队依然状态低迷,几次反扑未果后再遭重

创，第 71 分钟莫塔中路接球后横向摆脱周海滨铲抢，随即踢出弧线球直奔远点将比分锁定为 3 比 0。此后城南一和队仍有机会扩大比分，但终场哨响时他们完成了逆转出线的目标，而山东鲁能队则因小组赛最后两轮的低迷表现断送了大好的晋级形势。

双方出场阵容

城南一和队(433)：金龙大/张学英、曹秉局、金泳徹、朴珍燮/孙大镐、金相植、金斗炫(第 80 分钟，崔永荣)/崔成国(第 80 分钟，南基一)、莫塔、金东炫(第 92 分钟，金台润)

山东鲁能队(442)：杨程/苑维玮、尼古拉、舒畅、矫喆/日科夫、周海滨、高尧(第 69 分钟，李微)、崔鹏(第 58 分钟，王晓龙)/韩鹏、吕征

双方技术统计

	城南一和队	山东鲁能队
进球	3	0
射门	16	14
射正	6	4
角球	7	8
前场任意球	8	4
犯规	17	16
越位	0	1
黄牌	0	3
红牌	0	0

G 组最终积分榜

名次	球队	场次	胜	平	负	进球	失球	净胜球	积分
1	城南一和	6	4	1	1	13	6	7	13
2	山东鲁能	6	4	1	1	12	8	4	13
3	阿德莱德	6	2	2	2	9	6	3	8
4	越南隆安	6	0	0	6	4	18	—14	0

上海申花队亚冠征程综述

在中超联赛开幕前一周宣布申花、联城合并，并匆忙完成注册的“新申花”显然只是“看上去很美”。这支拥有最多国字号球员的中超劲旅出征亚冠时只能临阵磨枪，而老申花与联城系的“暗战”、主帅用人上的举棋不定无疑进一步削弱了球队的实力。面对并不强大的3个对手，上海申花队居然连战连败排名垫底，提前丧失了出线资格。虽然在7月份的A3联赛中夺冠，但亚冠联赛的表现无疑给了野心勃勃的申花新掌门朱骏和主帅吉梅内斯当头一棒。

上海申花队1比2悉尼FC队

2007年3月7日，上海申花队在新主场源深体育中心迎来澳超冠军悉尼FC队，这场亚冠的揭幕战让申花队磨合不足的弊病暴露无遗。第7分钟，悉尼队左路发动攻势，卡尼左路传中越过前点的申花队后卫，科里卡快速插入禁区肋部凌空射门，皮球越过出击的王大雷飞入球门。15分钟后又是科里卡横传中路，塔雷离门25米左右迎球怒射，皮球直蹿球门右上角，上海申花队0比2落后。第76分钟两位“老申花”球员打出默契配合，于涛任意球传中，谢晖头球破门，但仍无力改写申花队亚冠首战落败的命运。

双方出场阵容

上海申花队(352)：王大雷/常琳、杜威、曲少言/毛剑卿、孙吉、姜坤(第70分钟，谢晖)、郑科伟(第38分钟，李钢)、科雷亚(第46分钟，于涛)/布兰科、阿隆索

悉尼FC队(442)：博尔顿/米利甘、法菲、鲁丹、斯坦勒里/米德里(第68分钟，斯班塞)、塔雷、科里卡、卡尼/布罗斯克、兹德里利奇

双方技术统计

	上海申花队	悉尼 FC 队
进球	1	2
射门	13	7
射正	6	5
角球	14	4
前场任意球	21	19
犯规	21	24
任意球	21	19
越位	4	3
黄牌	1	3
红牌	0	0

佩西克队 1 比 0 上海申花队

2007 年 3 月 21 日，申花队做客印尼佩西克，赛前连续的暴雨让申花将士只能无奈地逗留在机场，而比赛当日泥泞的球场和湿热的天气也令申花队员分外不适。虽然主教练吉梅门内斯排出了毛剑卿、郜林和谢晖的本土“三叉戟”，但整个上半时申花队如一盘散沙，只能通过偶尔的远射威胁对手。下半时风云突变，第 69 分钟佩西克队后场发动反击，申花队防线退守不及，库尔尼亚万插上传中，中路的普特拉推射得分。申花队竟栽在印尼球队脚下，排名小组末尾。

双方出场阵容

佩西克队(442)：桑迪/因达尔托、扎努利、普拉塞迪亚、亚塔拉/乌托莫、库尔尼亚万、法昆德斯、费尔南多/冈萨雷斯、苏达尔索诺(第 58 分钟，普特拉)

上海申花队(352)：张晨/杜威、常琳、曲少言/于涛(第 77 分钟，王珂)、孙吉、李钢、科雷亚(第 46 分钟，布兰科)、毛剑卿/谢晖、郜林(第 46 分钟，姜坤)

双方技术统计

	佩西克队	上海申花队
进球	1	0
射门	9	11
射正	4	6
角球	6	9
前场任意球	15	21
犯规	22	19
越位	0	1
黄牌	2	4
红牌	0	0

浦和红宝石队 1 比 0 上海申花队

2007 年 4 月 11 日，申花队远赴日本挑战 2006 年 J 联赛“双冠王”浦和红宝石队。因发烧而缺席联赛的李玮峰虽出现在球队的首发阵容中，但与以联城球员为主的后防线之间的配合明显生疏，更多时候只能凭身体素质和经验与对手周旋。第 42 分钟，浦和红宝石队前场右侧获得任意球机会，庞特准确地将球传到禁区中路，阿部勇树后插上甩头攻门，王大雷虽奋力扑救仍未能阻止皮球入网。虽然下半场吉梅内斯遣上了姜坤和布兰科，但若非王大雷力保球门不失，申花队局面将更加难堪。终场哨响，三连败的申花队基本失去了出线的可能性。

双方出场阵容

浦和红宝石队(352)：都筑龙太/平井庆介、田中斗笠王、阿部勇树/铃木启太、长谷部诚、小野伸二、山田畅久、庞特/永井雄一郎(第 70 分钟，冈野雅行)、华盛顿

上海申花队(352)：王大雷/曲少言(第 11 分钟，董阳)、李玮峰、常琳/刘志青、郑科伟、毛剑卿(第 59 分钟，姜坤)、卢欣、于涛(第 74 分钟，布兰科)/科雷亚、谢晖

双方技术统计

	浦和红宝石队	上海申花队
进球	1	0
射门	15	3
射正	6	1
角球	11	4
前场任意球	6	4
犯规	11	14
越位	7	1
黄牌	1	2
红牌	0	0

上海申花队 0 比 0 浦和红宝石队

2007 年 4 月 25 日，申花队回到主场再度迎战浦和红宝石队，本场比赛志在为荣誉而战的申花队终于打出了气势。开场不久申花队边路传中造成浦和红宝石队禁区内兵荒马乱，但刘志青的头球顶空门却遗憾高出，此后科雷亚突入禁区后在与对方后卫对抗中倒地，但裁判并未作出判罚。易边之后稳住阵脚的浦和红宝石队逐渐控制了比赛，第 51 分钟浦和红宝石队右侧开出角球，王大雷出击摘球却被身前的阿部勇树先抢到点，所幸后者的头球击中横梁弹出。比赛最后阶段，山田畅久累计两张黄牌下场，但申花队的进攻已经没有了章法，0 比 0 互交白卷后，仅积 1 分的申花队丧失了理论上的出线可能。

双方出场阵容

上海申花队(352)：王大雷/董阳(第 74 分钟，李玮峰)、常琳、杜威/肖战波、刘志青、姜坤、郑科伟(第 46 分钟，卢欣)、沈龙元/科雷亚(第 46 分钟，布兰科)、谢晖

浦和红宝石队(352)：都筑龙太/平井庆介、田中斗笠王、阿部勇树/铃木启太、长谷部诚、小野伸二(第 60 分钟，平川中亮)、山田

畅久、庞特/堀之内圣、华盛顿(第 80 分钟,冈野雅行)

双方技术统计

	上海申花队	浦和红宝石队
进球	0	0
射门	9	6
射正	2	5
角球	0	2
前场任意球	9	8
犯规	16	25
越位	0	6
黄牌	3	3
红牌	0	1

悉尼 FC 队 0 比 0 上海申花队

2007 年 5 月 9 日,“陪太子读书”的申花队客场挑战悉尼 FC 队,由于队内伤病频繁,申花队只有 17 名球员前往悉尼。而主队仍有出线可能,加之同时开场的另一场比赛中浦和红宝石队一度客场 1 比 2 落后于佩西克队,悉尼 FC 队更是对申花队发起了猛攻。第 25 分钟,悉尼 FC 队连续围攻申花并创造了一个点球,塔雷势大力沉的射门却打在横梁上,申花队逃过一劫。由于三名乌拉圭外援迟迟找不到状态,进攻乏术的申花队大部分时间只能疲于防守。下半场悉尼队攻势越发猛烈,但顶替王大雷出场的张晨表现神勇,先后将卡尼、布罗斯克和鲁丹势在必进的射门一一化解。经过长达 5 分钟的补时,申花队终于顶住了对手的猛攻,全身而退。

双方出场阵容

悉尼 FC 队(442):博尔顿/米利甘、法菲、鲁丹、斯坦勒里/米德里、塔雷(第 72 分钟,凯西)、科里卡、卡尼/布罗斯克、兹德里利奇(第 80 分钟,格拉瓦斯)

上海申花队(352):张晨/姚力军(第82分钟,殷锡福)、杜威、董阳/刘志青、肖战波、王珂(第64分钟,郑科伟)、李钢、科雷亚(第57分钟,王洪亮)/布兰科、阿隆索

双方技术统计

	悉尼FC队	上海申花队
比分	0	0
射门	23	8
射正	10	2
角球	11	3
前场任意球	9	12
犯规	19	16
越位	1	5
黄牌	2	2
红牌	0	0

上海申花队6比0佩西克队

2007年5月23日,申花队回到主场迎战曾令自己蒙羞的佩西克队。由于两队均已提前出局,放下了包袱的申花队反而打得有声有色。第7分钟王珂中路长传失准,但印尼佩西克队后卫和门将配合出现致命失误,谢晖机警地抓住机会轻推空门,1比0。2分钟后,成亮下底传中,谢晖卸下来球后被对方后卫破坏,皮球落到王珂脚下,王珂再将球分到右路,王洪亮传中,郜林高高跃起将球顶入球门,打进其个人2007赛季第1球。第79分钟布兰科直塞佩西克队后卫身后,阿隆索在禁区右侧斜射球门死角得分,3比0。第86分钟,阿隆索投桃报李,在左边路传中,姜坤鱼跃冲顶打中立柱弹回,布兰科门前轻松补射,4比0。中场开球后不到1分钟,申花队如法炮制,姜坤传中阿隆索冲顶,5比0。伤停补时阶段,布兰科巧妙地背身传球,阿隆索禁区左肋凌空射门完成帽子戏法,打进本场比赛最精彩的一球之余也将比分锁定在6比0。申

花队赢得了一场意料之中的大胜，只是这场胜利来得实在太晚。

双方出场阵容

上海申花队(352)：王大雷/成亮、姚力军、肖战波/毛剑卿(第54分钟，姜坤)、卢欣、王珂、殷锡福、王洪亮/郜林(第54分钟，阿隆索)、谢晖(第54分钟，布兰科)

佩西克队(442)：桑迪/因达尔托、扎努里、普拉塞迪亚、埃巴/哈里安托、库尔尼亚万、纳夫利顿、费尔南多/穆斯塔(第46分钟，苏西托)、普拉特

双方技术统计

	上海申花队	佩西克队
进球	6	0
射门	29	4
射正	16	1
角球	6	3
前场任意球	4	6
犯规	12	7
越位	2	8
黄牌	1	1
红牌	1	1

E组最终积分榜

名次	球队	场次	胜	平	负	进球	失球	净胜球	积分
1	浦和红宝石	6	2	4	0	9	5	4	10
2	悉尼FC	6	2	3	1	8	5	3	9
3	佩西克	6	2	1	3	6	16	−10	7
4	上海申花	6	1	2	3	7	4	3	5

A3冠军联赛

中国俱乐部征战 2007 年 A3 冠军联赛综述

2007 年 6 月 7 日至 6 月 13 日，第 5 届 A3 冠军联赛在山东济南开战。代表中国参赛的球队分别是 2006 年中超联赛冠军山东鲁能队和亚军上海申花队，另外两支球队则是日本 J 联赛冠军浦和红宝石队和韩国 K 联赛冠军城南一和队。相比于两队上半年参加亚冠联赛时的早早出局，申鲁两强的表现抢眼，尤其是上海申花队在并未全力投入该项赛事的情况下，凭借新外援里卡多的神勇表现完胜日韩两强，并最终捧起冠军奖杯。而为夺冠召回核心郑智的山东鲁能队则再次因防守不稳和心态急躁遭大热倒灶，最后一战不敌“老冤家”城南一和队，不但丢掉了冠军奖杯，也为山东鲁能队在 2007 年一无所获埋下了伏笔。

第 1 比赛日：中超两强大打攻势足球，双双旗开得胜

2007 年 6 月 7 日下午 5 点，A3 联赛正式开幕，日本歌星仓木麻衣为本届杯赛演唱主题曲，揭幕战对阵的双方为上海申花队和城南一和队。双方在 1996 年亚俱杯上首次交锋，当时范志毅领衔的新科甲 A 冠军在两回合交锋中以 0 比 1 的总比分不敌对手。

结束了在埃因霍温俱乐部租借生涯的孙祥和哥伦比亚新援里卡多甫一亮相便给申花球迷带来了惊喜。开场仅 10 分钟孙祥左路下底，敏捷地扣球晃过对方后卫防守后，一脚高质量的低平球传

中,门前的里卡多停球后被后卫倒地挡了一下,他随即起右脚捅射球门远角得手,申花队先声夺人。城南一和队由于此前连番征战,加之对济南夏季干燥酷热的天气不太适应,在场上显得无精打采,除了巴西外援莫塔有几次颇有威胁的个人突破外,其他时间近于偃旗息鼓。而申花队由布兰科、阿隆索、里卡多组成的"三叉戟"则相当活跃。易边之后城南一和队换上了韩国国脚金东炫,而申花队主帅吉梅内斯则用李钢和谢晖换下王珂和进球功臣里卡多,这一换人很快收到效果。第 61 分钟,李钢中路 30 米开外大力远射,球被禁区内对方后卫挡出,谢晖倒地铲球回做,李钢插上后一脚又急又刁的低平球射门,球直入球门右下角,2 比 0。此后城南一和队更是溃不成军,第 74 分钟,申花队后场断球,杜威长传找到了右前场禁区外的谢晖,球弹地后谢晖直接起脚大力远射,皮球如出膛炮弹般重重砸到横梁上弹出,门前的阿隆索候个正着,轻松头球顶空门得分。申花队 3 球完胜对手,取得开门红。

双方出场阵容

上海申花队(442):王大雷/姚力军、孙祥、杜威、常琳/布兰科、姜坤、王珂(第 58 分钟,李钢)、肖战波(第 65 分钟,郑科伟)/阿隆索、里卡多(第 59 分钟,谢晖)

城南一和队(433):金龙大/张学龙、曹秉局、金泳徹、朴珍燮/孙大镐(第 77 分钟,金民浩)、金相植、金斗炫/崔成国(第 67 分钟,韩东元)、莫塔、内亚加(第 46 分钟,金东炫)

2007 年 6 月 7 日晚上 8 点,"东道主"山东鲁能队在家乡球迷的呐喊助威中迎战日本 J 联赛冠军浦和红宝石队,主帅图拔推崇的攻势足球让本场比赛变成了梅花间竹般的进球大战。第 16 分钟,浦和红宝石队的核心巴西外援庞特右路传中,禁区内无人防守的长谷部城高高跃起头球顶向远角,门将李雷雷扑救不及,浦和红宝石队 1 比 0 领先。第 33 分钟,矫喆突破下底后传中,禁区前的

双方技术统计

	上海申花队	城南一和队
进球	3	0
射门	12	18
射正	7	5
角球	5	7
前场任意球	1	9
犯规	13	6
越位	1	6
黄牌	4	1
红牌	0	0

郑智得球后趟入禁区左脚大力施射，皮球从门将左侧飞入球网。易边之后，鲁能队通过犀利的进攻将比分反超，第 58 分钟，日科夫左侧开出角球，舒畅高高跃起，力压田中斗笠王头球攻门，门将山岸范弘尽管指尖碰到皮球，但无力改变皮球线路，山东鲁能队 2 比 1 领先。此后山东鲁能队在郑智的率领下越战越勇，第 72 分钟，郑智前场拿球后强行突入禁区，浦和红宝石队后卫内馆秀树将其绊倒，主裁判罚点球，日科夫主罚点球推射球门左侧一蹴而就，3 比 1。第 84 分钟山东鲁能队打出精妙的双人配合，郑智带球在禁区前沿游弋，一脚极有想象力的挑传找到高速插上的周海滨，后者不待皮球落地一脚正脚背凌空垫射，球从对方门将腋下飞入网窝，令现场的山东球迷欣喜若狂。尽管此后浦和红宝石队的替补中锋华盛顿利用山东鲁能队后防线松懈之机在第 89、91 分钟依靠补射和头球两度破门，但无奈已经回天乏术，最终只能接受 3 比 4 的败局。而山东鲁能队的进攻“火力”固然令人炫目，但脆弱的后防也暴露出了诸多问题。

双方出场阵容

山东鲁能队(442):李雷雷/王超(第 62 分钟,苑维玮)、尼古拉、舒畅、矫喆/日科夫、周海滨、郑智、崔鹏/韩鹏(第 85 分钟,吕征)、李金羽

浦和红宝石队(442):山岸范弘/坪井庆介、田中斗笠王、山田畅久、酒井友之/田中达也、堤俊辅(第 67 分钟,相马崇人)、长谷部城、内馆秀树/永井雄一郎(第 65 分钟,华盛顿)、庞特(第 46 分钟,冈野雅行)

双方技术统计

	山东鲁能队	浦和红宝石队
进球	4	3
射门	23	10
射正	7	6
角球	4	5
前场任意球	15	8
犯规	12	23
越位	1	4
黄牌	1	4
红牌	0	0

第 2 比赛日:中国德比申花“放水”,日韩“交火”裁判成焦点

2007 年 6 月 10 日下午 6 点 30 分,A3 联赛第 2 轮上演焦点战役,2006 年中超联赛的冠军山东鲁能队与亚军上海申花队上演了一场中国德比。尽管本场比赛事关冠军归属,但心有旁骛的上海申花队并没有派出全部主力出战,而山东鲁能队则继续排出以郑

智为核心的最强阵容。第 11 分钟，鲁能队左路传中，主裁判判罚申花队球员姜坤在禁区内对韩鹏犯规，给了山东鲁能队一个点球并向姜坤出示黄牌。日科夫主罚点球大力射门踢中路，门将王大雷右手碰到了皮球但无力改变其方向，山东鲁能队 1 比 0 领先。先下一城的鲁能队得势不饶人，第 35 分钟，申花队孙祥主罚角球被李雷雷没收，后者手抛球发动进攻，中场球员三传两递到了前场左路，日科夫突入禁区大力抽射，王大雷扑球脱手，郑智拍马赶到，门前很舒服地凌空抽射空门一蹴而就，鲁能队 2 比 0 扩大领先优势。

下半时两球落后的申花队反而放下了包袱。尽管场上本土球员能力差距明显，但 3 名外援之间默契的配合还是给鲁能队并不稳固的后防线制造了不少麻烦。里卡多和布兰科先后用大力射门考验了李雷雷的反应速度，接着主帅吉梅内斯先后遣上了谢晖与孙吉继续加强进攻。第 82 分钟，上海申花队右侧中场长传门前，禁区线上的舒畅跳起争顶时碰倒了申花队外援阿隆索，主裁判判罚点球。阿隆索假动作骗过李雷雷后打门得手，将比分定格为 1 比 2。山东鲁能队两战两胜，夺冠形势一片大好。

双方出场阵容

山东鲁能队(442)：李雷雷/王超(第 80 分钟，苑维玮)、尼古拉、舒畅、娇喆/日科夫、周海滨、郑智、崔鹏/韩鹏、李金羽(第 80 分钟，巴辛)

上海申花队(442)：王大雷/姚力军(第 76 分钟，孙吉)、孙祥、杜威、常琳/布兰科(第 69 分钟，郑科伟)、姜坤、李钢、肖战波/阿隆索、里卡多(第 64 分钟，谢晖)

第 2 比赛日的另一场较量在浦和红宝石队与城南一和队之间展开，尽管日韩霸主的巅峰对决场面相对沉闷，但气氛绝对火爆。上半时第 40 分钟浦和红宝石队右路进攻，17 号长谷部城高速带

双方技术统计

	山东鲁能队	上海申花队
进球	2	1
射门	11	12
射正	4	4
角球	3	5
前场任意球	11	12
犯规	29	16
越位	5	3
黄牌	4	2
红牌	0	0

球中斜长传到禁区，防守华盛顿的曹秉局莫名其妙地摔倒，华盛顿在小禁区无人防守的情况下从容停球，随即一脚抽射打入球门左下角，浦和红宝石队也凭借此球最终小胜城南一和队。然而在比赛结束前发生了不愉快的一幕。第 88 分钟，城南一和队中路直塞禁区，7 号崔成国接球后被对方后卫禁区内犯规，主裁判果断判罚点球。城南一和队 11 号莫塔主罚点球，对方门将山岸范弘将球扑出，莫塔冲上补射时踢到了门将身上，并与上前质问的日本球员发生了激烈的肢体冲突，双方多名球员卷入争执，比赛一度中断，最终主裁判出示红牌将莫塔罚下，后者也受到了亚足联的追加处罚。

双方出场阵容

浦和红宝石队(352)：山岸范弘/田中斗笠王、内内(第 80 分钟，内馆秀树)、阿部勇树/田中达也、堀之内圣、相马崇人、铃木启太、冈野雅行/华盛顿、长谷部城

城南一和队(433)：金龙大/崔永荣、曹秉局、张学荣、朴珍燮/孙大镐(第 53 分钟，韩东元)、金相植、金斗炫(第 46 分钟，申映澈)/莫塔、内亚加(第 46 分钟，崔成国)、金东炫

双方技术统计

	浦和红宝石队	城南一和队
进球	1	0
射门	9	7
射正	3	2
角球	4	6
前场任意球	10	11
犯规	25	20
越位	2	2
黄牌	3	1
红牌	0	1

第 3 比赛日:鲁能再遭克星功亏一篑,申花痛打“落水狗”意外捧杯

尽管两战全胜的鲁能队最后一战只需战平对手即可稳获冠军,但当 6 月 13 日傍晚 6 点 30 分他们在山东省体育中心登场时,心里不免忐忑——因为对手正是 2007 年亚冠联赛最后一场比赛以 3 比 0 将自己淘汰出局的“苦主”城南一和队。后者尽管损失了巴西射手莫塔,但此战之前城南一和俱乐部高层对球队下达了必须取胜的死命令。而鲁能队队长舒畅累计黄牌停赛,图拔只能派上长期养伤的保加利亚外援巴辛出战。

开场之后山东鲁能队依然以攻代守,崔鹏、郑智等人轮番“轰炸”对手球门但只开花不结果,反倒是城南一和队顶住了山东鲁能队的“三板斧”后开始用坚决的快速反击战术向对手发起反攻。第 31 分钟,山东鲁能队日科夫在本方禁区前抢球犯规,城南一和队 14 号金相植主罚直接任意球,皮球飞过人墙入球门死角。这一意

外失球令场面占优的鲁能队士气颇受打击，很快他们临时拼凑的防线再遭重创。第 40 分钟，城南一和队进攻中将球转移到右路，无人防守的 7 号崔成国得球后在小禁区线外左脚小角度打球门近角，山东鲁能队门将李雷雷扑球时出现严重失误，球从他身下漏入网内，城南一和队 2 比 0 领先。

易边之后，鲁能先后遣上吕征和刘金东，但球队进攻急于求成，配合屡屡失误，反倒是崔成国利用山东鲁能防线集体压上之机险些在反击中再次洞穿山东鲁能队大门。第 76 分钟图拔做最后一搏，国奥小将王晓龙替下了体力不济的日科夫，而他刚一上场就给鲁能球迷带来了希望。第 80 分钟，矫喆右路突破下底传中，禁区内的郑智得球后回敲，王晓龙不待皮球落地直接凌空大力抽射破门，将比分改写为 1 比 2。但此后全线回收的城南一和队没有再给鲁能队机会，当韩鹏最后一脚射门被金龙大扑住后，鲁能队只能眼睁睁地看着申花队在自己的主场举起了 A3 冠军奖杯。

双方出场阵容

山东鲁能队(442)：李雷雷/王超、巴辛(第 65 分钟，刘金东)、尼古拉、矫喆/日科夫(第 78 分钟，王晓龙)、周海滨、郑智、崔鹏(第 54 分钟，吕征)/韩鹏、李金羽

城南一和队(433)：金龙大/张学荣、曹秉局、赵荣亨、金泳徽/孙大镐(第 81 分钟，申映澈)、韩东元、金相植/崔成国、金东炫(第 90 分钟，徐东源)、金民浩(第 64 分钟，金斗炫)

稍前结束的申花与浦和之战完全是一边倒。面对已经无心恋战的日本 J 联赛冠军，申花队以一场 3 比 1 的大胜报了亚冠负于对手的一箭之仇。开场仅 10 分钟，浦和队前场任意球被申花防线破坏，队长肖战波后场长传至右前场，布兰科争顶到来球后快速下底，低平球横传门前，跟进的里卡多倒地抢点铲射入网。第 30 分钟，申花队王珂角球开出，中路的 4 号常琳抢在后卫身前侧身凌空

双方技术统计

	山东鲁能队	城南一和队
进球	1	2
射门	13	15
射正	3	5
角球	5	6
前场任意球	4	9
犯规	20	15
越位	3	4
黄牌	3	4
红牌	0	0

射门，门将都筑龙太扑救不及，球从左上角应声入网，2 比 0。第 39 分钟，王珂左路突破杀入禁区，横传时被对方铲球破坏，禁区外的 24 号李钢迎球右脚一记大力远射，对方门将倒地扑救鞭长莫及只能目送皮球飞进死角，3 比 0。尽管下半时浦和红宝石队中卫田中斗笠王利用角球后插上冲顶破门扳回一球，但还是无法阻止申花队以净胜球的优势获得第 5 届 A3 冠军联赛的冠军奖杯。

双方出场阵容

上海申花队(442)：王大雷/姚力君、常琳、肖战波、沈龙元/布兰科、郑科伟、王珂(第 64 分钟，孙吉)、李钢/郜林(第 67 分钟，谢晖)、里卡多(第 61 分钟，阿隆索)

浦和红宝石队(442)：都筑龙太/细贝萌、田中斗笠王、酒井友之(第 66 分钟，冈野雅行)、内馆秀树/田中达也、相马崇人、阿部勇树(第 46 分钟，长谷部城)、庞特/永井雄一郎(第 58 分钟，小池纯晖)、华盛顿

双方技术统计

	上海申花队	浦和红宝石队
进球	3	1
射门	9	12
射正	4	1
角球	3	6
前场任意球	7	6
犯规	15	23
越位	1	8
黄牌	2	1
红牌	0	0

2007 年 A3 冠军联赛最终积分榜

名次	球队	场次	胜	平	负	进球	失球	净胜球	积分
1	上海申花	3	2	0	1	7	3	4	6
2	山东鲁能	3	2	0	1	7	6	1	6
3	浦和红宝石	3	1	0	2	5	7	−2	3
4	城南一和	3	1	0	2	2	5	−3	3

中国 ZHONGGUO

足球年鉴 2008

ZUQIU NIANJIAN

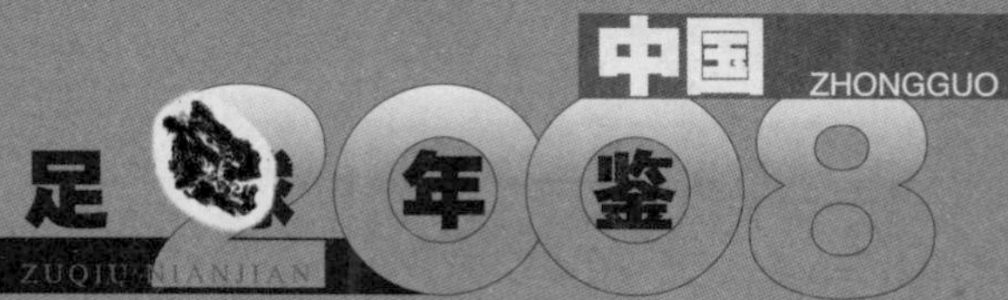

中国足球超级联赛

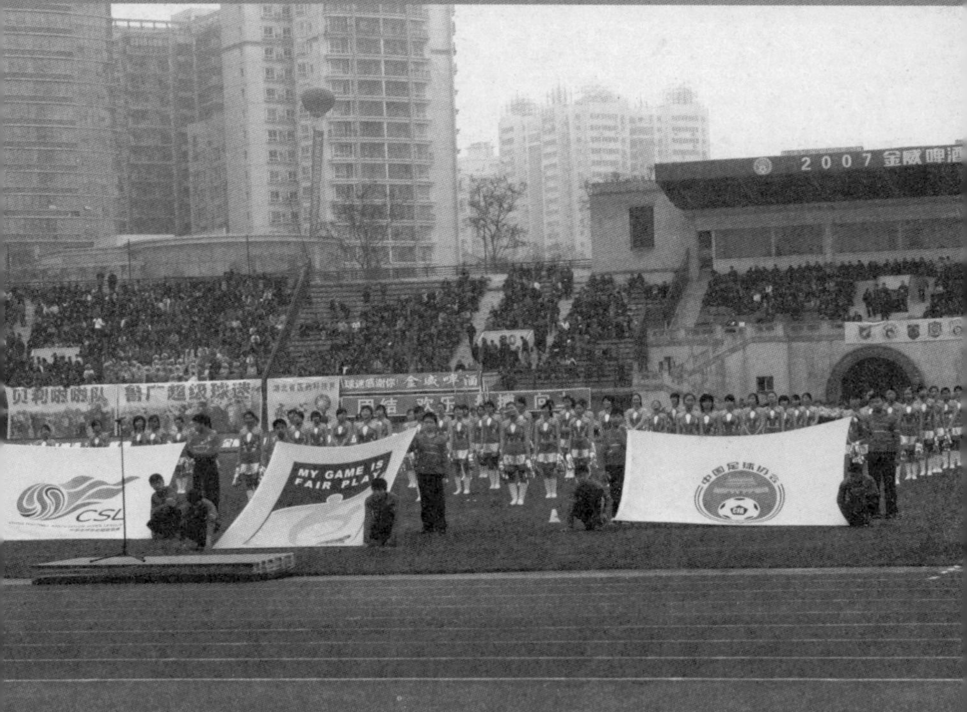

2007 年中超联赛综述

2007 年的中超联赛一直是悬念不断、精彩纷呈，争冠、保级的悬念都延续到了最后。联赛倒数第 2 轮，厦门蓝狮提前一轮降级；联赛最后一轮，长春亚泰最终登顶，成为继大连、上海、山东、深圳后的第 5 位王者。

长春亚泰，第 5 位王者

2007 年中超联赛从一开始就呈现出群芳争艳的局面，一直到联赛下半程开始阶段，依旧是鲁、连、沪、京、津、长六强争冠的局面，即使是在联赛即将结束的前两轮，长、京、鲁三队依旧存在“争霸”的格局，2007 赛季这种诸强争雄的局面也被舆论界广泛认为是“中超复苏”的迹象。

按照联赛积分走势来看，天津、长春、山东、北京都曾是冠军争夺者的热门候选之一，而且这四队也都在联赛中有过两轮以上盘踞榜首的记录。从这个局面来看，2007 年的中超延续了 2006 赛季的平稳势头。尽管由于山东鲁能的衰落，2007 赛季的中超联赛没有球队一枝独秀，但是夺冠的 6 支球队都是上赛季结束时前 6 名的队伍，而且在赛季结束后依旧占据了前 6 名，这也意味着中国职业联赛正处于难得的稳定时期，几支实力较强的队伍保持了稳健发展的势头，这对于长期处于低迷期的中国足球来说无疑是一个好消息。

2005 年中甲赛季结束时冲超成功的长春亚泰提出“打造百年豪门”的口号，时隔两年之后，这支职业联赛以来的第 23 支“顶级球队”成为了中国足球第 5 支获得最高级别的联赛冠军的球队。在联赛第 25 轮之后，长春亚泰、北京国安和山东鲁能形成三足鼎立的局势，2 比 2 战平上海申花和 2 比 3 意外不敌河南建业使长春亚泰队在联赛仅剩两轮的情况下将积分榜首的位置让给了北京国安。幸运的是北京国安在第 29 轮轮空，而长春亚泰在最后两轮取得连胜，最终一举夺冠。在与山东、北京、天津队三个重要竞争对手的直接对话中，亚泰队保持着 3 胜 3 平的不败战绩，这 12 分给了亚泰足够的底气来傲视群雄。2007 赛季的长春亚泰队在 28 场联赛中 16 胜 7 平 5 负进 44 球失 24 球，以 1 分的优势力压北京国安而夺冠。55 分与 2003 年的上海申花积分奇迹般相同，平均每场得分为 1.96 分，在 14 年职业联赛中，这一数字仅比 1999 年的山东鲁能和 2004 年的深圳健力宝略好，是职业联赛史上第三个“最弱的联赛冠军”。尽管长春亚泰队在 2007 赛季 57%胜率并不高，但他们的表现可以说令整个中国足球协会振奋。高洪波的到来令这支基本由本土教练培养的球队找到了新的支点，他凭借在长春的表现成为中国足球史上最年轻的顶级联赛冠军教练，也是 2004 年朱广沪之后另一个获得冠军的本土教练。

豪门没落，群雄并起

如果说长春亚泰的夺冠是因为几支强队不在状态，那么在 2007 赛季，几支强队无疑是出了一些问题。

“永远争第一”的北京国安队在 2007 年确实是争了一次冠军。回顾 2006 赛季，如果不是上半赛季在弱队身上丢了太多的分，2007 赛季的中超冠军早已是北京国安队的囊中之物。由于年初引进的中锋郭辉和阿尔松都无法破门，北京国安队在上半个赛季中往往是压着对手狂轰乱炸却无法打开胜利之门。前 13 轮联赛，北京国安队 3 胜 7 平 2 负，在 7 场平局中，对手有武汉、浙江、长沙、河南、陕西、深圳和长春。除了客场平长春可以算作意外，其余 6 场平局是优势占尽却不能胜出，在上半程最后阶段的连续不胜让北京国安跌到了积分榜的第 8。在联赛休整期，堤亚哥伤愈归队，他的回归对于球队的进攻体系起到了极大的促进作用。从 6 比 1 狂胜山东鲁能开始到第 25 轮，北京国安队从第 8 名攀升至联赛第 1 名。但在第 26 轮主场与长春亚泰队的关键一役中，北京国安队却主场告负，由于此后还有一轮轮空，因此也基本丧失了夺冠的可能。

亚冠联赛晋级八强、A3 联赛争取冠军、中超联赛保三争一。这是山东鲁能队 2007 赛季的三大目标，但现在看来他们的 2007 是三大皆空。一支攻击力最强的球队最终与冠军奖杯无缘，而且连亚冠资格都没能拿到，很难用郑智转会这样的理由来掩盖球队在 2007 年所出的问题。如果说亚冠、A3 两次外战的失利摧垮了球队的信心，那么他们在人员结构上的不合理则是症结所在。首先是没人顶替郑智离去后的空白。在 2007 上半个赛季，由于图拔相信郑智会在下半赛季返回，所以只找了巴克维奇顶替。但奇怪的是，图拔却始终不给他出场的机会。整个上半年，巴克维奇只有在与青岛中能的比赛中首发出场，而且表现一般。其次是俱乐部球员培养有问题。在图拔的战术思想中，更相信韩鹏、矫喆、刘金东这样的中生代球员，很少给年轻球员锻炼的机会。只有崔鹏和周海滨是主力阵容的常客，王永珀和李微轮流出场，其他年轻球员只是补丁，像万程、刘钊等人甚至连出场的机会都没有。在大批国脚经常被国家队征调，外援、年轻球员又无法及时顶上来，山东鲁能队在 2007 年的低迷也就不难理解了。

在联赛开始前夕，上海联成与上海申花合并，联城俱乐部老板朱骏“斥巨资 1.5 亿注入申花”，但新上海申花在 2007 赛季体现出的却是“1+1<2”的效果。上海两队合并后，一线队伍多达 40 人，在朱骏的铁腕治军下，上海申花俱乐部一度成为中超纪律最为“严明”的球队，全年下来共有八大主力惨遭重罚。比较引人注目的有两人，一是国家队现役中卫杜威“下放”预备队，起因是俱乐部认定其表现失常，在下放近一个月之后，杜威在一次媒体会上宣读了道歉书才得到重返球队的机会。另一个人是申花队长肖战波，因未能在申花同陕西的比赛中首发，他擅自离开球队并缺席训练，申花俱乐部最终对肖战波做出罚款一半年薪（合 150 万人民币）的处罚，这也是 2007 年中超俱乐部对于球员开出的最大一笔罚单。随着这样一些负面新闻的暴露，球队深陷低迷。随着洋帅吉梅内斯下课，吴金贵再度出山，原联城的大批队员相继被冷藏，但申花并未重新崛起，甚至一度爆出“欠薪”的风波。最终赛季之初扬言要“夺冠”的上海申花在内部不断动荡，教练员调整，以及两队合并并未带来实力上提高的情况下而名列第 4。

最早开始选帅、候选外援多达百人，但赛季结束时大连实德队甚至连个亚冠资格都没得到，不知道这是否可以看做是一个王朝的衰败？2007 赛季大连实德惟一值得炫耀的就是不惧强队的挑战，在申花身上拿到了 3 分、在鲁能和康师傅身上都拿到了 4 分、在亚泰身上甚至拿到 6 分；只是面对国安仅拿到 1 分，在前 6 名的交手中，大连实德高居榜首。但他们却在弱队身上失分太多，在深圳队身上拿到 4 分，在河南队身上拿到 3 分，在厦门和陕西队身上都只拿到 2 分，在辽宁队、武汉队和浙江队身上甚至都只拿到 1 分，失去了往日那种霸气十足的感觉。

保级纷争，厦门垫底

虽然由于上海两支球队的合并导致 2007 赛季中超的降级球队再次减为 1 支，但保级的形势并未就此明朗化，联赛半程结束时,长沙金德、浙江绿城、深圳金威、西安国际、厦门蓝狮、河南建业积分均未超过 20 分,都有降级之虞。但在联赛下半程,厦门蓝狮却自乱阵脚。第 17 轮厦门蓝狮在主场艰难拿下西安国际留住了保级悬念的同时,队内却发生了“内乱”,连续开除了 3 名主力。其中党云飞、魏惠平两人是因涉嫌赌球,被黑社会的债主追到球队宾馆讨债。而从山东转会而来的小将孟尧则是因与教练刘欣不合,在训练场边发生冲突并伴有肢体接触,被俱乐处以三停处罚。到联赛第 22 轮厦门蓝狮客场 0 比 2 负于河南建业,球队已 8 轮不胜、五连败,此时已是军心涣散。最终在联赛倒数第 2 轮,厦门蓝狮客场 0 比 2 不敌青岛中能,“保级梦”终于破灭。

其实厦门蓝狮的降级早在赛季之初就有征兆,2007 年初“足球市长”张昌平离任后,厦门市政府宣布撤销每年对厦门蓝狮俱乐部投资的 1500 万元,这个决定对球队来说不仅是经济上的损失,更表明了厦门市政府已经不再重视俱乐部的“生死”问题。与此相对应的则是功勋教练高洪波的辞职,其接替者高达明缺乏对足球的独到见解,只能沿用旧帅高洪波留下来的打法,而在联赛中期球队屡战屡败的情况下,又无特有的战术思想对原有的战术体系进行改造,俱乐部于是任命邹侑根和杨晨两位老将为球队助理教练,但在前 14 轮联赛中厦门蓝狮队依然只拿了 10 分。在联赛的后期,随着外教伊万的到来,再加上原有的 3 名助理教练,蓝狮教练组人数达到了 7 人,这样的人员安排极大地降低了办事效率。从资金到人员再到战术的缺失,注定了厦门蓝狮俱乐部在 2007 赛季的悲惨命运。

2007 年中超联赛各轮赛果

第 1 轮(3 月 3 日进行)

主　队	比分	客　队	备注
山东鲁能 崔鹏 13′韩鹏 21′日科夫 42′ 王永珀 64′矫喆 78′、	5：2	辽宁西洋 张树栋 34′王新欣 65′	
上海申花	0：2	北京国安 陶伟 12′阿尔松 79′	
浙江绿城 徐宁 41′	1：1	青岛中能 曲波 20′	
武汉光谷 埃默森 16′	1：1	天津康师傅 张烁 5′	
深圳上清饮	0：0	西安国际	
长沙金德	0：1	大连实德 扬戈维奇 61′	3 月 4 日进行
厦门蓝狮 张彭 77′	1：3	长春亚泰 杜震宇 42′姜鹏翔 65′81′	3 月 4 日进行

第 2 轮(3 月 11 日进行)

主　队	比分	客　队	备注
大连实德 邹捷 16′	1：0	长春亚泰	3 月 10 日进行
天津康师傅 曹阳 45′蒿俊闵 90′	2：0	深圳上清饮	3 月 10 日进行
青岛中能 米图 64′曲波 91′	2：0	辽宁西洋	
北京国安	0：0	河南建业	
长沙金德 文虎一 1′86′许博 87′	3：2	浙江绿城 黄隆 21′徐宁 82′	
西安国际 奥利维拉 23′	1：2	厦门蓝狮 张彭 78′杨晨 27′	
上海申花 于涛 53′	1：0	山东鲁能	

第 3 轮(3 月 18 日进行)

主　队	比分	客　队	备注
山东鲁能 日科夫 10′36′李金羽 89′	3：0	青岛中能	3 月 17 日进行
河南建业	0：0	上海申花	3 月 17 日进行
浙江绿城 马克斯 12′马塞罗 60′	2：1	长春亚泰 姜鹏翔 21′	3 月 17 日进行
大连实德 赵旭日 19′	1：1	西安国际 王云 4′	3 月 17 日进行
辽宁西洋 格里菲斯 32′	1：0	长沙金德	
武汉光谷	0：0	北京国安	
厦门蓝狮 乔基姆 46′	1：2	天津康师傅 张烁 3′谭望嵩 90′	

第 4 轮(4 月 1 日进行)

主　队	比分	客　队	备注
长春亚泰 赵家林 31′(乌龙) 杜震宇 50′69′埃尔韦斯 65′	3：2	辽宁西洋 肇俊哲 90′	3 月 31 日进行
西安国际 伊万・布拉 16′李彦 51′	2：0	浙江绿城	3 月 31 日进行
天津康师傅	0：1	大连实德 赵旭日 18′	3 月 31 日进行
河南建业 陆峰 29′	1：1	山东鲁能 巴辛 84′	
长沙金德 李振宏 64′	2：1	青岛中能 刘健 21′伊格尔 55′(乌龙)	
上海申花 布兰科 10′73′马丁内斯 90′	3：1	武汉光谷 王小诗 46′	
北京国安 马丁内斯 60′	1：1	深圳上清饮 桑托斯 86′	

第 5 轮(4 月 8 日进行)

主　队	比分	客　队	备注
山东鲁能 日科夫 14′崔鹏 23′韩鹏 50′86′	4∶2	长沙金德 文虎一 7′82′	4 月 7 日进行
青岛中能 郑龙 7′	1∶2	长春亚泰 埃尔韦斯 67′80′	4 月 7 日进行
深圳上清饮	0∶1	上海申花 李玮峰 86′	4 月 7 日进行
辽宁西洋 格里菲斯 45′	1∶0	西安国际	4 月 7 日进行
浙江绿城 焦凤波 86′	1∶3	天津康师傅 毛彪 29′张烁 80′乌奇科 90′	4 月 7 日进行
武汉光谷 维森特 29′吉奥森 49′	2∶0	河南建业	
厦门蓝狮 耶利奇 66′	1∶2	北京国安 闫相闯 3′75′	

第 6 轮(4 月 15 日进行)

主　队	比分	客　队	备注
长春亚泰 王栋 38′	1∶0	长沙金德	4 月 14 日进行
天津康师傅 韩燕鸣 72′	1∶0	辽宁西洋	4 月 14 日进行
西安国际 赵作峻 48′李彦 90′	1∶3	青岛中能 米图 31′姜宁 42′	
北京国安 马丁内斯 21′74′闫相闯 47′	3∶1	大连实德 德利尼奇 75′	
河南建业	0∶0	深圳上清饮	
武汉光谷 杨昆鹏 59′吉奥森 65′周燎 73′	3∶2	山东鲁能 李金羽 1′38′	
上海申花 布兰科 90′	1∶0	厦门蓝狮	

第 7 轮(4 月 22 日进行)

主　队	比分	客　队	备注
山东鲁能 韩鹏 80′	1：1	长春亚泰 王栋 42′	4 月 21 日进行
大连实德 王鹏 59′63′	2：1	上海申花 李玮峰 57′	4 月 21 日进行
深圳上清饮 赵坤 39′李健华 59′	2：1	武汉光谷 吉奥森 82′	4 月 21 日进行
浙江绿城	0：0	北京国安	4 月 21 日进行
长沙金德	0：0	西安国际	
青岛中能 刘健 69′	1：0	天津康师傅	
厦门蓝狮	0：0	河南建业	

第 8 轮(4 月 29 日进行)

主　队	比分	客　队	备注
西安国际	0：1	长春亚泰 王栋 85′	4 月 28 日进行
天津康师傅 张烁 23′韩燕鸣 43′	2：0	长沙金德	4 月 28 日进行
武汉光谷	1：1	厦门蓝狮 杨晨 23′李鲲 48′(乌龙)	
河南建业 姚冰 5′于乐 73′	2：1	大连实德 王鹏 30′	
深圳上清饮	0：1	山东鲁能 吕征 4′	
北京国安 杜文辉 33′杨昊 80′陶伟 86′	3：0	辽宁西洋	
上海申花 肖战波 88′	1：1	浙江绿城 吴伟 89′	

第 9 轮(5 月 6 日进行)

主　队	比分	客　队	备注
辽宁西洋 王新欣 4′	1∶0	上海申花	5 月 5 日进行
浙江绿城 提科 89′	1∶0	河南建业	5 月 5 日进行
山东鲁能 韩鹏 67′李金羽 80′吕征 90′	3∶0	西安国际	5 月 5 日进行
青岛中能 刘健 20′40′曲波 52′	3∶1	北京国安 张帅 90′	5 月 5 日进行
大连实德	0∶0	武汉光谷	
长春亚泰 曹添堡 70′	1∶0	天津康师傅	
厦门蓝狮 李鲲 8′	1∶3	深圳上清饮 张文钊 63′李洪洋 60′ 李健华 88′	

第 10 轮(5 月 13 日进行)

主　队	比分	客　队	备注
天津康师傅 张烁 28′	1∶0	西安国际	5 月 12 日进行
深圳上清饮	0∶2	大连实德 王鹏 19′64′	5 月 12 日进行
河南建业	0∶1	辽宁西洋 肇俊哲 78′	
武汉光谷 维森特 16′郑斌 27′陆博飞 77′	3∶0	浙江绿城	
厦门蓝狮	0∶2	山东鲁能 日科夫 44′韩鹏 70′	
北京国安	0∶0	长沙金德	
上海申花 阿隆索 75′90′	3∶2	青岛中能 姜宁 3′刘俊威 17′(乌龙) 阿格布 84′	

第 11 轮(5 月 20 日进行)

主队	比分	客队	备注
长春亚泰	0:0	北京国安	5 月 19 日进行
青岛中能 阿格布 39′姜宁 65′	2:1	河南建业 陆峰 62′	5 月 19 日进行
浙江绿城 吴伟 71′	1:2	深圳上清饮 张野 25′70′	5 月 19 日进行
长沙金德 李春郁 18′	1:1	上海申花 阿隆索 31′	5 月 19 日进行
大连实德	0:0	厦门蓝狮	
辽宁西洋 格里菲斯 78′	1:2	武汉光谷 维森特 44′陆博飞 82′	
山东鲁能 崔鹏 21′李金羽 66′	2:0	天津康师傅	5 月 31 日进行

第 12 轮(5 月 27 日进行)

主队	比分	客队	备注
厦门蓝狮 李鲲 43′邹侑根 82′	2:1	浙江绿城 孙巍 9′	
深圳上清饮 马里科·扎雅克 20′	1:2	辽宁西洋 吕刚 28′丁捷 35′	5 月 26 日进行
长春亚泰 埃尔韦斯 2′16′41′75′	4:1	上海申花 阿隆索 58′	5 月 26 日进行
武汉光谷 邓卓翔 82′	1:0	青岛中能	
大连实德 扬戈维奇 20′赵旭日 26′81′	3:2	山东鲁能 周海滨 41′韩鹏 73′	
河南建业	0:1	长沙金德 李春郁 78′	
北京国安	1:1	西安国际 奥利维拉 12′万厚良 66′(乌龙)	

第 13 轮(6 月 17 日进行)

主　队	比分	客　队	备注
长春亚泰 达扎基 50′79′83′	3：1	河南建业 陆峰 19′	6 月 16 日进行
大连实德 王鹏 25′	1：3	浙江绿城 蔡楚川 63′荣宇 80′84′	6 月 16 日进行
天津康师傅 乌奇科 14′	1：0	北京国安	6 月 16 日进行
辽宁西洋 吕刚 51′	2：1	厦门蓝狮 李鲲 36′(乌龙)魏惠平 91′	6 月 16 日进行
长沙金德 阿布巴卡尔 84′	1：0	武汉光谷	
西安国际	0：2	上海申花 阿隆索 25′王珂 58′	
青岛中能 刘健 34′姜宁 60′	2：0	深圳上清饮	

第 14 轮(6 月 20 日进行)

主　队	比分	客　队	备注
厦门蓝狮 邹侑根 59′杨晨 62′	2：2	青岛中能 曲波 25′刘志勇 46′	
武汉光谷 王小诗 18′维森特 40′郑斌 86′	3：1	长春亚泰 达扎基 72′	
浙江绿城 杨征 9′	1：3	山东鲁能 李金羽 67′85′韩鹏 82′	
大连实德	0：0	辽宁西洋	
河南建业 戈麦斯 53′	1：1	西安国际 隆尼 57′	
深圳上清饮	0：0	长沙金德	
上海申花 杜威 33′(乌龙)布兰科 37′68′ 里卡多 83′	3：2	天津康师傅 吴伟安 52′	6 月 21 日进行

第 15 轮(8 月 8 日进行)

主队	比分	客队	备注
长春亚泰 王栋 9′杜震宇 19′75′王睿 71′	4：0	深圳上清饮	8 月 7 日进行
天津康师傅	0：0	河南建业	
长沙金德	0：0	厦门蓝狮	
山东鲁能 舒畅 22′(乌龙)周海滨 26′	1：6	北京国安 陶伟 41′堤亚戈 45′91′ 闫相闯 82′90′	
辽宁西洋	0：0	浙江绿城	
西安国际 隆尼 11′李彦 84′	2：0	武汉光谷	
青岛中能 阿格布 37′	1：2	大连实德 扬戈维奇 41′德利尼奇 55′	8 月 9 日进行

第 16 轮(8 月 12 日进行)

主队	比分	客队	备注
天津康师傅 蒿俊闵 47′	2：0	武汉光谷 王小诗 61′(乌龙)	8 月 11 日进行
长春亚泰 卡巴雷罗 9′杜震宇 71′	2：1	厦门蓝狮 邹侑根 15′	8 月 11 日进行
辽宁西洋 王新欣 58′杨宇 89′	2：1	山东鲁能 李金羽 90′	8 月 11 日进行
大连实德 朱挺 67′	1：0	长沙金德	
北京国安 闫相闯 2′堤亚戈 76′	2：3	上海申花 杜威 56′阿隆索 69′ 马丁内斯 82′	
青岛中能 曲波 27′35′	2：1	浙江绿城 提科 83′	
西安国际 隆尼 60′	1：1	深圳上清饮 黎斐 70′	

第 17 轮(8 月 18 日进行)

主 队	比分	客 队	备注
山东鲁能 日科夫 7′韩鹏 44′	2：1	上海申花 里卡多 27′	
长春亚泰 埃尔韦斯 45′	1：2	大连实德 张耀坤 76′87′	
辽宁西洋	0：0	青岛中能	
浙江绿城 阿吉尔 44′提科 65′	2：0	长沙金德	
深圳上清饮 卡玛特 37′	1：1	天津康师傅 张烁 51′	
河南建业 特兰切夫 41′(乌龙) 奥利弗 52′	1：2	北京国安 堤亚戈 90′	8 月 19 日进行
厦门蓝狮 赵铭 86′	1：0	西安国际	10 月 13 日进行

第 18 轮(8 月 22 日进行)

主 队	比分	客 队	备注
青岛中能	0：4	山东鲁能 李金羽 4′78′90′韩鹏 73′	
上海申花	1：1	河南建业 张淼 19′(乌龙)戈麦斯 45′	
天津康师傅 马季奇 3′蒿俊闵 71′	2：0	厦门蓝狮	
长沙金德 李春郁 31′	1：0	辽宁西洋	
北京国安 黄博文 35′马丁内斯 47′90′ 郭辉 83′	4：1	武汉光谷 王小诗 85′	
长春亚泰 杜震宇 73′	1：1	浙江绿城 杨征 8′	
西安国际 郑涛 36′捷尼亚 54′	2：2	大连实德 王鹏 71′穆德拉格 78′	

第 19 轮(8 月 26 日进行)

主　队	比分	客　队	备注
青岛中能	0∶1	长沙金德 桑德罗 11′	8 月 25 日进行
山东鲁能 韩鹏 19′	1∶2	河南建业 特兰切夫 76′奥利弗 54′	
武汉光谷	0∶0	上海申花	
大连实德 邹捷 86′王圣 41′	2∶2	天津康师傅 查尔斯 75′曹阳 58′	
辽宁西洋 肇俊哲 89′	1∶3	长春亚泰 卡巴雷罗 24′曹添堡 18′ 达扎基 50′	
深圳上清饮	0∶1	北京国安 徐云龙 20′	
浙江绿城 马成 62′	1∶1	西安国际 捷尼亚 78′	

第 20 轮(9 月 1 日进行)

主　队	比分	客　队	备注
长春亚泰 王睿 86′	1∶1	青岛中能 姜宁 54′	8 月 31 日进行
河南建业	0∶0	武汉光谷	
上海申花 李玮峰 51′75′里卡多 52′ 阿隆索 58′	4∶1	深圳上清饮 卡玛特 21′	
西安国际 万厚良 19′68′90′李彦 45′	4∶1	辽宁西洋 杨宇 35′	
北京国安 陶伟 16′27′杨璞 54′堤亚戈 57′	4∶1	厦门蓝狮 乐倍思 45′	
天津康师傅 曹阳 53′	1∶0	浙江绿城	
长沙金德	0∶2	山东鲁能 崔鹏 12′韩鹏 92′	9 月 2 日进行

第 21 轮(9 月 5 日进行)

主　队	比分	客　队	备注
山东鲁能 李微 28′李金羽 82′	2:0	武汉光谷	
长沙金德	0:0	长春亚泰	
厦门蓝狮	0:1	上海申花 里卡多 64′	
深圳上清饮 马晓磊 88′	2:0	河南建业 吴昊 47′(乌龙)	
青岛中能 姚江山 85′	1:1	西安国际 奥利维拉 43′	
辽宁西洋	0:0	天津康师傅	
大连实德 朱挺 51′	1:1	北京国安 闫相闯 16′	

第 22 轮(9 月 9 日进行)

主　队	比分	客　队	备注
天津康师傅 曹阳 9′桑托斯 31′姜晨 74′78′	4:0	青岛中能	9 月 8 日进行
西安国际	0:0	长沙金德	9 月 8 日进行
长春亚泰	0:0	山东鲁能	
河南建业 奥利弗 19′42′	2:0	厦门蓝狮	
上海申花 谢晖 91′	1:0	大连实德	
武汉光谷 吉奥森 55′	1:0	深圳上清饮	
北京国安 堤亚戈 93′	1:0	浙江绿城	

第 23 轮(9 月 16 日进行)

主　队	比分	客　队	备注
大连实德 阎嵩 57′张耀坤 90′ 穆德拉格 93′	3：1	河南建业 张璐 13′	9 月 15 日进行
山东鲁能 李微 1′58′吕征 67′71′韩鹏 85′	5：0	深圳上清饮	9 月 15 日进行
浙江绿城	0：0	上海申花	9 月 15 日进行
厦门蓝狮 邹侑根 50′张彭 92′	2：1	武汉光谷 郑斌 28′	
长沙金德 阿布巴卡尔 66′	1：1	天津康师傅 白毅 35′	
长春亚泰 曹添堡 82′	1：0	西安国际	
辽宁西洋 丁捷 32′于汉超 84′	2：3	北京国安 陶伟 10′潘塔 17′闫相闯 91′	

第 24 轮(9 月 23 日进行)

主　队	比分	客　队	备注
天津康师傅	0：1	长春亚泰 王栋 31′	9 月 21 日进行
武汉光谷 郾佑 92′	1：0	大连实德	9 月 21 日进行
西安国际	0：0	山东鲁能	9 月 22 日进行
深圳上清饮 博格丹 42′	1：1	厦门蓝狮 杨晨 7′	9 月 22 日进行
上海申花 谢晖 75′	1：1	辽宁西洋 丁捷 65′	9 月 22 日进行
河南建业	0：1	浙江绿城 徐宁 8′	
北京国安 马丁内斯 6′74′陶伟 25′	3：0	青岛中能	

第 25 轮(9 月 29 日进行)

主　队	比分	客　队	备注
青岛中能 阿格布 20′米图 40′伊格尔 46′	3∶0	上海申花	
西安国际 隆尼 34′66′王尔卓 52′ 捷尼亚 77′	4∶2	天津康师傅 蒿俊闵 83′毛彪 90′	
大连实德 张耀坤 22′	1∶1	深圳上清饮 马里科・扎雅克 82′	
浙江绿城 马成 38′	1∶3	武汉光谷 王文华 36′37′吉奥森 39′	
长沙金德	0∶2	北京国安 堤亚戈 13′陶伟 92′	
山东鲁能 吕征 81′日科夫 76′ 李金羽 61′崔鹏 54′	4∶0	厦门蓝狮	
辽宁西洋	0∶0	河南建业	9 月 30 日进行

第 26 轮(10 月 4 日进行)

主　队	比分	客　队	备注
深圳上清饮 张野 44′	1∶0	浙江绿城	10 月 3 日进行
天津康师傅 蒿俊闵 65′	1∶0	山东鲁能	
厦门蓝狮 张彭 76′邹侑根 80′	2∶2	大连实德 阎嵩 25′35′	
上海申花 毛剑卿 1′孙祥 73′	2∶0	长沙金德	
河南建业 杨林 73′91′	3∶1	青岛中能 刘震理 45′(乌龙)姜宁 93′	
北京国安	0∶1	长春亚泰 埃尔韦斯 75′	
武汉光谷 杨昆鹏 3′邓卓翔 60′	2∶0	辽宁西洋	

第 27 轮(10 月 31 日进行)

主　队	比分	客　队	备注
上海申花 毛剑卿 46′里卡多 78′	2∶2	长春亚泰 杜震宇 40′达扎基 47′	
青岛中能 刘健 79′	1∶0	武汉光谷	
长沙金德 刘建业 14′50′	2∶1	河南建业 陆峰 13′	
浙江绿城 荣宇 40′提科 79′	2∶1	厦门蓝狮 张彭 69′	
西安国际	0∶0	北京国安	
辽宁西洋 杨善平 64′	1∶1	深圳上清饮 黎斐 47′	
山东鲁能 李金羽 62′	1∶1	大连实德 阎嵩 60′	11 月 1 日进行

第 28 轮(11 月 4 日进行)

主　队	比分	客　队	备注
河南建业 肖智 5′奥利弗 18′55′	3∶2	长春亚泰 达扎基 26′杜震宇 23′	
武汉光谷	0∶0	长沙金德	
浙江绿城 荣宇 23′	1∶1	大连实德 李学鹏 64′	
北京国安 堤亚戈 43′74′	2∶0	天津康师傅	
厦门蓝狮 耶利奇 15′	1∶3	辽宁西洋 丁捷 17′22′94′	
上海申花 孙祥 31′	1∶1	西安国际 捷尼亚 2′	
深圳上清饮 张野 40′黎斐 52′	2∶2	青岛中能 阿格布 42′米图 46′	

第 29 轮（11 月 10 日进行）

主　队	比分	客　队	备注
天津康师傅	0：0	上海申花	
青岛中能 姜宁 46′刘健 86′	2：0	厦门蓝狮	
长春亚泰 达扎基 27′55′埃尔韦斯 44′ 王栋 83′	4：0	武汉光谷	
山东鲁能 李金羽 15′	1：1	浙江绿城 提科 93′	
辽宁西洋 王新欣 62′肇俊哲 87′	2：1	大连实德 扬戈维奇 66′	
西安国际	0：0	河南建业	
长沙金德 文虎一 44′65′	2：0	深圳上清饮	

第 30 轮（11 月 14 日进行）

主　队	比分	客　队	备注
大连实德 扬戈维奇 25′朱挺 50′87′	3：2	青岛中能 刘健 10′阿格布 77′	
河南建业	0：0	天津康师傅	
厦门蓝狮	0：0	长沙金德	
北京国安 堤亚戈 30′	1：0	山东鲁能	
浙江绿城	0：0	辽宁西洋	
武汉光谷 郑斌 42′88′	2：1	西安国际 李毅 35′	
深圳上清饮 卡玛特 25′	1：4	长春亚泰 埃尔韦斯 3′45′王万鹏 29′ 达扎基 42′	

2007 年中超联赛完全积分榜

排名	2007 赛季	总成绩(30 场)							主场(15 场)							客场(15 场)						
	球队	胜	平	负	进球	失球	净胜	积分	胜	平	负	进球	失球	净胜	积分	胜	平	负	进球	失球	净胜	积分
1	长春亚泰	16	7	5	48	26	22	55	9	4	1	26	9	17	31	7	3	4	22	17	5	24
2	北京国安	15	9	4	47	19	28	54	8	4	2	26	9	17	28	7	5	2	21	10	11	26
3	山东鲁能	14	6	8	53	31	22	48	9	3	2	35	17	18	30	5	3	6	18	14	4	18
4	上海申花	12	10	6	35	29	6	46	8	5	1	24	14	10	29	4	5	5	11	15	−4	17
5	大连实德	11	11	6	36	31	5	44	6	7	1	19	14	5	25	5	4	5	17	17	0	19
6	天津康师傅	12	8	8	31	22	9	44	10	2	2	17	2	15	32	2	6	6	14	20	−6	12
7	武汉光谷	11	7	10	30	31	−1	40	9	5	0	20	6	14	32	2	2	10	10	25	−15	8
8	青岛中能	10	6	12	36	42	−6	36	9	1	4	21	13	8	28	1	5	8	15	29	−14	8
9	辽宁西洋	9	8	11	26	36	−10	35	6	5	3	14	12	2	23	3	3	8	12	24	−12	12
10	长沙金德	8	10	10	17	24	−7	34	6	5	3	13	11	2	23	2	5	7	4	13	−9	11
11	浙江绿城	6	10	12	25	35	−10	28	4	6	4	14	16	−2	18	2	4	8	11	19	−8	10
12	河南建业	5	12	11	20	28	−8	27	4	6	4	13	11	2	18	1	6	7	7	17	−10	9
13	西安国际	4	14	10	25	30	−5	26	4	6	4	18	15	3	18	0	8	6	7	15	−8	8
14	深圳上清饮	5	10	13	21	42	−21	25	3	5	6	11	16	−5	14	2	5	7	10	26	−16	11
15	厦门蓝狮	4	8	16	22	46	−24	20	3	4	7	14	22	−8	13	1	4	9	8	24	−16	7

2007 年中超联赛完全战绩

球队简称		长春亚泰	北京国安	山东鲁能	上海申花	大连实德	天津康师傅	武汉光谷	青岛中能	辽宁西洋	长沙金德	浙江绿城	河南建业	西安国际	深圳上清饮	厦门蓝狮
长春亚泰	主场		0:0	0:0	4:1	1:2	1:0	4:0	1:1	3:2	1:0	1:1	3:1	1:0	4:0	2:1
	客场		1:0	1:1	2:2	0:1	1:0	1:3	2:1	3:1	0:0	1:2	2:3	1:0	4:1	3:1
北京国安	主场	0:1		1:0	2:3	3:1	2:0	4:1	3:0	3:0	0:0	1:0	0:0	1:1	1:1	4:1
	客场	0:0		6:1	2:0	1:1	0:1	0:0	1:3	3:2	2:0	0:0	2:1	0:0	1:0	2:1
山东鲁能	主场	1:1	1:6		2:1	1:1	2:0	2:0	3:0	5:2	4:2	1:1	1:2	3:0	5:0	4:0
	客场	0:0	0:1		0:1	2:3	0:1	2:3	4:0	1:2	2:0	3:1	1:1	0:0	1:0	2:0
上海申花	主场	2:2	0:2	1:0		1:0	3:2	3:1	3:2	1:1	2:0	1:1	1:1	1:1	4:1	1:0
	客场	1:4	3:2	1:2		1:2	0:0	0:0	0:3	0:1	1:1	0:0	0:0	2:0	1:0	1:0
大连实德	主场	1:0	1:1	3:2	2:1		2:2	0:0	3:2	0:0	1:0	1:3	3:1	1:1	1:1	0:0
	客场	2:1	1:3	1:1	0:1		1:0	0:1	2:1	1:2	1:0	1:1	1:2	2:2	2:0	2:2
天津康师傅	主场	0:1	1:0	1:0	0:0	0:1		2:0	4:0	1:0	2:0	1:0	0:0	1:0	2:0	2:0
	客场	0:1	0:2	0:2	2:3	2:2		1:1	0:1	0:0	1:1	1:3	0:0	2:4	1:1	1:2
武汉光谷	主场	3:1	0:0	3:2	0:0	1:0	1:1		1:0	2:0	0:0	3:0	2:0	2:1	1:0	1:1
	客场	0:4	0:4	0:2	1:3	0:0	0:2		0:1	2:1	0:1	3:1	0:0	0:2	1:2	1:2
青岛中能	主场	1:2	3:1	0:4	3:0	1:2	1:0	1:0		2:0	0:1	2:1	2:1	1:1	2:0	2:0
	客场	1:1	0:3	0:3	2:3	2:3	0:4	0:1		0:0	1:2	1:1	0:3	3:1	2:2	2:2
辽宁西洋	主场	1:3	2:3	2:1	1:0	2:1	0:0	1:2	0:0		1:0	0:0	0:0	1:0	1:1	2:1
	客场	2:3	0:3	2:5	1:1	0:0	0:1	0:2	0:2		0:1	0:0	1:0	1:4	2:1	3:1
长沙金德	主场	0:0	0:2	0:2	1:1	0:1	1:1	1:0	2:1	1:0		3:2	2:1	0:0	2:0	0:0
	客场	0:1	0:0	2:4	0:2	0:1	0:2	0:0	1:0	0:1		0:2	1:0	0:0	0:0	0:0
浙江绿城	主场	2:1	0:0	1:3	0:0	1:1	1:3	1:3	1:1	0:0	2:0		1:0	1:1	1:2	2:1
	客场	1:1	0:1	1:1	1:1	3:1	0:1	0:3	1:2	0:0	2:3		1:0	0:2	0:1	1:2
河南建业	主场	3:2	1:2	1:1	0:0	2:1	0:0	1:1	3:0	0:1	0:1	0:1		1:1	0:0	2:0
	客场	1:3	0:0	1:2	1:1	1:3	0:0	0:2	1:2	0:0	1:2	0:1		0:0	0:2	0:0
西安国际	主场	0:1	0:0	0:0	0:2	2:2	4:2	2:0	1:3	4:1	0:0	2:0	0:0		1:1	1:2
	客场	0:1	1:1	0:3	1:1	1:1	0:1	1:2	1:1	0:1	0:0	1:1	1:1		0:0	0:1
深圳上清饮	主场	1:4	0:1	0:1	0:1	0:2	1:1	2:1	2:2	1:2	0:0	1:0	2:0	0:0		1:1
	客场	0:4	1:1	0:5	1:4	1:1	0:2	0:1	0:2	1:1	0:2	2:1	0:0	1:1		3:1
厦门蓝狮	主场	1:3	1:2	0:2	0:1	2:2	1:2	2:1	2:2	1:3	0:0	2:1	0:0	1:0	1:3	
	客场	1:2	1:4	0:4	0:1	0:0	0:2	1:1	0:2	1:2	0:0	1:2	0:2	2:1	1:1	

2007 年中超联赛射手榜(前 10 名)

名次	球员	球队	进球数	主场进球数	客场进球数
1	李金羽	山东鲁能	14	7	7
2	埃尔韦斯	长春亚泰	12	7	5
3	闫相闯	北京国安	8	2	6
4	姜宁	青岛中能	7	3	4
	王鹏	大连实德	7	3	4
	阿隆索	上海申花	7	3	4
7	张烁	天津康师傅	6	2	4
	奥利弗	河南建业	6	5	1
	文虎一	长沙金德	6	4	2
	丁捷	辽宁西洋	6	1	5

2007 年中超联赛助功榜(前 10 名)

名次	球员	球队	助攻数
1	日科夫	山东鲁能	14
2	米图	长春亚泰	11
3	杜震宇	长春亚泰	10
4	郑斌	武汉光谷	8
5	姜坤	上海申花	7
6	王栋	长春亚泰	6
	阿布巴卡尔	长沙金德	6
8	陶伟	北京国安	5
	马丁内斯	北京国安	5
	陆峰	河南建业	5

2007 年中超联赛之最

主场胜数	98 场
客场胜数	44 场
进球平局	34 场
无进球平局	34 场
进球总数	472 个
平场每场进球	2.2 个
主场平均进球	2.7 个
客场平均进球	1.8 个
进球最多比赛	山东鲁能 5 比 2 辽宁(2007.03.03,第 1 轮;山东鲁能 1 比 6 北京国安(2007.08.08,第 15 轮)
主场最大比分比赛	山东鲁能 5 比 0 深圳上清饮(2007.09.15,第 23 轮)
客场最大比分比赛	山东鲁能 1 比 6 北京国安(2007.08.08,第 15 轮)
获胜场次最多的球队	长春亚泰,16 场
获胜场次最少的球队	厦门蓝狮、西安国际,4 场
失利场次最多的球队	厦门蓝狮,16 场
失利场次最少的球队	北京国安,4 场
主场获胜场次最多的球队	天津康师傅,10 场
主场获胜场次最少的球队	厦门蓝狮、深圳上清饮,3 场
客场获胜场次最多的球队	长春亚泰、北京国安,7 场
客场获胜场次最少的球队	西安国际,0 场
获平局场次最多的球队	西安国际,14 场
本赛季最常出现的比分	0 比 0,34 次
进球最多的球队	山东鲁能,53 球
进球最少的球队	长沙金德,17 球
失球最多的球队	厦门蓝狮,46 球
失球最少的球队	北京国安,19 球
净胜球最多的球队	北京国安,28 球
净胜球最少的球队	厦门蓝狮,—24 球
观众人数最多场次	3.5 万人(西安国际 1 比 2 厦门蓝狮,2007.03.11,第 2 轮)

中国 ZHONGGUO

足球年鉴 2008

ZUQIU NIANJIAN

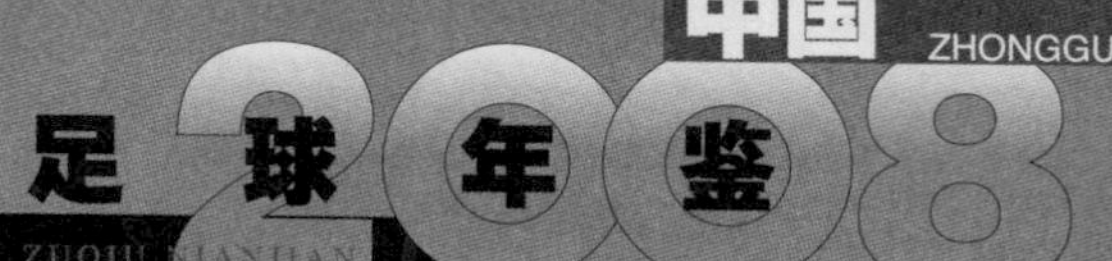

中国足球甲级联赛

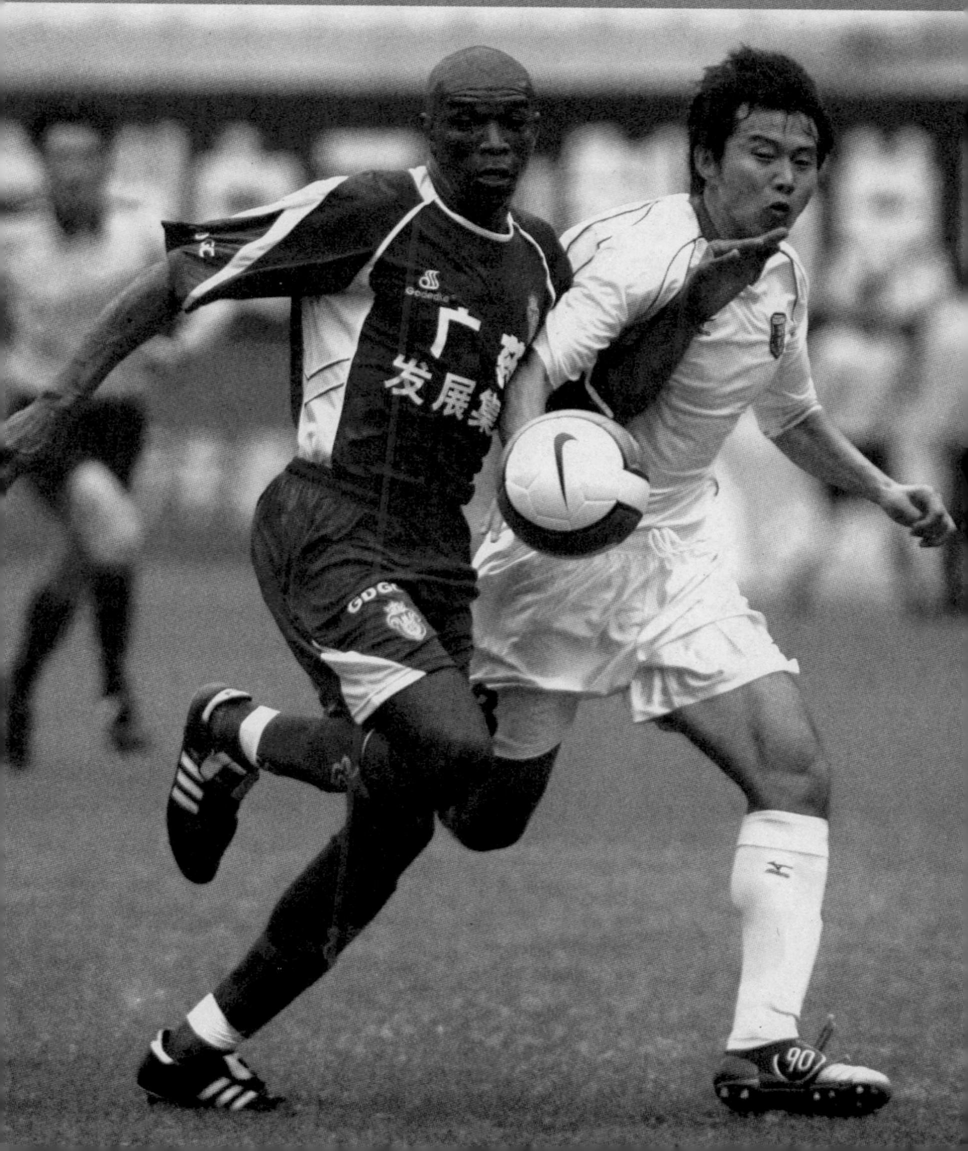

2007 年中甲联赛综述

如果把中超比作一片逐渐复苏的土地，那么，中甲也许就是大山后面阳光很难照到的贫瘠土壤。每年都会从这里走出两支疲惫不堪的新军，他们走出大山的真正目的正像那些从贫困地区拿到大学录取通知书的贫苦孩子，"要过上好日子"，"还要让自己和家人活得有滋有味"。由冬天到春天，一个个风雨侵袭的日子，厦门、长春、浙江、河南还有武汉等，他们先后品尝了"富裕"的滋味，这个赛季结束之后，广州和成都脱颖而出，离开了长期生活的"大山深处"，喜悦的广州人和成都人感慨万千。2008 赛季，脱贫致富的球队又会是谁呢？江苏、重庆、南昌、延边？徐根宝的东亚队能否打破多年不变的论资排辈的老规矩？

2007 年的中甲是一个更加两极分化的赛季，广州和成都像螃蟹横行无忌，而众多草根球队则在各自的角落里卑微地苟延残喘。北理工的出世与呼和浩特队的消亡是两个具有历史意义的事件，它让 2007 年的中甲五味俱陈。像北理工那样艰难地活，还是像呼和浩特那样无奈地死？这是一个必须要面对的问题。

不管怎样，随着广药和成都双双冲超，2007 年的中甲在寂寞中并不平淡地结束了。呼和浩特散伙了，学生军保级了，广药和成都冲超了，其实 2007 赛季有很多值得我们记忆的，相对热火朝天却一地鸡毛的中超，中甲的乏人关注也赋予了它难能可贵的稳定。

广州、四川重回顶级联赛

9 年之后，广州足球终于再返顶级联赛行列，可以称得上是好事多磨，这在整个中国足坛都是一件大事，也将使 2008 年的中超联赛队伍风格更加多样化。

灵巧、快速、技术型打法，想当年，南派足球在中国足坛占据着显赫的地位，但如今“南派”足球几乎在中国足坛销声匿迹，前几年麦超执教时，也在试图重拾“南派足球”的技术风格，但终究是平局太多而胜利较少，未能实现冲超的目标。随着广药集团在 2006 赛季的介入，广州广药冲超的步伐也逐渐加快起来。2006 赛季，由于刚刚介入足球的广药集团对圈内的事情还不熟悉，在有关人士的鼓噪下，请来了前国家队主教练戚务生担任球队主教练。一个看上去合情合理的说法是：“大戚在圈子内很有人脉，关键时刻可以利用戚务生的这一优势为广州足球获利。”然而，足球毕竟是靠实力说话的，尽管当时的广州队具备了冲超的能力，但由于教练组的管理和用人问题，最终没能冲超，也让广州足球交了一年的学费。

2007 年，广州广药俱乐部为冲超投入了大本钱。据了解，即便是扣除了经营所得，净投入也达到了 3500 万元。其中引进主教练、外援、内援花费 1500 万元，奖金 1000 万元，日常运营费用（包括工资、差旅费等）1000 万元。正是因为有了雄厚的资金作为保障，广州广药在引进内外援后阵容也达到了“准中超”的水平。主教练沈祥福钦点的徐亮、高明都有多年顶级联赛经验；卢琳和李帅更入选过国字号球队；外援拉米雷斯、卡西亚诺也踢过中超联赛，实力毋庸置疑。广州广药俱乐部的高层更是深知重赏之下必有勇夫的道理，因此一改 2006 年累积奖金的做法，采取每场固定奖金额，在关键战役中加码的做法。譬如客场对阵成都谢菲联队的比赛，是整个赛季最为重要的一场比赛，为了激励队员，俱乐部不仅补发了客场战平哈尔滨队时教练组表示不要的平局奖金，更是将该场比赛的奖金额创纪录地提升到了100万元。正是类似这样的种种举措，广药队整个赛季获得19胜4平1负的骄人战绩，净胜球达到了惊人的50个。与此同时，最后一战拉米雷斯一人打入两球，以19粒入球荣获该赛季中甲金靴奖。

与广州足球一样，在中国职业联赛中，有关川足的记忆同样令人刻骨铭心，1995年的成都保卫战成为历史性的一幕，而2006年四川队因为俱乐部的相关问题而退出中超更是令人感到遗憾不已。2007年这一遗憾终于得到了弥补，成都五牛在组队后的第12个年头终于冲进中超，而外资足球的背景使得这一历史性时刻更具深刻意义。

职业联赛之初就已经开始参加甲A联赛的四川全兴属于省属球队，也一直高举着川足大旗。相比较而言，成都足球俱乐部则一直以“小弟弟”的身份出现。2005年，由于受到政策影响，成都烟厂退出俱乐部，转而以冠名的方式继续支持成都足球，由成都市足协对成足俱乐部进行托管。当年12月初，英格兰谢菲尔德联俱乐部正式介入，成为五牛俱乐部最大的股东。2006年1月11日，这个全新的足球俱乐部问世，更名为成都谢菲联足球俱乐部。

这在中国足球史上确实可以称得上是开天辟地的创举，因为此前即使是在顶级联赛中也从来没有过外资成为最大股东的俱乐部。根据当时双方的协议，谢菲尔联队将为成都五牛队提供外援和教练，而目标就是在2008年之前冲超。外资介入之后，队伍也确实有了相当大的变化。此前两年中，由于俱乐部及队内的动荡，队伍已经接近崩溃的边缘，成绩大幅下滑，甚至到了降级的边缘。真正的质变发生在2007赛季，全年比赛成都谢菲联取得了16胜7平1负的好成绩，头号射手汪嵩为球队贡献了17粒入球，“大巴”罗德里格斯也有13球入账，可以说这两名射手为球队冲超立下了汗马功劳。在四川队倒下一年半左右的时间之后，成都谢联重新擎起四川足球的大旗。同广州队相比，这支队伍的本土味道更浓更纯，主教练黎兵曾经见证了四川足球的兴衰，而姚夏、彭晓方、汪嵩等多名球员也是老四川队球员，他们将在新赛季中超联赛中再续四川足球血脉。

江苏、重庆蓄芳待来年

江苏舜天的冲超失败让人很无语，自 2000 年开始，他们每年都是冲超热门，却每年都早早掉链子。有钱并不等于会用钱，舜天每年拿着巨额支票，却不知撒向何方。近 10 年来，球队的人员建设从没有上过一个台阶，至今队中都没有一两名说得过去的球星。而在炒教练上，舜天俱乐部也有着特别的嗜好，这些年来来往往的土帅、洋帅、土指导、洋顾问多如过江之鲫，球队也在这种反反复复的折腾中丧尽元气和信心。每个赛季末，都会有舜天准备买壳入中超的传闻出现，2007 年的最新版本是厦门，只可惜厦门在这个赛季结束后已经回到了中甲。

2007 赛季初，江苏舜天打得还是不错的，尽管球队没有什么骄人战绩，但还是紧紧咬住广药和成都谢菲联，直到联赛进行到一半时，他们仍旧是冲超的一个有力竞争者。但随着舜天做客上海滩，居然以 0 比 1 不敌排名倒数第二的上海七斗星，刚燃起的冲超希望一下就浇灭了，在第 22 轮客场和哈尔滨打平之后，理论上的冲超希望也破灭了。整个赛季江苏舜天 14 胜 6 平 4 负，进球数达到了 41 个，失球 21 个，外援安德列、吉尔伯特以及恩里克、杜拉多等人为球队贡献很大，本土球员的优秀代表当属尹优优，此外，来自广东的吴坪枫等人对于球队的帮助也是有目共睹。

与江苏队的高姿态不同，上赛季从中超降级之后，重庆力帆的表现出人意料的平静。老谋深算的尹明善没有急于把目标定在冲超，采取的是“深挖洞、缓称王”的策略。俱乐部没有给球队提出具体要求，全年的投入也较以往少了很多，主教练魏新在国内职业联赛中是最年轻的领军者，球队大多由年轻球员组成，几名外援的身价也很一般。从赛季之初低调的态度来看，力帆清醒地认识到与广药以及成都谢菲联是存在一定差距的，与其跟对手血拼，不如静下心来潜心修炼。一个赛季下来，力帆的负面新闻很少，即使关键场次输球，尤其在当地球迷施加压力的情况下，俱乐部和球队也没有自乱阵脚。

整个赛季结束之后，力帆的年轻球员得到了很好的锻炼，主力射手王锴共打入 16 球，毫不逊色于广药的拉米雷斯和成都谢菲联的汪嵩。此外，黄希扬、李思源、张礼、赵和靖、范冬青以及吴庆、张远杰等人的表现也可圈可点，外援桑托斯和佐拉虽然谈不上突出，但同样为球队做出了自己的贡献。力帆最终取得 13 胜 5 平 6 负的成绩，联赛排名第 4。

北理工活得艰难，呼队死得无奈

2007 年中甲联赛上半个赛季异常残酷，但北理工在赛季过半时由于呼和浩特的退出就已经确定在中甲站住了脚跟，继而经过下半个赛季的奋力拼搏最终排名第 10，实现了 2006 年以乙级联赛冠军的身份冲甲之后学校领导所制定的 2007“站稳脚跟、再谋发展”的战略目标。现在回头来看，重要的并不是他们的排名如何，而是中甲联赛由于出现了北理工这样的一支非常另类的“学生军”所带来的一系列冲击与变化。

2006 年的乙级联赛，依靠浪潮集团和其他几个企业的赞助，北理工在条件简陋的情况下，本着艰苦奋斗的精神完成了所有的主客场比赛，并“奇迹”般地夺取了乙级联赛冠军，在国内足球界引起了强烈的反响。但轰动过后，为了继续在中甲进行这场“体育回归教育”的战略性实验，生存问题就成了首要问题。毕竟中甲联赛中各个球队的水平、比赛的强度、球队的各项支出都与乙级联赛不可同日而语。尽管北理工的队员并没有工资与奖金，但从队员训练的住宿、伙食、医疗恢复等后勤保障，到大江南北各地客场比赛的各种费用，以及球队训练与比赛装备，都需要一笔可观的投入，学校本身并无这项资金予以保证，这支"非职业球队"的首要任务就是要以"职业球队"的运作方法去寻找新的赞助商。

无论从哪个角度看，北理工队活得都不滋润。没有资金、没有基地，更没有青训，也许以中国现在的足球土壤，还不足以支持这样一支球队成长。事实上，北理工冲上中甲，也并没有证明这种学校足球的模式在中国的成功，它只能反衬中国足球基层联赛的薄弱。在 2008 年中甲，如果没有一支"呼和浩特队"来垫背，北理工队是否能够继续生存下去还很难说。

2007 年 8 月 4 日，呼和浩特队 9 名球员集体弃赛，并引发呼和浩特队(西藏惠通俱乐部)最终被足协取消注册资格。这是继 2001 年的"甲 B 五鼠"事件、2005 年国力注销后，本世纪中甲(甲B)第 3 起恶性事件。西藏惠通俱乐部可能永远不会出现在中国足球的版图上，这批球员也可能永远消失于人海之中，但此事留下的教训却不应该被淡忘。

王珀用西藏惠通的班底、大连长波的壳、再加上陕西国力的旧部以及从辽宁招来的一批散兵游勇，组成一支混编部队，再将它弄到呼和浩特，可谓是集草台班子之大成，也只有中国足坛才能孕育这样的怪胎。因此可以说，呼和浩特队的消亡有其必然性，只是人们没预计到会这么早。

足协最终判定呼和浩特的联赛积分为 0 分，值得一提的是，呼和浩特队并非第一支以 0 分结束一个赛季的球队。早在 2005 年的中甲联赛里，陕西国力队也是因为被勒令退出联赛全年只积 0 分，而这次 0 分事件的始作俑者也是王珀。中甲联赛的竞争力本就弱化，呼和浩特的退出则使得 2007 年的中甲变得毫无悬念。

2007年中甲联赛各轮赛果

第1轮(3月31日进行)

主　队	比分	客　队	备注
广州广药 卡西亚诺 19′61′徐亮 12′	3：0	南昌八一	
北京宏登 焦阳 74′	1：1	江苏舜天 尹优优 15′	
南京有有	0：1	北京爱国者 杨思源 91′	
青岛海利丰	0：0	上海七斗星	
成都谢菲联 姚夏 18′罗德里格斯 73′63′ 汪嵩 36′52′赵明鑫 84′	6：0	哈尔滨毅腾	
呼和浩特	0：0	延边世纪	

第2轮(4月7日进行)

主　队	比分	客　队	备注
重庆力帆 王锴 54′	1：3	广州广药 卢琳 18′90′拉米雷斯 26′	
南昌八一	0：1	成都谢菲联 汪嵩 61′	
哈尔滨毅腾 王静铉 24′	1：1	北京宏登 肖博捷 80′	
江苏舜天 吉尔伯特 58′	1：1	南京有有 谢里奥 77′	
上海七斗星 宋博 18′	1：1	呼和浩特 李根 89′	
青岛海利丰 金平 54′丁伟 64′	2：1	北京爱国者 袁微 82′	

第 3 轮(4 月 14 日)

主　队	比分	客　队	备注
重庆力帆	0:1	成都谢菲联 姚夏 4′	
延边世纪 郑林国 39′	1:1	上海七斗星 罗布森 79′	
北京宏登 路鸣 41′维多维奇 87′	2:1	南昌八一 扎马亚 18′	
青岛海利丰 达多 70′	1:3	江苏舜天 邹鹏 46′恩里克 54′刘飞 68′	
南京有有 贝尔奇 2′70′	2:3	哈尔滨毅腾 李鹏 60′王静铉 65′71′	
呼和浩特 韩德明 40′54′威廉 73′	3:1	北京爱国者 张森 91′	

第 4 轮(4 月 21 日)

主　队	比分	客　队	备注
北京爱国者 韩济光 3′	1:1	延边世纪 崔永哲 49′	
重庆力帆	0:0	北京宏登	
哈尔滨毅腾 王静铉 90′	1:2	青岛海利丰 孙虎 22′朱瑞 26′	
南昌八一 扎马亚 7′	1:0	南京有有	
广州广药	0:0	成都谢菲联	
江苏舜天 吉尔伯特 70′	1:0	呼和浩特	

第 5 轮(4 月 28 日)

主　队	比分	客　队	备注
北京宏登	0∶2	广州广药 贾文鹏 55′徐亮 63′	
青岛海利丰 孙虎 51′丁伟 79′达多 89′	3∶1	南昌八一 扎马亚 31′	
延边世纪 朴方哲 71′	1∶2	江苏舜天 恩里克 24′吉尔伯特 70′	
南京有有 谢里奥 37′	1∶2	重庆力帆 王锴 60′桑托斯 80′	
上海七斗星 谭鑫 52′	1∶2	北京爱国者 于飞 30′67′	
呼和浩特 王通 70′	1∶2	哈尔滨毅腾 韩家宝 32′张靖洋 68′	

第 6 轮(5 月 5 日)

主　队	比分	客　队	备注
哈尔滨毅腾 王静铉 46′72′	2∶3	延边世纪 金英俊 45′千学峰 88′ 徐赫哲 89′	
南昌八一 扎马亚 47′迈克 46′	2∶0	呼和浩特	
重庆力帆 王锴 9′左拉 27′赵和靖 69′	3∶2	青岛海利丰 达多 47′孙虎 61′	
江苏舜天 邹鹏 14′吉尔伯特 31′ 安德列 77′	3∶1	上海七斗星 宋博 86′	
广州广药 徐亮 15′杨朋锋 20′卢琳 21′ 杨朋锋 53′拉米雷斯 65′	5∶1	南京有有 谢里奥 9′	
成都谢菲联 汪嵩 18′闵劲 64′	2∶0	北京宏登	

第 7 轮(5 月 12 日)

主　队	比分	客　队	备注
北京爱国者	0：1	江苏舜天 杜拉多 63′	
青岛海利丰	0：1	广州广药 李岩 60′	
延边世纪 朴万哲 26′	1：1	南昌八一 扎马亚 18′	
南京有有	0：0	成都谢菲联	
上海七斗星	0：0	哈尔滨毅腾	
呼和浩特 白广海 60′	1：1	重庆力帆 王锴 76′	

第 8 轮(5 月 19 日)

主　队	比分	客　队	备注
哈尔滨毅腾 陈顺珍 81′	1：0	北京爱国者	
南昌八一 高万国 77′利马 87′	2：0	上海七斗星	
重庆力帆 王锴 3′8′33′70′	4：3	延边世纪 金英俊 41′金明哲 81′ 千学峰 86′	
广州广药 杨朋锋 1′16′徐德恩 21′ 拉米雷斯 48′徐亮 57′ 黎志星 77′冯俊彦 84′	7：0	呼和浩特	
成都谢菲联 罗德里格斯 77′75′姚夏 80′	3：0	青岛海利丰	
北京宏登	0：1	南京有有 贝尔奇 35′	5 月 20 日 进行

第9轮

主　队	比分	客　队	备注
北京爱国者 金俊植 57′	1：4	南昌八一 迈克 23′31′李昊 60′利马 69′	
延边世纪	0：2	广州广药 杨朋锋 44′罗勇 69′	
青岛海利丰 达多 45′	1：0	北京宏登	
上海七斗星 埃维顿 3′	1：3	重庆力帆 张远杰 10′王锴 51′吴庆 75′	
江苏舜天 恩里克 52′	1：0	哈尔滨毅腾	
呼和浩特 周皓罡 90′	1：2	成都谢菲联 苏阿雷 89′赵明鑫 49′	

第10轮(6月2日)

主　队	比分	客　队	备注
南昌八一 高万国 60′顾中庆 77′	2：1	江苏舜天 杜拉多 51′	
北京宏登 维多维奇 21′53′	2：1	呼和浩特 威廉 20′	
南京有有 谢里奥 11′38′李潍良 77′	3：2	青岛海利丰 戈兰 48′达多 72′	
广州广药 拉米雷斯 40′63′90′卢琳 35′	4：0	上海七斗星	
成都谢菲联 罗德里格斯 12′69′汪嵩 47′65′	4：0	延边世纪	
重庆力帆 桑托斯 37′范冬青 80′	2：0	北京爱国者	

第 11 轮(6 月 16 日)

主　队	比分	客　队	备注
延边世纪 郑林国 21′65′千学峰 75′	3∶1	北京宏登 赵阔 84′	
哈尔滨毅腾	0∶1	南昌八一 高万国 17′	
江苏舜天 安德列 17′恩里克 23′刘飞 80′	3∶2	重庆力帆 王锴 47′88′	
上海七斗星 埃维顿 80′	1∶3	成都谢菲联 汪嵩 13′51′75′	
北京爱国者 杨思源 35′金俊植 37′ 康斯贝 91′	3∶3	广州广药 徐亮 40′43′拉米雷斯 75′	
呼和浩特	0∶0	南京有有	

第 12 轮(6 月 23 日)

主　队	比分	客　队	备注
北京宏登 贾伟 52′	1∶1	上海七斗星 宋博 29′	
南京有有 陶飞 38′	1∶0	延边世纪	
广州广药 拉米雷斯 58′杨朋锋 27′	2∶1	江苏舜天 安德列 45′	
成都谢菲联 丁琪 19′王存 45′周威 76′ 汪嵩 77′罗德里格斯 90′	5∶1	北京爱国者 杨阳 39′	
重庆力帆 桑托斯 54′	1∶0	哈尔滨毅腾	
青岛海利丰 马赛 45′肖金亮 26′	2∶0	呼和浩特	

第 13 轮(6 月 30 日)

主　队	比分	客　队	备注
北京爱国者 姚远 2′袁微 36′	2∶0	北京宏登	
哈尔滨毅腾 张靖洋 67′	1∶1	广州广药 杰弗森 36′	
江苏舜天 安德列 56′	1∶1	成都谢菲联 刘成 48′	
上海七斗星 法比奥 7′11′梁明 82′	3∶1	南京有有 崔光浩 92′	
延边世纪 金英俊 15′千学峰 51′ 郑林国 16′金明哲 79′	4∶1	青岛海利丰 孙虎 82′	
南昌八一 张辉 75′	1∶0	重庆力帆	

第 14 轮(8 月 4 日)

主　队	比分	客　队	备注
北京爱国者	0∶0	南京有有	
上海七斗星 法比奥 55′罗德兰 80′	2∶0	青岛海利丰	
延边世纪	3∶0	呼和浩特	从本轮开始，呼和浩特被取消资格。
江苏舜天	0∶1	北京宏登 路鸣 91′	
哈尔滨毅腾 王静铉 77′	1∶3	成都谢菲联 姚夏 21′汪嵩 40′ 罗德里格斯 48′	
南昌八一	0∶0	广州广药	

第 15 轮(8 月 11 日)

主队	比分	客队	备注
北京爱国者 卢斌 66′	1∶2	青岛海利丰 克劳迪内 13′于洋 54′	
呼和浩特	0∶3	上海七斗星	
广州广药 拉米雷斯 44′7Ô′	2∶1	重庆力帆 张礼 86′	
南京有有 谢里奥 46′王辛华 54′	2∶3	江苏舜天 尹优优 33′李炽 75′安德列 83′	
北京宏登 萨米尔 50′季楠 71′路鸣 79′	3∶1	哈尔滨毅腾 王静铉 23′	
成都谢菲联 汪嵩 93′	1∶1	南昌八一 利马 58′	

第 16 轮(8 月 18 日)

主队	比分	客队	备注
上海七斗星 埃维顿 55′	1∶2	延边世纪 徐赫哲 35′朴成 67′	
南昌八一	0∶2	北京宏登 林震 35′维多维奇 90′	
哈尔滨毅腾	0∶0	南京有有	
江苏舜天 尹优优 13′57′安德列 33′	3∶0	青岛海利丰	
成都谢菲联 韦斯利 71′	1∶1	重庆力帆 王锴 13′	
北京爱国者	3∶0	呼和浩特	

第 17 轮(8 月 26 日)

主　队	比分	客　队	备注
延边世纪 金英俊 38′金涛 69′郑林国 84′	3∶1	北京爱国者 袁微 37′	
呼和浩特	0∶3	江苏舜天	
成都谢菲联 闵劲 61′	1∶2	广州广药 拉米雷斯 8′徐亮 63′	
南京有有	0∶0	南昌八一	
北京宏登 肖博捷 33′	1∶2	重庆力帆 黄希扬 48′66′	
青岛海利丰 达多 45′	1∶0	哈尔滨毅腾	

第 18 轮(9 月 1 日)

主　队	比分	客　队	备注
广州广药 杨朋锋 72′拉米雷斯 63′ 徐亮 33′	3∶0	北京宏登	
江苏舜天 安德列 36′杜拉多 48′ 李炽 53′	3∶2	延边世纪 金英俊 11′朴成 45′	
南昌八一	0∶0	青岛海利丰	
重庆力帆 王锴 32′	1∶0	南京有有	
哈尔滨毅腾	3∶0	呼和浩特	
北京爱国者 袁微 44′卢斌 84′	2∶0	上海七斗星	9 月 2 日 进行

第 19 轮(9 月 8 日)

主 队	比分	客 队	备注
延边世纪 金英俊 26′	1:1	哈尔滨毅腾 李鹏 39′	
青岛海利丰	0:1	重庆力帆 王错 4′	
北京宏登	0:2	成都谢菲联 闵劲 15′韦斯利 31′	
上海七斗星 法比奥 70′	1:0	江苏舜天	
南京有有 李潍良 54′	1:4	广州广药 拉米雷斯 4′24′27′徐亮 67′	
呼和浩特	0:3	南昌八一	

第 20 轮(9 月 15 日)

主 队	比分	客 队	备注
哈尔滨毅腾	0:1	上海七斗星 陈琦 30′	
广州广药 徐亮 5′7′37′黄志毅 45′ 杰弗森 67′李岩 90′	6:1	青岛海利丰 赵文强 82′	
南昌八一 缪佳 65′	1:1	延边世纪 金明哲 37′	
江苏舜天 吉尔伯特 28′尹优优 50′ 曹睿 57′安德列 84′	4:2	北京爱国者 杨思源 3′姚远 65′	
成都谢菲联 丁琪 7′罗德里格斯 25′汪嵩 28′ 周威 63′72′姜骁宇 85′	6:1	南京有有 钟毅 66′	
重庆力帆	3:0	呼和浩特	

第21轮(9月22日)

主　队	比分	客　队	备注
延边世纪 金明哲 67′	1∶0	重庆力帆	
青岛海利丰	0∶2	成都谢菲联 汪嵩 52′61′	
南京有有 李潍良 50′钟毅 75′	2∶0	北京宏登	
上海七斗星 法比奥 42′埃维顿 71′	2∶0	南昌八一	
呼和浩特	0∶3	广州医药	
北京爱国者	0∶0	哈尔滨毅腾	

第22轮(9月29日)

主　队	比分	客　队	备注
北京宏登	0∶0	青岛海利丰	
重庆力帆 李思源 4′黄希扬 32′	2∶0	上海七斗星	
哈尔滨毅腾 牛喜龙 81′	1∶1	江苏舜天 杜拉多 49′	
广州广药 杨朋锋 38′87′拉米雷斯 76′	3∶1	延边世纪 金明哲 59′	
成都谢菲联	3∶0	呼和浩特	
南昌八一 顾中庆 67′利马 80′	2∶1	北京爱国者 姚远 60′	

第 23 轮(10 月 6 日)

主　队	比分	客　队	备注
青岛海利丰 马赛 52′杜斌 60′肖金亮 68′	3∶1	南京有有 赵玉成 81′	
北京爱国者	0∶0	重庆力帆	
延边世纪 崔永哲 36′	1∶2	成都谢菲联 库马 10′罗德里格斯 90′	
江苏舜天 安德列 26′尹优优 39′ 尹优优 58′吴坪枫 71′	4∶0	南昌八一	
上海七斗星	0∶1	广州广药 高明 70′	
呼和浩特	0∶3	北京宏登	

第 24 轮(10 月 13 日)

主　队	比分	客　队	备注
北京宏登	0∶1	延边世纪 金明哲 61′	
重庆力帆	0∶0	江苏舜天	
广州广药 拉米雷斯 25′高明 47′ 杰弗森 66′徐德恩 90′	4∶2	北京爱国者 张树 44′杨思源 19′	
成都谢菲联 罗德里格斯 2′9′汪嵩 64′68′	4∶2	上海七斗星 耿志强 89′宋博 85′	
南昌八一 迈克 12′顾中庆 20′	2∶0	哈尔滨毅腾	
南京有有	3∶0	呼和浩特	

第 25 轮(10 月 20 日)

主　队	比分	客　队	备注
江苏舜天 李炽 4′	1∶0	广州广药	
北京爱国者	1∶1	成都谢菲联 金俊植 25′罗德里格斯 58′	
上海七斗星 法比奥 19′埃维顿 23′35′	3∶2	北京宏登 孔庆涛 82′肖博捷 86′	
延边世纪 郑林国 34′千学峰 53′ 朴万哲 84′	3∶2	南京有有 李喆 13′何琪 90′	
哈尔滨毅腾	0∶1	重庆力帆 王锴 65′	
呼和浩特	0∶3	青岛海利丰	

第 26 轮(10 月 27 日)

主　队	比分	客　队	备注
广州广药 拉米雷斯 25′69′杨朋锋 47′ 杰弗森 51′	4∶0	哈尔滨毅腾	
成都谢菲联	0∶0	江苏舜天	
北京宏登 赵阔 34′	1∶1	北京爱国者 金俊植 17′	
南京有有 胡云峰 61′陶飞 75′谢里奥 86′	3∶1	上海七斗星 王建文 12′	
青岛海利丰 于洋 91′	1∶0	延边世纪	
重庆力帆 王锴 4′黄希扬 8′52′	3∶1	南昌八一 扎马亚 31′	

2007 年中甲联赛完全积分榜

排名	2007 赛季	总成绩(24 场)							主场(12 场)							客场(12 场)						
	球队	胜	平	负	进球	失球	净胜	积分	胜	平	负	进球	失球	净胜	积分	胜	平	负	进球	失球	净胜	积分
1	广州广药	19	4	1	65	15	50	61	11	1	0	43	7	36	34	8	3	1	22	8	14	27
2	成都谢菲联	16	7	1	53	14	39	55	8	3	1	35	8	27	27	8	4	0	18	6	12	28
3	江苏舜天	14	6	4	41	21	20	48	9	2	1	25	10	15	29	5	4	3	16	11	5	19
4	重庆力帆	13	5	6	35	22	13	44	8	2	2	21	10	11	26	5	3	4	14	12	2	18
5	南昌八一	10	6	8	26	26	0	36	7	3	2	13	6	7	24	3	3	6	13	20	−7	12
6	延边世纪	9	6	9	36	35	1	33	6	3	3	22	14	8	21	3	3	6	14	21	−7	12
7	青岛海利丰	10	3	11	27	36	−9	33	7	1	4	14	10	4	22	3	2	7	13	26	−13	11
8	上海七斗星	7	5	12	26	38	−12	26	5	2	5	16	15	1	17	2	3	7	10	23	−13	9
9	北京宏登	6	6	12	21	31	−10	24	3	4	5	11	14	−3	13	3	2	7	10	17	−7	11
10	南京有有	6	6	12	26	38	−12	24	5	2	5	18	16	2	17	1	4	7	8	22	−14	7
11	北京理工	5	7	12	27	40	−13	22	3	6	3	14	12	2	15	2	1	9	13	28	−15	7
12	哈尔滨毅腾	4	7	13	18	36	−18	19	2	4	6	11	14	−3	10	2	3	7	7	22	−15	9
13	西藏惠通	1	4	19	8	57	−49	7	1	3	8	6	24	−18	6	0	1	11	2	33	−31	1

2007年中甲联赛完全战绩

球队简称		广州广药	成都谢菲联	江苏舜天	重庆力帆	南昌八一	延边世纪	青岛海利丰	上海七斗星	北京宏登	南京有有	北京爱国者	哈尔滨毅腾	呼和浩特
广州广药	主场		1:2	2:1	2:1	3:0	3:1	6:1	4:0	3:0	5:1	4:2	4:0	7:0
	客场		0:0	0:1	3:1	0:0	2:0	1:0	1:0	2:0	4:1	3:3	1:1	3:0
成都谢菲联	主场	1:2		0:0	1:1	1:1	4:0	3:0	4:2	2:0	6:1	5:1	6:0	2:1
	客场	0:0		1:1	1:0	1:0	2:1	2:0	3:1	0:2	0:0	1:1	3:1	3:0
江苏舜天	主场	1:0	1:0		3:2	4:0	2:1	3:0	3:1	0:1	1:1	4:2	1:0	1:0
	客场	1:2	1:2		0:0	1:2	3:2	3:1	0:1	1:1	3:2	1:0	1:1	3:0
重庆力帆	主场	1:3	1:3	0:0		3:1	4:3	3:2	2:0	0:0	1:0	2:0	1:0	1:0
	客场	1:2	1:2	2:3		0:1	0:1	0:1	1:3	2:1	2:1	0:0	1:0	3:0
南昌八一	主场	0:0	0:0	2:1	1:0		1:1	0:0	2:0	0:2	1:0	2:1	2:0	2:0
	客场	0:3	0:3	0:4	1:3		1:1	1:3	0:2	1:2	0:0	4:1	1:0	3:0
延边世纪	主场	0:2	0:2	1:2	1:0	1:1		4:1	1:1	3:1	3:2	3:1	1:1	3:0
	客场	1:3	1:3	2:3	3:4	1:1		0:1	2:1	1:0	0:1	1:1	3:2	3:0
青岛海利丰	主场	0:1	0:1	1:3	0:1	3:1	1:0		0:0	1:0	3:1	2:1	1:0	2:0
	客场	1:6	1:6	0:3	2:3	0:0	1:4		0:2	0:0	2:3	2:1	2:1	3:0
上海七斗星	主场	0:1	0:1	1:0	1:3	2:0	1:2	2:0		3:2	3:1	1:2	0:0	1:1
	客场	0:4	0:4	1:3	0:2	0:2	1:1	0:0		1:1	1:3	0:2	1:0	3:0
北京宏登	主场	0:2	0:2	1:1	1:2	2:1	0:1	0:0	1:1		0:1	1:1	3:1	2:1
	客场	0:3	0:3	1:0	0:0	2:0	1:3	0:1	2:3		0:2	0:2	1:1	3:0
南京有有	主场	1:4	1:4	2:3	1:2	0:0	1:0	3:2	3:1	2:0		0:1	2:3	0:0
	客场	1:5	1:5	1:1	0:1	0:1	2:3	1:3	1:3	1:0		0:0	0:0	3:0
北京爱国者	主场	3:3	3:3	0:1	0:0	1:4	1:1	1:2	2:0	2:0	0:0		0:0	1:3
	客场	2:4	2:4	2:4	0:2	1:2	1:3	1:2	2:1	1:1	1:0		0:1	3:0
哈尔滨毅腾	主场	1:1	1:1	1:1	0:1	0:1	2:3	1:2	0:1	1:1	0:0	1:0		3:0
	客场	0:4	0:4	0:1	0:1	0:2	1:1	0:1	0:0	1:3	3:2	0:0		2:1
呼和浩特	主场	0:7	0:7	0:1	0:1	0:2	0:3	0:2	1:1	1:2	0:0	3:1	1:2	
	客场	0:3	0:3	0:3	0:3	0:3	0:3	0:3	0:3	0:3	0:3	0:3	0:3	

2007 年中甲联赛射手榜(前 10 名)

名次	球员	球队	进球数	主场进球数	客场进球数
1	拉米雷斯	广州广药	19	13	6
2	汪嵩	成都谢菲联	17	9	8
3	王锴	重庆力帆	16	8	8
4	罗德里格斯	成都谢菲联	13	9	4
5	徐亮	广州广药	12	7	5
6	杨朋锋	广州广药	10	9	1
7	安德列	江苏舜天	9	7	2
8	王静铉	哈尔滨毅腾	8	5	3
9	尹优优	江苏舜天	7	5	2
	谢里奥	南京有有	7	5	2

中国 ZHONGGUO
足球年鉴 2008
ZUQIU NIANJIAN

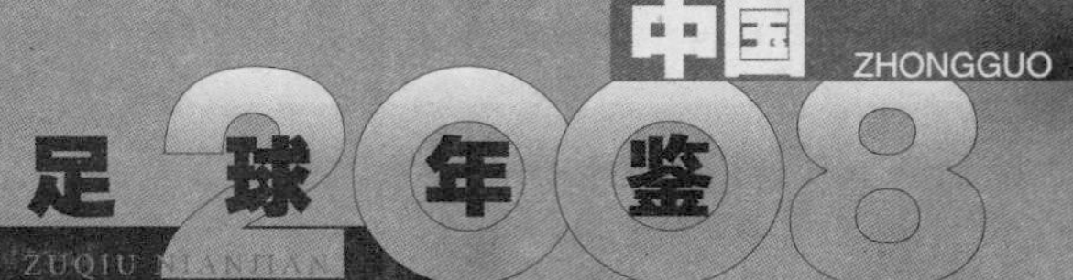

全国足球乙级联赛

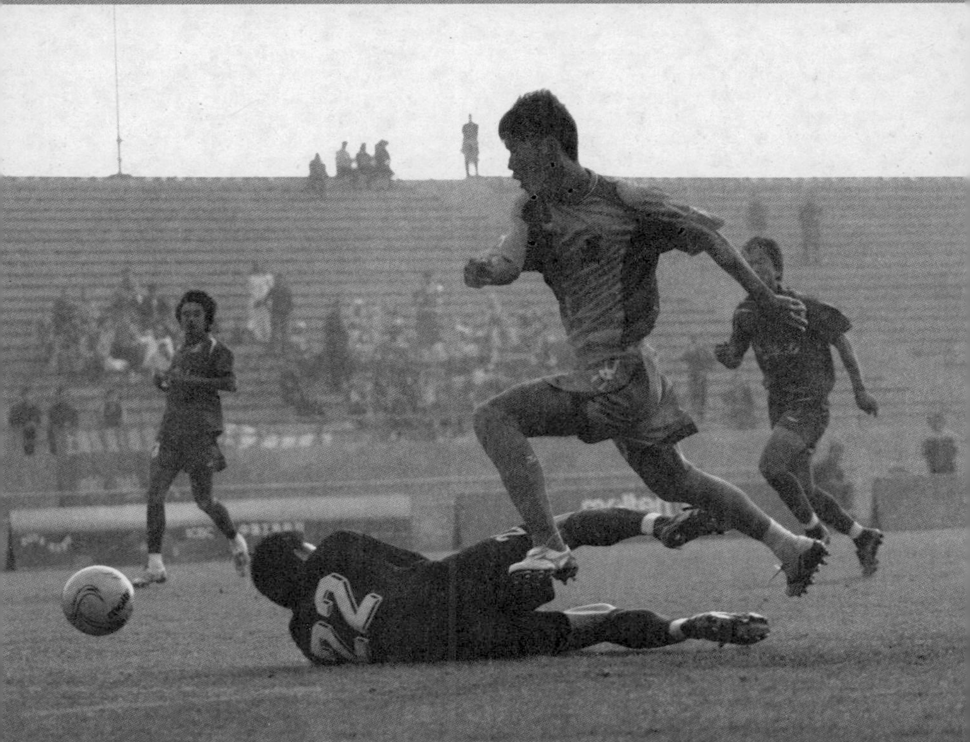

2007 年全国足球乙级联赛综述

从 5 月 5 日开赛到 11 月 25 日上海东亚队夺冠，2007 中国足球乙级联赛度过了热闹非凡的一个赛季。与 2006 年呈现“战国时代”，最终北区球队包揽两个升级名额不同的是，2007 年南区球队彻底大规模爆发。如果把徐根宝率领的上海东亚队归为南区的话，那么 2007 年复赛四强则完全被南区球队所囊括，可以说是南区的“帝国时代”。曲终人散笑到最后的分别为通过一年锤炼业已成熟的上海东亚队、“雄起”态势显著的四川队以及来自于职业联赛处女地的安徽九华山队。

南北分区赛

2006 年，新川足因缺乏经验而“只差一步”到复赛。一年之后他们再也没给任何人机会，以外秀内实的进攻能力和出类拔萃的防守能力，不仅在南区积分榜上一开始便遥遥领先，并且在联赛结束后成为该赛季抢积分率最高的乙级联赛球队，其 12 场比赛 8 胜 3 平 1 负进 22 球仅失 7 球的彪炳战绩足以傲视群雄。南区“豪强”安徽九华山队延续过去一年的高昂势头，球队整体的攻防能力更加成熟，他们和最终穿上“黄色领骑衫”的四川队一起早早甩开了后续部队，着手准备复赛冲甲大业。中游球队“纠缠不清”则是本赛季南区联赛的一大特色。实力相对差距不大的“四小天鹅”——湖南湘涛队、广西天基队、宁波华奥队和苏州趣普仕队都加入到复赛权的争夺中，这也让南区联赛相对北区联赛更显精彩。最终，广西天基队和湖南湘涛队成功进入复赛阶段。值得一提的是，沈阳金德梯队湖南湘涛队虽然只取得 4 胜 4 平 4 负的战绩，而且在 12 场南区比赛中只打入 8 球，但仅失 6 球的防守质量直接将他们推上南区“探花”交椅。一时脚底打滑的宁波华奥队继失败的 2006 年之后再次经历了一个“痛苦”的赛季，而尚处实力羸弱阶段的广东日之泉队虽然只拿到 7 分，但他们的潜力巨大。

从南区“转会”而来的“青年近卫军”上海东亚队依靠恐怖的攻击力在北区杀出一条惟我独尊的血路，徐根宝也成为在主教练位置上包揽中国顶级联赛、二级联赛、三级联赛冠军的第一人。而另外一支闯荡乙级联赛的青年军新疆体彩，实力同样不容小视，在分区赛最终咬住上海东亚队的表现足以证明其实力的雄厚，但“内战内行、外战外行”仍是困扰球队的硬伤。另外两支球队天津东丽和天津火车头由于后劲不足，“陪太子读书”的角色也一扮到底。由于与前批部队实力差距悬殊，呼和浩特滨海、杭州三超、镇江中安、青岛黎明则度过了一个碌碌无为的赛季。

淘汰赛首轮

淘汰赛首轮的对阵形势是：新疆体彩 VS 广西天基、湖南湘涛 VS 山东大学、天津东丽 VS 三峡大学、安徽九华山 VS 天津火车头。在两回合比赛中，如果说安徽九华山和广西天基击败各自对手顺利晋级是在意料之中的话，那么两支大学生队的晋级则出乎人们的意料之外。

在分区赛中表现不俗的新疆体彩队在淘汰赛中大失水准，他们尽管占据着场上优势，但在经验上明显比对手差一个档次，尤其是在丢球后显得非常急躁。而广西天基队正是抓住对手的这一弱点，在首回合利用反击得手，占得先机；在次回合的比赛中，又利用对手急于扳平比分的心态，在下半场开场不久打进决定性一球，以两个1比0淘汰对手顺利晋级。

湖南湘涛队特点鲜明，防守稳固但进攻效率太低。在首回合的比赛中，山东大学队在本方禁区内犯规送给湖南队点球，结果以0比1落败。山东大学队在首轮失利后并未泄气，在第二回合的比赛中给对手制造了很大的压力，上下半场各进1球，最终以总比分2比1淘汰对手，晋级下一轮。

天津东丽与三峡大学的比赛可以说是湖南湘涛与山东大学之间的翻版，在外界普遍看好天津东丽晋级时，三峡大学队翻盘成功。在首回合比赛中，天津东丽队虽占据了场面的优势，但迟迟没能取得进球，在比赛结束前10分钟，三峡大学队禁区内犯规，天津东丽利用点球取得领先。3分钟后三峡大学同样获得一粒点球，但主罚队员没有将球踢进。在第二回合比赛中，三峡大学队全力反扑，在上下半场各入1球，不过天津东丽队在终场前顽强将比分扳平，双方进入加时赛。志在必得的三峡大学队在加时赛刚刚开始便再入一球，并一直将比分保持到结束，最终三峡大学队翻盘成功。

安徽九华山与天津火车头这对老冤家在2006年决赛阶段就相遇过，但那是无关紧要的第3名之争，最终安徽队获胜。2007年他们在淘汰赛的首轮相遇，可谓不是冤家不聚头。在首回合较量中，天津队员吃到红牌，安徽队在人数占优的情况下以1比0小胜对手。在次回合的交手中，天津火车头队虽然率先进球将总比分扳平，但一名队员在第64分钟严重犯规被红牌罚下成为了比赛的转折点，6分钟后，安徽队便利用人数上的优势打进一球。此后，尽管天津火车头队奋力反扑，但安徽队的严密防守让他们屡屡无功而返，最终安徽队以总比分2比1晋级成功。

在淘汰赛第2轮，安徽九华山队和广西天基队分别对阵两支大学生队，双双成功突围，顺利与上海东亚队、四川队会师四强。

广西天基队的对手是山东大学队。在首回合交锋中，上半场双方均无建树，但是赛场上的形势却是广西队占据优势，中场休息后广西天基队攻势更猛，不仅创造了一粒点球并首开记录，还在比赛结束前 2 比 0 锁定胜局。双方第二回合的较量更像是走过场，山东大学队对于再次翻盘信心不足。总比分领先的广西天基队踢得有条不紊，中场休息后山东大学队加快了比赛节奏，但雷声大雨点小。在比赛最后 10 分钟内，山东大学队率先破门，不过广西天基队很快就扳平了比分。虽然他们在伤停补时阶段送给对手一粒乌龙球，但在总比分上仍然以 3 比 2 淘汰山东大学队。

在淘汰天津火车头队后，安徽九华山队的下一个对手是全国大学生联赛冠军三峡大学队。在首回合的交锋中，尽管安徽队想用 90 分钟解决战斗，但占据着主动权却始终无法攻破学生军的大门，整场比赛三峡大学队完全被对手压制住。下半场学生军倒获得过最好的一次反击机会，只可惜连续两脚射门都被门框无情地挡出，最终双方互交白卷。在第二回合的较量中，志在晋级的安徽九华山队一上来就大举进攻，上半场利用任意球率先破门，在下半场又利用对手急躁的情绪再下一城。虽然三峡大学队随后扳回一球，但为时已晚，只能眼看对手晋级。

半决赛

半决赛，上海东亚、四川分别对阵安徽九华山和广西天基，结果两支南北赛区的冠军球队都发挥出了应有的实力，淘汰各自对手提前获得晋级资格，而安徽九华山队和广西天基队则要在三四名的比赛中争夺另一个晋级名额。

在上海东亚队与安徽九华山队的首回合较量中，安徽九华山队在比赛一开始发起进攻，而上海东亚队则在加强防守的同时伺机反击。第 24 分钟，上海东亚队中场突然一个直传，曹赟定接球就射，皮球应声入网，上海东亚队取得领先。此后场上的气氛变得紧张起来，安徽队急于扳平比分，上海队员接连犯规，王云龙也因此吃到黄牌。下半场，安徽队全体压上，而上海队也利用几次反击创造了得分机会，但没能扩大比分。在伤停补时阶段，安徽进攻队员摔倒在上海东亚的禁区内，主裁判判罚点球。安徽队射手陈栋主罚命中，1 比 1，安徽队在最后时刻神奇扳平比分。

由于在首回合比赛后，主裁判的判罚引起很多争议，中国足协在第二回合的比赛中派出了金哨孙葆杰来执法。安徽队依然没有汲取首回合的教训再次大举压上，上海东亚队不断用反击威胁对方的球门。第 14 分钟，上海队吕文君单刀直入，抢在门将出击之前将球送入球门。丢球后的安徽队如梦初醒，利用身体优势不断威胁上海队大门。第 24 分钟，安徽队获得前场任意球，皮球吊入禁区后被上海队后卫解围出底线，安徽队获得角球。安徽队发出的角球越过两名防守队员，后点的孙建宏头槌破门，比分变为 1 比 1。下半场安徽队利用身体、体能的优势逐渐占据了场上的优势，上海队只能利用反击进行骚扰。在比赛的后半阶段，双方都不敢贸然进攻。比赛的转折点发生在第 85 分钟，上海队的一次射门被安徽队门将扑出底线，上海队角球开到禁区内，朱峥嵘将球顶入，2 比 1，上海队在最后时刻将比分超出。此后安徽队任意球击中立柱，失去了再次扳平比分的机会，而当一名队员被红牌罚下后，少一人的安徽队只能接受失败的结果。最终徐根宝率领的上海东亚队以总比分 3 比 2 战胜对手，率先进军中甲。

四川与广西天基的比赛则呈一边倒的局势。由于首场比赛是四川队在中乙决赛圈的首次亮相，所以开场后四川队打得比较谨慎。适应了比赛的气氛后，四川队突然发力，一时间广西天基处于非常被动的状态。第 30 分钟，四川队腾彬突破到禁区被放倒，主裁判果断判罚点球，腾彬亲自主罚一蹴而就。丢球后的广西天基队仍然采用防守反击战术，虽然创造出了一些机会，但没能破门，上半场比赛四川队 1 比 0 领先。下半场比赛四川队仍然占据主动。第 53 分钟，四川队边路传中，广西队后卫慌乱中自摆乌龙。此后广西队利用任意球、反击机会屡屡威胁四川队大门，但均无功而返。第 80 分钟，四川队再次将比分扩大，腾彬在小禁区内射门，梅开二度。第 82 分钟，四川队趁对手大举进攻之机由 10 号曾其祥远射中的，比分变成了 4 比 0。此后四川队换人加强防守，将 4 比 0 的比分保持到终场。

在双方第二回合的比赛中，两队均派替补出场应战，尤其是广西天基队，更是早早为三四名的比赛作准备。在比赛中两队打得不紧不慢，尤其是胜券在握的四川队，他们在第 8 分钟由吴波任意球破门取得领先。此后四川队继续进攻，这也导致广西队队员失误频频。第 22 分钟四川队再度发难，一脚 30 米开外的远射被广西队门将扑出底线。上半场比赛四川队 1 比 0 领先。下半场比赛双方打得不愠不火，仍是四川队主攻。第 70 分钟广西队员祁阳领到第二张黄牌被罚出场外，以多打少的四川队在第 75 分钟由吴沉远射洞穿广西队大门。落后的广西队也有几次精彩的射门，但均被四川队门将神勇扑出。第 81 分钟，四川队周毅禁区内得球后起脚射门，皮球打到防守队员身上弹射入网，将比分扩大为 3 比 0。随后四川队队员也无心恋战，广西队李子健在比赛即将结束时远射打入挽回颜面的进球。这样四川队便以总比分 7 比 1 进军 2008 年的中甲联赛。

三四名决赛

由于第 3 名的球队将晋级 2008 年的中甲联赛，所以 2007 年中乙三四名的比赛也改为两回合的较量，最终安徽九华山队不负众望，在第 3 次向中甲联赛冲击时终获成功。

首回合一开始，双方都不敢贸然进攻。第 4 分钟，广西队通过连续传接配合攻入安徽队腹地，一脚低射被安徽门将扑出。第11分钟，安徽队前场获得任意球，王振兴直接攻门被广西队门将扑出后，孙建宏近在咫尺的射门打高，安徽队错失领先的机会。此后双方互有攻守，第41分钟安徽队再次获得任意球，王振兴将球吊入禁区后引起一片混乱，广西队后卫慌乱中推倒了安徽队员，裁判果断判罚点球。安徽队孙建宏将球罚进，1比0结束上半场。下半场安徽队率先换人，第53分钟孙建宏在距离球门近30米的距离吊射，被广西门将奋力将球托出。第77分钟广西队反攻，通过中路配合由高福荣劲射打入一球扳平比分。但在第85分钟广西队再送大礼，安徽队发出角球，广西队员李子健抬脚解围但却自摆乌龙。此后广西队并没有压上进攻，安徽也在自己半场防守，最终2比1获胜。

第二回合的比赛一开始，比分领先的安徽队仍然主打进攻，希望能提前锁定胜局，但率先破门的却是广西队。第32分钟广西队刘博禁区外大力抽射，安徽队门将虽然碰到皮球，但球速太快仍然钻进网窝，广西队将总比分扳成2比2。丢球后的安徽队显得比较急躁，没能发起有效攻势，上半场广西队1比0领先。下半场安徽队用赵清换下郝四杨加强进攻，但得势不得分，双方处于胶着状态。90分钟比赛结束，双方总比分2比2，进入加时赛。

加时赛上半场双方互有攻守，下半场第109分钟，安徽队陈栋突入禁区后低射破门，将总比分改写为3比2。丢球后的广西队大举反攻，这再次留给安徽队机会，两分钟后赵一博吊射破门，这粒进球也宣布了广西队死刑。第115分钟，安徽队王振兴中场附近再次吊射破门，完全锁定了胜局。最终安徽九华山队以总比分5比2获得第3名，晋级2008年中甲。

决　赛

南北分区赛冠军、2007 中乙联赛中的两支青年军会师决赛，这应该是众望所归的结果。在这场年轻人的较量中，徐根宝率领的“中国曼联”笑到了最后，而徐根宝也成为获得中国足球所有级别联赛冠军教练的第一人。

由于两队均已经成功入围 2008 年的中甲联赛，所以冠军之争也变成了荣誉之战。比赛被安排在昆明星耀体育中心的外场进行，双方均派出主力，由于是一场定胜负，这也让两队打得很谨慎。第 26 分钟四川队员曾其祥连续突破 3 名防守队员后射门偏出，这拉开了双方进攻的帷幕。随后上海东亚还以颜色，在禁区弧顶附近一记极有威胁的远射被门将扑出。第 43 分钟上海东亚队通过几次简单的配合攻入四川队禁区前沿，获得任意球，但四川队的防守相当严密，没有给上海东亚队任何机会，上半场双方互交白卷。下半场上海东亚队突然前压对四川队施加压力，第 53 分钟，上海东亚队获得角球，角球开出后四川后卫解围不远，禁区内形成混战，东亚队的射门没有打上力量。第 65 分钟四川队换人，周毅换下了吴沉，双方的节奏也加快。第 70 分钟，四川队袁健传中，陈少钦门前将球打进，1 比 0 取得领先。但 2 分钟后，上海东亚队敖飞帆边路传中，吕文君一蹴而就，将比分改写成 1 比 1。3 分钟后上海东亚获得前场任意球，后卫王佳玉任意球破门，上海东亚队 2 比 1 反超比分。最后阶段，领先的上海东亚队加强了防守，最终以 2 比 1 的比分获得 2007 年中国足球乙级联赛冠军。

中国 ZHONGGUO

足球年鉴 2008

ZUQIU NIANJIAN

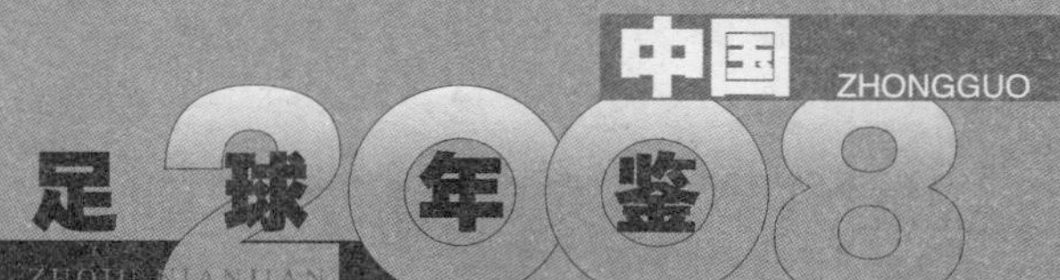

全国女子足球超级联赛

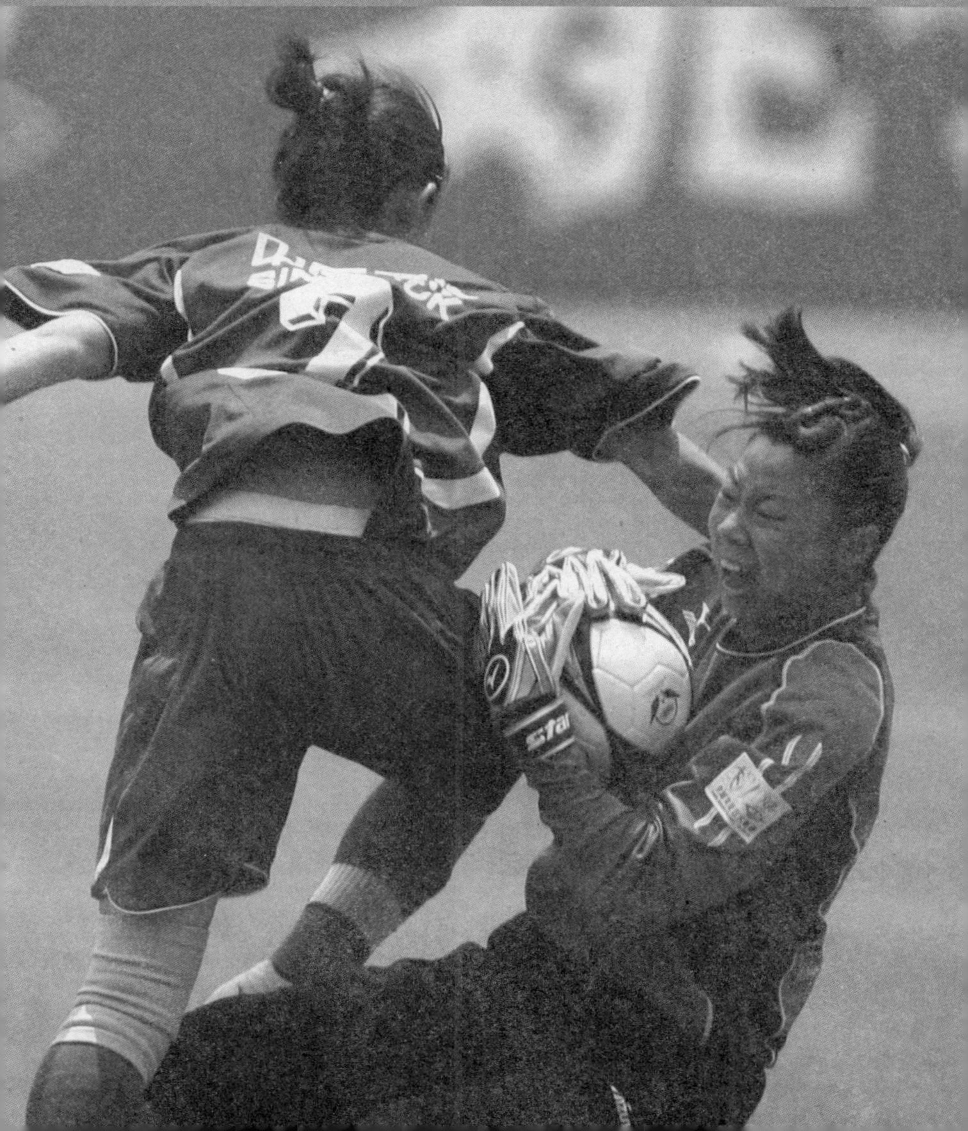

2007 年全国女足超级联赛综述

这是一个缺少国脚的赛季，因而有人说它缺乏看点；这也是一个年轻化的赛季，它见证了一个年轻的天津王朝的破茧而出，见证了天津与大连两支新锐力量打破了北京和上海两大传统势力对女超联赛的长期垄断，这不能不算是一个亮点。

天津：外援风暴

随着天津汇森女足 5 比 1 狂胜上海女足，捧得 2007 年“姚记扑克杯”全国女足超级联赛冠军，中国女超联赛上海四连冠时代宣告终结。从 2004 年的第 7、2005 年的第 4、2006 年的亚军到 2007 年的冠军，天津队走向王座的脚步踏实而有力。

由于女足世界杯，2007 年的联赛分割成了 3 个阶段，第一循环于 3 月 12 日至 26 日举行。刚刚结束冬训的天津汇森队 7 连胜，占据了北区领头羊的位置。北区第二阶段比赛于 6 月份在大连打响，此前夺得足协杯赛冠军的天津队迎来了北区另外 7 支队伍的挑战。而此时队中的两位尼日利亚籍球员要回国参加奥运会女足预选赛，不能随队征战，同时，左后卫李颖和后腰徐晓远相继受伤，这使得教练在排兵布阵上捉襟见肘。但 7 场比赛仅负 1 场的战绩证明了天津的整体实力比较均衡。

顺利进入总决赛的天津队积 14 分，凭胜负关系排在第 3 位，落后上海队 2 分，在冠军争夺战中处于劣势。要想问鼎冠军，她们必须 4 轮全胜。第 1 轮对阵广东队,广东队在第 20 分钟获得点球并由蔡小田操刀命中,但仅仅两分钟过后,天津队就利用斯特拉的个人突破扳平比分,并最终 3 比 2 获胜。第 2 轮对阵四川队,天津队从一开始就把握主动,并复制了 3 比 2 的比分,全取 3 分。第 3 轮的对手是江苏队,在天津女足的强大攻势面前,江苏队明显处于下风,天津队依靠斯特拉和郜玲玲的进球轻松获胜。此时她们与上海同积 23 分,联赛第 4 轮两强直接对话将决定冠军归属。

这场比赛是两个王朝的更迭之战。天津队针对上海队变阵,将熟悉的 442 改为了可攻可守的 532。比赛开始后,两队并未进行过多的试探,而是直接展开对攻。第 8 分钟,天津队外援斯特拉开出角球,禁区内张连影高高跃起头槌破门,天津队 1 比 0 领先。随着僵局被打破,双方的拼抢更加激烈。第 28 分钟,恩科沃查铲断后发起攻击,冯迪雅接球后顺势抽射把比分变成 2 比 0。上半场临结束前,上海队攻入一球,将比分追成 1 比 2。但天津队在下半场攻势更加猛烈,外援乌瓦克第 60 分钟的进球彻底击垮了对手翻盘的信心。第 70 分钟,已助攻一球的斯特拉锦上添花,她的进球将比分改为 4 比 1,此时上海队放弃了抵抗。比赛即将结束时,外援恩科沃查连过对方几名球员小禁区内攻门成功,打入了本场比赛最漂亮的一粒进球,比分最终锁定为 5 比 1。从场面上看,天津队完全占据主动,3 名尼日利亚外援在场上的配合压制住了上海队。上海队几乎没有中场,很难组织起顺畅的进攻,除了上半场后段的几次前场定位球、张琤的进球、李丽的角球攻门外,鲜有亮点。

3 名尼日利亚外援是天津夺冠的大功臣,她们个人技术出色,并且和全队达到了统一和融合。斯特拉和恩科沃查在天津女足效力多年,两人的风格已经完全适应了球队的技战术需要。而 20 岁的乌瓦克是尼日利亚国家队的正印前锋,她在比赛中的屡次出色表现弥补了訾晶晶上调国家队带来的影响。这些外援成功地带动了天津队本土球员，全队越踢越精神，胜利也一场接着一场。

上海：王朝衰败

与天津队比赛的终场哨声也宣告了上海王朝的终结，对于志在卫冕女超冠军的上海队来说，2007 年是个残酷的赛季。

以 13 场全胜、南区第 1 名、总积分第 1 名的成绩挺进总决赛，上海队距离她们的第 5 座女超冠军奖杯似乎只有一步之遥。总决赛首轮面对年轻的山东队，上海队毫不留情，以 3 比 0 完胜对手。第 2 轮面对河北队，上海队不敢贸然进攻，艰难地以 2 比 1 击败了对手，继续保持领头羊的位置。真正的狙击来自于第 3 轮的对手大连队，作为积分前两位的传统强队，连沪之战是本轮的焦点战役，同时也是关乎大局的转折之战。巨大的压力约束着两支球队的创造力，90 分钟内双方 0 比 0 战平，最终大连队凭借良好的心态以 5 比 4 赢得了点球大战，上海队也就此失去了积分优势。

对于这个令人失望的赛季，最普遍的看法就是国脚的缺阵。由于备战女足世界杯赛，中国足协规定国家队集训的队员不参加女超联赛。随着潘丽娜、季婷、徐媛、张颖、袁帆等 5 名国脚上调，上海队剩下的几乎都是十八九岁的年轻队员，实力折损一大半。

如果说国脚抽调是普遍性问题的话，在后备力量的储备上，上海女足确实出现了断层。基层教练明确地表示，上海练足球的女孩子越来越少，因为缺少广泛的基础，他们所能做的只能是尽量挖掘每一个人的最大潜能。最终，所有的问题集中体现在了一线队的成绩上。

作为一支培养了孙雯、浦玮、潘丽娜等大批优秀球员的球队，上海女足曾经是很多女足队员梦想中的俱乐部，不仅机构完善、条件优越，最重要的是全国冠军拿得手软。但随着马良行时代一批老将的退役，如今却面临手下无将的尴尬，主教练林志桦不得不慨叹“巧妇难为无米之炊”。

大连:1 分惜败

两球击败东道主广东队,大连女足的收官战堪称完美,但同样是胜利,4 场全胜的完美战绩并没有让球队如愿拿到冠军。由于第 3 轮战胜卫冕冠军上海队的点球大战根据规则只能积 2 分,大连队以 1 分之差惜败于天津队。

拥有马晓旭、韩端、毕妍这样豪华国脚前锋线的大连队,取得良好成绩依靠的却是防守,两个中卫李莎莎和王东妮,包括边后卫毕帅和许扬配合默契,总决赛 4 轮球队一球未失。虽然国脚锋线组合不在,但大连队依然有她们的进攻“暗器”。林亚倪是中前场的多面手,个子很高,国脚前锋在的时候她打前腰,发挥拼抢和奔跑的优势;国脚们不在,如果对手相对弱,她则司职前锋,表现稳定。“老大姐”郑琴,经验丰富,左右两个边前卫都能胜任。还有国家青年队前锋李琳,传球和捕捉战机是她的特点,在总决赛第 2 轮与江苏队的比赛中为大连首开记录。以上 3 个人组合起来充实锋线,很好地弥补了国脚们的缺失。

实德集团接手大连女足后,投入上在全国俱乐部中都是名列前茅。2007 赛季更是开出了拿一个冠军 50 万元的奖金,这个数目对于女足来说已经不算少了。这样的职业化运作和奖励机制极大激励了大连女足的球员们,她们也用成绩回报了俱乐部,在女足超霸赛中,大连战胜了天津,也赢取了俱乐部承诺的奖金。

群雄:百花争艳为时尚早

虽然天津队推翻了女超的“上海王朝时代”,津沪连积分接近,但就此断定“百花争艳”的时代到来还为时尚早。实际上在所有的强弱对话中都是呈一边倒的状况，排名第 8 位的广东队 4 战皆墨，共失 10 球。从地区看来，前 4 名中北方占据 3 席，南方球队除上海外，江苏、四川和广东至少都输了 3 场，北强南弱，东强西弱的格局没有改变。而且天津队夺冠很重要一点是天津上下对女足的支持，天津的媒体对女足的报道力度很大，从赛前预测、赛事动态、赛后分析样样俱全，体育场内也有很多球迷为球队加油助威，这是北京、上海等财力雄厚、群众基础好的城市所未能做到的。

中国女足依然是一块响亮的“名牌”，球迷们时时期待着“女足精神”能带给自己惊喜，以代替男足带来的伤痛。但在“一切为奥运”的 2008 年中，采取赛会制的女超联赛只能继续在缺少观众、赞助和关注中“静悄悄地绽放”。

2007 年全国女足超级联赛总决赛赛果

第 1 轮

天津	3 比 2	广东
河北	1 比 0	江苏
上海	3 比 0	山东
大连	1 比 0	四川

第 2 轮

大连	3 比 0	江苏
天津	3 比 2	四川
河北	1 比 2	上海
广东	1 比 3	山东

第 3 轮

天津	2 比 0	江苏
河北	2 比 1	广东
山东	1 比 1 （点球 4 比 5）	四川
上海	0 比 0 （点球 4 比 5）	大连

第 4 轮

天津	5比1	上海
大连	2比0	广东
四川	0比1	河北
江苏	1比2	山东

2007 年全国女足超级联赛总决赛积分榜

队名	场次	胜	平	负	进球	失球	净胜球
天津	4	4	0	0	13	5	8
大连	4	3	1	0	6	0	6
上海	4	2	1	1	6	6	0
山东	4	2	1	1	6	6	0
河北	4	3	0	1	5	3	2
江苏	4	0	0	4	1	8	—7
四川	4	0	1	3	3	6	—3
广东	4	0	0	4	4	10	—6

2007 年全国女足超级联赛各单项奖

最佳球员	恩科沃查(天津队)
最佳射手	訾晶晶(天津队)
最佳教练	张贵来(天津队)
公平竞赛奖	上海队
最快进步奖	山东队
最佳进球奖	李文琪(上海队)

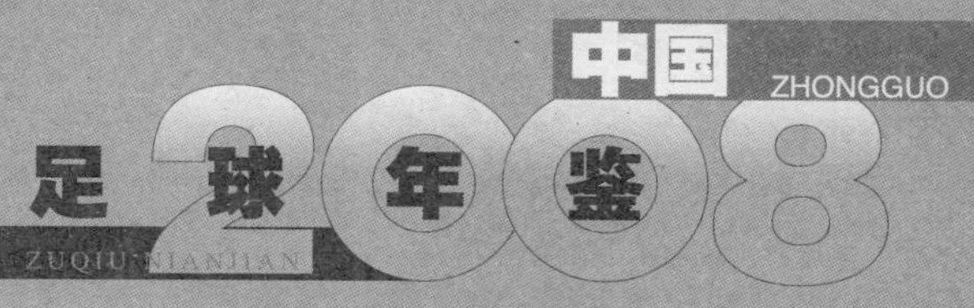
中国
ZHONGGUO
足球年鉴
2008
ZUQIU NIANJIAN

法规文件

2007中国足球协会超级联赛工作总结会议
山东足协

2007年中国足球协会超级联赛规程

第一章 总 则

第一条 中国足球协会超级联赛是由国内最优秀的职业足球俱乐部参加的全国最高水平的足球职业联赛，简称中超联赛（以下使用简称）。该赛的英文全称为：CHINA FOOTBALL ASSOCIATION SUPER LEAGUE，英文简称为CSL。

中超联赛由中国足球协会主办，由中国足球协会超级联赛委员会（以下使用简称中超委员会）依照《中超联赛组织管理办法》进行组织和管理。中超委员会在各俱乐部主场赛区设立赛区委员会，全面管理赛区事务。

2007年中超联赛参赛球队为15支。

第二章 参赛资格、报名

第四条 符合下述条件的俱乐部可以派队参加中超联赛：

一、经审核达到《中超足球俱乐部标准》要求；

二、拥有一支达到中超联赛水平的足球队；

三、成为中超委员会的会员；

四、在中国足球协会会员协会注册，并通过中超委员会在中国足球协会注册。

第五条 符合下述条件的运动员可以报名参加中超联赛：

一、与符合中超联赛参赛资格的俱乐部签订工作合同（或培训合同）；

二、在中国足球协会会员协会和中国足球协会完成注册；

三、体能测验（包括赛间抽测）达标（守门员及外籍运动员除外）；

四、取得《足球运动员注册、转会、参赛资格登记证》（以下简称：《注册参赛资格证》）。

第六条 符合下述条件的教练员可以报名参加中超联赛：

一、主教练员拥有高级教练员岗位培训证书（或同等级别证书）；

二、助理教练员拥有中级教练员以上岗位培训证书（或同等级别以上证书）；

三、守门员教练员、体能教练员除拥有中级教练员以上岗位培训证书外，还应拥有相应的守门员教练员岗位培训证书、体能教练员岗位培训证书（尚未办班前暂不实行）；

四、与符合中超联赛参赛资格的俱乐部签订工作合同；

五、在中国足球协会会员协会和中国足球协会完成注册。

第七条 符合下述条件的医务人员可以参加中超联赛：

一、拥有足球医务人员岗位培训证书；

二、与符合中超联赛参赛资格的俱乐部签订工作合同。

第八条 中超联赛报名

一、俱乐部在每年联赛开始前 45 天至 30 天的期间内，向中超委员会报名；

二、俱乐部球队名称应报全称及简称：

（一）全称为：地域名＋俱乐部名＋“足球俱乐部”＋球队冠名＋“队”；

（二）简称为：地域名＋俱乐部名或球队名，简称长度不应超过

7个字；

（三）俱乐部名称以在工商行政管理机关登记并在中国足球协会注册的法定名称为准，不得在报名时自行变更；

（四）球队只能有一个冠名，冠名可以是企业或品牌名称，但不得带有商品或服务的类别；

（五）报名与上述要求不符时，中超委员会有权按照该俱乐部法定名称和球队冠名的上述规定，予以纠正；

（六）一旦报名完成，俱乐部名称、球队名称在本赛季内，不得变更。

三、俱乐部球队人员报名

（一）报名领队1名、主教练员1名、助理教练员1至2名、守门员教练员1名、体能教练员1名、医生1至2名及翻译1名，并均须符合上述资格规定（只有报名人员才可在替补席入座，报名时附证书或证明文件复印件）；

（二）报名国内运动员最多为40名，报名外籍运动员最多为4名（禁止转入外籍守门员），比赛时可同时上场外籍运动员最多3名（每场比赛列入上场和替补名单的外籍运动员最多4人）；

（三）运动员报名应按照实际人数从1号—45号连续排列，赛季内不得更改；

（四）未完成注册、转会手续的运动员不得报名；

（五）体测暂时未通过的运动员可以报名，通过体测后方可参赛。

四、根据《中国足球协会超级联赛商务管理的规定》及制作《秩序册》需要，提供球队照片、比赛服、俱乐部标志等：

（一）提供本俱乐部全体教练员、运动员的标准彩色合影数码照片，每人的免冠彩色标准运动装数码照片，及主场体育场的全景数码照片；

（二）开赛前15天，各参赛俱乐部须提供本俱乐部主客场短袖比赛服(上衣和短裤)各 1 件(如有比赛服设计样电子文件也请提供),队旗(2 号,2.4 米×1.6 米)2 面,另自备 1 面队旗用于球队主、客场比赛入场式时使用,俱乐部标志、吉祥物的电子版文件 1 份(Illustrator 格式或 CDR 格式);

(三)比赛服上衣胸前、背后、右臂袖口上可以发布俱乐部的赞助商广告。(左臂位置为中超联赛袖标)除本条规定外,俱乐部比赛服其他地方不得发布任何企业或品牌的广告。正式比赛服俱乐部右臂袖口的赞助商广告尺寸不得大于左臂袖口中超联赛的标志尺寸。正式比赛服的胸前、背后、右臂广告不得与当年度冠名赞助商产品类别相冲突。

第九条 补充报名及报名变更

一、主教练员、助理教练员、守门员教练员、体能教练员、医生及翻译变更时,必须事先向中超委员会书面申报(附证书或证明文件),经审核批准后方能变更报名并随队工作;

二、如报名名额未满,国内运动员可在联赛第二循环比赛开始前补报。外籍运动员可在联赛第二循环比赛开始前更换或补报,补报后外籍运动员不得超过 4 人,本赛季累计报名的外籍运动员不得超过 5 人,更换出队的外籍运动员在本赛季内不得重新更换回本队;

三、补报及更换的运动员不得使用其他运动员已经使用过的号码,只能紧接使用过的最大号码之后连续排列。更换或补报时每名运动员应填报《更换、补报运动员报名表》;

四、如有报名运动员在参加各级国家队的比赛、训练中负伤,并经国家队队医确认,不能参加本赛季余下的比赛,经申请批准可额外更换相应名额的运动员。

第三章　竞赛及决定名次办法

第十条　竞赛办法和赛程安排

一、中超联赛以主客场双循环的办法进行；

二、中超联赛的竞赛日程由中超委员会制定；

三、因国际足联、亚足联调整有关赛程，因球队承担重要任务，或遇到不可抗拒的原因，中超委员会有权对既定赛程做出调整或更改；

四、中超联赛的各场比赛主场及开球时间应在全年联赛开始前30天，由主场俱乐部向赛区委员会并通过赛区委员会向中超委员会申报（除非特别原因，其中7月、8月的比赛应在相对凉爽的时段进行）；

五、因电视转播及统一的商务活动要求，中超委员会有权调整某些场次的比赛日期及开球时间，但原则上应在原定比赛日期前两周通知有关赛区及俱乐部；

六、赛区及俱乐部因各自原因希望调整原定赛程的应在征得：1.对方俱乐部，2.主场赛区，3.转播电视台的同意意见后，至少于原定日期前21天向中超委员会提出申请。中超委员会将根据申请及有关方面的意见做出决定；

七、俱乐部的其他比赛，不得冲击或更改既定的中超联赛的赛程。

第十一条　决定名次办法

一、每队胜一场得3分，平一场得1分，负一场得0分。

二、中超联赛当年度比赛全部完成后，积分多的队名次列前。

三、如果两队或两队以上积分相等，依下列顺序排列名次：

（一）积分相等队之间相互比赛积分多者，名次列前。

（二）积分相等队之间相互比赛净胜球多者，名次列前。

（三）积分相等队之间相互比赛进球数多者，名次列前。

如涉及联赛冠军、联赛升降级时，以上 1 至 3 项均相等的球队，以附加赛的办法决定名次。

（四）积分相等队在当年中超联赛全部比赛中净胜球多者，名次列前。

（五）积分相等队在当年中超联赛全部比赛中进球数多者，名次列前。

（六）以抽签的办法决定名次。

第四章　奖励与降级

第十二条　奖励

一、中超联赛奖励：

（一）第一名的队获得流动冠军奖杯；

（二）第一名的队获得金牌 50 枚；第二名的队获得银牌 50 枚；第三名的队获得铜牌 50 枚。

二、“最佳”奖励：

（一）在中超联赛中，设立“最佳运动员”奖、“最佳射手”奖、“最佳新人”奖、“最佳教练员”奖、“最佳裁判员”奖；

（二）在中超联赛中，评选最佳阵容；

（三）在中超联赛中，赛区工作评定积分最高的若干赛区，获优秀赛区奖和分项优秀赛区奖。

三、评选公平竞赛球队及个人。

第十三条　降级和升级

一、当年中超联赛名次列第 15、16 名的俱乐部队降级，参加次年中甲联赛。因 2007 赛季有 15 支球队参加，故列第 15 名的俱乐部队降级；

二、如本赛季结束前，因各种原因使参赛队减少，则最后一名的球队与中甲联赛第三名的球队进行附加赛，负队参加下年度中甲联赛，胜队在准入资格检查合格后可参加次年中超联赛；

三、当年中甲联赛名次列前两名的俱乐部队，在准入资格检查合格后可参加次年中超联赛，如未能达到中超俱乐部标准（财务指标以中甲俱乐部标准为准）的要求，则不能升级。

第五章　规则与规定

第十四条　竞赛规则与有关规定

一、执行国际足联最新版本的《足球竞赛规则》。

二、执行中国足球协会根据国际足联或亚洲足联的要求制定的其他规定。

三、执行中国足球协会制定的最新《中国足球协会纪律准则及处罚办法》、《全国足球赛区安全秩序规定》。

四、执行中超委员会制定的中超联赛文件和根据中超联赛中出现的问题做出的其他规定和通知。

五、一些具体规定：

（一）中超联赛实行检查《注册转会参赛资格登记证》制度，每场比赛之前，对所有列入球队上场名单和替补名单的运动员进行资格检查，检查不合格的运动员不能参加比赛。

（二）在每场比赛中，每队可报名上场运动员 11 名，替补运动员 7 名，可从中替换 3 名，被替换下场的运动员不得重新被换上场，一场比赛中同时上场的外籍运动员不能超过 3 名。

（三）比赛双方球队，尤其是客队必须携带两套颜色明显不同的比赛服到赛区。

（四）比赛双方球队必须穿着颜色明显不同的服装（包括上衣、短裤、球袜；守门员上衣、短裤、球袜）并经裁判员认可，裁判员或比赛监督认为参赛队双方所穿比赛服颜色有可能影响电视转播效果，那么比赛服颜色将予以更改，要么选择备用比赛服，要么混穿两套比赛服。主队有优先选择比赛服装颜色的权利。两队确定比赛服装颜色后，裁判员会根据两队比赛服装颜色选择裁判服装颜色，如果裁判及助理裁判上衣服装颜色与守门员上衣服装颜色冲突，则守门员必须更换比赛服上衣颜色。

（五）球衣号码的颜色应与比赛服的颜色显著不同（浅色号码在深色衣服上或相反），本条尤其适用于条纹的球衣。为保证更好的视觉效果，应在比赛服保留一块纯色的位置供印制球衣号码。

（六）比赛服装的号码必须与报名表相符，不得更改、不得无号、不得重复。

（七）比赛替补席每队 14 个坐席，替补运动员 7 席，俱乐部官员 7 席，其他人员不得入座。

1. 只有俱乐部队正式报名运动员、官员（领队、教练员、队医、翻译）才能在替补席就座，如有关人员更换，按本规程第九条办理；

2. 管理好其替补席的秩序是球队领队的职责之一，本方替补席任何人员违纪，将追究球队领队管理不善的责任；

3. 被裁判员罚离替补席的教练员，赛后不能出席新闻发布会，但需由领队或其他教练员代为出席。

（八）球队领队或主教练需出席赛前联席会，如比赛监督认为必要时可要求领队、主教练及有关工作人员同时出席联席会。在处罚期内的人员不得出席赛前联席会，由执行领队或执行教练员代为出席。

第十五条　比赛弃权和罢赛

一、有未报名、或未通过资格审查、或未获得《注册参赛资格证》、或处在停赛期、或正在诉讼过程中尚未被允许参赛的运动员，代表该队参加了比赛，此球队此场比赛按弃权处理。

二、有下列情况之一的球队属比赛罢赛：

（一）并非因不可抗拒的原因，且未获得中超委员会批准，未参加赛程规定的比赛；

（二）拒绝按照中超委员会的安排参加补赛或改期的比赛；

（三）拒绝按照裁判员的要求，在5分钟内恢复中断的比赛；

（四）中途退出联赛。

三、弃权和罢赛的处理：

（一）一方球队比赛弃权或罢赛，另一方球队以3∶0获胜，如果比赛的实际比分超过3∶0，则以当时的实际结果为准；

（二）双方球队比赛弃权或罢赛，双方球队本场比赛均无成绩，计0分；

（三）中途退出联赛，所有与赛队的比分均计3∶0获胜，如果比赛的实际比分超过3∶0，则以当时的实际结果为准；

（四）中超委员会秘书长根据有关报告向中国足球协会纪律委员会提交报告，由纪律委员会做出纪律处罚。

第十六条 对因恶劣天气及赛场秩序混乱造成的比赛中断的处理

因恶劣天气及赛场秩序混乱造成比赛中断，赛区应采取积极的措施尽量恢复比赛，比赛监督应及时与赛区委员会进行沟通与协商，并由比赛监督做出是否恢复比赛的决定，裁判员、双方球队应服从比赛监督的决定。

（一）如比赛不能在1小时内恢复，由比赛监督做出中断比赛的决定：

1.宣布观众退场、双方球队撤离赛场；

2.由比赛监督征求各方意见后决定在24小时内的何时、何地进行补赛；

3.补赛从比赛中断时间起恢复。

（二）比赛如不能在24小时内进行补赛：

1.经比赛监督书面同意，球队、裁判员离开赛区；

2.比赛监督报告中超委员会，由中超委员会做出处理决定；

3. 由中超委员会做出的决定为最终决定。

（三）如在此过程中有违纪行为，则由中超委员会秘书长根据有关报告向中国足球协会纪律委员会提交报告，由纪律委员会做出有关纪律处罚。

第十七条 比赛体育场

一、中超联赛使用的体育场必须符合《中超体育场标准》的规定；

二、俱乐部除确定一个主场体育场外，必须再准备一个符合《中超体育场标准》的备用体育场；

三、俱乐部如因特殊情况需要在中超联赛期间变更比赛体育场，必须于一个月前向中超委员会申请并获批准；

四、比赛城市必须有民用机场，体育场与机场之间的距离应在汽车行程 2 小时以内；

五、中超委员会在必要时，有权决定将中超联赛的某些比赛变更安排在俱乐部后备体育场、中立体育场或对方主场进行。

第十八条 客队训练安排

一、各赛区必须为客队无偿提供一块平整且场线和门网齐备的天然草坪训练场。

二、各赛区应为客队安排不少于两次的赛前训练，一次可在训练场安排不少于 90 分钟的训练，一次是在赛前一天，按照与比赛相应的时间，在比赛体育场安排不少于 60 分钟的训练。

三、如遇雨或因赛场积水等原因，确实无法安排比赛场训练，由比赛监督决定。

（一）取消在比赛场的训练安排，但赛区必须为客队提供其他的训练场或训练条件；

（二）或由客队穿平底训练鞋在比赛场跑道（比赛草坪外）进行训练。

第六章　比赛监督、裁判员

第十九条　比赛监督

比赛监督由中超委员会派遣，代表中超委员会按照《比赛监督管理办法》指导、协调赛区工作，对比赛和赛区工作进行监督、指导和评定，向中超委员会负责。

第二十条　裁判员

一、裁判员、助理裁判员、第四官员由中国足球协会裁判委员会与中超委员会共同组建的中超委员会裁判组选派；

二、裁判员参加中超联赛工作，必须遵守中国足球协会裁判委员会、中超委员会的各项规定。

第七章　纪律与诉讼

第二十一条　纪律委员会

中超联赛中的违纪行为和事件，由中国足球协会纪律委员会负责处理。

第二十二条　仲裁委员会

中超联赛中的诉讼案件，由中国足球协会仲裁委员会负责受理。

第八章　赛区接待

第二十三条　球队接待

一、赛区为客队提供从机场、车站或码头到驻地的接送交通(40座以上空调大巴，车况良好)，安排训练、比赛、会议用车，相关费用由主场俱乐部承担；

二、客队在赛区的食宿由客队自己联系和安排，并事先通知赛区委员会，特殊情况时，经中超委员会批准，由赛区指定客队所住酒店。

第二十四条 比赛监督、裁判员接待

一、赛区接待比赛监督 1 人，裁判员 4 人；

二、接待条件、标准及支付办法，按照《比赛监督、裁判员、技术调研员开支标准的规定》执行；

三、比赛监督、裁判员接待由赛区委员会负责，俱乐部及其工作人员不得介入该项工作。

第二十五条 其他人员接待

一、因工作需要，中超委员会向赛区派遣其他工作人员时，由赛区委员会接待；

二、接待参照比赛监督的标准执行，接待费用在联赛后一并与中超委员会结算。

第九章 中超联赛经营和费用

第二十六条 中超联赛经营

一、按照《中国足球协会超级联赛商务管理的规定》执行；

二、俱乐部有义务保障在每个主场比赛时，向其注册会员协会无偿提供 150 张比赛门票，用于当地足球工作者、教练员、裁判员观摩比赛。

第二十七条 中超联赛费用

一、中超委员会承担下列费用：

（一）中超联赛整体组织费用；

（二）中超联赛比赛监督、裁判员、调研员等食宿、交通、津贴费用；

（三）向赛区委员会下拨基本经费；

(四)其他可能的费用。

二、俱乐部承担下列费用:

(一)体育场租赁费用、安全保卫费用;

(二)客队比赛、训练、会议用车费用;

(三)客场比赛差旅费用;

(四)每一主场比赛向中国足球协会交纳1元人民币,向会员协会交纳的门票总收入的2.5%(具体数额及交纳办法由赛区协会与主场俱乐部商定);

(五)其他可能的费用。

三、赛区委员会承担下列费用:

(一)赛区组织费用;

(二)其他可能的费用。

第十章 财 务

第二十八条 赛区经费

一、中超委员会向赛区委员会划拨经费,该经费除用于比赛组织之必须外,用于在当地开展足球活动;

二、中超联赛比赛监督、裁判员、调研员参加赛区工作的费用,由中超委员会向赛区委员会另行支付;

三、赛区委员会不得额外要求俱乐部支付其他费用。

第二十九条 赛区财务报表

一、比赛监督、裁判员、调研员差旅及津贴报告表

(一)赛区委员会每场比赛填写《比赛监督、裁判员差旅费报销单》,并由报销人、领取人签名,会计签名,比赛监督认证并签名;

(二)赛区委员会在全年联赛结束后15天内,将《比赛监督、裁判员、调研员差旅及津贴结算表》逐项如实填写加盖公章后,连同每场《比赛监督、裁判员差旅费报销单》及报销凭证,一并寄报中超

委员会财务管理部门进行结算。

二、赛区财务报告表

(一)赛区委员会财务组在每场比赛结束后,认真审核比赛收支,逐项如实填写《中超联赛赛区财务收支报告表》,加盖赛区委员会公章,于赛后 7 日内寄报中超委员会财务管理部门;

(二)全年联赛结束后 15 天内,将《中超联赛赛区财务收支结算表》逐项如实填写加盖公章后,连同分析报告一并寄报中超委员会财务管理部门。

第十一章　附　则

第三十条　本规程由中超委员会解释,未尽事宜由中超委员会确定。

2007 年 3 月

2007年中国足球协会甲级联赛规程

第一章 总 则

第一条 中国足球协会甲级联赛是由国内的职业足球俱乐部参加的除中超联赛外，全国高水平的足球职业联赛，简称中甲联赛。该赛的英文全称为：CHINA LEAGUE，英文简称为CL。

第二条 中甲联赛由中国足球协会主办，由中国足球协会甲级联赛委员会（以下使用中甲联赛委员会）依照《中甲联赛组织管理办法》进行组织和管理。

第三条 中甲联赛委员会在各俱乐部主场赛区设立赛区委员会，全面管理赛区事务。

第四条 2007年中甲联赛参赛球队为13支。

第二章 参赛资格、报名

第五条 符合下述条件的俱乐部可以派队参加中甲联赛：

一、拥有一支达到中甲联赛水平的足球队；

二、成为中甲联赛委员会的会员；

三、在中国足球协会会员协会注册，并通过中甲联赛委员会在中国足球协会注册。

第六条 符合下述条件的运动员可以报名参加中甲联赛：

一、与符合中甲联赛参赛资格的俱乐部签订工作合同(或培训合同);

二、在中国足球协会会员协会和中国足球协会完成注册;

三、体能测验(包括赛间抽测)达标、(守门员及外籍运动员除外);

四、取得《足球运动员注册、转会、参赛资格登记证》(以下简称:《注册参赛资格证》)。

第七条 符合下述条件的教练员可以报名参加中甲联赛:

一、主教练员拥有高级教练员岗位培训证书(或同等级别证书);

二、助理教练员拥有中级教练员以上岗位培训证书(或同等级别以上证书);

三、守门员教练员、体能教练员除拥有中级教练员以上岗位培训证书外,还应拥有相应的守门员教练员岗位培训证书、体能教练员岗位培训证书(尚未办班前暂不实行);

四、与符合中甲联赛参赛资格的俱乐部签订工作合同;

五、在中国足球协会会员协会和中国足球协会完成注册。

第八条 符合下述条件的医务人员可以参加中甲联赛:

一、拥有足球医务人员岗位培训证书;

二、与符合中甲联赛参赛资格的俱乐部签订工作合同。

第九条 中甲联赛报名

一、俱乐部在每年联赛开始前 45 天至 30 天的期间内,向中甲委员会报名。

二、俱乐部球队名称应报全称及简称:

(一)全称为:地域名+俱乐部名+“足球俱乐部”+球队名+“队”(球队无冠名则在“足球俱乐部”后+“队”);

(二)简称为:地域名+俱乐部名+球队名+队(球队无冠名则在俱乐部名后+“队”);

（三）俱乐部名称以在工商行政管理机关登记并在中国足球协会注册的法定名称为准，不得在报名时自行变更；

（四）球队除非极特殊的情况，原则上只能有一个冠名，冠名可以是企业或品牌名称，但不得带有商品或服务的类别；

（五）报名与上述要求不符时，中甲联赛委员会有权按照该俱乐部法定名称和球队冠名的上述规定，予以纠正；

（六）一旦报名完成，除非特殊情况，原则上俱乐部名称、球队名称在本赛季内不得变更。

三、每支俱乐部球队报名时必须符合下列要求：

（一）报名领队 1 名、主教练员 1 名、助理教练员 1 至 2 名、守门员教练员 1 名、体能教练员 1 名、医生 1 至 2 名及翻译 1 名，并均须符合上述资格规定（报名时附证书或证明文件）；

（二）报名运动员最多为 40 名，报名外籍运动员最多为 4 名（禁止转入外籍守门员），比赛时可以同时上场外籍球员不能多于 3 名，所有运动员均须符合本规程第六条的规定；

（三）运动员报名号码为 1 至 45 号（报名应按照实际人数从 1 号连续排列），本赛季内不得更改，并与参加预备队联赛的号码一致；

（四）未完成转会的运动员不得报名；

（五）体测暂时未通过的运动员可以报名，通过体测后方可参赛。

四、根据制作《秩序册》需要，提供球队照片、比赛服、俱乐部标志等：

（一）提供本俱乐部全体教练员、运动员的标准彩色合影数码照片。

（二）开赛前 15 天，各参赛俱乐部须提供本俱乐部主客场短袖比赛服（上衣和短裤）各 1 件（如有比赛服设计样电子文件也请提供），队旗（2 号，2.4 米×1.6 米）2 面，另自备 1 面队旗用于球队主、客场比赛入场式时使用，俱乐部标志、吉祥物的电子版文件 1 份（Illustrator 格式或 CDR 格式）。

五、比赛服上衣胸前、背后、右臂袖口上可以发布俱乐部的赞助商广告。（左臂位置为中甲联赛袖标）除本条规定外，俱乐部比赛服其他地方不得发布任何企业或品牌的广告。（正式比赛服俱乐部右臂袖口的赞助商广告尺寸不得大于左臂袖口中超联赛的标志尺寸。正式比赛服的胸前、背后、右臂广告不得与当年度冠名赞助商产品类别相冲突）。

第十条 交纳联赛保证金

一、俱乐部在报名参加中甲联赛的同时，须交纳联赛保证金 100 万元人民币，用以承担本俱乐部在联赛中可能出现的各种经济责任，补偿金额不受此保证金数额限制。

二、保证金不得拖欠，未按期交纳保证金的俱乐部，不能获得中甲联赛参赛资格。

三、全年联赛结束后，根据实际支付情况，保证金的余额或全部返还相关俱乐部。

第十一条 补充报名及报名变更

一、主教练员、助理教练员、守门员教练员、体能教练员、医生变更时，必须事先向中甲联赛委员会申报（附证书或证明文件），经审核批准后方能变更报名并随队工作。

二、如报名名额未满，国内运动员在第二循环比赛开始前可以补报或更换，外籍运动员可在联赛第二循环比赛开始前更换或补报，补报后外籍运动员不得超过 4 人，累计报名的运动员不得超过 5 人，更换出队的外籍运动员在本赛季内不得重新更换回本队。

三、补报及更换的运动员不得使用其他运动员已经使用过的号码，只能紧接使用过的最大号码之后连续排列。更换或补报时每名运动员应填报《更换、补报运动员报名表》，并符合本规程第六条的规定。

四、如有运动员在参加国家队的比赛训练中负伤，并经国家队队医确认，不能参加本赛季余下的比赛，经申请批准可更换相应名额的运动员。

第三章　竞赛及决定名次办法

第十二条　竞赛办法和赛程安排

一、中甲联赛以主客场双循环的办法进行。

二、中甲联赛的竞赛日程由中甲联赛委员会制定。

三、因国际足联、亚足联调整赛程，因球队承担重要任务，或遇到不可抗拒的原因，中甲联赛委员会有权对既定赛程做出调整或更改。

四、中甲联赛的各场比赛主场及开球时间，应在全年联赛开始前30天由主场俱乐部向赛区委员会并通过赛区委员会向中甲委员会申报（除非安保原因，其中7月、8月的比赛尽量应在相对凉爽的时段进行）。

五、任何名义的其他比赛，不得冲击或更改既定的中甲联赛的赛程。

第十三条　决定名次办法

一、中甲联赛决定名次办法：

（一）每队胜一场得3分，平一场得1分，负一场得0分。

（二）中甲联赛结束，积分多的队名次列前。

（三）如果两队或两队以上积分相等，依下列顺序排列名次：

1.积分相等队之间相互比赛积分多者，名次列前；

2.积分相等队之间相互比赛净胜球多者，名次列前；

3.积分相等队之间相互比赛进球数多者，名次列前；

4.积分相等队在当年中甲联赛全部比赛中净胜球多者，名次列前；

5. 积分相等队在当年中甲联赛全部比赛中进球数多者，名次列前；

6. 以抽签的办法决定名次。

另：如涉及联赛冠军和联赛升降级时，1 至 3 项均相等的球队以附加赛的办法决定名次。

第四章　奖励与降级

第十四条　奖励

一、中甲联赛奖励：

1. 第一名的队获得流动冠军奖杯。

2. 第一名的队每人获得金牌一枚；第二名的队每人获得银牌一枚；第三名的队每人获得铜牌一枚。

二、公平竞赛奖励：在中甲联赛中，公平竞赛积分最高的队，获得"公平竞赛队"奖。

三、"最佳"奖励：

1. 在中甲联赛中，设立"最佳观众人气"奖、"最佳射手"奖、"最佳新人"奖、"最佳教练员"奖、"最佳裁判员"奖；

2. 在中甲联赛中，评选最佳阵容；

3. 在中甲联赛中，赛区工作评定积分最高的若干赛区，获"最佳赛区"奖和分项最佳赛区奖。

第十五条　降级和升级

一、2007 年中甲联赛实行升降级制度。2007 年中甲联赛前两名的球队获得中超联赛的候补资格，如审核达到中超俱乐部标准，参加 2008 年中超联赛。

二、2007 年中甲联赛最后一名球队实行降级，参加 2008 年的乙级联赛。

三、如因各种原因使参赛球队减少等特殊情况出现时，由中甲委员会另行决定相关事项。

第五章　规则与规定

第十六条　竞赛规则与有关规定

一、执行国际足联最新版本的《足球竞赛规则》。

二、执行中国足球协会根据国际足联或亚洲足联的要求制定的其他规定。

三、执行中国足球协会制定的《中国足球协会纪律准则及处罚办法(试行)》、《全国足球比赛赛区安全秩序规定》和本规程的有关规定及其他相关规定。

四、执行中甲联赛委员会制定的中甲联赛文件和根据中甲联赛中出现的问题做出的其他规定和通知。

五、一些具体规定:

1.中甲联赛实行检查《注册参赛资格证》制度,每场比赛之前,对所有列入球队上场名单和替补名单的运动员进行资格检查,检查不合格的运动员不能参加比赛。

2.在每场比赛中,每队可报名上场运动员 11 名,替补运动员 7 名,可从中替换 3 名,被替换下场的运动员不得重新被换上场,一场比赛中同时上场的外籍运动员不能超过 3 名。

3.比赛双方球队,尤其是客队必须携带两套比赛服到赛区。

4.比赛双方球队必须穿着颜色明显不同的服装(包括上衣、短裤、球袜;守门员上衣、短裤、球袜)并经裁判员认可,比赛监督或裁判认为参赛队双方所穿比赛服颜色有可能影响电视转播效果,那么比赛服颜色将予以更改,要么选择备用比赛服,要么混穿两套比赛服。主队有优先选择比赛服装颜色的权利。两队确定比赛服装颜色后,裁判员会根据两队比赛服装颜色选择裁判服装颜色,如果裁判及助理裁判上衣服装颜色与守门员上衣服装颜色冲突,则守门员必须更换比赛服上衣颜色。

5.球衣号码的颜色应与比赛服的颜色显著不同(浅色号码在深色衣服上或相反),本条尤其适用于条纹的球衣。为保证更好的视觉效果,应在比赛服保留一块纯色的位置供印制球衣号码。

6.比赛服装的号码必须与报名表相符,不得更改、不得无号、不得重复。

7.比赛替补席每队 14 个坐席,替补运动员 7 席,俱乐部官员 7 席,其他人员不得入座。

只有俱乐部队正式报名官员(领队、教练员、队医、翻译)才能在替补席就座,如有关人员更换,需书面报联赛竞赛部。

管理好其替补席的秩序是球队领队的职责之一,本方替补席人员违纪,球队领队负连带责任。

被裁判员罚离替补席的教练员,赛后不能出席新闻发布会,但需由领队或其他教练员代为出席。

第十七条　比赛弃权和罢赛

一、有未报名、或未通过资格审查、或未获得《注册参赛资格证》、或处在停赛期、或正在诉讼过程中尚未被允许参赛的运动员,代表该队参加了比赛,此球队此场比赛按弃权处理。

二、有下列情况之一的球队属比赛罢赛:

1.并非因不可抗拒的原因,且未获得中甲委员会批准,未参加赛程规定的比赛;

2.拒绝按照中甲委员会的安排参加补赛或改期的比赛;

3.拒绝按照裁判员的要求,在 5 分钟内恢复中断的比赛;

4.中途退出联赛。

三、对弃权和罢赛的处理:

1.一方球队比赛弃权或罢赛,另一方球队以 3∶0 获胜,如果比赛的实际比分超过 3∶0,则以当时的实际结果为准;

2.双方球队比赛弃权或罢赛,双方球队本场比赛均无成绩,计

0 分；

3. 中途退出联赛，所有与赛队的比分均计 3:0 获胜，如果比赛的实际比分超过 3:0，则以当时的实际结果为准；

4. 中甲委员会秘书长向中国足球协会纪律委员会提交报告，由纪律委员会做出进一步的纪律处罚。

第十八条 对因恶劣天气及赛场秩序混乱造成的比赛中断的处理

因恶劣天气及赛场秩序混乱造成比赛中断，赛区应采取积极的措施尽量恢复比赛，比赛监督应及时与赛区委员会进行沟通与协商，并由比赛监督做出是否恢复比赛的决定，裁判员、双方球队应服从比赛监督的决定。如一方或双方球队不服从比赛监督恢复比赛的决定，则按一方或双方弃权或罢赛处理。

一、如比赛不能在 1 小时内恢复，由比赛监督做出中断比赛的决定。

（一）宣布观众退场、双方球队撤离赛场；

（二）由比赛监督征求各方意见后决定在 24 小时内的何时、何地进行补赛；

（三）补赛从比赛中断时间起恢复。

二、比赛如不能在 24 小时内进行补赛。

（一）经比赛监督书面同意，球队、裁判员离开赛区；

（二）比赛监督报告中甲委员会，由中甲委员会做出处理决定；

（三）由中甲委员会做出的决定为最终决定。

三、如在此过程中有违纪行为，则由中甲委员会秘书长根据有前报告向中国足球协会纪律委员会提交报告，由纪律委员会做出有关纪律处罚。

第十九条 比赛体育场

一、中甲联赛使用的体育场必须符合《中甲体育场标准》的规定。

二、俱乐部除确定一个主场体育场外，必须再准备一个同样符合《中甲体育场标准》的备用场地。

三、俱乐部如因特殊情况需要在中甲联赛期间变更比赛体育场，必须于一个月前向中甲联赛委员会申请并获批准。

四、比赛城市必须有民用机场，体育场与机场之间的距离应在汽车行程 2 小时以内。

五、中甲联赛委员会在必要时，有权决定将中甲联赛的某些比赛变更或安排在后备体育场或中立体育场进行。

六、赛区必须提供无广告比赛场地。

第二十条　客队训练安排

一、各赛区必须为客队无偿提供一块平整且场线和门网齐备的天然草坪训练场。

二、各赛区应为客队安排不少于两次的赛前训练，一次可在训练场安排不少于 90 分钟的训练，一次是在赛前一天，按照与比赛相应的时间，在比赛体育场安排不少于 60 分钟的训练。

三、如遇雨或因赛场积水等原因，确实无法安排，由比赛监督决定：

(一)取消在比赛场的训练安排，但赛区必须为客队提供其他的训练场或训练条件；

(二)或由客队穿平底训练鞋在比赛场地进行无球训练。

第六章　比赛监督、裁判员

第二十一条　比赛监督

比赛监督由中甲联赛委员会派遣，代表中甲委员会按照《比赛监督管理办法》指导、协调赛区工作，对比赛和赛区工作进行监督、指导和评定，向中甲联赛委员会负责。

第二十二条　裁判员

一、裁判员、助理裁判员、第四官员由中国足球协会裁判委员会与中甲联赛裁判员选派小组选派。

二、裁判员参加中甲联赛工作，必须遵守中国足球协会裁判委员会、中甲联赛委员会的各项规定。

第七章　纪律与诉讼

第二十三条　纪律委员会

中甲联赛中的违纪行为和事件，由中国足球协会纪律委员会负责处理。

第二十四条　仲裁委员会

中甲联赛中的诉讼案件，由中国足球协会仲裁委员会负责受理。

第八章　赛区接待

第二十五条　球队接待

一、赛区为客队提供从机场、车站或码头到驻地的接送交通，安排训练、比赛、会议用车，相关费用由主场俱乐部承担。

二、客队在赛区的食宿由客队自己联系和安排，并事先通知赛区委员会，特殊情况时，经中甲联赛委员会批准，由赛区指定客队所住酒店。

三、赛区为客队提供的球队用车，必须是四十座以上并有行李箱的空调客车，同时保证车况良好。

四、赛区的其它用车，必须保证车况良好、驾驶员应有较丰富的驾驶经验。

第二十六条　比赛监督、裁判员接待

一、赛区接待比赛监督 1 人，裁判员 4 人。

二、接待条件、标准及支付办法，按照《比赛监督、裁判员、技术调研员开支标准的规定》执行。

三、比赛监督、裁判员接待由赛区委员会负责，俱乐部及其工作人员不得介入该项工作。

第二十七条 其他人员接待

一、因工作需要，中甲联赛委员会向赛区派遣其他工作人员时，由赛区委员会接待。

二、接待参照比赛监督的标准执行，接待费用在联赛后一并与中甲联赛委员会结算。

第九章 中甲联赛经营和费用

第二十八条 中甲联赛经营

一、中甲联赛整体经营：

中甲联赛的杯名、赛场内圈正面（主席台正面）二块广告板、两个球门后面的四块广告板（一个球门后两块）、电视转播（全国性电视转播、境外电视转播）、中甲标识等由中甲联赛委员会委托负责整体经营。2007 年中甲联赛除中甲联赛的杯名、电视转播（全国性电视转播、境外电视转播）、中甲标识外，其他项目由中甲俱乐部自主进行经营，期限为一年；

赛场内圈正面（主席台正面）二块广告板、两个球门后面的四块广告板（一个球门后两块），共六块广告板，由中甲联赛委员会统一制作中甲联赛标识广告。

二、俱乐部分散经营：

（一）主场比赛门票、主场内圈两侧广告、俱乐部自身拥有的其他资源等，由俱乐部自主经营。

（二）俱乐部有义务保障在每个主场比赛时，向其注册会员协会无偿提供 150 张比赛门票，用于当地足球工作者、教练员、裁判员观摩比赛。

三、其他经营

其他可能开发和经营的项目,除另有协议外,由俱乐部经营。

第二十九条 中甲联赛费用

一、中甲联赛委员会承担下列费用:

(一)中甲联赛委员会工作会议食宿费用;

(二)其他可能的费用。

二、俱乐部承担下列费用:

(一)体育场租赁费用、安全保卫费用;

(二)客队比赛、训练、会议用车费用;

(三)客场比赛差旅费用;

(四)中甲联赛比赛监督、裁判员、调研员、信息员参加赛区工作的费用;

(五)每一主场比赛向中国足球协会交纳1元人民币,向主场会员协会交纳2.5%的门票分成(具体数额及交纳办法由赛区协会与主场俱乐部商定);

(六)其他可能的费用。

第十章 财 务

第三十条 比赛监督、裁判员、调研员差旅及津贴报告表

一、赛区委员会每场比赛填写《比赛监督、裁判员、调研员差旅报销及津贴发放表》,并由报销人、领取人签名,会计签名,比赛监督认证并签名;

二、赛区委员会在全年联赛结束后15天内,将《比赛监督、裁判员、调研员差旅及津贴结算表》逐项如实填写加盖公章后,连同每场《比赛监督、裁判员、调研员差旅报销及津贴发放表》及报销凭证,一并交主场俱乐部财务进行结算。

第十一章　附　则

第三十一条　本规程由中甲联赛委员会解释，未尽事宜由中甲联赛委员会确定。

2007 年全国职业足球俱乐部预备队联赛竞赛规程

第一章　联赛的组织和管理

第一条　比赛名称

比赛正式名称为:"2007 年全国职业足球俱乐部预备队联赛"。如有冠名,比赛正式名称为:"2007XXX 全国职业足球俱乐部预备队联赛"。赛区如有冠名,比赛正式名称为:"2007 年全国职业足球俱乐部预备队联赛 XX 赛区(XX 杯)"或"2007XXX 全国职业足球俱乐部预备队联赛 XX 赛区(XX 杯)",赛区冠名应该严格遵守总体商务的有关要求。

第二条　参赛队

上海申花、北京国安、大连实德、天津泰达、武汉一队、武汉二队、河南建业、北京宏登。队员年龄为 1990 年以前出生。

第三条　比赛时间与地点

根据各地及参赛职业俱乐部训练基地的情况,选择有承办比赛条件的训练基地进行。

第一阶段比赛时间:2007 年 6 月 12 日—17 日

第二阶段比赛时间:2007 年 7 月 10 日—20 日

第三阶段比赛时间:2007 年 8 月 18 日—27 日

第四阶段比赛时间:2007 年 9 月 18 日—27 日

第四条　联赛的主办和管理

2007 年全国职业足球俱乐部预备队联赛由中国足球协会主办，委托中国足球协会超级联赛委员会负责组织和管理。

第二章　参赛资格、报名

第五条　参赛资格

一、凡 2007 年在中国足球协会注册的职业足球俱乐部，均有资格组织一支预备队伍参加比赛。

二、所有参赛运动员必须是该俱乐部本年度在中国足球协会注册或在所属会员协会注册、在中国足协备案，并通过审核获得《运动员注册、转会、参赛资格登记证》的运动员。凡有资格参加职业联赛的运动员，均可报名参加预备队联赛。

三、在中国足球协会注册，持有中级（亚足联 B 级）以上证书的教练员，有资格担任职业足球俱乐部预备队的教练员。

第六条　报名

一、职业足球俱乐部预备队联赛的报名截止日期：2007 年 5 月 30 日。

二、各俱乐部球队根据本队实际情况决定报名参赛人数（所有费用自理），全年比赛分四个阶段进行，报名运动员必须是本俱乐部在中国足球协会或会员协会注册的运动员，或依照转会规定完成了转会手续的运动员。比赛可以有外籍球员参加，但场上外籍球员不得多于两人。

三、运动员号码为 2007 年中超、中甲联赛秩序册中运动员所报号码。在全年联赛中不得更改号码，即已使用过的号码，不得在更换运动员时重复使用。非中超、中甲联赛报名的运动员号码从 41 号后排起。号码尺寸：上衣后背高 30 公分，胸前和短裤高 10 公分。

四、各参赛俱乐部队必须对参赛运动员进行意外伤害事故的保险。对没有参加保险的运动员所发生的意外伤害事故,运动员所在的俱乐部承担一切费用和责任。

第三章 竞赛及决定名次办法

第七条 竞赛办法

一、竞赛办法:比赛采用赛会制双循环赛。

二、比赛阶段与分组办法:

比赛分为(A、B)二组,每组4—5队。

第一阶段比赛与分组:每组一个赛区,组内各队进行单循环比赛。

A组:天津泰达、北京国安、大连实德、武汉二队

比赛地点:山东鲁能潍坊训练基地

B组:上海申花、武汉一队、河南建业、北京宏登

比赛地点:山东鲁能潍坊训练基地

第二阶段比赛与分组:A、B组为一个赛区,A组与B组间进行单循环比赛。

第三阶段比赛与分组:每组一个赛区,组内各队进行单循环比赛。

A组:山东鲁能、天津泰达、北京国安、大连实德、武汉二队

B组:上海申花、长春亚泰、武汉一队、河南建业、北京宏登

第四阶段比赛与分组:A、B组为一个赛区,A组与B组间进行单循环比赛。

三、如遇不可抗拒的因素,中国足球协会超级联赛委员会有权对赛程做出更改。

第八条 比赛计分和决定名次

一、每队胜一场得3分,平一场得1分,负一场得0分;

二、联赛结束,积分多的队名次列前;

三、如两队或两队以上积分相等,依下列顺序排列:

(一)积分相等队之间相互比赛积分多者,名次列前;

(二)积分相等队之间相互比赛净胜球多者,名次列前;

(三)积分相等队之间相互比赛进球总和多者,名次列前;

(四)如上述各项仍相等,则依次按他们在本阶段全部比赛中的净胜球、进球总和多少决定名次,多者名次列前;

(五)抽签优胜者,名次列前。

第四章　竞赛规则和相关规定

第九条　竞赛规则和相关规定

一、执行国际足联最新审定的《足球竞赛规则》。

二、执行中国足球协会颁布的《中国足球协会纪律准则及处罚办法》、《赛场安全秩序管理规定》。

三、每场比赛充许更换五名球员(含守门员),但必须在赛前提交七名替补名单中选择。

四、在比赛中,被出示红牌的运动员,将自动停止下一场比赛资格;一名队员在本联赛中累计三张黄牌,将自动停止下一场比赛资格。

五、红、黄牌和各类违纪处罚带入下一阶段比赛。

六、执行中国足球协会根据预备队联赛中出现问题而发布的其他通知和规定。

七、联赛使用的比赛场地按中国足球协会有关承办比赛的通知要求。

八、比赛用球由中国足球协会指定并提供。

第十条　俱乐部队未报名或报名后未参加比赛的规定

各职业足球俱乐部根据本俱乐部的实际情况自愿组队报名参加比赛,一经报名,俱乐部未经中国足球协会中超联赛委员会同意，而未参加预备队联赛的，对俱乐部罚款 4 万元。

第十一条　比赛弃权

一、下列情况之一的球队属比赛弃权：

（一）并非因不可抗拒的原因，且未获赛区委员会和中国足球协会中超联赛委员会批准，未参加赛程规定的比赛；

（二）拒绝按照裁判员的要求，在 5 分钟恢复中断的比赛；

（三）有未报名、未通过资格审查、或未获得《运动员注册、转会、参赛资格登记证》也未得到中超、中甲联赛委员会准许、或处在停赛期，或正在诉讼过程尚未被允许参赛的运动员，代表该队参加了比赛；

（四）中途退出比赛。

二、对弃权的处理：

（一）一方球队比赛弃权，另一方球队以 3∶0 获胜。如果比赛的实际比分超过 3∶0，则以当时的实际结果为准；

（二）双方球队比赛弃权，双方球队本场比赛均无成绩，计 0 分；

（三）中途退出联赛，所有与赛队的比分均计 3∶0 获胜，如果比赛的实际比分超过 3∶0，则以当时的实际结果为准；

（四）球队弃权，赛区纪律委员会向中国足球协会纪律委员会提交报告，由中国足球协会纪律委员会依据《中国足球协会纪律准则及处罚办法》做出相应的处罚。

三、更改比赛日期：

如有不可抗拒的原因，需更改比赛时间，赛区组委会须报中国足球协会中超联赛委员会批准。

第十二条　中途退出比赛的处罚

在任一阶段预备队联赛中，俱乐部球队未获得中国足球协会中超联赛委员会同意，无论是何原因中途退出联赛的，为中途退出比赛。中途退出比赛的，除按第十一条“比赛弃权”有关规定进行处理外，另对俱乐部罚款 4 万元。

第五章　裁判长与裁判员

第十三条　裁判长、裁判员

一、判长、裁判员由中国足球协会裁判员委员会统一选派；

二、裁判长、裁判员到达赛区工作，必须遵守中国足球协会、中国足球协会裁判员委员会的各项规定；

三、裁判员自备装备，上场工作必须佩戴胸徽。

第十四条　联赛管理

一、中国足球协会中超联赛委员会全面负责职业俱乐部预备队联赛的组织和管理；

二、比赛由赛区所在地的中国足球协会在当地的会员协会派人组织，承办基地提供相应保障；赛区要成立相应的办事机构，确保竞赛和其他各项工作有序地进行。

第十五条　比赛监督

一、预备队联赛设立比赛监督制度，比赛监督由中超联赛委员会委派；

二、比赛监督参照中国足球协会《比赛工作职责、程序、要求》进行工作。

第六章　纪律与仲裁

第十六条　赛区纪律委员会

一、纪律委员会由承办赛区负责人任主任，比赛监督为副主任，各参赛队领队为委员。对比赛中出现的各种违规违纪事件，由赛区纪律委员会依照《中国足球协会纪律准则及处罚办法》在赛区管理范围内进行处理，并将处理结果报中国足球协会纪律委员会备案；

二、赛区裁判长不参加赛区纪律委员会的工作。

第十七条 中国足球协会纪律委员会

如赛区出现重大违规违纪事件，中国足球协会纪律委员会有权追加处罚。

第十八条 中国足球协会仲裁委员会

对联赛中出现的诉讼问题，由中国足球协会仲裁委员会负责受理。

第七章 比赛经费、开发与接待

第十九条 参赛经费

一、参赛各队交通、食宿费用自理；

二、各参赛队交纳报名费1万元，报名费用于赛区委员会支付竞赛组织管理、比赛监督裁判员的各项费用、比赛场地、球队训练、比赛交通等费用。

第二十条 商务开发

（一）整体商务由中超委员会负责，并可授权赛区进行开发；

（二）参赛俱乐部如需广告展示位置，可与中超联赛委员会或赛区委员会协商。

第二十一条 接待

承办赛区提供的食宿标准为100元/天/人。

第八章 奖励与评选办法

第二十二条 奖励办法

获得比赛冠军的球队授予奖杯一座；获得冠、亚、季军的队授予奖牌。

第九章　其他和未尽事宜

第二十三条　未尽事宜

本规程由中国足球协会中超联赛委员会解释,未尽事宜由中国足球协会中超联赛委员会确定。

2007 年 3 月

2007年全国U19“阿迪达斯”足球联赛竞赛规程

一、竞赛时间

第一阶段:2007年4月25日—5月5日;

第二阶段:2007年9月1日—9月12日。

二、参赛队

参加2006年底全国U19冬季足球训练营的队伍。

三、参赛资格

(一)年龄规定:运动员必须是1989年1月1日以后出生;

(二)所有报名参赛的教练员和运动员,均必须于本年度在所属会员协会注册并在中国足球协会备案;教练员必须持有中国足球协会颁发的A级教练员培训证书,运动员必须持有《中国足球协会职业(业余)足球运动员注册、转会、参赛资格登记证》,且经中国足协骨龄检查合格者。

四、参加办法

(一)各参赛单位要对运动员进行全面的身体检查,认真填写报名单上所有内容并加盖单位印章及医务章,否则不得参加比赛;

(二)各参赛队必须于赛前20天将报名单一式两份(加盖单位公章),分别传(寄)至中国足球协会青少部和承办赛区;

(三)报名人数:每队报领队1人,教练员3人,医生1人,运动员 30 人(赛区接待:每支队伍 25 人,每人/天交纳伙食费 90 元,超编人员交纳食宿费每人/天 100 元,超编人员费用自理);

(四)赛前更换队员必须持有单位证明及体检证明;

(五)未经中国足球协会青少部同意,任何球队不得以任何理由中途退出比赛;

(六)各队之间如发生有关运动员的代表资格争议:

1. 以运动员首次注册的《中国足球协会职业(业余)运动员注册、转会、参赛资格登记证》为准;

2. 有资格争议的报名运动员暂不允许参加比赛,待有关单位协商并取得一致意见(参赛登记证单位签字和盖章)报中国足球协会确认后,方可重新报名参赛;

(七)各队于赛前 2 天到所属赛区报到,赛后 1 天离会;

(八)各参加单位必须为参加比赛的运动员投保一定数额的意外伤害保险。

五、竞赛办法

(一)预赛:全部参赛队分为 A、B、C、D 四个小组,每组 8—10 支球队,分别进行单循环比赛。

(二)决赛:采用小组单循环赛和交叉淘汰附加赛。

1. 小组赛分组原则:分为四个小组。

获得预赛 A、B、C、D 组的第 1 名为第一档,第 2 名为第二档位,第 3 为第三档位,其余队伍为第四档位。

2. 交叉淘汰附加赛办法。

四个小组的第 1 名抽入 1、2、3、4 位置,第 2 名的队伍抽入 5、6、7、8 位置,决定第 1—8 名。第 3 名抽入 1、2、3、4 位置,第 4 名抽入 5、6、7、8 位置,进行 9—16 名的比赛。

(三)小组赛。

1. 每队胜一场得 3 分,平局直接罚点球,胜队得 2 分,负队得

1 分；

2. 如两队或两队以上积分相等，则依次按相互之间的比赛胜负、净胜球、进球总数多少决定名次，多者名次列前；

3. 如上述各项仍相等，则依次按照各自在小组单循环所有比赛场次中的净胜球、进球总数多少决定名次，多者名次列前；

4. 如再相等，则以抽签的办法决定名次。

（四）交叉淘汰附加赛。

90 分钟结束为平局，直接互罚点球决定胜负。

六、竞赛规则及相关规定

（一）执行国际足联最新审定的《足球竞赛规则》；

（二）执行《中国足球协会足球比赛违规违纪处罚办法》；

（三）全场比赛为 90 分钟，上下半时各 45 分钟，中场休息时间最多不超过 15 分钟；

（四）所有报名且符合参赛资格的运动员都可上场比赛；每场比赛开始前 30 分钟，教练员必须将填写的上场 11 名运动员和 7 名替补运动员名单提交第四官员，赛前没填写的运动员不得参加该场比赛。每场比赛允许每队替换 5 名运动员（位置不限），运动员一经替出不得复入；

（五）比赛中运动员被裁判员出示的红、黄牌在每个阶段比赛期间内有效，不带入下一阶段；一张红牌或累计三张黄牌自然停止下一场比赛（赛区纪律委员会如有追加处罚除外）；

（六）如果一个队在比赛中场上队员不足 7 人时，比赛自然中止，该队为弃权，判对方3：0胜，如比赛中止时场上比分超过3：0，则以当场比分为准；

（七）如因特殊情况的干扰，造成比赛中断，经大会组委会的多方努力仍未能恢复比赛，当时的比赛成绩有效，大会必须尽快（24 小时内）另选场地补足 90 分钟（包括罚球点球）；

（八）每队必须备有两套颜色不同的比赛服装和护袜，服装颜色必须认真填写在正式报名单内；比赛队员的姓名、号码必须与报名单相符，否则不得上场比赛；守门员的比赛服装颜色要与其他队员服装颜色有明显区别；比赛队员紧身裤的颜色须与比赛短裤的颜色一致；场上队长必须自备 6 厘米宽与上衣颜色有明显区别的袖标；上场队员必须戴护腿板，比赛服装和护袜的颜色必须全队一致，违者不得上场比赛；

（九）如有不可抗拒的原因，需更改比赛日期，由赛区组委会作出决定。

七、比赛监督、裁判长及裁判员

（一）比赛监督、裁判长及裁判员由中国足协选派；

（二）裁判员达到赛区工作，必须遵守中国足球协会、中国足球协会裁判委员会的各项规定；

（三）裁判员自备服装和鞋袜，上场工作必须佩戴胸徽。

八、比赛的管理

（一）由中国足球协会青少部全面负责并责成有关承办赛区会员协会协助组织和管理；

（二）赛区委员会在当地政府的支持下，由中国足球协会负责组建，承办赛区的负责人主持赛区委员会的常务工作；赛区委员会要成立安保、接待、竞赛、财务、纪律等办事机构，负责处理赛区的各项工作，确保赛区竞赛和其他各项工作安全、顺利、有序地进行。

九、赛区纪律委员会

（一）对全国 U-19 足球联赛中出现的各种违规违纪事件，由纪律委员会进行处理并将处理结果报中国足球协会纪律委员会备案；

（二）赛区裁判长不参加赛区纪律委员会工作；

（三）赛区纪律委员会将依据和参照《中国足球协会足球比赛违规违纪处罚办法》处理赛区工作人员和运动员的违规违纪事件；

（四）如赛区出现重大的违规违纪事件，中国足球协会纪律委员会有权追加处罚。

十、竞赛接待与经费

（一）中国足协负担比赛监督、裁判长、裁判员的食宿、往返交通（火车硬卧）、工作酬金（按中国足协有关规定，比赛监督、裁判长150元/人/天，裁判员100元/人/天执行）；

（二）各队往返旅差费、比赛期间的伙食费、医疗费及超编人员所有费用自理；

（三）承办比赛单位负担各参赛队市内交通和训练比赛用车及接送站和比赛期间运动队饮水；

（四）赛区组委会于比赛结束后7天内将赛事经费明细表和裁判员全部费用（和收据）及帐目总表在加盖单位财务章后一同用挂号信寄至中国足球协会青少部（地址：北京崇文区夕照寺街东玖大厦；邮编：100061）。

十一、奖励办法

获得比赛前三名的球队分别获得冠、亚、季军奖杯和国家体育总局制做的金、银、铜奖章，前8名的队获得成绩证书和物质奖励。

十二、比赛经营与广告

（一）除中国足球协会指定的冠名商和赛场广告外，允许赛区经营部分场地广告。门票由赛区负责经营，收入归赛区所有；

（二）中国足球协会拥有此项赛事的电视转播权和转让权；

（三）必须保证冠名赞助商和中国足协指定广告商的独家权。

十三、赛区报告

承办比赛会员协会在比赛结束后，必须认真写出竞赛的各项工作报告和总结，将其与红黄牌统计、比赛成绩表一并拷入软盘，在比赛结束后 7 天内寄送中国足球协会青少部。

十四、未尽事宜

本规程未尽事宜，由中国足球协会另行通知。

2007年全国U17"阿迪达斯杯"足球联赛竞赛规程

一、竞赛时间

第一阶段:2007年5月15日—6日5日;

第二阶段:2007年8月1日—8日12日。

二、参赛队伍资格

参加2006年底全国U17冬季足球训练营的队伍。

三、运动员、教练员参赛资格

(一)年龄规定:运动员必须是1989年1月1日以后出生;

(二)所有报名参赛的教练员和运动员,均必须于本年度在所属会员协会注册并在中国足球协会备案;教练员必须持有中国足球协会颁发的A级教练员培训证书,运动员必须持有《中国足球协会职业(业余)足球运动员注册、转会、参赛资格登记证》,且经中国足协骨龄检查合格者。

四、参加办法

(一)各参赛单位要对运动员进行全面的身体检查,认真填写报名单上所有内容并加盖单位印章及医务章,否则不得参加比赛;

(二)各参赛队必须于赛前20天将报名单一式两份(加盖单位公章),分别传(寄)至中国足球协会青少部和承办赛区;

(三)报名人数:每队报领队1人,教练员3人,医生1人,运动

员 30 人(赛区接待 25 人,超编人员费用自理);

(四)赛前更换队员必须持有单位证明及体检证明;

(五)未经中国足球协会青少年工作委员会同意,任何球队不得以任何理由中途退出比赛;

(六)各队之间如发生有关运动员的代表资格争议:

1. 以运动员首次注册的《中国足球协会职业(业余)运动员注册、转会、参赛资格登记证》为准;

2. 有资格争议的报名运动员暂不允许参加比赛,待有关单位协商并取得一致意见(参赛登记证单位签字和盖章)报中国足球协会确认后,方可重新报名参赛。

(七)各队于赛前一天到所属赛区报到,赛后一天离开;

(八)各参加单位必须为参加比赛的运动员投保一定数额的意外伤害保险。

五、竞赛办法

(一)预赛:全部参赛队分为 A、B、C、D 四个小组,每组 8—10 支球队,分别进行单循环比赛。

(二)决赛:采用小组单循环赛和交叉淘汰附加赛。

1. 小组赛分组原则:分为四个小组。

获得预赛 A、B、C、D 组的第 1 名为第一档,第 2 名为第二档位,第 3 为第三档位,其余队伍为第四档位。

2. 交叉淘汰附加赛办法。

四个小组的第 1 名抽入 1、2、3、4 位置,第 2 名的队伍抽入 5、6、7、8 位置,决定第 1—8 名。第 3 名抽入 1、2、3、4 位置,第 4 名抽入 5、6、7、8 位置,进行 9—16 名的比赛。

(三)小组赛。

1. 每队胜一场得 3 分,平局直接罚点球,胜队得 2 分,负队得 1 分;

2.如两队或两队以上积分相等，则依次按相互之间的比赛胜负、净胜球、进球总数多少决定名次，多者名次列前；

3.如上述各项仍相等，则依次按照各自在小组单循环所有比赛场次中的净胜球、进球总数多少决定名次，多者名次列前；

4.如再相等，则以抽签的办法决定名次。

（四）交叉淘汰附加赛。

80分钟结束为平局，直接互罚点球决定胜负。

六、竞赛规则及相关规定

（一）执行国际足联最新审定的《足球竞赛规则》；

（二）执行《中国足球协会足球比赛违规违纪处罚办法》；

（三）全场比赛为80分钟，上下半时各40分钟，中场休息时间最多不超过15分钟；

（四）所有报名且符合参赛资格的运动员都可上场比赛；每场比赛开始前30分钟，教练员必须将填写的上场11名运动员和7名替补运动员名单提交第四官员，赛前没填写的运动员不得参加该场比赛。每场比赛允许每队替换5名运动员（位置不限），运动员一经替出不得复入；

（五）比赛中运动员被裁判员出示的红、黄牌在每个阶段比赛期间内有效，不带入下一阶段；一张红牌或累计三张黄牌自然停止下一场比赛（赛区纪律委员会如有追加处罚除外）；

（六）如果一个队在比赛中场上队员不足7人时，比赛自然中止，该队为弃权，判对方3∶0胜，如比赛中止时场上比分超过3∶0，则以当场比分为准；

（七）如因特殊情况的干扰，造成比赛中断，经大会组委会的多方努力仍未能恢复比赛，当时的比赛成绩有效，大会必须尽快（24小时内）另选场地补足80分钟（包括罚球点球）；

（八）每队必须备有两套颜色不同的比赛服装和护袜，服装颜色必须认真填写在正式报名单内；比赛队员的姓名、号码必须与报名单相符，否则不得上场比赛；守门员的比赛服装颜色要与其他队员服装颜色有明显区别；比赛队员紧身裤的颜色须与比赛短裤的颜色一致；场上队长必须自备 6 厘米宽与上衣颜色有明显区别的袖标；上场队员必须戴护腿板，比赛服装和护袜的颜色必须全队一致，违者不得上场比赛；

（九）如有不可抗拒的原因，需更改比赛日期，由赛区组委会作出决定。

七、比赛监督、裁判长及裁判员

（一）比赛监督、裁判长及裁判员由中国足协选派；

（二）裁判员达到赛区工作，必须遵守中国足球协会、中国足球协会裁判委员会的各项规定；

（三）裁判员自备服装和鞋袜，上场工作必须佩戴胸徽。

八、比赛的管理

（一）由中国足球协会青少部全面负责并责成有关承办赛区会员协会协助组织和管理；

（二）赛区委员会在当地政府的支持下，由中国足球协会负责组建，承办赛区的负责人主持赛区委员会的常务工作；赛区委员会要成立安保、接待、竞赛、财务、纪律等办事机构，负责处理赛区的各项工作，确保赛区竞赛和其他各项工作安全、顺利、有序地进行。

九、赛区纪律委员会

（一）对此项赛事中出现的各种违规违纪事件，由纪律委员会进行处理并将处理结果报中国足球协会纪律委员会备案；

（二）赛区裁判长不参加赛区纪律委员会工作；

（三）赛区纪律委员会将依据和参照《中国足球协会足球比赛

违规违纪处罚办法》处理赛区工作人员和运动员的违规违纪事件；

（四）如赛区出现重大的违规违纪事件，中国足球协会纪律委员会有权追加处罚。

十、竞赛接待与经费

（一）每支队伍赴赛区与会人员每人/天交纳食宿费 80 元，超编人员交纳食宿费每人/天 100 元；

（二）中国足协负担比赛监督、裁判长、裁判员的食宿、往返交通（火车硬卧）、工作酬金（按中国足协有关规定，比赛监督、裁判长 150 元/人/天，裁判员 100 元/人/天执行）；

（三）各队往返旅差费、比赛期间的食宿费、医疗费及超编人员所有费用自理（食宿标准每人/天 80 元）；

（四）承办比赛单位负担各参赛队市内交通和训练比赛用车及接送站和比赛期间运动队饮水；

（五）赛区组委会于比赛结束后 7 天内将赛事经费明细表和裁判员全部费用（和收据）及帐目总表在加盖单位财务章后一同用挂号信寄至中国足球协会青少部（地址：北京崇文区夕照寺街东玖大厦；邮编：100061）。

十一、奖励办法

（一）A 级联赛获得比赛前三名的球队分别获得冠、亚、季军奖杯和国家体育总局制做的金、银、铜奖章；

（二）各级联赛评选 2 支体育道德风尚优秀运动队。

十二、比赛经营与广告

（一）除中国足球协会指定的冠名商和赛场广告外，各赛区广告及门票由赛区负责经营，收入归赛区所有；

（二）电视转播权属中国足球协会；全国性电视转播由中国足

球协会管理；当地电视转播由承办赛区管理经营；

（三）凡属承办赛区所有的其他权利，由承办赛区开发经营，所得收入归承办赛区所有。

十三、赛区报告

承办比赛会员协会在比赛结束后，必须认真写出竞赛的各项工作报告和总结，将其与红黄牌统计、比赛成绩表一并拷入软盘，在比赛结束后 7 天内寄送中国足球协会青少部。

十四、未尽事宜

本规程未尽事宜，由中国足球协会另行通知。

2007年全国U15"阿迪达斯杯"足球联赛竞赛规程

一、比赛日期

第一阶段:2007年5月29日—6月11日;

第二阶段:2007年8月20日—29日。

二、参赛队伍资格

参加2007年全国U15冬季足球训练营的队伍有资格参赛。

三、运动员、教练员参赛资格

(一)年龄规定:运动员必须是1993年1月1日以后出生;

(二)所有报名参赛的教练员和运动员,均必须于本年度在所属会员协会注册并在中国足球协会备案;教练员必须持有中国足球协会颁发的A级教练员培训证书,运动员必须持有《中国足球协会职业(业余)足球运动员注册、转会、参赛资格登记证》,且经中国足协骨龄检查合格者。

四、参加办法

(一)各参赛单位要对运动员进行全面的身体检查,认真填写报名单上所有内容并加盖单位印章及医务章,否则不得参加比赛;

(二)各参赛队必须于赛前20天将报名单一式两份(加盖单位公章),分别传(寄)至中国足球协会青少年工作委员会和承办赛区;

(三)报名人数:每队报领队 1 人,教练员 2—3 人,医生 1 人,运动员 30 人(赛区接待 26 人,超编人员费用自理);

(四)赛前更换队员必须持有单位证明及体检证明;

(五)未经中国足球协会青少年工作委员会同意,任何球队不得以任何理由中途退出比赛;

(六)各队之间如发生有关运动员的代表资格争议:

1. 以运动员首次注册的《中国足球协会职业(业余)运动员注册、转会、参赛资格登记证》为准;

2. 有资格争议的报名运动员暂不允许参加比赛,待有关单位协商并取得一致意见(参赛登记证单位签字和盖章)报中国足球协会确认后,方可重新报名参赛;

(七)各队于赛前一天到所属赛区报到,赛后一天离开;

(八)各参加单位必须为参加比赛的运动员投保一定数额的意外伤害保险。

五、竞赛办法

(一)预赛:全部参赛队分为 A、B、C、D 四个小组,每组 8—10 支球队,分别进行单循环比赛。

(二)决赛:采用小组单循环赛和交叉淘汰附加赛。

1. 小组赛分组原则:分为四个小组。

获得预赛 A、B、C、D 组的第 1 名为第一档,第 2 名为第二档位,第 3 为第三档位,其余队伍为第四档位。

2. 交叉淘汰附加赛办法。

四个小组的第 1 名抽入 1、2、3、4 位置,第 2 名的队伍抽入 5、6、7、8 位置,决定第 1—8 名。第 3 名抽入 1、2、3、4 位置,第 4 名抽入 5、6、7、8 位置,进行 9—16 名的比赛。

(三)小组赛。

1. 每队胜一场得 3 分,平局直接罚点球,胜队得 2 分,负队得

1 分；

2.如两队或两队以上积分相等，则依次按相互之间的比赛胜负、净胜球、进球总数多少决定名次，多者名次列前；

3.如上述各项仍相等，则依次按照各自在小组单循环所有比赛场次中的净胜球、进球总数多少决定名次，多者名次列前；

4.如再相等，则以抽签的办法决定名次。

（四）交叉淘汰附加赛。

70 分钟结束为平局，直接互罚点球决定胜负。

六、竞赛规则及相关规定

（一）执行国际足联最新审定的《足球竞赛规则》；

（二）执行《中国足球协会足球比赛违规违纪处罚办法》；

（三）全场比赛为 70 分钟，上下半时各 35 分钟，中场休息时间最多不超过 15 分钟；

（四）所有报名且符合参赛资格的运动员都可上场比赛；每场比赛开始前 30 分钟，教练员必须将填写的上场 11 名运动员和 7 名替补运动员名单提交第四官员，赛前没填写的运动员不得参加该场比赛。每场比赛允许每队替换 5 名运动员（位置不限），运动员一经替出不得复入；

（五）比赛中运动员被裁判员出示的红、黄牌在每个阶段比赛期间内有效，不带入下一阶段；一张红牌或累计三张黄牌自然停止下一场比赛（赛区纪律委员会如有追加处罚除外）；

（六）如果一个队在比赛中场上队员不足 7 人时，比赛自然中止，该队为弃权，判对方3：0胜，如比赛中止时场上比分超过3：0，则以当场比分为准；

（七）如因特殊情况的干扰，造成比赛中断，经大会组委会的多方努力仍未能恢复比赛，当时的比赛成绩有效，大会必须尽快（24 小时内）另选场地补足 70 分钟（包括罚球点球）；

（八）每队必须备有两套颜色不同的比赛服装和护袜，服装颜色必须认真填写在正式报名单内；比赛队员的姓名、号码必须与报名单相符，否则不得上场比赛；守门员的比赛服装颜色要与其他队员服装颜色有明显区别；比赛队员紧身裤的颜色须与比赛短裤的颜色一致；场上队长必须自备 6 厘米宽与上衣颜色有明显区别的袖标；上场队员必须戴护腿板，比赛服装和护袜的颜色必须全队一致，违者不得上场比赛；

（九）如有不可抗拒的原因，需更改比赛日期，由赛区组委会作出决定。

七、比赛监督、裁判长及裁判员

（一）比赛监督、裁判长及裁判员由中国足协选派；

（二）裁判员达到赛区工作，必须遵守中国足球协会、中国足球协会裁判委员会的各项规定；

（三）裁判员自备服装和鞋袜，上场工作必须佩戴胸徽。

八、比赛的管理

（一）由中国足球协会青少部全面负责并责成有关承办赛区会员协会协助组织和管理；

（二）赛区委员会在当地政府的支持下，由中国足球协会负责组建，承办赛区的负责人主持赛区委员会的常务工作；赛区委员会要成立安保、接待、竞赛、财务、纪律等办事机构，负责处理赛区的各项工作，确保赛区竞赛和其他各项工作安全、顺利、有序地进行。

九、赛区纪律委员会

（一）对全国 U-15 足球联赛中出现的各种违规违纪事件，由纪律委员会进行处理并将处理结果报中国足球协会纪律委员会备案；

（二）赛区裁判长不参加赛区纪律委员会工作；

（三）赛区纪律委员会将依据和参照《中国足球协会足球比赛违规违纪处罚办法》处理赛区工作人员和运动员的违规违纪事件；

（四）如赛区出现重大的违规违纪事件，中国足球协会纪律委员会有权追加处罚。

十、竞赛接待与经费

（一）每支队伍赴赛区与会人员每人/天交纳食宿费70元（赛区接待26人，超编人员食宿每人/天90元）；

（二）中国足协负担比赛监督、裁判长、裁判员的食宿、往返交通（火车硬卧）、工作酬金（按中国足协有关规定，比赛监督、裁判长100元/人/天，裁判员80元/人/天执行）；

（三）各队往返旅差费、比赛期间的食宿费、医疗费及超编人员所有费用自理；

（四）承办比赛单位负担各参赛队市内交通和训练比赛用车及接送站和比赛期间运动队饮水；

（五）赛区组委会于比赛结束后7天内将赛事经费明细表和裁判员全部费用（和收据）及帐目总表在加盖单位财务章后一同用挂号信寄至中国足球协会青少部。

十一、奖励办法

（一）A级联赛获得比赛前三名的球队分别获得冠、亚、季军奖杯和国家体育总局制做的金、银、铜奖章；

（二）各级联赛评选2支体育道德风尚优秀运动队。

十二、比赛经营与广告

（一）除中国足球协会指定的冠名商和赛场广告外，各赛区广告及门票由赛区负责经营，收入归赛区所有；

（二）电视转播权属中国足球协会；全国性电视转播由中国足球协会管理；当地电视转播由承办赛区管理经营；

（三）凡属承办赛区所有的其他权利，由承办赛区开发经营，所得收入归承办赛区所有。

十三、赛区报告

承办比赛会员协会在比赛结束后，必须认真写出竞赛的各项工作报告和总结，将其与红黄牌统计、比赛成绩表一并拷入软盘，在比赛结束后 7 天内寄送中国足球协会青少部青少部（地址：北京崇文区夕照寺街东玖大厦，邮编：100061）。

十四、未尽事宜

本规程未尽事宜，由中国足球协会另行通知。

关于进一步加强联赛管理、维护赛场秩序的通知

各中超、中甲、中乙联赛赛区，各足球俱乐部：

2007 年中国足球协会超级足球联赛、甲级足球联赛及乙级足球联赛第二循环的比赛已经开始。在各赛区、各参赛俱乐部的共同努力和密切协作下，至目前由中国足协举办的各级足球联赛总体进展顺利、有序，一些比赛场次精彩、激烈，比赛的可观赏性得到提高，观众上座率普遍上升。这种良好的局面来之不易，需要我们倍加珍惜，共同维护。特别需要大家重视的是，党的十七大将在十月份召开，全国人民都在以优异的成绩向十七大献礼，而这个阶段也是今年联赛结束前的关键时期，竞争会更加激烈，因此我们应该更加重视联赛的秩序。

近期中超赛区先后发生了球迷滋事事件及教练员、运动员因不满裁判判罚，出现指责、围攻裁判等违规违纪行为，有些赛区安保措施不到位，个别赛区出现观众向赛场内投掷杂物等现象。这些行为严重违背了体育精神，损害了足球形象，给正在恢复中的中超联赛产生了严重负面影响。为此，为进一步加强联赛管理，维护赛场秩序，现就有关事宜通知如下：

一、各赛区、各俱乐部要认真学习和贯彻执行国务院办公厅《关于做好 2005 年足球比赛有关工作的意见》的精神、中国足球协会《2007 年各级足球联赛安全稳定工作要点》的要求，深入细致地检查落实各项工作，在总结前期工作的基础上，发扬成绩，纠正不足，完善制度，制定切实有效的管理措施。

二、各赛区组委会要积极向当地政府汇报赛事进展情况，要在当地政府部门的领导下，按照联赛的有关要求，认真排查隐患，切实加强组委会对赛区工作的领导和监督，进一步明确组委会各组成人员的工作职责，实行责任负责制和重大责任追究制。

三、各赛区要积极协助并认真配合当地公安等安保部门，加强观众入场的安全检查，严防危险物品、软包装饮料瓶、不符合规定的标语口号等带入场内，维护好赛场秩序，做好赛场内外的安全保卫工作。

四、加强对观众的宣传教育工作，“文明观球赛，理智对输赢”。对于行为过激而不听劝阻或擅闯赛场破坏比赛秩序者，要果断处置，严厉处罚。

五、要加强赛后观众的疏散工作，对赛后球迷可能发生的不冷静行为或滋事行为，要有应对预案。保障参赛球队、裁判员、观众及时安全快速地撤离赛场。

六、各赛区和比赛监督在工作中要相互协调配合，及时沟通情况，发现问题或隐患，要及早解决或向有关部门反映，防患于未然。比赛监督要如实准确地将赛区情况及时向中国足协或有关部门报告。

七、各俱乐部要加强对教练员、运动员及俱乐部从业人员的思想教育，切实遵守赛场纪律，尊重对手，尊重裁判，尊重观众，服从裁判判罚。严禁指责、谩骂或围攻裁判、干扰比赛、中断比赛等严重违规违纪行为的发生。凡在中超、中甲第二循环赛事中，中乙决赛阶段比赛中，运动员、教练员、工作人员违纪造成严重后果的，中国足协纪律委员会将给予严肃处理。

八、各俱乐部要不断加强自身建设，完善管理制度，要遵守国家有关法规，保障运动员的合法权益，严禁侵犯运动员的合法权益，坚决反对在赛场上由此而引发任何事件或行为的发生。

九、各赛区、各俱乐部要重视球迷工作，要积极发挥当地球迷组织的作用，通过座谈会等形式，进一步增强相互间的情感交流和信息沟通，做到赛区、俱乐部、球迷之间的和谐互动及相互理解与支持。

随着各级联赛第二阶段比赛的进行，比赛将更加紧张激烈，请各赛区、各俱乐部要严格按照本通知的要求开展工作，时刻了解和掌握有关情况的发展、变化，做到情况清楚，判断准确，措施得当。各赛区、各俱乐部与中国足协之间要时刻保持紧密工作联系，进一步建立健全快捷畅通的信息沟通渠道，确保联赛健康、安全、有序进行。

中国足球协会新闻办
2007 年 8 月 27 日

中国 ZHONGGUO

足球年鉴 2008

ZUQIU NIANJIAN

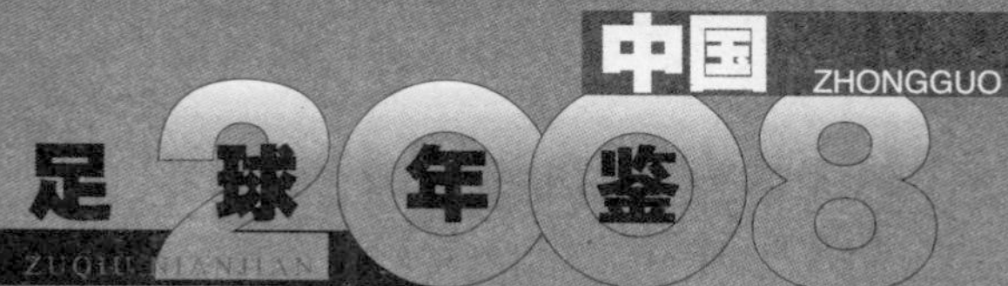

2007年中国足球纪事

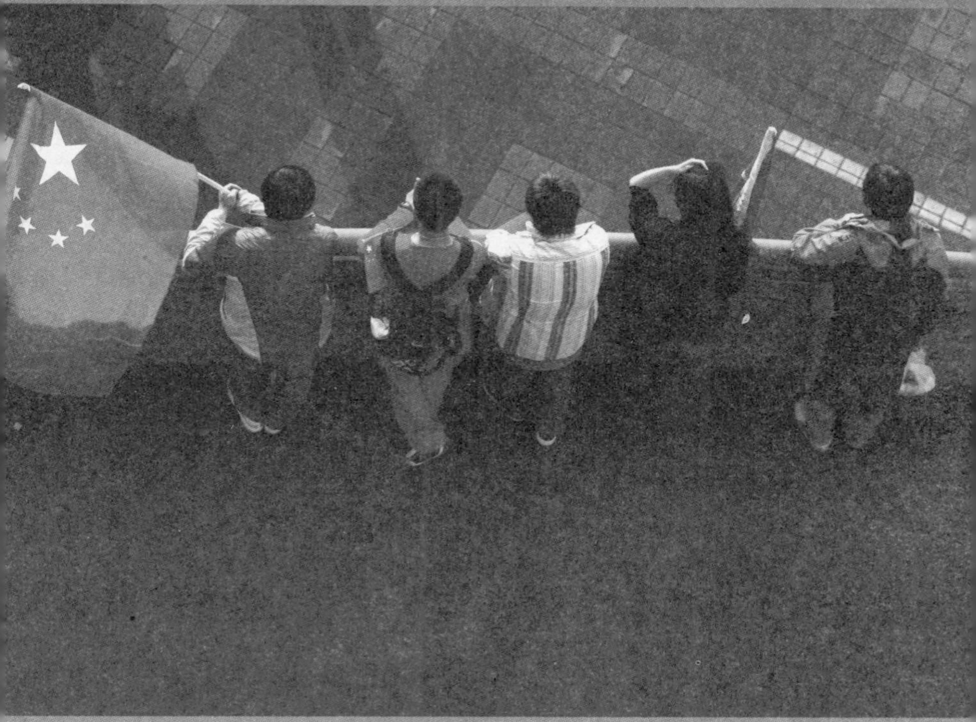

一月

1 日

下午，中国女足训练前，领队李飞宇发现没有教练提前进行场地查看，在晚上召开的女足教练组会议上，对主教练马良行以及两名值班助理教练王海鸣、哈威各处以 200 元人民币的罚款。

4 日

德国队主教练奈特宣布，德国女足头号射手、前世界足球小姐普林茨将不参加 1 月下旬在中国广州举行的四国女足邀请赛。

5 日

中国足球先生郑智从北京飞往伦敦，正式开始了他梦寐以求的英超之旅。郑智加盟的是英超球队查尔顿。

6 日

国奥队从北京出发取道法兰克福前往法国马赛，开始长达 51 天的欧洲拉练，成为新年第一支出征的国字号球队。这也是杜伊科维奇执教国奥队以来进行的首次海外集训。

8 日

中国足协公布了 2007 赛季中超联赛的赛程，首轮赛事将于 3 月 3 日打响。

10 日

在法国南部小城卡努，中国国奥队与法丙球队加西队进行了一场教学比赛，结果双方以 0 比 0 平局收场。

上海申花俱乐部就荷甲埃因霍温提出租借孙祥一事正式发表三点声明。

11 日

国际足球历史和统计联合会(IFFHS)公布了 2006 年度世界最佳教练的排名,中国国奥队主教练杜伊科维奇与巴西的佩雷拉并列第 9 位。

中国国奥队在法国南部海滨城市尼斯市进行了欧洲拉练以来的第二场比赛,在对手先下一城的情况下,李微、王晓龙连扳两球,以 2 比 1 战胜了法甲劲旅尼斯队,取得 2007 年的第一场胜利。

国足从首都机场起飞前往马德里,开始西班牙拉练比赛的行程。

12 日

申花俱乐部正式宣布与埃因霍温就孙祥转会一事达成一致。孙祥以先租后买的形式转会,租借期至 6 月 30 日,租借金额为 15 万欧元。租借期满后,双方将就孙祥是否永久转会一事再次协商。

浙江省体育局召开浙江绿城足球队冲超成功庆功表彰会,对绿城集团老总宋卫平和绿城足球队进行了表彰,并重奖绿城俱乐部 80 万元。

中国国脚郑智正式亮相英超查尔顿俱乐部。作为查尔顿俱乐部 101 年历史上第一位加盟的中国球员,郑智受到了英国媒体的欢迎。查尔顿俱乐部宣布,郑智征战英超的号码是 9 号。

15 日

正在欧洲拉练的中国男足国家队迎来新年首场热身赛，凭借陶伟的点球以 1 比 1 战平排名德甲联赛中下游的比勒费尔德队。

2007 年 YOYO 体测在海南金鑫基地进行。在首日上阵的 9 支球队 217 名球员中，共有 26 名球员没能通过测试。长春亚泰队和上海申花队全部过关。

17 日

国际足联公布 1 月份最新国家队排名，中国队积分 389 分，排名 83 位，在亚洲列第 10 位。

国足欧洲拉练的第 2 场热身赛在葡萄牙城市法罗的欧锦赛球场进行，中国国家队以 0 比 4 惨败给德甲球队门兴格拉德巴赫。

中国国奥队在欧洲拉练第 3 场比赛中，以 3 比 0 战胜法丙球队阿尔勒斯，前锋姜晨在比赛中梅开二度。

英超豪门曼联俱乐部正式宣布与 21 岁的中国球员董方卓签定了一份新的工作合同。这份合约将长达三年半直至 2010 年，这也宣告小董将正式拥有代表曼联征战英超联赛以及足总杯和联赛杯的资格。董方卓成为了第一个登陆五大联赛豪门球队的中国球员，也是继孙继海、李铁、郑智之后第 4 位加盟英超联赛的中国球员。

18 日

在欧洲拉练第 4 场比赛中，中国国奥队 0 比 3 不敌摩纳哥青年队，遭遇欧洲拉练首场失利。

19 日

在与西甲维尔瓦队的热身赛中，国足以 1 比 3 落败，延续了近年来逢欧不胜的怪圈。阎嵩为中国队打入本场比赛的惟一一粒进球。

21 日

中国女足结束在广州黄浦体育中心的训练后，由于主教练马良行已返回上海检查身体，领队李飞宇确认，四国赛期间将由助理教练王海鸣临时主持工作。

2007 女足世界杯竞赛工作会议在杭州三台山庄举行，上海、杭州、武汉、天津、成都女足世界杯各大赛区的足协秘书长、竞赛工作负责人以及中国足协专职副主席、FIFA2007 中国女足世界杯组委会副主任兼执行主任谢亚龙等 40 余人出席，对竞赛组织结构、体育场的设施准备、竞赛工作人员的培训、医务和兴奋剂检测、裁判工作进行细化交流和讨论，同时将签署场地草坪协议。

22 日

在中国女足新闻通气会上，助理教练王海鸣再次解释了“袁帆离队”的原因。

23 日

中国国奥队与法丙球队阿匿翁进行欧洲拉练以来的第 5 场热身赛，最终凭借郜林的梅开二度，姜宁、代钦华锦上添花，中国队在上半场 1 球落后的情况下连入 4 球，最终赢得了比赛的胜利。

加盟英超查尔顿队的郑智首次在预备队比赛中亮相，并打满全场。他策动了一次有效进攻，帮助排名倒数第 3 的查尔顿预备队以 1 比 0 战胜了排名第 2 的切尔西预备队。

24 日

经过身体检查，中国女足主教练马良行的病情基本确认，因工作过度劳累引起的心肌疲劳。

大连籍前国脚李明被抽调进国家队教练组工作，担任助理教练。

25 日

中国国奥队与法丁球队勒彭特队进行欧洲拉练以来的第 6 场热身赛，最终双方战成 0 比 0 平。全场比赛中国队占尽优势，但在对手的密集防守之下破门乏术。

26 日

2007 广州女足四国邀请赛首场比赛，中国女足凭借张颖、韩端上半场的进球，以 2 比 0 击败英格兰队，取得开门红。

中国国奥队迎战本次欧洲拉练最强的一个对手——马赛预备队，最终以 0 比 0 战平对手。

28 日

2007 广州女足四国邀请赛第 2 轮，凭借门将韩文霞的出色发挥，中国队以 0 比 0 逼平了世界冠军德国队，赛后韩文霞当选本场比赛的最佳球员。

30 日

2007 广州女足四国邀请赛结束。中国队在最后一轮战平即可夺冠的有利局势下，以 0 比 2 负于老对手美国队，最终以 1 胜 1 平 1 负积 4 分的成绩屈居亚军，美国队 1 胜 2 平积 5 分夺冠。

中国国奥队与马赛预备队进行第 2 场比赛，结果双方再次战成 0 比 0 平局。比赛中双方发生冲突，戴琳被红牌罚出场。

31 日

荷甲维特斯俱乐部和浐灞俱乐部就于海的问题达成了一致。根据双方协商决定，维特斯俱乐部以租借的方式引进于海，于海的租借期为 2007 年 2 月份到 7 月份。

2007 年国内球员转会手续办理截止，提出转会申请的球员共计 548 名。

二月

4 日

本菲卡预备队主场迎战来自葡甲的博迪莫恩斯队。我国球员于大宝首发出场并上演帽子戏法，以一个完美的方式完成了自己的首秀。

6 日

在北京时间凌晨进行的一场荷兰预备队联赛比赛中，孙祥第一次代表埃因霍温出场，首发出任左后卫。

中国国奥队赴英集训的首场比赛，0 比 1 负于切尔西预备队。

凌晨 3 点 30 分，甲 A 年代延边足球神话的缔造者、被中国球迷亲切地称呼为“崔教授”的韩国著名教练崔殷泽因病逝世，享年66岁。

7日

国足在苏州体育中心与来访的哈萨克斯坦队进行了一场热身赛。凭借杜震宇的两次助攻、鲁能双星韩鹏和李金羽的两粒头球，国足以2比1力克哈萨克斯坦队，取得了一场久违的胜利。

中国国奥队与英格兰女王公园巡游者二线队进行热身，比赛因发生球员、教练群殴事件，被迫提前结束。中国球员郑涛下巴粉碎性骨折，嘴中血流如注，一时失去知觉。英国警察随后赶到比赛现场进行调查。

8日

国奥队在下榻的酒店召开新闻发布会，以队委会的名义对斗殴事件做出道歉。领队李晓光、中方教练组组长贾秀全都表达了歉意。国奥队员郜林表示事件主要因他而起，他诚恳地向大家道歉，并愿意接受队委会做出的处罚。

9日

中国足协召开新闻发布会，表示将认真调查国奥队与英格兰女王公园巡游者预备队比赛中打架一事，并将依据事实进行严肃处理。

中国国家队在苏州进行的一场训练比赛中以1比0再次击败哈萨克斯坦队。比赛火药味十足，双方各有一名球员被红牌罚下，主裁判在对方教练的要求下提前6分钟终止了比赛。

正在欧洲拉练的中国国奥队 7 名球员从伦敦返回北京。7 名球员中包括引起中国队与英格兰女王公园巡游者预备队赛场群殴的年轻球员郜林。

11 日

中国女足在贵州都匀凭借替补上场的郭月的头球，以 1 比 0 小胜来访的俄罗斯队，结束了为期 40 余天的集训。

12 日

随着持续一分钟的爆炸声，始建于 1988 年，曾经见证了中国足球的兴衰、有“中国足球福地”之称的沈阳五里河体育场被爆破拆除。

13 日

英格兰女王公园巡游者俱乐部的助理教练理查德被当地警方拘捕，主要原因是他在与中国国奥队的比赛中涉嫌对中国球员进行攻击。

14 日

阿尔加夫杯比赛组委会公布了 2007 年赛事的详细赛程。中国队与美国、瑞典、芬兰同组，首战遭遇实力强大的美国队。

国际足联公布最新国家队排名，中国队列世界第 79 位，比上月排名上升 4 名，在亚洲排第 9。

16 日

上海联城俱乐部宣布，新申花队由吉梅内斯执掌教鞭，教练班子也将基本上以原联城教练组为主。

18 日

在 2007 香港贺岁杯首场比赛中，中国国奥队 2 比 0 战胜澳大利亚国奥队。李微第 8 分钟在禁区右路获得罚任意球机会，逼迫对手送出乌龙球大礼；下半场替补上场的姜宁又以一记精彩世界波锁定胜局。

在北京时间凌晨进行的荷甲联赛埃因霍温客场与赫拉克勒斯的比赛中，孙祥迎来荷甲处子秀，首发上场 72 分钟。而埃因霍温队也以 2 比 0 击败对手，结束了 3 场不胜的尴尬局面。

19 日

原联城队员与老申花队员在申花康桥基地完成了两队合并后的第一次训练，这也是新申花队的首次亮相。

21 日

在北京时间凌晨进行的埃因霍温主场与阿森纳的欧洲冠军联赛 1/8 决赛中，孙祥在下半场第 65 分钟替补出场，成为首位亮相欧洲冠军联赛的中国球员。

2007 年香港贺岁杯决赛，中国国奥与牙买加国奥队 120 分钟内战成 0 比 0 平，在点球战中，以 4 比 5 遗憾告负，屈居本届贺岁杯的亚军。

三月

1 日

正在法国波尔多拉练的中国女足与法国女足进行热身，结果以 0 比 2 负于对手。

2日

中国女足在葡萄牙阿尔比菲拉进行的一场热身赛中，以0比2不敌瑞典超级联赛亚军ICA队。此役也是中国女足在阿尔加夫杯之前的最后一场热身赛。

4日

2007中超联赛首轮最后两场较量，长沙金德0比1不敌大连实德，厦门蓝狮1比3败给长春亚泰。

5日

在2006-07赛季德甲的一场比赛中，下半场替补出场的邵佳一攻破德甲豪门多特蒙德队的大门，帮助科特布斯队在客场以3比2战胜对手。

7日

2007亚冠联赛G组首轮，山东鲁能客场挑战澳大利亚联赛亚军阿德莱德联队，凭借李金羽头球攻门迫使对方犯错的乌龙球，以1比0小胜对手，取得2007年亚冠开门红。

2007亚冠联赛E组首轮，上海申花在上海源深体育中心迎战澳洲悉尼FC队，客队依靠核心球员科里卡和塔雷的两次建功取得领先。虽然替补上场的谢晖依靠头球扳回一城，但上海申花仍以1比2失利。

8日

在北京时间凌晨进行的欧洲1/8决赛埃因霍温客场与阿森纳的第二回合比赛中，孙祥首发并打满全场。埃因霍温最后时刻利用孙祥被对手推倒而创造的任意球机会扳回一球，最终1比1战平对手，并以两回合 2 比 1 的比分晋级 8 强。

2007 阿尔加夫杯女足邀请赛 B 组首场比赛，中国队以 1 比 2 不敌美国队，继广州四国赛后再次败在宿敌脚下，在近 5 届阿尔加夫杯首场比赛中 2 平 3 负未尝胜绩。

告别球场长达 5 个月之久的权磊回到训练场上并参加了实德队的训练。2006 年 10 月 5 日下午权磊在训练结束后被三名男子砍伤，11 月 2 日警方宣布案件告破。

10 日

2007 阿尔加夫杯女足邀请赛 B 组第 2 轮，首战失利的中国女足以 0 比 1 败于瑞典队脚下，无缘 4 强。

12 日

前亚洲足球小姐、中国女足主力马晓旭启程前往瑞典于奥默俱乐部踢球，她将身穿 8 号球衣征战瑞典女足联赛。

13 日

2007 阿尔加夫杯女足邀请赛 B 组第 3 轮，中国女足以 0 比 2 不敌芬兰队，以三连败结束小组赛征程无缘 8 强。

14 日

2007 阿尔加夫杯女足邀请赛第九、十名位次战，由代理主教练王海鸣率领的中国女足以 1 比 4 惨败于弱旅冰岛女足脚下，在 13 次参加阿尔加夫杯赛历史上首次以 4 连败战绩收场，第 10 名的排名也创造了 2005 年第 7 名的新低。如果算上热身赛的两负，中国女足已经遭遇 6 连败，创造球队历史最长的连败纪录。

18 日

英超联赛第 30 轮，查尔顿主场迎战纽卡斯尔，中国球员郑智首发担任右前卫。下半场郑智头球补射打进英超处子球，并且制造点球，帮助查尔顿 2 比 0 战胜纽卡斯尔。

19 日

本菲卡预备队和卡萨比尔预备队进行比赛，中国球员于大宝上半时贡献了一次精彩的助攻，并在第 88 分钟打进致胜一球，帮助本菲卡队 4 比 3 力克对手。

中国球员于海替补上场，第一次在荷甲联赛中亮相。他效力的维特斯队客场 0 比 2 不敌乌德勒支队。

20 日

曾经在中国足坛闹得沸沸扬扬的“权磊被砍案”在大连市甘井子区人民法院开庭宣判。法院经过调查核实，最终认定主谋赵燕华（女）及帮凶郭洪强、陈伟触犯《中华人民共和国刑法》，以故意伤害罪判处 3 人有期徒刑各 3 年，缓期 5 年执行，3 人将承担赔偿金额共 120 万人民币，案件双方当事人对此均表示无异议。

21 日

2007 亚冠联赛 E 组次轮，上海申花做客马拉罕体育场挑战印尼佩西克队，结果以 0 比 1 告负。两连败的申花队亚冠小组出线基本无望。

2007 亚冠联赛 G 组次轮，山东鲁能主场 2 比 1 战胜城南一和，取得亚冠赛场的两连胜。

24日

中国国家队与来访的澳大利亚队在广州进行热身比赛，结果以0比2败北。

25日

正在广州集训的中国国奥队在一场教学赛中，凭借李微的帽子戏法，3比0大胜中超球队深圳队。

26日

瑞典前国家队主教练多曼斯基抵达武汉。多曼斯基此行目的是来与中国足协签约，就任中国女足国家队主教练。

27日

中国足协在武汉举行新闻发布会，正式对外宣布瑞典籍教练多曼斯基成为中国女足主教练，她也是中国女足历史上第一位外籍教练。

中国男足在澳门与乌兹别克斯坦队进行了一场热身赛。凭借韩鹏的两个进球和对方的一个乌龙球，中国队以3比1战胜对手。

29日

上海申花俱乐部正式作出决定，将申花一线队球员、现役国脚杜威下放至预备队，理由是训练状态无法达到比赛要求。杜威成为继郑科伟后申花在2007赛季下放预备队的第二名球员。

四月

2 日

马晓旭用一次助攻加一次策动，帮助于默奥队以 3 比 1 逆转林雪平队，捧起瑞典女足超级杯。

9 日

中国足协在北京召开新闻通气会，中超委员会秘书长郎效农和联赛部主任马成全介绍已经结束的 5 轮中超联赛概况。中超第 5 轮，场均上座率达到了 1.79 万人，创造了开赛以来最高纪录；场均 2.86 个的进球数也是单轮最高；第 5 轮零红牌，黄牌场均 3.43 张也是本赛季中超开赛来最低。

11 日

2007 亚冠联赛 G 组第 3 轮，山东鲁能主场凭借韩鹏的梅开二度以及王永珀、李金羽的进球，以 4 比 0 大胜越南隆安。

2007 亚冠联赛 E 组第三轮，上海申花赴日本挑战 2006 年 J 联赛和杯赛的双料冠军浦和红宝石，主队依靠后卫阿部勇树在上半场结束前的头球破门，1 比 0 战胜上海申花。

12 日

瑞典女足联赛新赛季揭开战幕。在首轮比赛中，马晓旭首发攻入个人首粒进球，帮助于默奥队客场 4 比 0 轻取弱旅 QBIK 队，取得开门红。

中国足协公布新一期国足集训的名单，李玮峰正式回归国足。

14日

凭借超级替补韩燕鸣的一粒进球，天津康师傅队在中超联赛第6轮比赛中，主场以1比0击败辽宁葫芦岛队，再次登顶本赛季联赛积分榜首。

18日

国际足联公布4月份最新国家队排名，中国队与阿曼队并列第72名，在亚洲排名第7位。

中国女足首任洋帅多曼斯基率领助理教练皮娅和体能教练海伦娜抵达武汉，与在此集训的中国女足会合。“瑞典三驾马车”的正式到位标志着新中国女足“多曼斯基号”的正式起航。

中国国家男子足球队在济南结束了为期3天的飞行集训。中国足协副主席谢亚龙观看了中国男足的最后一堂训练课。

21日

作为女足世界杯抽签仪式的垫场赛，中国女足在武汉体育中心与世界明星联队展开较量，凭借韩端、刘卅、季婷三名前锋的进球，以3比2力克对手。

22日

第5届女足世界杯分组抽签仪式在武汉光谷科技会展中心举行，包括东道主中国队在内的16支球队被分成4组，中国队与新西兰、巴西、丹麦队分在一个小组。

腾讯公司与国际足联联合召开新闻发布会，宣布共同启动腾讯网·FIFA 2007中国女足世界杯专题网站。腾讯将借助其先进的互联网平台，利用门户网站 QQ.com 和庞大的 QQ 用户群，全力推广 2007 女足世界杯及其官方网站 www.FIFA.com。

24 日

中国足协公布了新一期国奥队 27 人大名单。山东鲁能队共有 6 人入选，是输送球员最多的俱乐部。在英国斗殴事件后被逐出国奥队的前锋部林回归。

25 日

2007 亚冠联赛 G 组第 4 轮，山东鲁能客场 3 比 2 战胜越南隆安。

2007 亚冠联赛 E 组第 4 轮，上海申花主场 0 比 0 逼平浦和红宝石，成为参加本届亚冠的所有球队中首支被淘汰的球队。

29 日

荷甲劲旅埃因霍温队在联赛最后一轮中 5 比 1 大胜维斯特队，以 1 个净胜球的优势力压阿贾克斯成功卫冕冠军。效力该队的中国球员孙祥成为第一个在欧洲顶级联赛获得冠军的中国球员。

中超联赛第 8 轮爆出大冷门，升班马河南建业主场 2 比 1 力克大连实德。北京国安 3 比 0 大胜辽宁葫芦岛，以净胜球优势占据积分榜首。

五月

3日

中国女足在南京奥林匹克体育中心以3比1战胜加拿大女足。这场比赛也是瑞典籍主教练多曼斯基率队参加的第一场比赛。中国队在1球落后的情况下由李洁、韩端、张娜连扳3球，实现逆转。

6日

中国女足在热身比赛中，以2比1再次战胜加拿大队。

8日

第22届亚足联代表大会在吉隆坡结束，张吉龙担任亚足联副主席，谢亚龙出任“技术与亚洲展望委员会”主席。

9日

2007亚冠联赛G组第5轮，山东鲁能主场2比2踢平澳大利亚阿德莱德，李微和舒畅各入一球。

2007亚冠联赛E组第五轮，已经无缘小组出线的上海申花客场挑战悉尼FC队，结果双方0比0握手言和。

10日

英超联赛曼联对阵切尔西，董方卓首发出场。这是他第一次代表曼联在英超比赛中登场。曼联最终0比0逼平切尔西，赛后英国媒体给董方卓的首演打出了全场最低的4分。

13 日

“精瑞运动杯”中韩对抗赛在杭州黄龙体育中心进行，中国女足以 5 比 2 大胜韩国女足。多曼斯基的进攻足球为她带来了执教中国女足后的第 3 场比赛胜利。

15 日

荷甲埃因霍温在俱乐部官网上宣布，暂时不与租借入队的中国球员孙祥续约，放弃原租借合同中的优先购买权。

浙江绿城俱乐部宣布，绿城主教练王政下课，周穗安担任绿城新主帅。王政成为 2007 年中超第一位下课的主教练。

中韩女足对抗赛第二场比赛在浙江绿城中泰训练基地进行，中国女足凭借宋晓丽和李东玲的进球 2 比 0 获胜。

16 日

朱广沪率领的中国国家队在泰国曼谷与泰国国家队进行了一场热身赛。泰国队凭借上半场第 40 分钟的进球以 1 比 0 击败中国队。这是中国国家队 14 年来首次输给泰国队。

中国国奥队在贵阳市省体育中心与乌拉圭国奥队进行了一场热身赛。最终凭借崔鹏与朱挺的进球，中国国奥队 2 比 1 战胜乌拉圭国奥队。

19 日

中国国家青年队在内蒙古包头与乌拉圭国奥队进行热身，最终乌拉圭队凭借费德洛阿在上半场的进球以 1 比 0 获胜。

22 日

中国足协公布新一期的女足香河集训名单，这也是多曼斯基上任以来的第二次集训。新名单中最大的亮点就是此前的女足国家队队长浦玮重新入队。

中乌足球第二场对抗赛在贵州都匀进行，中国国家青年队凭借王云龙上半时第 29 分钟的一脚远射以 1 比 0 战胜乌拉圭国奥队。

23 日

2007 亚冠联赛 G 组最后一轮，山东鲁能客场挑战韩国城南一和，在输球不超过两个即可出线的有利情况下，以 0 比 3 惨败于对手脚下，痛失亚冠 1/4 决赛资格。

2007 亚冠联赛 E 组最后一轮，上海申花主场对阵印尼佩西克队，最终以 6 比 0 完胜对手。这是申花该赛季亚冠首场也是惟一的一场胜利。

26 日

中超联赛第 12 轮，长春亚泰队在主场凭借外援埃尔韦斯的 4 粒入球，以 4 比 1 大胜上海申花队，重夺中超积分榜榜首位置。大连实德队主场 3 比 2 战胜山东鲁能队，给刚刚在亚冠比赛中失利的对手又一次打击。

29 日

中国足协开出本赛季最严厉的一张罚单：上周中超京陕战骚乱事件的主角、陕西队主帅成耀东被禁止参加 2007 年全年中超联赛，同时罚款 1 万；助理教练吴兵被禁赛 10 场，罚款 1 万；曲男楠被禁赛 4 场，罚款 3000；陕西俱乐部也被罚款 2 万。

30 日

中国国家队飞往旧金山，开始亚洲杯前的美国拉练。

中国国奥队踏上 2007 年土伦杯的征程。

中国女足与澳大利亚女足在香河基地进行了一场教学比赛，结果双方 2 比 2 战平。

31 日

中国女足前往阿根廷，开始为期 18 天的美洲拉练。

中超补赛，山东鲁能主场 2 比 0 战胜天津泰达，依靠净胜球优势力压长春亚泰，再度登上了积分榜的首位。

瑞典杯第 5 轮，于默奥队在客场以 12 比 0 的悬殊比分击败赫格隆队，顺利晋级 8 强。马晓旭在第 20 分钟和 29 分钟攻入两球。

六月

2 日

2007 年法国土伦杯 B 组首场比赛，中国国奥队在马约尔体育场迎战葡萄牙国家青年队，最终双方以 1 比 1 战成平局。下半场第 25 分钟陈涛打入一球。

3 日

中国国家队在圣何塞打响美国拉练的第一战。尽管后卫张耀坤在比赛中打进一粒精彩进球，但国足最终仍以 1 比 4 输给美国国家队。

4 日

2007 年法国土伦杯 B 组第 2 场比赛，中国国奥队凭借姜宁的梅开二度，以 2 比 1 战胜荷兰青年队。

6 日

2007 年法国土伦杯 B 组最后一场比赛，中国国奥队下半场凭借陈涛和姜宁的进球 2 比 1 反超比分锁定胜局，以小组第一的身份晋级 4 强。

正在南美拉练的中国女足迎来首场热身赛。中国女足凭借孙凌的一记头槌破门，以 1 比 0 击败东道主阿根廷队。

7 日

第 5 届 A3 联赛在济南点燃战火，代表中、日、韩足球顶级联赛最高水平的 4 支球队捉对厮杀。首轮比赛，上海申花 3 比 0 完胜韩国城南一和，山东鲁能 4 比 3 力克日本浦和红宝石。

8 日

中国国家队在美国拉练的第二场热身赛中，以 0 比 1 负于美国大联盟垫底球队皇家盐湖城。

2007 年法国土伦杯半决赛，中国国奥队在与科特迪瓦队的点球大战中，凭借门将曾诚的神勇发挥，以 5 比 3 战胜对手，首度杀进该项赛事的决赛。

9 日

中国女足在与阿根廷女足的第二场热身赛中以 0 比 1 告负，这也是多曼斯基担任女足主教练后的首次失利。

10 日

2007 年法国土伦杯决赛，中国国奥队在马约尔体育场迎战东道主法国青年队。加梅罗上演帽子戏法，于海打进挽回颜面的一球，中国队 1 比 3 不敌法国队，获得土伦杯亚军。

A3 联赛次轮，上海申花 1 比 2 不敌山东鲁能。

11 日

中国国家队在美国拉练的第 3 场热身赛中，凭借王栋和董方卓的进球，以 2 比 1 逆转美国大联盟劲旅科罗拉多快速队，赢得了美国拉练的惟一一场胜利。

13 日

国际足联 6 月最新排名，中国国家队从上个月的亚洲第 7 滑落到第 8，国际足联总排名从上个月的第 73 名下降到 76 名。

A3 联赛最后一轮，上海申花 3 比 1 战胜日本浦和红宝石，山东鲁能 1 比 2 不敌韩国城南一和，申花、鲁能同积 6 分。申花以 3 个净胜球的优势力压鲁能，成为首夺 A3 联赛冠军的中超球队。

14 日

中国足协正式公布国足出征亚洲杯决赛阶段比赛的 30 人大名单，孙继海、郑智、邵佳一、孙祥、李铁、董方卓等 6 名海外球员全部入围，赵旭日、周海滨、毛剑卿、朱挺四名国奥球员也顺利入选，出人意料的是联赛射手王李金羽竟然落选。

15日

国际足联公布最新一期女足世界排名，中国队排名列第11位，亚洲排名居朝鲜、日本之后列第3位。

16日

中美女足友谊赛在美国的克利夫兰进行，中国女足以0比2告负。

18日

大连实德俱乐部宣布总经理林乐丰正式下课。

19日

中国足协公布国家队最新球员集训名单，原来被列为候补球员的两名门将陈东和宗垒入选。

中国足协公布中国国奥队赴南非和意大利参加邀请赛和集训的20人名单。其中门将王大雷的回归、金德两位新人李春郁和张晓彬的入选引人关注。

20日

中超14轮，浙江绿城在义乌梅湖体育中心迎战卫冕冠军山东鲁能，上半场1比0领先，下半场连丢3球。鲁能队的李金羽梅开二度，打进了个人职业联赛的第100球。

21日

亚足联公布了2007年亚洲杯的裁判员名单，共有16名主裁判和 24 名助理裁判入选。主裁判和助理裁判中国各有 1 人，分别是孙葆洁和刘铁军。

22 日

中国女足最新一期集训 33 人名单出炉，长春华信女足娄晓旭、郭月和许美爽三人榜上有名。

24 日

中国足协副主席谢亚龙来到香河国家足球训练基地，给在这里进行亚洲杯最后备战集训的国脚们打气鼓劲。

27 日

中国国奥队迎来南非八国邀请赛的第一个对手东道主南非队。国奥队始终占据优势，但可惜未能打破僵局，最终 0 比 0 与南非队握手言和。

29 日

南非八国邀请赛小组赛第 2 场比赛，中国国奥队以 0 比 4 负于博茨瓦纳队。这是杜伊执教以来国奥队遭遇的最大比分失利。

七月

1 日

为庆祝香港回归 10 周年，中国队在香港大球场与世界明星联队进行了一场友谊赛，凭借赵旭日与邵佳一的进球，中国队以 2 比 0 战胜世界明星联队。

中国国奥队迎战南非八国邀请赛小组赛最后一个对手喀麦隆

队。上半时喀麦隆队率先打破僵局，随后姜宁头球破门将比分扳平，但下半时中国队城门两次失守，最终以 1 比 3 不敌喀麦隆队。中国队 3 战 1 平 2 负，无缘小组出线。

2007“好运北京”国际女子足球四国邀请赛在秦皇岛奥体中心拉开战幕。中国女足首战以 4 比 0 轻松击败泰国女足，取得开门红。韩端梅开二度，毕妍、李洁各入一球。

2 日

在南非八国邀请赛争夺第 7 名的比赛中，中国国奥队 0 比 1 不敌科特迪瓦队，以 1 平 3 负的战绩在八国赛中垫底。沈龙元、戴琳、郑涛均因累计两张黄牌先后被罚下。

4 日

在 2007 亚洲杯前最后一场热身赛中，中国国家队凭借王栋第 39 分钟的头球，以 1 比 0 力克澳大利亚墨尔本胜利队。

在新落成的沈阳奥林匹克体育中心体育场进行的 2007“好运北京”国际女子足球四国邀请赛中，中国队凭借韩端的补射以 1 比 0 战胜墨西哥队。

7 日

2007“好运北京”国际女足邀请赛第三场比赛在秦皇岛体育中心进行。韩端梅开二度，老将张欧影锦上添花，中国女足以 3 比 1 战胜了意大利队，三战皆胜挺进决赛。

9 日

经过 9 个多月的治疗恢复，曾经挣扎在死亡线上的实德球员权磊回归实德一队，并于本月 23 日在武汉顺利通过中国足协组织的体能补测，获得 2007 年联赛的参赛证。

10 日

2007 亚洲杯 C 组的首场比赛在吉隆坡武吉加里尔体育场进行，中国队 5 比 1 战胜马来西亚队。韩鹏与王栋各入两球，邵佳一打入一球。中国队也打破了近四届亚洲杯开赛以来揭幕战不胜的魔咒。

2007“好运北京”国际女足邀请赛冠军争夺战在沈阳奥林匹克体育中心进行。中国女足依靠谢彩霞在最后补时阶段的任意球绝杀，以 1 比 0 击败墨西哥队取得了本次赛事的冠军。这也是多曼斯基带领中国女足取得的第一个冠军。

13 日

中国国奥队凭借郜林在下半场的两个入球，以 2 比 1 战胜弗留利大区的选拔队利尼亚诺队，取得了意大利拉练的开门红。

15 日

2007 亚洲杯 C 组第 2 轮，中国队在两球领先的大好局面下被伊朗队连扳两球，最终双方 2 比 2 战平。

中国国奥队在意大利拉练第 2 场热身中，以 4 比 0 球大胜弗留利队，陈涛、姜宁各入两球。

17 日

中国国奥意大利拉练第 3 场比赛在布鲁尼科里斯科内体育中心进行。意甲冠军国际米兰队凭借克鲁斯、索拉里、阿德里亚诺的进球，3 比 0 完胜中国国奥队。

18 日

2007 亚洲杯小组赛 C 组最后一场比赛，中国队 0 比 3 负于乌兹别克斯坦队，3 战 1 胜 1 平 1 负积 4 分，近 27 年来首次亚洲杯小组未出线。中国队在本届亚洲杯赛上最终排名第 9，这也是参加亚洲杯 31 年来的最差名次。

国际足联公布了 7 月份最新国家队排名。中国队积分 439 分，比 6 月上涨了 17 分，总排名从 6 月的 76 位上升到 73 位，在亚洲排名第 7。

20 日

来自山东鲁能的前锋队员吕征因为在训练中与中方助理教练贾秀全发生争执而被开除出国奥队。

22 日

意大利拉练第 4 场热身赛，中国国奥队以 0 比 4 负于尤文图斯。为尤文进球是分别是特雷泽盖、内德维德、皮耶罗和帕拉迪诺。

23 日

2007 年中国女足世界杯浙江（杭州）赛区球票开始正式销售。

中国青年队与乌兹别克斯坦青年队进行了一场热身赛，双方 1 比 1 战平。郑铮点球命中，为中国队扳平比分。

25 日

中国国奥队迎战意乙莱切队，在全场处于劣势的情况下，以 0 比 0 逼平对手。比赛进行到第 23 分钟，门将曾诚出击与对方前锋相撞导致右腿副韧带撕裂。

27 日

亚足联竞赛委员会召开会议，正式确定 2010 年南非世界杯亚洲区预选赛竞赛方案。除了参加德国世界杯的 5 支参赛队澳大利亚、日本、韩国、伊朗、沙特队之外，包括中国队在内的其他所有 38 支球队必须参加资格赛。同日，亚足联正式公布了 2010 年世界杯预选赛赛程，中国队将在 10 月进行首轮资格赛的角逐。

2007 年中国"潍坊杯"国际青年足球邀请赛拉开战幕。中国青年队在揭幕战中凭借王云龙、张呈栋的进球 2 比 1 击败乌兹别克斯坦青年队。另外两场比赛中，鲁能青年队 2 比 1 击败伊朗青年队，澳大利亚青年队 1 比 0 险胜韩国青年队。

中国女足世界杯 30 人大名单上报国际足联，来自天津的前锋訾晶晶和来自武汉的中场队员岳敏无缘本次世界杯。

2007 年中国"潍坊杯"国际青年足球邀请赛第 2 轮，山东鲁能青年队与中国国青队 1 比 1 战平。

30 日

世界最权威的足球统计机构——国际足球历史和统计联合会(IFFHS)公布了截止到 2007 年 7 月底世界射手排名情况。来自山东鲁能的韩鹏与热刺著名前锋贝尔巴托夫以及德甲汉堡的范德法特并列第 28 位。

31日

中国国奥队在沈阳举行盛大的酒会，邀请国奥队员的亲友与队员见面，为即将到来的沈阳四国邀请赛减压。

2007年中国“潍坊杯”国际青年足球邀请赛第3轮，中国凭借第86分钟李昊祯的头球，以1比0小胜澳大利亚青年队。

八月

1日

2007沈阳四国足球邀请赛在沈阳奥体中心进行。中国国奥队依靠沈龙元和姜宁在上、下半时的各一粒入球，首战以2比0击败博茨瓦纳队。

辽足俱乐部宣布，辽宁西洋集团成为球队的冠名商，直到2007赛季末。从下轮联赛开始，辽足将以辽宁西洋集团足球队的名义参加中超联赛。

瑞典于默奥俱乐部发表官方声明，宣布和中国女足球员马晓旭正式解约。

2日

2007中国“潍坊杯”国际青年足球邀请赛第4轮，中国青年队迎战韩国青年队，最终双方1比1握手言和。郑铮主罚任意球破门。

中国足协证实，国家队主教练朱广沪7月27日已递交辞职报告。

3 日

2007 沈阳四国足球邀请赛第 2 轮，中国国奥队 0 比 0 战平日本国奥队。

西甲豪门巴塞罗那队抵达北京，开始为期 9 天的亚洲之行。

5 日

中国国奥队迎战沈阳四国邀请赛的最后一个对手朝鲜国奥队，结果 0 比 1 不敌对手，无缘冠军。

巴塞罗那与北京国安的比赛在北京丰台体育场上演。最终，西甲豪门巴萨凭借多斯桑托斯、伊涅斯塔及罗纳尔迪尼奥的进球 3 比 0 取胜，取得了 2007 年亚洲之行的首场胜利。

6 日

亚足联在其总部举行了 2010 年南非世界杯亚洲区预选赛第一阶段资格赛的抽签仪式。中国队在资格赛中遭遇的对手是缅甸队，中国队先主后客。

8 日

中超联赛第 15 轮焦点之战，北京国安以 6 比 1 横扫山东鲁能，职业联赛历史上首次在客场战胜对手。

中国足协做出处罚决定，判决呼和浩特队 0 比 3 负延边队，并扣除联赛积分 6 分，罚款 15 万元人民币，对该俱乐部及运动员给予通报批评。中甲联赛第 14 轮延边足球队主场与呼和浩特队的比赛，应于 8 月 4 日 16 时在延边人民体育场举行。但呼和浩特队未按规定时间和人数到场参加比赛。

9 日

山东鲁能俱乐部宣布郑智以永久转会的方式加盟英冠俱乐部查尔顿队，身价约 200 万英镑。

12 日

北京国安在丰台体育中心 2 比 3 不敌上海申花。

19 日

长春亚泰俱乐部对两名球员做出了处罚：杜震宇被罚款 2000 元，张宝峰被下放到预备队。理由是：在上周末亚泰输给大连的那场比赛中，杜震宇在被换下场时因“脱衣”这一非比赛原因吃到黄牌；张宝峰在禁区内送给对手点球，没有表现出一队球员应该具有的状态。

中国女足在天津水滴体育场再次以 1 比 3 的比分败给澳大利亚队，为即将到来的世界杯蒙上了一层阴影。

20 日

亚足联公布 2007 亚洲杯最佳阵容名单，日韩球员占据了半壁江山，中国队则无人入选。

21 日

继英国《星期日镜报》刊登孙继海等 6 人面临被主教练埃里克松“弃用”的消息后，曼城足球俱乐部发言人否认这种说法。

中国足协正式确定了在国家队组建问题上的“两队一总”方案，就是在杜伊的领导之下，组建新的教练班子。

23 日

为确定世界杯 21 人出征名单，中国女足在上海虹口体育场与越南队进行一场热身赛，结果以 6 比 0 战胜对手，韩端上演帽子戏法。

26 日

中超联赛第 19 轮，主场球队无一获胜，长春亚泰客场 3 比 1 击败辽宁西洋队后，将积分榜上的领先优势扩大到 3 分。

27 日

中国女足正式对外公布了参加女足世界杯的 21 人大名单，有“孙雯接班人”之称的前锋季婷不幸落选。在这份大名单中，中前场球员多达 11 人，显示了主教练多曼斯基在世界杯上大打攻势足球的决心。

28 日

英甲查尔顿队在英格兰联赛杯比赛中主场迎战英乙斯托克港队，郑智点球打入本赛季首粒入球，帮助球队以 4 比 3 取胜，晋级联赛杯第 3 轮。

31 日

中超联赛第 20 轮，领头羊长春亚泰主场 1 比 1 被青岛中能逼平。赛后，500 余名球迷围堵在通道入口处，高呼“高洪波下课”，并投掷矿泉水瓶，导致双方球队的大轿车在场内滞留了 40 多分钟才安全离开。

九月

5日

在武汉体育中心进行的世界杯前最后一场热身赛中,中国女足4比0轻取匈牙利队,毕妍、马晓旭、张鸥影和潘丽娜各入一球。

8日

中国女足在武汉江城明珠豪生大酒店召开女足世界杯赛前的最后一次新闻发布会。中国女足代表团团长杨一民、主教练多曼斯基出席。

9日

FIFA女足世界杯组委会公布首轮8场比赛的全部裁判名单。执法中国队和丹麦队首战的主裁判是来自圭亚那的弗雷拉·詹姆斯·黛安,两名助理裁判分别是圭亚那的西妮蒂和特立尼达和多巴哥的辛迪,第四官员是来自匈牙利的吉奥恩伊。

中超联赛22轮上演了一场榜首之争和一场榜尾之战,河南建业2比0击败厦门蓝狮,将后者推入深渊;而在榜首之争中,长春亚泰与山东鲁能以0比0和气收场。

10日

2007女足世界杯在上海拉开战幕。

12日

中国女足在2007女足世界杯小组赛首场比赛中,在2比0领先又被丹麦追平的情况下,依靠替补宋晓丽终场前的一记绝杀,最终以 3 比 2 力克对手。

14 日

中国足协任命大连实德队前主教练福拉多为中国男足国家队执行主教练。

15 日

中国女足在 2007 女足世界杯小组赛第 2 场比赛中,0 比 4 惨败在巴西队脚下,小组出线前景蒙上阴影。

17 日

国际足联公布 2007 年女足世界杯小组赛最后一轮比赛执法裁判的名单,来自捷克的达格玛·达姆科瓦将执法 9 月 19 日中国与新西兰的生死大战。

18 日

受 2007 年第 13 号超强台风"韦帕"影响,国际足联召开紧急会议,决定对女足世界杯相关比赛赛程作出调整:原定 9 月 19 日 20 时在杭州黄龙体育场举行的巴西队与丹麦队的比赛,延期到 9 月 20 日 20 时举行;原定 9 月 19 日 17 时在上海虹口体育场举行的挪威队与加纳队的比赛,改为 9 月 20 日 17 时在杭州黄龙体育场开球。

19 日

因受台风"韦帕"的影响,国际足联决定原定当日进行的女足世界杯澳大利亚队与加拿大队、中国队与新西兰的比赛均推迟至 20 日进行。

20日

中国女足在2007女足世界杯小组赛最后一场比赛中，凭借李洁、谢彩霞的进球，以2比0战胜新西兰队；同组巴西队1比0击败丹麦队。这样中国女足得以晋级8强。

21日

中国足协公布新一届中国国家队27人大名单。其中亚洲杯被抛弃的李金羽、肇俊哲重新回归，长春亚泰有5名球员入选，成为拥有国脚最多的俱乐部，而大连实德仅有张耀坤一人入选。

23日

2007女足世界杯1/4决赛中国队与挪威队的比赛在武汉体育中心进行，结果中国队以0比1负于对手，未能实现进女足世界杯赛4强的目标。

25日

河南建业足球俱乐部召开新闻发布会，俱乐部董事长胡葆森宣布4项决定：一、接受荣平辞去俱乐部总经理的请求；二、接受门文峰辞去俱乐部副总经理、主教练的请求；三、聘请裴恩才为建业队主教练；四、王随生任建业队领队。

26日

2007女足世界杯的一场半决赛在天津奥体中心球场进行，卫冕冠军德国队以3比0战胜挪威队，率先挺进决赛。

27日

2007女足世界杯第二场半决赛在杭州黄龙体育中心展开争夺，巴西队4比0大胜美国队，历史上首次打进女足世界杯决赛。

“魅力足球·艺术中国”中国艺术精英展在浙江展览馆拉开帷幕，国际足联主席布拉特出席开幕式。

29 日

中国足协副主席、国家体育总局足球运动管理中心主任谢亚龙在国际足联新闻布会上表示，中国足协对申办 2018 年的男足世界杯赛一直持积极态度，正在向国际足联有关部门了解申办、举办的有关问题。这是中国足协官员首次在如此重要的场合表明中国申办 2018 年男足世界杯赛的态度。

30 日

2007 女足世界杯决赛在上海虹口足球场进行。德国队 2 比 0 击败巴西队，成功卫冕女足世界杯；巴西队屈居亚军，美国队第 3，中国女足最终名列第 5。

国际足联评选出女足世界杯 16 人全明星阵容。德国队有 5 人入选，巴西队 4 人，挪威队 3 人，中国队的后卫李洁也被列入这份名单。

十月

4 日

中超联赛第 26 轮，在一场焦点大战中，长春亚泰客场 1 球小胜北京国安，并以 1 分优势重返榜首。

5 日

女足亚青赛 B 组首轮，马晓旭妙传逼出对手乌龙大礼，12 号朱薇在终场前一剑封喉，中国队最终以 2 比 0 完胜泰国队。

6日

中国国家队在河北的中国人民解放军某部军营接受为期5天的军训。中国足协希望借助这种形式重塑国家队队魂。

中甲联赛第23轮，广州医药客场1比0险胜上海七斗星，积55分提前3轮冲超成功。

7日

女足亚青赛小组赛第2轮，中国女足凭借李雯、刘树坤、朱薇的入球和马自翔的梅开二度，以5比0大胜中国台北队，与韩国队一起双双取得小组出线权。

9日

在女足亚青赛B组最后一轮比赛中，中国队依靠马晓旭的进球与韩国队战成1比1平，最终以小组第2的身份晋级半决赛。

2007-08赛季英冠第10轮，查尔顿主场1比1被对手巴恩斯利逼平。郑智连续第7次首发并用头球顶入一球，赛后郑智被英冠联赛官方评为本场比赛最佳球员。

11日

中国国奥队做出处罚：因军训时言语轻佻，严重损害国字号球队的形象，来自天津康师傅的姜晨被国奥除名，辽宁队的戴琳以及沈阳金德的张晓彬将留队做深刻检讨。

13日

亚洲青年女足锦标赛半决赛，中国队1比4不敌朝鲜队无缘决赛，将与韩国队争夺第3名和最后一个世青赛的参赛名额。

中甲联赛第 24 轮，成都谢菲联主场凭借罗德里格斯和汪嵩双双梅开二度，以 4 比 2 完胜上海七斗星，提前两轮冲进下赛季的中超联赛。

16 日

中国女足青年队在头号球星马晓旭因伤缺阵的情况下，凭借后卫阮小清头球建功，以 1 比 0 力克韩国队夺得亚青赛的第 3 名，杀入 2008 年智利女足世青赛。

20 日

中甲联赛第 25 轮，已冲超成功的广州医药客场 0 比 1 不敌江苏舜天，赛季不败金身告破。

21 日

在佛山体育场举行的南非世界杯亚洲区预选赛资格赛首回合比赛中，中国队 7 比 0 横扫缅甸队。曲波独中两元，杜震宇、杨林、刘健、李金羽和李玮峰各下一城。

22 日

国际足联公布各国国家队最新排名，中国队排名比上月下滑 4 位，仅列第 89，在亚洲名列第 9。

23 日

中国足协召开新闻发布会，正式宣布瑞典籍教练多曼斯基因健康和家庭原因与中国足协的工作合同终止。这也意味着多曼斯基最终与中国女足分手。

27 日

2007 中甲联赛落下帷幕，广州医药、成都谢菲联以联赛冠亚军的身份晋级 2008 年的中超联赛。

28 日

在吉隆坡博拉赛帕克体育场进行的南非世界杯亚洲区预选赛资格赛第二回合的比赛中，中国队凭借上半时吴伟安、刘健、郑斌以及张耀坤的各一粒入球。以 4 比 0 战胜缅甸队，以两回合总比分 11 比 0 的绝对优势晋级 20 强赛。

中国足协在北京举行新闻发布会，宣布前法国女足主教练伊丽莎白·鲁瓦塞尔出任中国女足主教练。

31 日

中国足协公布新一期女足国家队集训的 33 人名单。韩文霞、张鸥影和浦玮三员老将落选，而年初在广州四国赛前被调整出队的后卫袁帆则出现在集训名单中。

十一月

1 日

前法国女足主教练伊丽莎白·鲁瓦塞尔飞抵武汉并直奔湖北孝感市，开始了率领中国女足征战北京奥运会的征程。

6 日

亚洲青年足球锦标赛预选赛 F 组比赛在广西柳州开赛。在揭幕战中，中国队以 7 比 1 战胜新加坡队。

8 日

中国青年队凭借于洋的头球以 1 比 0 击败马来西亚队，取得了本届亚青赛预选赛的两连胜。

10 日

上海申花足球俱乐部作出处罚决定，对旷赛的肖战波罚款半年薪酬。

厦门蓝狮客场 0 比 2 不敌青岛中能，提前一轮降级。

11 日

在 2007-08 赛季英冠第 16 轮角逐中，郑智用 1 个进球和 1 次助攻帮助查尔顿主场 3 比 0 完胜卡迪夫城，取得 3 连胜，排名跃居次席。

12 日

中青队在柳州迎战亚青赛预选赛第 3 个对手中国澳门队，最终以 10 比 0 狂胜对手，前锋高迪一人打进 5 球。

14 日

中超最后一轮，长春亚泰队客场 4 比 1 大胜深圳上清饮队。虽然在同时进行的比赛中，北京国安队主场 1 比 0 胜山东鲁能，但是长春亚泰队仍然以 1 分的优势夺得了 2007 赛季中超联赛冠军，成为 14 年职业联赛第 5 支冠军队。北京国安屈居亚军，山东鲁能名列第 3。

亚青赛 F 组最后一轮，中国队 0 比 1 不敌朝鲜队，最终以 4 战 3 胜 1 负的成绩名列小组第二，与获得小组第一的朝鲜队携手出线。

17 日

2007 年中超南北明星对抗赛在上海金山开战。90 分钟比赛双方战成 7 比 7 平，点球大战中南方明星队队员忻峰将点球射飞，北方明星队最终以点球 9 比 8 险胜。

2007 赛季中超各项最佳揭晓。长春亚泰高洪波、杜震宇获得最佳教练和足球先生称号，李金羽凭借 15 粒进球获得最佳前锋奖，最佳新人奖为蒿俊闵，孙葆杰获得了最佳裁判奖，公平竞赛奖授予大连实德、天津康师傅和北京国安，西安、北京、济南赛区被评为最佳人气赛区。

19 日

中国足协公布了国奥队新一期集训的 33 名球员名单。其中，李玮峰、孙祥、杜震宇和杨林 4 名超龄球员进入大名单，海外球员仅有效力于葡萄牙本菲卡队的于大宝入围，天津泰达队的谭望嵩继多哈亚运会后重新回归国奥队。

20 日

大连实德俱乐部正式宣布，将不再与实德主帅邦弗雷雷续约。

凌晨，刚刚入选国奥队海口集训名单的崔鹏在大连中山广场发生车祸。崔鹏所驾驶的马自达轿车报废，幸好崔鹏以及车内的两名年轻女子只是受了轻伤。

22 日

中国足协公布国家队新一期集训的 26 人名单。中超新科冠军长春亚泰队的宗垒、王栋、张笑飞和王万鹏入选，成为“国脚”大户，广州医药队的李帅和徐亮以及成都谢菲联队的射手汪嵩则成为 3 名来自中甲的“国脚”。

23 日

国际足联公布最新国家队排名。中国队上升 6 位，排名世界第 85，位居亚洲第 9。

25 日

2010 年南非世界杯预选赛抽签仪式在南非德班进行。在首先进行的亚洲区抽签上，中国队被分到了 A 组，同组的球队还有澳大利亚、伊拉克和卡塔尔队。

26 日

中国足协公布女足国家队新一期球员集训名单。在全国女足锦标赛上表现出色的王立明、宋剑秋、赵晓燕和张涛 4 名球员入选。

在女足世界杯浙江（杭州）赛区表彰大会上，中国组委会执行秘书长、中国足协副主席薛立将“最有魅力奖”授予了浙江（杭州）赛区。同时，该赛区还获得了竞赛组织奖、城市装点奖、商务维权奖、票务营销四个单项奖。

27 日

中国女足发生人事变动，领队李飞宇和新闻官孟洪涛调离，中国足协女子部主任张建强成为中国女足领队，中央电视台女足专职记者王增沛出任新闻官。

29 日

中国国奥队在武警海南一支队营区结束了为期 5 天的军训，尔后转往位于海口市西部盈滨半岛的亚泰基地，进行为期 10 天的技战术训练。

30 日

原青岛中能主帅殷铁生正式出任中国国奥队中方教练。

十二月

1 日

中国国家男子足球队在广州军区某新兵培训中心开始全封闭式军训，备战世界杯外围赛。

4 日

亚足联敲定世界杯预选赛亚洲区 20 强赛赛程。中国队将会在 2008 年 6 月底前打完所有比赛。

8 日

国际足球历史与统计协会公布了 2007 年度世界俱乐部总排名。中国的山东鲁能队排在世界第 224 位，仅列亚洲第 16 位。

刚从国奥队中方教练组组长位置“下课”的贾秀全与河南建业俱乐部正式签约，出任该俱乐部球队主教练。这也是贾秀全继八一、陕西国力和上海申花队后，执教的第 4 支国内职业球队。

13 日

中国国奥队在长沙贺龙体育场与美国国奥队进行热身赛，最终双方以 0 比 0 互交白卷。

2007-08 赛季欧冠联赛 F 组曼联与罗马比赛第 71 分钟，董方卓替换鲁尼登场，他也成为继孙祥之后亮相欧冠联赛的第二个中国人。在 20 分钟出场时间内，他得到机会并不多，表现一般。

16 日

中美国奥热身赛第二回合在广州越秀山体育场进行。中国国奥队在落后 3 球的情况下，依靠朱挺的入球和杜震宇的梅开二度，奇迹般地连扳 3 球逼平对手。

17 日

2008 亚冠联赛分组抽签揭晓：长春亚泰与澳大利亚阿德莱德、韩国浦项制铁、越南平阳分在 E 组；北京国安则与泰国泰京银行、越南南定、日本鹿岛鹿角同分在 F 组。

因放假期间夜间驾车发生交通事故，严重违反了俱乐部关于球员放假期间生活和训练的有关规定，鲁能俱乐部对外宣布，给予崔鹏"开除队籍，留队察看"的处罚，并扣发其 2007 年度 30% 的奖金。

18 日

中国国奥队同德甲科特布斯队在佛山进行热身赛，朱挺在第 75 分钟头球破门，但科特布斯在第 85 分钟由斯卡拉将比分追平，最终双方 1 比 1 握手言和。

19 日

中国女足在广州与新西兰队热身，依靠韩端、张峥、毕妍的进球和对方的乌龙球，以 4 比 0 大胜对手。马晓旭在上半场结束前受伤，后被确诊为十字韧带断裂。

20 日

中国国家队在广州越秀山体育场与来访的德甲科特布斯队进行了一场友谊赛，以 0 比 2 不敌对手。

22 日

上海申花俱乐部正式签订了允许谢晖登陆德乙球队威斯巴登试训的书面证明。

23 日

青岛中能俱乐部宣布，原助教郭侃峰接替殷铁生担任主教练。

24 日

被确诊为十字韧带断裂的马晓旭在北医三院成功进行了手术。

长沙金德足球俱乐部和塞尔维亚籍著名教练桑特拉奇草签一年工作合同，这也是桑特拉奇 7 年之后重返中国顶级联赛赛场。

25 日

国家体育总局局长刘鹏在听取了中国足协对 2007 年的总结和 2008 年的工作安排后，再次强调中国足球在北京奥运会上的目标没有改变——男足进 8 强，女足进 4 强。

中国女足新一期集训名单公布。季婷、翁新芝、刘卅、王立明、李冬娜、宋剑秋等人落选。受伤的马晓旭却榜上有名，武汉小将岳敏重新入选。

林乐丰正式出任浙江绿城俱乐部总经理。

26 日

上海申花官方宣布正式与杜威续约。

28 日

北京奥运会足球城市赛区第二次工作会议在沈阳落幕，北京奥组委体育部、媒体运营部和足球项目工作团队的领导，加上秦皇岛、天津、上海等足球赛区相关负责人近百人参加。

29 日

杭州首家职业女子足球俱乐部——浙江杭州女子足球俱乐部有限公司揭牌成立。该公司采取“政府主导、企业赞助、市场运作、省队市办”模式组建。在资金筹措上浙江省体育局出资 100 万，杭州市政府出资 300 万，西子联合控股有限公司出资 200 万。杭州市体育中心主任陈波兼任公司总经理，原中国女足主教练商瑞华任主教练。

30 日

李玮峰与上海申花足球俱乐部续约。

附 录

2007年国际足球大事记

一月

1日

非洲足联宣布了2006年非洲足球先生的三名最终候选人。英超切尔西队的科特迪瓦射手德罗巴、加纳中场埃辛和西甲巴塞罗那队的喀麦隆前锋埃托奥入围。

德国后卫福尔茨在富勒姆队客场2比2逼平切尔西队的比赛里，打进了英超历史上第15000粒入球。

俄罗斯前锋科尔扎科夫从俄超圣彼得堡泽尼特俱乐部转会至西甲塞维利亚俱乐部，转会费为500万欧元。

西甲皇家马德里俱乐部完成了3笔交易，以4200万欧元分别买进了巴西后卫马塞洛、阿根廷前锋伊瓜因和阿根廷中场加戈。

阿根廷中场卡拉多从阿根廷河床俱乐部转会至法甲巴黎圣日耳曼俱乐部。

意甲帕尔玛俱乐部董事会成员卡佩利宣布帕尔玛俱乐部被公开拍卖。拍卖底价是2750万欧元，拍卖期将持续到1月18日。

2 日

法甲朗斯俱乐部将中场塔拉布租借至英超托特纳姆热刺俱乐部。

巴西中场迭戈被评为 2006-07 赛季德甲半程最佳球员，这是由德国著名的《踢球者》杂志评选出来的。

3 日

西甲巴塞罗那俱乐部提出：在诺坎普建成 50 周年之际，对其进行大规模的扩建和翻修。球场内，将对看台座位结构进行调整，并增加 1.5 万个座位，球场通道以及一些设施都将调整，增加更多高科技设施，包括贵宾室也很可能进行翻修，总花费将高达 3.5 亿欧元。

由《世界体育报》发起的巴萨球迷评选俱乐部百年最佳阵容的活动结束。共有 108620 人参加了投票，普约尔以 87750 张的选票，成为巴萨历史上最受欢迎的球星。为巴萨捧取第一座欧洲冠军杯立下汗马功劳的荷兰球星科曼排名第二，得票 79216 张。罗纳尔迪尼奥位列第三，他是前锋中得票最多的，得到 71829 张球票的支持。

巴萨球迷最喜爱的阵型是 343，他们评选的最佳阵容及替补是：苏比萨雷塔（拉马莱茨）/普约尔（费雷尔）、科曼（米盖利）、塞尔吉（路易斯·恩里克）/德科（内斯肯斯）、瓜迪奥拉（哈维）、马拉多纳（库巴拉）、米·劳德鲁普（舒斯特尔）/克鲁伊夫（里瓦尔多）、罗马里奥（埃托奥）、罗纳尔迪尼奥（斯托伊奇科夫）

德甲拜仁慕尼黑俱乐部提前敲定了 2007-08 赛季的第一笔转会：效力于亚琛的年轻国脚施劳德拉夫将以 100 万欧元转会至拜仁俱乐部，双方签约 3 年。

4 日

意甲罗马俱乐部将前锋蒙特拉租借至英超富勒姆俱乐部。

前尤文图斯和意大利国家队后卫桑德罗·萨尔瓦多雷（Sandro Salvadore)因病去世,享年 67 岁。

前意大利国门曾加从土耳其超级联赛加齐安坦普体育(Gaziantepspor)俱乐部离职。

葡超本菲卡队中场阿西斯因服用禁药被禁赛 1 年。

法国教练勒冈被苏超格拉斯哥流浪者俱乐部解职。

葡萄牙前锋博阿莫特从英超富勒姆俱乐部转会至西汉姆联俱乐部,转会费为 500 万英镑外加左边锋埃塞林顿。

5 日

德国门将罗斯特从沙尔克 04 俱乐部转会至汉堡俱乐部。

意大利丁级联赛发生袭警事件。比赛由保拉纳主场迎战萨普里,这是一场名副其实的垫底大战,因为两队分别排名联赛倒数后两位,而保拉纳也仅仅是保持着净胜球的优势。第 56 分钟时,客场作战的萨普里率先进球,愤怒的主场球迷将手中的矿泉水瓶和一些其他硬物抛入球场。负责场地安全的警察立刻上来制止,并带走了一名球迷。警方的举动激起了这位球迷同伙的更大不满,他们中的 3 人立刻冲向一名警员,一顿拳打脚踢。更恶劣的是,他们居然揪起那位警员的头发将他的脑袋砸向旁边的座椅,导致该名警员头部多处受伤,鲜血直流。根据医生随后的检查,该警员被砸出了轻微脑震荡。

切尔西中场埃辛当选 BBC 电视台评出的年度非洲足球先生。

6 日

AC 米兰队主场 3 比 2 战胜尤文图斯队,夺得第 16 届“贝鲁斯科尼杯”。

2006-07 赛季法国杯第 3 轮南特队主场迎战甘冈队的比赛中,法国国门巴特斯世界杯后首次亮相赛场,帮助南特队 1 比 0 获胜。

葡萄牙足协主席马代尔连任主席职务，新的任期将到 2009 年 10 月结束。

英超切尔西前锋德罗巴被评为了 2006 年科特迪瓦足球先生。这项评选是由科特迪瓦国内 20 家报纸、广播和国家电视台等媒体组织的。

7 日

西甲塞维利亚俱乐部获国际足球历史和统计协会（IFFHS）的 2006 年度世界最佳。根据 IFFHS 的统计，塞维利亚俱乐部得分为 308 分，AC 米兰（276 分）、罗马（269 分）、国际米兰（268 分）、利物浦（260 分）依次名列其后。

德甲拜仁慕尼黑俱乐部队长卡恩宣布 2008 年夏天退役。

在瓦伦西亚队客场 1 比 0 小胜比利亚雷亚尔队的比赛中，瓦伦西亚的首发阵容中达到创纪录的 9 名西班牙国脚。

2006-07 赛季西甲联赛第 17 轮，皇家马德里队客场 0 比 2 不敌拉科鲁尼亚队，劳尔以第 428 场比赛超越传奇人物亨托用 18 个赛季创造的出场次数。

南美洲 20 岁以下青年足球锦标赛拉开了帷幕。根据规定，获得本届锦标赛冠、亚军的球队将有资格参加 2008 年北京奥运会，而获得前 4 名的球队将代表南美地区参加 2007 年在加拿大举行的世青赛。

8 日

国际足联主席布拉特向意大利全国公开道歉，并解释了自己没有参加 2006 年世界杯颁奖仪式的原因。

国际足球历史与统计协会（IFFHS）在奥地利萨尔茨堡颁发了年度各项大奖。意甲当选 2006 世界最佳联赛；里杰卡尔德与里皮分别当选最佳俱乐部教练和最佳国家队教练；射手方面，亨特拉尔和苏亚索分别成为俱乐部和国家队的最佳射手，爱沙尼亚的扎霍拉维科则凭借 21 场联赛进 25 球的成绩当选最高效射手；齐达内力压罗纳尔迪尼奥当选最佳中场组织者；阿根廷主裁判埃里松多凭借给齐祖亮出的红牌让全世界记住了他，他被评为年度最佳裁判。此外，布冯当选世界最佳门将。

前德国国脚、现巴林国家队主帅布里格尔在接受阿联酋一家日报采访时承认，联邦德国队在 1982 年西班牙世界杯对奥地利的比赛中踢了假球，其目的是为了不让同组的阿尔及利亚队获得晋级的资格。

英超托特纳姆热刺俱乐部与边锋伦农续约 5 年半，新合同直至 2012 年。

9 日

巴西贝洛奥里藏特市的米内罗体育场被选为主办 2014 年世界杯的场馆之一。

塞尔维亚 U21 主帅久基奇出任塞尔维亚贝尔格莱德游击队队主教练。

前日本国家队队长宫本恒靖从日本大阪钢巴俱乐部转会至奥甲萨尔茨堡红牛俱乐部。

西班牙足协对“斗殴门”事件中的塞维利亚前锋法比亚诺和萨拉戈萨后卫迪奥戈处以停赛 5 轮的处罚。

2006-07 赛季英格兰联赛杯 1/4 决赛中，阿森纳队客场 6 比 3 大胜利物浦队，利物浦队遭受 60 年来最惨痛失败，错失点球机会的巴普蒂斯塔独中四元。

法甲南特俱乐部将瑞典中场威廉森租借给意甲罗马俱乐部。

韩国前锋安贞焕从德甲杜伊斯堡俱乐部转会至韩国水原三星俱乐部，双方签约 1 年。

卡卡的教父教母埃斯特旺、索尼亚·埃尔南德斯夫妇在迈阿密过境的时候，因携带来源不明的5.6万美元，而被美国警方逮捕。

10日

前苏格兰国家队主帅沃尔特·史密斯出任苏超格拉斯哥流浪者队新主帅。

美国前锋邓普西加盟英超富勒姆俱乐部，转会费为200万英镑。

英国职业球员工会成立100周年。100年前，曾经效力过曼城和曼联两队的威尔士人比利·梅勒迪斯（Billy Meredith）在退役后一手创立了球员工会组织。

葡萄牙本菲卡队点球5比4战胜拉齐奥队，获得"迪拜杯"冠军。在三四名决赛中，拜仁慕尼黑队4比3战胜了马赛队。

贝克汉姆宣布将在2006-07赛季结束后离开西甲皇家马德里俱乐部。同时他与美国职业大联盟洛杉矶银河队签订了5年总价值2.5亿美元的天价合同。

11日

阿根廷后卫格里米从阿根廷竞技俱乐部转会至意甲AC米兰俱乐部，转会费为200万欧元，双方签约4年半。

曼联球星C·罗纳尔多当选2006年12月最佳球员，他也成为2006-07赛季第一个蝉联月最佳奖项的球员，博尔顿主教练阿勒代斯荣获了最佳教练的称号。

英超利物浦俱乐部租借阿根廷小将因苏阿18个月。

24岁的詹姆斯·科特里尔因在联赛杯的比赛中击打对手下颚而被判入

狱4个月，而这也是英格兰足球近12年时间里第一次因球员在场上的恶劣行为而受到法律制裁。2006年11月11日，两支英格兰的低级别球队进行了一场足总杯第1轮的比赛。第30分钟的时候，科特里尔击打布瑞斯特射手瑞格而致使其下颚断裂，现场的裁判和球员们都没有看到这一幕，但摄像镜头却将这一暴行记录下来。

捷克后卫扎波托克尼和中场西沃克分别从捷克利贝雷茨俱乐部和布拉格斯巴达俱乐部转会至意甲乌迪内斯俱乐部。

12日

法国足球协会新总部落成剪彩，法国足坛名宿普拉蒂尼、国际足联主席布拉特、欧足联主席约翰松等足坛政要出席仪式。

国际足联主席布拉特证实，2010年世界杯决赛阶段将于同年6月11日至7月11日在南非举行。参赛球队的数量不变，仍为32支队。

克罗地亚萨格勒布迪那摩俱乐部与频繁受伤的德国后卫诺沃特尼解约。

日本国脚三都主从日本浦和红宝石俱乐部转会至奥甲萨尔茨堡红牛俱乐部，双方签约1年。

巴西中场队员马塞利尼奥从土超特拉布宗体育俱乐部转会至德甲沃尔夫斯堡俱乐部，双方签约3年，转会费为275万欧元。

13日

德国电信成为德甲联赛的最大赞助商，从2007-08赛季开始每年向德甲联赛投入6000万欧元。作为代价，德甲联赛将更换为“德国电信德甲联赛”。

2006-07赛季意甲联赛第19轮，国际米兰客场3比1力擒都灵，创造了12连胜的意甲新纪录。

2006-07 赛季意乙联赛结束冬歇期重开战幕，在第 19 轮中，尤文图斯客场 0 比 1 负于曼托瓦，遭到 2006-07 赛季联赛首场败绩，这也是尤文图斯在一年多以来的 46 轮联赛（包括甲级与乙级）中首次告负。

非洲足联公布了由网民投票选出的 50 年来非洲优秀球员 30 人名单，埃及和加纳各有 5 名球星入选，并列入选球员最多的国家。喀麦隆传奇球星罗杰·米拉以 2246 票排名最佳球员榜首位。排名最佳球员榜第 2、第 3 位的均为埃及球员。前埃及国家队队长、现任阿赫利俱乐部副主席的马哈茂德·哈提卜以 2165 票位居第 2，目前效力埃及泰尔塞纳队、现年 40 岁的著名前锋胡赛姆·哈桑以 2011 票排名第 3，哈桑也是获得选票最多的现役球员。效力于西甲豪门巴塞罗那队的喀麦隆球星萨米埃尔·埃托奥以 1840 票排在第 4 位；英超切尔西队的科特迪瓦前锋迪迪尔·德罗巴排名第 7，获得 1467 票；德罗巴的加纳队友米切尔·埃辛以 996 票排在第 11 位。

14 日

国际足联主席布拉特再生奇思妙想，他认为世界杯决赛不应再以点球分出胜负。如果交战双方在 120 分钟不分胜负，最佳方案是在两天后再赛一场。

2006-07 赛季西甲联赛第 18 轮，塞维利亚主场 1 比 2 不敌马洛卡，2006-07 赛季主场全胜战绩被终结。

罗马尼亚国门洛邦特从意甲佛罗伦萨俱乐部转会至罗马尼亚布加勒斯特迪那摩俱乐部。

15 日

国际足球历史与统计协会（IFFHS）评选出“2006 年度世界最佳裁判”，42 岁的阿根廷人埃利松多以 159 票排名榜首，斯洛伐克人米海尔和德国人默克分列第 2 和第 3 位。

法甲巴黎日耳曼主帅拉孔贝被俱乐部解职，勒冈接任。

意甲乌迪内斯俱乐部宣布，球队主教练加莱奥尼下课，马莱萨尼将成为他的继任者。

前德国主帅福格茨出任尼日利亚国家队新主帅。

16 日

在经历 5 次严重的膝盖手术和错过多次世界大赛之后，27 岁的德国天才代斯勒宣布退役。

萨利哈米季奇宣布 2007 夏天离开拜仁慕尼黑，加盟尤文图斯，双方签约 4 年。

皇家马德里俱乐部宣布处罚主教练卡佩罗，在主场同萨拉戈萨的赛后，卡佩罗主教练向看台上的两名球迷伸出中指。

17 日

国际足球历史与数据协会(IFFHS)公布了 2006 年度世界俱乐部最佳教练员排名。巴塞罗那队主帅里杰卡尔德以 236 分高居榜首，切尔西和塞维利亚主帅穆里尼奥和胡安德·拉莫斯排在第二三位。

意甲罗马俱乐部与主帅斯帕莱蒂续约至 2011 年。

西甲比利亚雷亚尔俱乐部与主帅佩莱格里尼续约至 2008 年 6 月 30 日，智利人因此成为主席罗伊格治下惟一一位两次续约的主教练。

西甲塔拉戈纳俱乐部主席安德鲁卸任，劳尔·丰特接任。

英冠考文垂俱乐部与主帅亚当斯解约。

加拿大商人卡奇卡尔出资 1.15 亿欧元收购法甲马赛俱乐部。

18 日

第 23 届世界大学生冬季运动会在意大利北部城市都灵开幕，尤文图斯守门员布冯参加了开幕式表演。

喀麦隆后卫劳伦从英超阿森纳俱乐部转会至朴茨茅斯俱乐部，双方签约 2 年半。

西班牙著名的企业家埃米利奥·莫罗把所经营的里贝拉·德尔杜埃罗品牌葡萄酒寄了一瓶样品给罗纳尔多。结果，罗纳尔多品尝之后当即决定买下该酒窖 1%的股份——主要不是为了赚钱，而是为了品酒方便。

比利时安德莱赫特中场贝鲁法当选 2006 年比利时足球先生。

英超联赛售卖了未来 3 个赛季的海外电视转播权。新的转播费为 6.25 亿英镑，比过去 3 年的转播费高出近一倍，而英超各队也将因此受益，按新的转播费，2007-08 赛季的英超冠军将可获得 5000 万英镑奖金和电视转播收入，而切尔西赢得 2005-06 赛季冠军时，所获得的奖金是 3000 万英镑。除此之外，2007-08 赛季排名最后的球队也可至少获得 3000 万英镑的电视转播收入和奖金。

印度尼西亚国家队与英国教练怀特解约。

阿根廷前锋克劳迪奥·洛佩斯从墨西哥美洲俱乐部转会至阿根廷竞技俱乐部，双方签约 2 年半。

19 日

欧足联公布了由球迷评出的 2006 年度最佳阵容，巴塞罗那再度成为赢家，赞布罗塔、普约尔、罗纳尔迪尼奥和埃托奥 4 名球员榜上有名，里杰卡尔德还获得了最佳教练的称号。这是欧足联连续第 6 年通过其官方网站进行最佳阵容评选，共有超过 400 万名球迷投票参与了评选，创下历年新高。阵容如下：布冯（尤文图斯）/拉姆（拜仁）、普约尔（巴萨）、卡纳瓦罗（皇家马德里)、赞布罗塔(巴萨)/法布雷加斯(阿森纳)、杰拉德(利物浦)、卡卡(AC 米兰)、罗纳尔迪尼奥(巴萨)/埃托奥(巴萨)、亨利(阿森纳)

20 日

2006-07 赛季英超联赛第 24 轮,利物浦主场 2 比 0 完胜切尔西。这也是利物浦 3 个赛季来首度在联赛中取胜蓝军,主帅贝尼特斯也以 100 场联赛 56 胜的战绩追平了香克利创造的百场胜场纪录。

巴林国家队与德国主帅布里格尔解约。

2006-07 赛季意乙联赛第 20 轮,尤文图斯 4 比 2 大胜巴里,皮耶罗代表尤文图斯出场达到 500 次。

21 日

2006-07 赛季西甲联赛第 19 轮,巴塞罗那主场 3 比 0 完胜塔拉戈纳,夺取半程冠军。

22 日

捷克前锋巴罗什从英超阿斯顿维拉俱乐部转会至法甲里昂俱乐部,作为交易的一部分,挪威前锋卡鲁被交换到阿斯顿维亚俱乐部。

阿德里亚诺重返巴西国家队,这也是阿德里亚诺继德国世界杯之后首次入选国家队。

意大利前锋迪瓦约从法甲摩纳哥俱乐部转会至意乙热那亚俱乐部,双方签约 1 年。

23 日

英超曼城主帅皮尔斯否决了意大利前国脚科科登陆英伦的可能。也许是习惯了随意的生活,科科在进入训练场前点燃了一支烟,而这一幕正好被曼城主帅皮尔斯看到,这也直接断送了科科在曼城的前程。

意大利前锋马卡罗内从英超米德尔斯堡俱乐部自由转会至意甲锡耶纳俱乐部，双方签约 4 年。

阿根廷前锋卡维纳吉从俄罗斯莫斯科斯巴达俱乐部转会至法甲波尔多俱乐部，双方签约 4 年半，转会费为 900 万欧元。

荷兰前锋范尼斯特鲁伊宣布退出国家队。

意甲 AC 米兰俱乐部与荷兰中场西多夫续约至 2011 年 6 月 30 日。

国际米兰中场萨内蒂重返阿根廷国家队。

贝克汉姆和维多利亚夫妻的蜡像在美国杜莎夫人蜡像馆展出。

德国后卫诺沃特尼因伤宣布退役。

曾出言侮辱中国女性的前英格兰主帅阿特金森重新上岗，出任业余球队凯特灵顿技术指导。

24 日

西甲比利亚雷亚尔俱乐部租入德甲斯图加特俱乐部丹麦前锋托马森。

意大利后卫奥多从拉齐奥俱乐部转会至 AC 米兰俱乐部。

伊瓜因放弃为法国国家队效力，准备为阿根廷出战各类国际比赛。

2008 欧洲杯 500 天倒计时启动仪式在主办国之一的奥地利首都维也纳市政厅广场隆重举行。

2007 年度南美洲解放者杯拉开帷幕，代表 11 个南美国家和地区足球最高水平的 38 支球队参加角逐。

被英超曼城俱乐部解约的美国中场雷纳与美国职业大联盟纽约红牛俱乐部签约。

25日

法甲里昂俱乐部上市，成为首支上市的法国足球俱乐部，招股价21至24.4欧元，发行370万股，集资8400万欧元。

欧足联宣布，英超托特纳姆热刺队将直接晋级联盟杯16强，他们的对手荷甲球队费耶诺德因球迷骚乱被剥夺了继续参加2006-07赛季联盟杯的资格。

英超切尔西队前锋德罗巴被任命为联合国开发计划署亲善大使。

由数万名女性评选出来的年度全球百位最性感男性的榜单上，贝克汉姆和英超切尔西队的主帅穆里尼奥成为入围的两个足球圈里的人士。榜首的位置被“Take That”乐队占据，排名亚军的是英国男星、现任007的扮演者克雷格。

英超米德尔斯堡俱乐部与中场帕洛尔解约。

巴西中场埃勒从巴西国际俱乐部转会至西甲马德里竞技俱乐部，双方签约3年。

根据曼联俱乐部的年度报告显示，在以往的一年中，曼联的收入从2000万英镑上涨到了3100万英镑。

26日

普拉蒂尼以27票对23票（另有2票无效）的优势挫败77岁的现任主席约翰松，当选新一届欧足联主席。他也成为欧足联历史上第6位主席，也是继雅克·乔治（1983-1990年在任）之后的第2位法国籍主席。此前，欧足联还没有退役著名球星担任主席的先例。61岁的贝肯鲍尔成为了国际足联执委。另外，黑山共和国被接纳为欧足联第 53 个成员国，而欧足联同时拒绝了直布罗陀的加入申请。

刚果后卫桑巴从德甲柏林赫塔俱乐部转会至英超布莱克本俱乐部，双方签约 3 年。

英乙彼得波夫俱乐部任命达伦·弗格森为新主帅，达伦是曼联主帅老弗格森的儿子。

瑞典前锋罗森贝里从荷甲阿贾克斯俱乐部转会至德甲不莱梅俱乐部。

俄罗斯中场斯梅尔京从俄罗斯莫斯科迪那摩转会至英超富勒姆俱乐部，双方签约 2 年半。

荷兰中场戴维斯从英超托特纳姆热刺俱乐部自由转会至荷甲阿贾克斯俱乐部，双方签约 1 年半。

美国体育大亨乔治·吉列出资 4.5 亿英镑收购英超利物浦俱乐部。

哥伦比亚人鲁埃达出任洪都拉斯国家队主教练。

荷甲埃因霍温中场阿费莱宣布放弃摩洛哥国家队，为荷兰国家队效力。

27 日

意大利地区联赛球队萨马尔提内塞的经理利库尔西毙命于球场内，年仅 45 岁。卡拉布里亚大区第 3 级联赛上半程的最后一轮，交锋双方是主队坎切莱塞和客队萨马尔提内塞。比赛之前，主队积 15 分，高出客队 2 分。客队 2 比 1 取胜，赛后在积分榜上反超 1 分，升到了同级别联赛第三的位置。这是一场雨战，客队的庆祝也是在雨中开始的。主客双方有两人发生了口角，见状，好心的客队经理利库尔西试图把冲突双方分开。可没想到，这一善举却引发了更大的骚乱，主队的球员、经理，甚至球迷围上来，对利库尔西大打出手。在冲突中，利库尔西摔倒在地，并被人多势众的主队围起来群踢。后来，利库尔西终于挣扎着爬起来，踉踉跄跄地回到更衣室的洗脸池前，想洗掉脸上混合着血迹、雨水的泥土，但当他看到镜中的自己时，就永远地倒了下去。

28 日

德国足球联盟主席哈克曼因肺癌医治无效去世，享年 59 岁。

巴西队 2 比 0 战胜哥伦比亚队，获得南美洲 20 岁以下青年锦标赛冠军，阿根廷、乌拉圭和智利分列第 2 至 4 名，这 4 支球队同时获得了 2007 在加拿大举办的世界青年足球锦标赛的资格。乌拉圭前锋卡瓦尼以 13 球荣膺赛事最佳射手。

2006-07 赛季意甲联赛第 21 轮，国际米兰客场 2 比 0 击败桑普多利亚，马特拉齐重演了世界杯决赛一幕，他被 G·德尔维奇奥顶翻，导致对方红牌下场。

2006-07 赛季意甲联赛第 21 轮，亚特兰大主场 1 比 1 平卡塔尼亚。第 88 分钟后，替补出场的日本前锋森本贵幸接到巴约科右路传中，在禁区内摆脱后卫右脚射门扳平。这位年仅 18 岁的前锋首次代表卡塔尼亚出战，就用进球留下了自己的印记。18 岁零 8 个月，无论是意甲登场亮相还是进球，都是日本球员中最年轻的。

29 日

越南足坛假球案尘埃落定。因涉嫌在 2005 年东南亚运动会期间踢假球而被起诉的前越南 U23 国家队中场球员黎国旺被判处 6 年监禁，前锋张新海被判处 3 年监禁，其他 6 名涉案球员则分别受到不同程度的禁赛惩罚。在菲律宾举行的第 23 届东南亚运动会越南队对缅甸队的足球比赛前，黎、张二人曾劝诱其队友故意低水平发挥，以确保本方的获胜比分不超过 1 比 0，结果越南队以 1 比 0 取胜该场比赛。案发后，张、黎二人对操纵比赛的指控供认不讳，后者更被查出曾收受赌博公司 3 万美元贿赂金。

麦克莱什出任苏格兰国家队主教练。

巴西中场法比奥·多斯·桑托斯从巴西克鲁塞罗俱乐部转会至法甲里昂俱乐部，转会费为 420 万欧元。

30 日

巴西前锋罗纳尔多从西甲皇家马德里俱乐部转会至意甲 AC 米兰俱乐部，转会费为 750 万欧元，双方签约 1 年半。

意甲球员联盟公布了 2006 年度意甲奥斯卡奖各个奖项的获奖得主。意大利国家队队长卡纳瓦罗获得最佳运动员、最佳本土球员、最佳后卫三项荣誉，尤文图斯门将布冯获得了最佳守门员的称号，罗马中场球员德罗西荣膺了最佳新人，佛罗伦萨前锋托尼则捧得了最佳射手奖项，AC 米兰的卡卡与卡利亚里的苏亚索共同分享了最佳外籍球员称号，罗马主教练斯帕莱蒂获得了最佳教练。

2006 年波兰足球新人、前锋马图西亚克从波兰 GKS 俱乐部转会至意甲巴勒莫俱乐部，双方签约 3 年半，转会费为 200 万欧元。

西班牙后卫阿韦罗亚从西甲拉科鲁尼亚俱乐部转会至英超利物浦俱乐部，转会费为 400 万欧元。

克罗地亚前锋奥利奇从俄罗斯莫斯科中央陆军俱乐部转会至德甲汉堡俱乐部，转会费为 200 万欧元，双方签约 2 年。

英足总主办的 2006 年英格兰最佳球员评选结果揭晓，德甲拜仁慕尼黑队的中场哈格里夫斯当选，他获得了 29%的选票，排在第 2 位的是利物浦中场杰拉德，得票率是 18%，第 3 位也是利物浦球员，高中锋克劳奇获得了 15%的选票。

阿联酋队以 1 比 0 战胜阿曼队，获得第 18 届“阿拉伯海湾杯”冠军。

因在与利比亚队争夺“阿拉伯杯”室内足球赛决赛中多名球员遭到殴打，埃及足球协会宣布无限期抵制阿拉伯室内足球比赛。

克罗地亚前锋克拉什尼奇换肾手术失败，将告别2006-07赛季。

意甲梅西纳俱乐部与主帅乔尔达诺解约，卡瓦辛接任。

31日

德甲门兴格拉德巴赫队主帅海因克斯离职，助理教练吕许凯暂任主帅一职。

英超西汉姆联俱乐部的阿根廷中场马斯切拉诺得到国际足联特批，被准许加盟利物浦俱乐部。按国际足联的相关规定，在7月1日至次年的6月30日之间，球员不得为两支俱乐部球队效力，而马斯切拉诺2006-07赛季已先后代表巴西科林蒂安俱乐部和英超西汉姆联队上场参赛。

韩国前锋李东国从韩国浦项铁人俱乐部转会至英超米德尔斯堡俱乐部。

意甲国际米兰俱乐部将左后卫科科租借至都灵俱乐部直至2006-07赛季结束。

意大利中场菲奥雷从都灵俱乐部转会至利沃诺俱乐部。

迪拜国际资本（DIC）正式宣布撤销对英超利物浦俱乐部的收购。

德甲汉堡主教练多尔被俱乐部解约。

德甲拜仁慕尼黑俱乐部与主帅马加特解约，并聘请前主帅希斯菲尔德出任球队新主帅。

国际足球历史与数据协会（IFFHS）公布了世界俱乐部历史总排名，西甲巴塞罗那俱乐部占据排名榜榜首，意乙尤文图斯俱乐部和意甲 AC 米兰俱乐部分列第 2、3 名，英超曼联俱乐部和西甲皇家马德里俱乐部并列第 4 名。

克赫米希代替巴尼，第 4 次出任利比亚队主帅。

二月

1 日

巴西人佩雷拉出任南非国家队主教练。

意甲 AC 米兰俱乐部宣布与中场球员加图索续约至 2011 年。

国际足联宣布同意已经正式提交申请的巴西和哥伦比亚申办 2014 年世界杯。

约翰松的亲信、欧足联秘书长拉尔斯·奥尔森正式宣布辞职，成为被“法国革命者”普拉蒂尼清洗的第一人。

2 日

意大利国际米兰俱乐部宣布，球队已经与中场球员斯坦科维奇达成续约协议，新合同直到 2010 年 6 月 30 日。

2006-07 赛季意甲联赛第 22 轮提前开始一场西西里德比，巴勒莫客场 2 比 1 击败卡塔尼亚，但巴勒莫两个进球都存在争议。球迷骚乱导致警方动用催泪瓦斯，使得比赛长时间中断，38 岁的警察拉奇蒂在骚乱中丧生，足协副专员里瓦已宣布暂停意甲该轮剩余赛事。

3 日

欧洲足坛迎来历史时刻，刚在上月底被纳为欧足联第 53 个成员的黑山共和国选出了第一任国家队主教练，53 岁的佐兰·菲利波维奇（Zoran

Filipovic)有幸成为创造历史的人。

2006-07 赛季荷甲联赛,19 轮不败的埃因霍温 2 比 3 不敌阿尔克马尔,主场不败纪录就此作古。

4 日

东南亚足球赛决赛第二回合比赛在泰国曼谷结束,结果泰国队与新加坡队战成 1 比 1,新加坡队以两回合总比分 3 比 2 夺冠。

5 日

2007 年欧洲冠军联赛决赛门票开始正式发售,决赛将于 5 月 23 日在希腊雅典奥林匹克体育场举行。

英格兰代表队在曼彻斯特发布新款主场队服及比赛用球。

一位巴西球童在一场比赛中用铁棒击打客队守门员,被巴西圣保罗州足协处罚。

6 日

英超利物浦俱乐部在官方网站宣布,俱乐部董事会已经同意了美国体育大亨乔治·吉勒特和汤姆·希克斯的收购计划,俱乐部董事会还一致号召俱乐部其他股东支持这个收购计划。至此,利物浦成为继切尔西和曼联之后又一家被收购的英超豪门俱乐部。据报道,这笔交易金额总共达到 4.7 亿英镑(约合 9.22 亿美元)。

率领巴西国际足球队勇夺 2006 年南美解放者杯赛冠军和俱乐部世界杯赛冠军的阿贝尔·布拉加接受邀请,出任秘鲁国家队主教练。

捷克 2006 年度足球先生评选揭晓,效力于英超阿森纳俱乐部的罗西基再度当选,罗西基分别在 2001 年和 2002 年获得这一荣誉。

巴西队与葡萄牙队的热身赛在伦敦酋长球场打响，最终葡萄牙队 2 比 0 获胜，终结了邓加上任以来的不败战绩，而 C·罗纳尔多则出任国家队队长。

“独狼”罗马里奥从澳洲返回巴西，加盟母队达伽马。

7 日

意大利足协负责人潘卡利在下午的新闻发布会上表示，从 2 月 8 日起，此前宣布暂停的意大利国内一切属于足协管辖范围的体育活动，包括少年组和女子足球的一系列比赛的活动都将恢复。

法国队与阿根廷队的热身赛在法兰西大球场打响，最终阿根廷队 1 比 0 力擒主队，萨维奥拉攻入惟一进球，巴西莱取得上任以来首场胜利。

德勤公司发布 2005-2006 年度财务报告，西甲豪门皇马尽管战绩不佳，但是在赚钱方面依然高居榜首，总收入达到 1.92 亿英镑，上一年度的第四名巴萨由于夺取联赛和冠军杯双冠王，收入大增，一举超越 AC 米兰和曼联，以 1.71 亿英镑排名第 2。

8 日

意大利政府内政官员和足协联合公布球场开放名单，米兰双雄球场不在其中。可以正常使用的球场分别是罗马的奥林匹克球场、都灵的奥林匹克球场、热那亚桑普多利亚的费拉里斯球场、锡耶纳的弗兰基球场、卡利亚里的桑特埃利亚球场和巴勒莫巴尔贝拉球场，这 6 支球队的比赛不必在封闭的球场内比赛。

阿根廷劲旅博卡青年俱乐部主席毛里西奥·马克里证实，他们已经完成了租借里克尔梅的工作。

巴萨主席拉波尔塔和加泰罗尼亚建筑业协会签定了一份合作协议，建筑业协会将从即日起挑选建筑师，这项名为“新诺坎普”的大型改造计划也就此拉开了序幕。该计划将对看台座位结构进行调整，并增加 1.5 万个座位，球场通道以及一些设施都将调整，增加更多高科技设施，甚至还可能加盖透明顶棚，总花费将高达 3.5 亿欧元。

荷甲俱乐部费耶诺德的上诉被体育仲裁法庭驳回，这意味着这家荷甲老牌俱乐部将无缘联盟杯的赛事。

9 日

来自苏格兰足协的大卫·泰勒接替上周离职的奥尔森当选为欧足联新任秘书长。

英超官方公布了 1 月份的最佳球员和最佳教练人选，结果阿森纳中场法布雷加斯与利物浦主帅贝尼特斯分获此项殊荣。

美国职业大联盟公布了新赛季赛程。美国职业联赛委员会特别修改赛程，贝克汉姆将随洛杉矶银河走访全部拥有大联盟球队的美国和加拿大城市。另外，在贝克汉姆将参加的 17 场联赛当中，有 16 场比赛将在美国全国范围内直播。

10 日

AC 米兰官方否认卡卡转会到皇家马德里俱乐部。

2006-07 赛季意甲联赛开始第 23 轮角逐，国际米兰客场 2 比 0 击败切沃，取得联赛 15 连胜，追平了皇马和拜仁保持的五大联赛连胜纪录。为祝贺中国传统的节日春节，国际米兰第 3 次身着胸前印着赞助商中文名称“倍耐力”的球衣出场。

2006-07 赛季意甲联赛第 23 轮，AC 米兰主场 2 比 1 力克利沃诺，下半时，罗纳尔多首次代表 AC 米兰出场。

2006-07 赛季意甲联赛第 23 轮，罗马主场 3 比 0 完胜帕尔玛，结束停赛的托蒂攻入 2006-07 赛季联赛第 14 球，继续领跑射手榜，他的意甲进球则增加到 139 个，超越基耶萨成为意甲现役射手王。

11 日

比勒菲尔德队的冯黑森成为了德甲 2006-07 赛季第 7 个去职的主教练，该队助理教练盖德克担任临时主教练。

12 日

英国财政大臣布朗在讲话中透露，英国政府将支持英足总申办 2018 年世界杯的计划。

意甲帕尔玛俱乐部官方宣布了换帅的消息，皮奥利正式下课，拉涅利接任。

因被俄罗斯的吉利亚-索维托夫队解约，前曼联中场、乌克兰球星坎切尔斯基宣布退役，从而结束了自己长达 19 年的职业生涯。

圣保罗队门将切尼在主场与科林蒂安的比赛上半场临近结束时点球得分，将自己的职业生涯进球总数提升至 69 个，这也是他 2007 年首次破门得分。

13 日

美国商人米兰·曼达利克(Milan Mandaric)在沃克体育馆正式宣布从福克斯手中接手英国莱斯特城足球俱乐部。

第 59 届“维亚莱乔”杯进行了一场争夺 16 强席位的比赛，对阵双方为热那亚青年队和来自阿根廷的皇家亚洛杰队，比赛中皇家亚洛杰队被罚下 5 人，根据规则，来自米兰的主裁科尔内罗立刻吹响了比赛结束的哨音，并判比分为 3 比 0，热那亚人获得了晋级资格，而阿根廷人则被彻底激怒了，球员、官员、教练 20 余人在场上上演了一出全武行，对方球员和当值裁判被打得四处逃散。

意大利足协对于“卡塔尼亚惨案”开出罚单：卡塔尼亚队 2006-07 赛季剩余的主场比赛将在中立地点的球场进行，同时不允许球迷观看。

欧足联发言人在接受 BBC 的采访时透露了关于冠军联赛圣西罗球场开放的决定。

14 日

一名孟加拉小球员在一场青少年锦标赛中与对方球员相撞后不幸身亡，年仅 14 岁。

艾玛尔当选埃菲社评选的 2006 年度拉丁美洲最佳球员。

FIFA 最新国际足联排名公布，2006 年世界杯冠军意大利队在上升一位之后取代巴西队成为最新王者。

收费电视台阿伦纳在慕尼黑宣布，德甲拜仁慕尼黑队前任主教练马加特将成为该台德甲和西甲赛事直播节目的顾问。

15 日

2007 美洲杯小组赛抽签仪式在委内瑞拉首都加拉加斯举行，传统两强巴西队和阿根廷队分别被分在 B、C 组。12 支球队将通过小组赛进行 3 轮比赛，成绩前两位的球队直接出线，3 个小组中成绩较好的两个第 3 名也将出线，总共 8 支球队将捉对进行淘汰赛阶段的比赛。

A 组：委内瑞拉，乌拉圭，秘鲁，玻利维亚

B 组：巴西，厄瓜多尔，智利，墨西哥

C 组：阿根廷，巴拉圭，哥伦比亚，美国

英国女王伊丽莎白二世在白金汉宫接见了英超阿森纳队的成员。女王请“枪手”们到白金汉宫喝茶是为了弥补 4 个月前的一次失约，当时这位年逾 80 的女王计划到阿森纳队的新主场——酋长大球场去参观，但一次突然的受伤使她不得不取消了那次行程。

两名打死对方球迷的男子凌晨被巴西司法部门判处 14 年 4 个月 4 天的徒刑。圣保罗市的两支传统强队科林蒂安和帕尔梅拉斯在莫隆比体育场进行同城德比，结果双方球迷在一个地铁站附近发生肢体冲突，16 岁的科林蒂安球迷马科斯被打死。事情经过被当时正在采访的电视台拍摄下来。被判刑的两名帕尔梅拉斯球迷分别是 31 岁的埃德米尔森和 26 岁的阿雷桑德罗。圣保罗的一个地区法庭在经过 15 个小时的审讯后，对他们做出了上述判决。

巴西圣保罗州足协宣布，为消除各种可能会导致球场暴力发生的隐患，从即日起该州足球比赛将聘请女大学生来充当球童。促使圣保罗足协对球童进行全面更换的原因，是发生在两个月前的一场球场暴力事件。在科莫塞尔队与博塔福戈-普雷托队进行的一场乙级联赛中，皮球飞出底线，由于两队积怨颇深，主队球童卡洛斯·雷斯捡到球后，没有及时交还，而是将它藏在广告牌后拖延时间，博塔福戈门将马尔考上前索要皮球时两人发生口角，随后球童抽出事先准备好的铁棍袭击了马尔考。

16 日

莱比锡火车头队球员赫尔蒙德向警员道歉。莱比锡火车头俱乐部（第 6 级联赛）和奥尔（乙级联赛）在萨克森州杯赛 1/4 决赛相遇，主场作战的莱比锡 0 比 3 负于对手。莱比锡球迷在赛后肆意发泄自己的愤怒，最终演变成一场严重的骚乱。总共有 800 名足球流氓袭击了 300 名警察，造成 36 名警察受伤。

阿根廷豪门河床队主场被禁赛 5 场，这是因为此前河床在与拉鲁斯队的比赛前发生的球迷骚乱事件，并有 4 人受伤。

英超曼城队正式宣布，签下了比利时前锋埃米勒·姆彭萨。

17 日

2006-07 赛季意甲联赛第 24 轮开始 3 场角逐，AC 米兰客场 4 比 3 力克锡耶纳，罗纳尔多首次代表 AC 米兰首发，第 15 分钟打进他在 AC 米兰的处子进球，第 81 分钟梅开二度。

伊拉克发生了一起炸弹袭击事件，恐怖分子对巴格达阿尔绍贾商业地区内的一座购物中心进行了袭击，80 多人失去了生命。两名伊拉克足球运动员也在这起袭击中受伤，其中一人阿末纳塞尔被炸断了一条腿，再也无法重新回到绿茵场上，另一名是前伊拉克 17 岁以下国少队队员卡里姆，身上多处烧伤而留院多天的他最终被宣告不治。

2006-07 赛季意甲联赛第 24 轮，国际米兰主场 1 比 0 小胜卡利亚里，以 16 连胜的战绩超越皇马与拜仁，创造了欧洲五大联赛的连胜新纪录。这场比赛也是国际米兰主帅曼奇尼执教的第 100 场意甲比赛。

18 日

英国威廉希尔博彩公司为鲁尼何时大婚一事开出了赔率，这家公司特意选出了英国流行乐坛小天后夏洛特·邱奇尔与男友加文·汉森、英国女星萨拉·菲利浦斯和男友迈克·蒂恩达尔这两对情侣与鲁尼、科琳 PK，看看他们当中哪对恋人会最先结婚，结果竟然有 99% 的投注者都认定鲁尼与科琳会率先走入婚礼殿堂。

19 日

切尔西球星弗兰克·兰帕德在中国农历春节到来之际代表切尔西俱乐部向中国球迷拜年，用中文祝中国球迷春节好。

20 日

巴西中场球员里瓦尔多宣布，他决定将退役时间推迟 1 年，2008 年挂靴。

21 日

2006-07 赛季欧洲冠军联赛 1/8 决赛开始首回合角逐，AC 米兰客场 0 比 0 战平凯尔特人。38 岁的马尔蒂尼进入冠军联赛“百场名人堂”，出场次数仅次于劳尔(107 场)、卡洛斯、贝克汉姆与卡恩。如果把冠军联赛改制前的比赛也算在内，马尔蒂尼的冠军联赛出场达到 160 次。

22 日

泰国本土教练苏克接过了前任外教查维的教鞭成为泰国男足国家队新任主帅。

非洲足球联合会为纪念成立 50 周年，计划向其 4 个筹建国的领导人颁奖。4 个获奖国家分别是埃塞俄比亚、南非、苏丹和埃及。

瑞士沃州一个名叫洛伊巴的官员将自己和贝克汉姆握手的照片刊登在当地的报纸上，用来为自己的竞选活动造势。洛伊巴在做政客前曾经是职业足球裁判，2005 年英格兰队与阿根廷队的友谊赛前，他作为裁判与时任英格兰队队长的贝克汉姆握手时，摄影记者拍下了这张照片。

23 日

意大利足协驳回了卡塔尼亚俱乐部关于减轻主场禁赛处罚的申诉。意大利足协决定维持原判，卡塔尼亚主场马西米诺球场将被停用 4 个月，直至 2006-07 赛季结束，在此期间该俱乐部剩余的主场比赛将全部放在中立球场进行。不过，这次最终审判把对卡塔尼亚俱乐部的罚款从 5 万欧元减少到 2 万欧元。

捷克足球协会发表声明称，欧洲足联已同意捷克国家队门将、现效力英超冠军切尔西队的彼得·切赫戴上特制的头盔参加 2008 年欧锦赛预选赛，以保护他受过伤的头骨。

欧足联驳回了法甲里尔队关于同英超曼联队重新进行欧冠联赛 1/8 决赛首回合比赛的请求。这场比赛曼联 1 比 0 小胜对手，但里尔队上书欧足联称，当值主裁在没有吹哨的情况下就允许吉格斯主罚任意球是一个技术错误。欧足联表示，他们审查了裁判的比赛报告并观看了电视录像，认为裁判裁定进球有效是正确的。

包括前厄瓜多尔队头号球星德尔加多在内的 8 名厄瓜多尔联赛球员，因斗殴被国际足联禁赛。2006 年 12 月，厄瓜多尔本土球队 LDU 队在主场与巴塞罗那队进行较量，赛后的球员斗殴显然比 1 比 1 平的比分更抢眼。事后，厄瓜多尔足协对 11 名参与斗殴的厄瓜多尔联赛球员处以 2 至 12 个月的禁赛。

24 日

法国球星齐达内在泰国清迈省参加一场慈善比赛。来自新、马、泰等东南亚国家的球星将组成两队参赛，齐达内将上场 40 分钟，在上下半场分别为这两支明星队效力 20 分钟，本次比赛的收入将全部捐献给泰国的一个防治艾滋病的慈善机构。

25 日

2006-07 赛季英格兰联赛杯决赛在加迪夫千年球场展开争夺，最终切尔西 2 比 1 力克阿森纳。特里复出第 300 次代表切尔西出场，第 57 分钟，他在 6 码处勇敢头球争顶被迪亚比一脚踢中左脸，当即昏迷不省人事。比赛结束前双方爆发争斗，米克尔、图雷和阿德巴约均被红牌罚下。德罗巴随后上台领取联赛杯最佳球员奖。

因为美国总统布什即将来访，乌拉圭决定暂停联赛。

德雷斯顿俱乐部球员上午在前往训练场的途中遭到蒙面足球流氓的恐吓。这些人不仅辱骂球员还用专供恐吓射击用的自卫手枪对空鸣枪。在这起暴力事件中，在场的记者和一个中部德意志广播电视台的摄制组也遭到了这些人的攻击。

26 日

意甲都灵俱乐部宣布解聘现任主教练扎切罗尼，取而代之者正是在 2005-06 赛季带领球队杀出乙级深渊的前任主帅德比亚西。

国际足联对布基纳法索国奥队作出处罚，由于在对阵加纳队的奥运会预选赛中使用了两名超龄球员，布基纳法索被判完败。在两队首回合的比赛中，主场作战的布基纳法索队以 2 比 0 获胜，但由于赛后被查实使用了两名大龄球员，该比分失效，取而代之的是 0 比 3 负于加纳队。

意甲卡利亚里队宣布现任主教练科隆巴被俱乐部解职，而他的前任马尔科·詹保罗重新上岗执教。

保加利亚足协宣布，对涉嫌腐败的两名足球裁判弗拉伊科夫和迪米特洛夫以终生禁赛的处罚。

27 日

荷兰地方法院对前荷兰国家队主帅希丁克的偷税行为作出判决，希丁克将被处于 6 个月暂缓监禁的刑事处罚和 4.5 万欧元的罚款，由于在受处罚人表现良好的情况下，暂缓监禁可以解除，事实上希丁克基本上免除了牢狱之灾。

前美国亚美利加大学足球队队员弗雷迪·勒雷纳将美国足球大联盟华盛顿联合队、美国足球大联盟和现任保加利亚国家队主教练斯托伊奇科夫告上了法院，要求赔偿 500 万美元。在 2003 年的一场足球比赛中，当时效力于华盛顿联队的斯托伊奇科夫铲到了勒雷纳的右腿上。斯托伊奇科夫因为这个严重犯规而被裁判罚出场外并且受到了停赛处罚。勒雷纳则被救护车送往了医院，腿上安装了金属片进行辅助支撑。斯托伊奇科夫被停赛两场，罚款 2000 美元。勒雷纳控诉斯托伊奇科夫的恶劣行为导致了他右腿折断，给他的身体和心理造成了很大影响。现在，他的右腿活动艰难，治疗疾病耗资巨大，而且他也丧失了参加职业足球比赛的机会。

美国女足名将米娅·哈姆和茱莉·富迪入选美国足球名人堂，她们都曾是美国女足的著名前锋。

2006-07 赛季英格兰足总杯 1/8 决赛一场重赛在马德伊斯基球场展开争夺，曼联客场 3 比 2 淘汰雷丁。开场 6 分钟，曼联便由海因策、萨哈和索尔斯克亚连入 3 球。雷丁队的澳大利亚门将费德里希成了被最快戴上“帽子”的门将。

28 日

2006-07 赛季意甲联赛第 26 轮，国际米兰主场 1 比 1 战平乌迪内斯，联赛 17 连胜纪录戛然而止。

2006-07 赛季西班牙国王杯 1/4 决赛次回合，贝蒂斯主场迎战塞维利亚。塞维利亚队由卡努特在第 57 分钟先进一球，这导致贝蒂斯队的球迷情绪失控，纷纷向场内投掷杂物，塞维利亚主帅拉莫斯竟然被球迷扔下的水瓶砸晕，比赛也因此中断。

曼联成功签下来自巴西的席尔瓦兄弟，与内维尔兄弟略有不同的是，法比奥·席尔瓦和拉菲尔·席尔瓦是一对孪生兄弟。两个席尔瓦都是后卫，前者是左后卫，后者是右后卫。由于两人未满 18 岁，所以与曼联属于预先协议，等到 7 月 9 日两人年龄达到 18 岁时正式生效。

三月

1 日

2008 年欧洲杯三分之一的门票开始在网上发售。

德国国家足球队前任主教练克林斯曼被授予象征最高荣誉的国家十字勋章。德国总理默克尔在总理官邸亲自给克林斯曼授奖。

德国足协官方正式提出申办国际足联 2011 年女足世界杯。这是继 2006 年成功举办男足世界杯后，德国又一次申请主办大型足球赛事。

2 日

非洲足联公布了 2006 年非洲足球先生的获奖者，切尔西中锋德罗巴力压巴萨前锋埃托奥以及队友埃辛获得了此项殊荣。在其他奖项中，加纳国家队获得了最佳球队的称号，尼日利亚球员塔沃和辛·沃克分别荣获年度最佳青少年球员奖和年度最佳女球员奖。埃及阿赫利队独揽年度最佳俱乐部、最佳教练和最佳俱乐部球员三项大奖，主帅何塞荣膺最佳教练、28 岁的中场球员阿布·特莱荣膺最佳俱乐部球员。

伊布拉希莫维奇放弃了退出国家队的决定，愿意重新为瑞典队效力。

科勒、波波斯基等球员将自己的队服进行拍卖，为因心脏病去世的前摩纳哥球员大卫·托马索捐款。

2006-07 赛季西班牙国王杯 1/4 决赛贝蒂斯主场迎战塞维利亚的比赛因塞维利亚主教练拉莫斯被球迷从看台上抛下的可乐瓶砸晕而中断。西班牙足协公布了处罚结果：贝蒂斯的主场将被禁赛 3 场，而本场比赛余下的 33 分钟将在 3 月 20 日进行补赛，补赛安排在赫塔菲的主场阿方索·佩雷斯球场进行，并且不会向球迷开放，而两家俱乐部的差旅费也要自理。

3 日

英超联盟宣布：引入鹰眼系统已经写入了比赛条例。这就是说，继网球、板球后，英超联赛成了这项高科技手段得到运用的第三个赛场。

4 日

英超曼联队在老特拉福德球场召开新闻发布会，宣布与一家西班牙公司达成赞助协议。

5 日

意大利 AC 米兰队宣布，队内的澳大利亚守门员卡拉奇已经与球队续约，这份新合同将会令澳大利亚人在米兰一直效力到 2009 年。

英超阿森纳俱乐部与西班牙新星弗兰·梅里达签约，使得后者正式成为了“枪手”的一员。

6 日

格鲁吉亚法庭终于为 AC 米兰球星卡拉泽报了仇，绑架并杀害其弟弟列万的两名男子一共被格鲁吉亚法庭判处了30年的监禁。

2006-07赛季欧洲冠军联赛1/8决赛次回合开始4场角逐，国际米兰客场0比0平瓦伦西亚，双方总比分2比2，国际米兰因客场进球少而遭淘汰。赛后双方出现打斗，布尔迪索脚踹马切纳，冲入场内拳击布尔迪索的瓦伦西亚替补纳瓦罗又遭到科尔多瓦和克鲁斯的追打。

7日

2006-07赛季欧洲冠军联赛1/8决赛次回合开始另外4场角逐，皇马客场1比2负于拜仁慕尼黑，双方总比分战为4比4，拜仁因客场进球多晋级。马凯开场11秒先声夺人，打破了阿森纳中场吉尔伯托保持的20.07秒的冠军联赛最快进球纪录。

8日

现年35岁的特立尼达和多巴哥著名射手德怀特·约克宣布退出国家队，以便全心全意帮助自己所效力的桑德兰队重返英超。

泰国足协主席维吉特宣布辞职，他承认失去了球迷的支持是自己任职10年后宣布离开的主要原因。

赞比亚足协宣布取消原计划中的两场国际友谊赛，原因是前来备战友谊赛的国脚仅有6名。

《号角报》刊登一条报道，称阿根廷司法部门正在查阅球王马拉多纳的银行账户，以调查他的税务问题以及涉嫌洗钱的问题。

2006-07赛季欧洲冠军联赛8强产生后，欧足联在雅典举行了冠军联赛新用球的新闻发布会。

9日

新温布利球场通过最后的安全检查。

10 日

鲁尼的女友科琳追风尚，立传著书《欢迎来到我的世界》。

AC 米兰俱乐部官方宣布同巴西守门员迪达续约到 2010 年 6 月 30 日。

2006-07 赛季西甲联赛第 26 轮一场焦点战在诺坎普球场展开争夺，巴塞罗那主场 3 比 3 战平皇家马德里，范尼梅开二度，拉莫斯也有一球入账，但上演“帽子戏法”的梅西三度追平比分。本场比赛再次创下了 2006-07 赛季上座率最高纪录(97823 人)。

11 日

2006-07 赛季意甲联赛第 28 轮，国际米兰“主场”2 比 1 逆转 AC 米兰，终结了对方 15 轮不败纪录，这也是马尔蒂尼参加的第 600 场意甲联赛。

世界知名运动厂商耐克(Nike)与巴萨签订了从 2008 年到 2013 年的 5 年长约，每年 Nike 都将为巴萨注入 3000 万欧元的资金，也就是说，巴萨与 Nike 的合同总价值高达 1.5 亿欧元。

12 日

德甲多特蒙德队主教练尤尔根·吕贝尔(Juergen Roeber)宣布辞职。吕贝尔在德甲没落豪门多特蒙德的执教时间仅维持了 10 周。

据南非《公民报》报道，南非女足当日在首都比勒陀利亚举行的一场 2008 年奥运会非洲区预选赛中，主场以 4 比 2 战胜赤道几内亚队，并以 5 比 4 的总比分战胜对手，进入下一轮资格赛。但南非队赛后正式向非洲足联投诉，指出赤道几内亚队的辛波雷·比尔基萨和另一名队员更像男性。

13 日

为了纪念欧盟成立和曼联参加欧战 50 周年，一场慈善友谊赛在老特拉福德球场进行。最终曼联主场 4 比 3 取胜欧洲明星队，前曼联球星贝克汉姆因伤未能入选名单。

英超切尔西俱乐部宣布与中场球员埃辛达成续约协议，双方签订一份为期5年的新合约，这就意味着，这位年仅24岁的天才中场将在斯坦福桥效力至2012年。

德甲劲旅多特蒙德2006-07赛季的第三任主教练出炉，在汉堡下课不久的少帅多尔与俱乐部签约至2008年6月30日。

英国丑人足球网推出了2006年度英超丑人阵容，由于是娱乐性的，阵型也就胡乱设置成424（自杀型强阵）。他们是：肯尼（谢联）/拉马奇（纽卡斯尔）、安顿·费迪南德（西汉姆联）、卡瓦略（切尔西）、布朗（曼联）/赫雷达尔森（查尔顿）、菲尔·内维尔（埃弗顿）/贝拉米（利物浦）、大卫·汤普森（朴茨茅斯）、克劳奇（利物浦）、海伍德（西汉姆联）

14日

切尔西老板阿布拉莫维奇与结婚15年的妻子伊琳娜"和平分手"。

塞维利亚警方正式逮捕了在皇家贝蒂斯与塞维利亚比赛中向塞维利亚主教练拉莫斯投掷水瓶并导致其短暂昏迷的那名贝蒂斯球迷。这名狂热的贝蒂斯球迷名叫鲁易兹。

国际足联公布了2007年3月份的最新国家队排名。阿根廷队取代意大利队排名首次上升到世界第1，意大利和巴西队分列第2和第3。

欧足联公布了对国际米兰和瓦伦西亚两队参与斗殴球员的处罚决定，瓦伦西亚和国际米兰均被罚款25万瑞士法郎（折合15.5772万欧元）。球员方面：瓦伦西亚的纳瓦罗和马切纳分别被禁赛7个月和4场；国际米兰的布尔迪索和麦孔遭到停赛6场的处罚，科尔多巴和克鲁斯分别停赛3场和2场。

15日

肯尼亚足协官员称，肯尼亚国家足球队将于3月25日在非洲国家杯赛预选赛中对阵斯威士兰国家队，从而迎来国际足联取消对肯尼亚禁赛处罚后的首场比赛。

西甲豪门巴塞罗那队宣布，和队中的巴西右后卫贝莱蒂续约至 2009 年。

沙尔克 04 队宣布和队中重要人物、率领球队向冠军前进的主教练斯洛卡续约。在将目前的合同延长 2 年后，他将执教这支劲旅直到 2009 年。

2006-07 赛季欧洲联盟杯 1/8 决赛次回合又赛 4 场，塞维利亚门将帕洛普在补时第 4 分钟头球破门，帮助卫冕冠军客场起死回生，并通过加时赛淘汰顿涅茨克矿工。

在经历了 4 次不成功的手术之后，心灰意冷的萨拉戈萨球员塞萨尔最终宣布退役，结束了自己短暂的职业生涯。2005 年 1 月 16 日，萨拉戈萨客场挑战皇家马德里，由于主力中卫米利托受伤，塞萨尔・希梅内斯该赛季第一次在联赛中首发出场——但赛前异常兴奋的塞萨尔绝没有想到这竟然也是他最后一次在联赛中出场。比赛第 17 分钟，当时仍效力于皇家马德里的葡萄牙球星菲戈狠狠一脚踹中塞萨尔膝盖，造成后者十字韧带完全断裂。

为了保护加泰罗尼亚语，法国的佩皮南举行了一场集会，巴萨的两名球星图拉姆和奥莱格应邀参加。

德甲拜仁慕尼黑俱乐部宣布，主教练希斯菲尔德已确认至少将在 2006-07赛季结束后继续执教。在俱乐部董事会主席鲁梅尼格的努力下，这位 58 岁的教头经过再三考虑，终于决定与俱乐部先续约至 2008 年。

16 日

英足总公布了 2 月份最佳球员以及最佳教练的奖项归属，曼联主帅弗格森和中场球员吉格斯包揽了这两个奖项。值得注意的是，这也是曼联 2006-07赛季以来第三次包揽这两项荣誉了，前两次分别是在 8 月和 10 月，巧合的是，8 月份的最佳也是弗格森和吉格斯，更为难得的是，上次出现这样的情况还要追溯到 10 年前，那是在 1995-96 赛季的埃弗拉和福勒，他俩一个赛季两次包揽最佳教练和最佳球员奖项。

两名涉嫌参与上月莱比锡球场骚乱、导致 39 名警察受伤的足球流氓被莱比锡司法部门正式提出起诉。这两名足球流氓被指控严重扰乱秩序和企图造成他人严重身体伤害。

阿根廷部分媒体传出了一条爆炸性新闻:“马拉多纳遭遇车祸身亡”。马拉多纳得知后挺身而出愤怒辟谣。

17 日

执教弗赖堡俱乐部长达 16 年之久的芬克正式离职,此前执教于丙级球会斯图加特踢球者俱乐部的少壮派代表杜特成为弗赖堡新任掌门人。芬克是德甲历史上执教时间最长的教练,他的离去意味着德甲的忠诚价值已不复存在。

18 日

2006-07 赛季意甲联赛第 29 轮开始 8 场角逐,国际米兰客场 2 比 1 击败阿斯科利,取得本队历史上第 1200 场意甲胜利。

埃托奥和世界著名汽车制造厂商“福特”重新签订了一份新合作协议。协议规定,伤愈复出后埃托奥每进 2 球,福特西班牙公司就将捐出一辆汽车给巴萨 9 号的私人基金会,汽车将用于喀麦隆的儿童慈善事业。

博卡青年队的前锋帕勒莫在 5 比 1 击败吉姆纳西亚的比赛中打进 4 球,在 8 分钟内上演了“帽子戏法”。

19 日

喀麦隆后卫沃姆宣布从国家队退役。2005 年 10 月在喀麦隆队对埃及队的一场世界杯预选赛关键比赛中,沃姆射失点球导致本队未能出现在德国世界杯,从此之后,沃姆就再也没有代表喀麦隆队出场。

2006-07 赛季英格兰足总杯 1/4 决赛的一场重赛在白鹿巷球场展开争夺，切尔西客场 2 比 1 力克托特纳姆热刺，赛后两名热刺球迷冲入赛场试图攻击正在庆祝的切尔西球员，安保人员及时将肇事者架出。

20 日

在法国马赛进行的一场比赛中，前皇马球星齐达内和现 AC 米兰前锋罗纳尔多以及世界球星们组成两支球队，进行了一场慈善比赛，最终齐达内朋友队以 6 比 2 战胜了罗纳尔多朋友队。本场比赛是为联合国开发计划署进行的一场国际慈善比赛，而两位主角齐达内和罗纳尔多也都是联合国的慈善大使。

效力于西汉姆联队的前英格兰国脚谢林汉姆在伦敦柏宁希尔顿酒店获得了终生成就奖，为他颁奖的是 2006 年获得这项荣誉的阿兰·希勒。

为了尽快实现球队的复兴，巴里球迷不惜自筹资金，将招商广告登在了一家名为《Izvestia》的俄罗斯日报头版。

22 日

欧足联做出决定，对拜仁慕尼黑队的守门员卡恩禁赛 1 场，这样他将无缘参加欧冠 1/4 决赛和 AC 米兰的首回合比赛。卡恩是由于在冠军联赛1/8决赛同皇马次回合比赛后的兴奋剂抽检中对欧足联医生进行恶劣的言语攻击而被禁赛的。

针对上个月欧洲冠军联赛法甲里尔队和英超曼联队之间发生的球迷冲突和里尔队部分球员的不当举动，总部设在瑞士尼翁的欧足联决定，分别处以里尔和曼联俱乐部 10 万和 1.5 万瑞士法郎的罚款。

23 日

埃及足协收到国际足联的确认函，由该国主办 2009 年 20 岁以下世界青年足球锦标赛。

新温布利球场迎来首场正式比赛，英格兰 U21 青年队 3 比 3 战平意大利 U21 青年队。开场不到 1 分钟，佛罗伦萨射手帕齐尼攻入了新温布利的第一个进球，下半时他又两次扳平比分，成为首位在新温布利上演帽子戏法的球员。

24 日

2008 欧洲杯外围赛 E 组一场焦点战在拉马特-甘球场展开争夺，英格兰队客场 0 比 0 战平以色列队。内维尔兄弟的国家队出场次数总和达 141 场，追平了上世纪 60 年代英伦传奇人物查尔顿兄弟的国家队出场纪录。

27 日

英足总纪律委员会宣布了对切尔西和阿森纳联赛杯决赛事件的判决，两家俱乐部均被罚款 10 万英镑，另有 2 名阿森纳球员被处以追加处罚。阿森纳的阿德巴约被处以 7500 英镑的罚款，并因其在被出示红牌后拒绝离场而被警告；他的队友埃布埃则被处以了追加处罚，被停赛 3 场。

28 日

在乌克兰首都基辅，舍甫琴科被乌克兰总统授予国家勋章。

在就国际米兰俱乐部的上诉进行了听证会以后，欧足联上诉委员会宣布了他们的决定。国际米兰方面，尼古拉斯·布尔迪索：禁赛 6 场，其中 2 场在 2 年内缓期执行；胡里奥·里卡多·克鲁斯：禁赛 2 场，最终确认；伊万·拉米罗·科尔多巴：3 场禁赛减至 2 场，其中 1 场在 2 年内缓期执行；麦孔：6 场禁赛减至 3 场，在 2 年内缓期执行；对俱乐部 25 万瑞士法郎的罚款维持不变。瓦伦西亚方面，纳瓦罗的禁赛 7 个月将减为 6 个月，如果他在 2 年内卷入类似事件将增加 2 个月。

马拉多纳突然患病被送入布宜诺斯艾利斯一家医院治疗。

29 日

北方银行冠名汉堡球场。

球星贝克汉姆同爱妻维多利亚一起赴伦敦领取“体育产业奖”(Sport Industry Awards)。在英国,为了庆祝体育事业在商业方面的成就,每年都要颁发这种“体育产业奖”。

巴萨主教练里杰卡尔德参加荷兰作家范茵尔(Van Eyle)的新书发布会。里杰卡尔德曾为这位荷兰作家的新书《团队精神》写序。

30 日

最新一期《福布斯》商业杂志公布足坛财富榜,红魔曼联成为世界足坛“首富”,皇马紧随其后名列第 2,刚刚搬至酋长的阿森纳蹿升至第 33。英超联赛再次显示出咄咄逼人的气势,在排名前 25 的球队中占据 10 个席位。

意大利的汽车制造业巨头菲亚特集团宣布,将从 2007-08 赛季开始,在未来 3 年内担任尤文图斯俱乐部的主赞助商,这份合同将给俱乐部带来 3300 万欧元的确定收益,赞助商还将根据球队在球场上的成绩,给予浮动性质的奖励。

国际足联公布了一项创历史纪录的新数字,2010 年第 19 届世界杯注册参与协会将达到 204 个。

31 日

刚刚收购利物浦俱乐部的美国人乔治·吉列表示,他不会让自己的俱乐部未来跟同城对手埃弗顿共用一个主场。

波尔多凭借亨里克第 89 分钟的进球,1 比 0 力克里昂,夺得法国联赛杯冠军。

锡耶纳前主席德卢卡在那不勒斯的医院中病逝,享年 64 岁。

四月

1日

2006-07 赛季意甲联赛第 30 轮，国际米兰主场 2 比 0 击败帕尔玛，曼奇尼取得执教国米的第 100 场胜利。

2日

詹卡洛·阿贝特被推选为意大利新一任足协主席，在此之前他的职务是意大利足协副主席。

2007 年第 8 届劳伦斯体育大奖在西班牙巴塞罗那揭晓，西班牙巴塞罗那足球俱乐部获得年度体育竞技精神奖。

美国著名的男性时尚杂志《GQ》评选出了本年度 50 位英国最佳着装男星，贝克汉姆和穆里尼奥双双入选，分列第 6 位和第 14 位。

意甲的墨西拿俱乐部宣布，该队的主教练卡瓦辛下课，前主教练乔尔达诺重新执掌帅印。

3日

6 年前的一桩旧案，至今还在困扰着库托。因为在药检中被查出类固醇的物质，库托被法院判处 4 个月的监禁，外加 4000 欧元罚金，当然，葡萄牙人可以用交纳保释金的方式来逃脱牢狱之灾。案发时，库托还效力于拉齐奥。2001 年 1 月 28 日对佛罗伦萨的比赛后，他与队友巴罗尼奥一起接受赛会的随机抽样药检，经过化验后发现库托的样本呈现阳性反应。库托也因此受到了禁赛处罚。

“足球王国”巴西在圣保罗西郊开始兴建一座足球博物馆，占地面积 5600 平方米，预计将于 2008 年向公众开放。据巴西《商报》报道，博物馆总投资约 1250 万美元，主要展厅包括介绍巴西发展史的“踢球的贝利室”，陈列球迷物品的“俱乐部室”，介绍著名球员的“球员室”，被巴西人视为奇耻大辱的“1950 年世界杯室”等，甚至还有一间为加林查和贝利单列的陈列室。

4 日

2006-07 赛季欧洲冠军联赛 1/4 决赛首回合，利物浦客场 3 比 0 完胜埃因霍温，杰拉德打进一球，以 15 球超越了拉什，成为利物浦历史上冠军杯进球最多的球员。

前私人侦探齐普里亚尼承认，从 7 年前，他就开始接受国际米兰的雇佣，监视和监听一些球员的私生活。齐普里亚尼列出了 4 个球员，除了众所周知当时被监听的维埃里之外，还有罗纳尔多、穆图和尤戈维奇，此外就是被认为倒向“莫吉体系”的主裁判德·桑蒂斯。

2006-07 赛季欧洲冠军联赛 1/4 决赛首回合，曼联客场 1 比 2 负于罗马，结束各类赛事连续 14 场不败。罗马取得欧战第 100 场胜利，鲁尼打破了 18 场冠军联赛进球荒。中场休息时，曼联球迷与主队球迷及警察发生冲突，骚乱中共有 11 名英国球迷受伤。

2006-07 赛季欧洲冠军联赛 1/4 决赛首回合一场比赛在斯坦福德桥球场展开争夺，切尔西主场 1 比 1 战平瓦伦西亚，戴维·席尔瓦打入世界波先拔头筹，但德罗巴下半场头球破门扳平比分。这是他 2006-07 赛季第 30 粒入球，德罗巴打破了尘封多年的纪录，切尔西俱乐部上一次有人单赛季进球数达到 30 个还得追溯到 22 年前的凯利·迪克逊。

哥伦比亚宣布退出 2014 年世界杯的申办。

6 日

2006-07 赛季英超联赛第 32 轮开始首场角逐，曼城主场 0 比 0 战平查尔顿。这场比赛正是孙继海历史上第 100 次代表曼城队首发。

7 日

2006-07 赛季英超联赛第 32 轮，阿森纳主场 0 比 1 负于西汉姆联，在酋长球场内遭遇首次失败。

8 日

2006-07 赛季德甲联赛第 28 轮较量展开，拜仁慕尼黑客场 2 比 1 力克汉诺威 96。这是他们整整第 800 场的德甲胜利。而这对于卡恩来说同样也值得纪念，这场比赛之后，卡恩以 291 场德甲胜利追平了前辈曼菲尔德·卡尔茨的的德甲获胜纪录，并列为德甲获胜场次最多的球员。

10 日

德甲柏林赫塔队新任主教练海涅上任。赫塔俱乐部因战绩不佳炒掉了前任主教练格茨和助理教练托姆。

2006-07 赛季欧洲冠军联赛 1/4 决赛次回合开始 2 场角逐，曼联主场 7 比 1 狂胜罗马，总比分 8 比 3 逆转晋级，2002 年来首次打进冠军联赛半决赛。7 比 1 不仅创造了 1959 年以来冠军联赛 1/4 决赛比分悬殊纪录，还是冠军联赛（不包括 1992 年改制前）淘汰赛阶段单场净胜球纪录，前纪录是 2004-05 赛季 1/8 决赛里昂主场 7 比 2 胜不莱梅。

在宣布主帅巴斯克斯下课不到 48 小时，塞尔塔就任命了前巴萨传奇球星斯托伊奇科夫为新任主教练，也是西甲 2006-07 赛季第 6 位中途接任的主帅，这之前斯托伊奇科夫刚刚辞去了保加利亚国家队的职务。

英超富勒姆俱乐部发表声明，宣布解雇主教练科尔曼，赛季剩余比赛将由北爱尔兰队的教练劳瑞·桑切斯接替指挥。

“球王”马拉多纳于午夜出院，院方的检查报告称：“马拉多纳已获准出院。医生建议他在出院后继续接受药物和饮食治疗。”

11 日

英足总宣布 2007 年 6 月 1 日英格兰国家队将在新温布利球场迎战巴西队。这也是英格兰国家队在新温布利的首次亮相。

2006-07 赛季欧洲冠军联赛 1/4 决赛次回合开始 2 场角逐，AC 米兰客场 2 比 0 击败拜仁，终结对方 2004 年以来 11 场欧战主场不败，并以 4 比 2 的总比分晋级。

12 日

帕尔玛作出奇异引援，签下 52 岁的喜剧演员吉恩·尼奥奇，他的球衣号码与年龄一样，52。当天亮相之前，尼奥奇踢了场 7 对 7 的训练赛，还助攻主席吉拉尔迪进了 4 球。

2006-07 赛季欧洲联盟杯 1/4 决赛次回合，不莱梅主场 4 比 1 大胜阿尔克马尔，在经过 1162 分钟的球荒后，克洛斯终于破门。

博卡球星帕勒莫和帕拉西奥看望了 6 名球队的支持者，不过会面地点是在监狱。这些球迷因参与球场暴乱刚刚开始服刑。

13 日

阿根廷拉普塔拉体操和击剑足球俱乐部主席穆尼奥斯证实，哥伦比亚著名足球教练弗·马图拉纳已同该俱乐部签署了为期 1 年的执教合同。

曼联俱乐部官方宣布与中场球员 C·罗纳尔多成功签署了一份为期 5 年的新合同，新工作合同将到 2012 年。周薪为税前 12 万镑，是曼联的最高工资。

马拉多纳在出院两天后再次回到医院，不过他的经纪人表示："迭戈只是胃部疼痛难忍，并无大碍。"

英足总公布了英超三月份的各项最佳评选，切尔西成为了最大的赢家，主教练穆里尼奥和切赫分别包揽了最佳教练和最佳球员的称号。

国际足联证实，巴西成为惟一正式申办 2014 年世界杯赛的国家。

14 日

布莱克本宣布与美国门将弗里德尔续约 1 年，这位 35 岁的老将将在埃伍德公园球场效力至 2009 年。

15 日

英超利物浦队在自己的主场安菲尔德举行仪式，悼念 18 年前在希尔斯堡惨案中不幸丧生的球迷。

2006-07 赛季德甲联赛第 29 轮比赛，拜仁慕尼黑主场 2 比 1 力克勒沃库森，这是卡恩在德甲联赛中取得的第 292 场胜利，这让他超越了前汉堡球员曼菲尔德·卡尔茨(291 胜)而成为德甲历史中获胜最多的球员。同时，这也是卡恩为拜仁踢的第 400 场德甲联赛。

16 日

英格兰职业球员联盟(PFA)公布了年度最佳球员提名，他们分别是：迪迪埃·德罗巴(切尔西)、塞斯克·法布雷加斯(阿森纳)、斯蒂文·杰拉德(利物浦)以及来自曼联的 3 名球员里安·吉格斯、克里斯蒂亚诺·罗纳尔多和保罗·斯科尔斯。

一名叫图里恩索的主裁判向他居住的莱昂地区的法院递交了上诉，对皇马进行指控，理由是他接到了恐吓电话。在皇马客场 1 比 2 负于桑坦德竞技的比赛中，当值的图里恩索在比赛的后 20 分钟内接连判给了主队 2 个点球，桑坦德竞技凭借这 2 个点球取胜。不仅如此，第 87 分钟和第 90 分钟，他还将皇马的埃尔格拉和梅西亚红牌罚下。

据《法国足球》杂志报道，巴西球星罗纳尔迪尼奥 2007 年将会有 2400 万欧元的收入，继续名列球员财富排行榜第 1，而贝克汉姆则以 1700 万欧元屈居第 2,排名第 3 的亨利则有 1570 万欧元。教练方面,切尔西主帅穆里尼奥以 1000 万欧元的收入居首,排在第 2、3 位的分别是弗格森(610 万欧元)和卡佩罗(580 万欧元)。

从 1991 年起连续 3 年获得非洲足球先生的阿贝迪·贝利所拥有的加纳乙级球队 FC 纳尼尔因涉嫌打假球而遭到重罚。贝利是 2010 年世界杯形象大使之一,在上月末与奥克瓦胡联队的比赛中,FC 纳尼尔以 31 比 0 结束战斗,并获得晋升甲级队的资格。但加纳足协却质疑这一结果,称双方都在打假球,因为另一场比赛也出现了 28 比 0 的"骄人"战绩,获胜方水手队在赛前与 FC 纳尼尔队积分相同,也有晋升机会。尽管贝利解释说对手实力太弱,而且最后只剩 7 名队员与"攻势如潮"的 FC 纳尼尔对抗,但加纳足协维持原判,不仅宣布这场比赛结果无效,这两支球队还被降级并各被罚款约 5600 美元,两队球员 1 年内不能参加加纳足协认可的比赛,贝利本人也被禁止进入队员更衣室并上场指导。

17 日

印度足协成立 70 周年庆祝大会召开,国际足联主席布拉特出席。

18 日

国际足联公布了 2007 年 4 月份的最新国家队排名。上个月阿根廷超越意大利史上第一次登上榜首,1 个月过后,意大利再次夺回了榜首的宝座。而排在 131 位的列支敦士登上升了 31 位,成为进步最快的球队,而孟加拉下降了 21 位,成为退步最大的球队。

欧足联宣布 2012 年欧洲杯由波兰和乌克兰联合申办。

2006-07 赛季意甲联赛第 22 轮补赛焦点战役在梅阿查球场打响,国际米兰主场 1 比 3 负于罗马,终结了 2006-07 赛季国内赛场不败历史,这也是 2006 年 10 月 25 日以来国际米兰在 40 场各类赛事中首次落败。在另一场补赛中,恩波利主场 2 比 0 胜亚特兰大,维耶里自去年 3 月以来首次参加正式比赛。第 71 分钟,维耶里换下文托拉,他的上一场正式比赛还是 2006 年 3

月 26 日代表摩纳哥出场。

“球王”贝利在卡塔尔首都多哈宣布，一项旨在发现和培养非洲足球天才的项目正式启动。这个由卡塔尔追求学院资助和策划的足球项目的具体内容是，该学院将从 5 月下旬开始，邀请 6000 名足球专业人员在 7 个非洲国家 1994 年出生的 50 多万名男孩中挑选足球天才。这 7 个国家是尼日利亚、南非、阿尔及利亚、肯尼亚、喀麦隆、加纳和塞内加尔。根据项目计划，第一阶段将从每个国家挑选 50 位最好的选手，将他们送到他们国家的首都进行训练。经过测试，再从各国的 50 位选手中分别挑选出前 3 名送到卡塔尔多哈的追求学院进行为期 4 周的训练和测试，最后从中挑选出被认为是天才的运动员到追求学院学习。

西班牙国王杯半决赛首回合开始首场角逐，巴塞罗那主场 5 比 2 大胜赫塔菲。第 29 分钟，哈维后场短传，梅西右侧中线附近拿球左脚连拨闪开两名后卫，带到禁区前沿又变线突破 4 名后卫的围追堵截，突入禁区左脚趟过倒地扑救的门将路易斯·加西亚，赶在后卫铲球解围之前右脚小角度抽射入网，这个进球与 1986 年世界杯 1/4 决赛上马拉多纳千里走单骑攻破英格兰队大门如出一辙。

德国国家电视一台 ARD“自摆乌龙”，在一场德国杯半决赛中，电视画面的下方突然出现一条字幕，上面写着：“马加特将从 2007 年 7 月 1 日起成为柏林赫塔俱乐部主教练。”这条消息甚至比比赛本身更令人激动，但事后证明这是 ARD 电视台犯下的低级失误，他们在没来得及证实的情况下就宣布了这条消息，这引起了双方当事人的不满。

阿森纳俱乐部副主席大卫·邓恩辞职。他和另一名主要股东费什曼坚持不把自己手中的股份出售给美国财团，这也直接导致邓恩和其他的董事会成员闹下矛盾。

2006-07 赛季意甲联赛第 22 轮补赛中，AC 米兰客场 5 比 2 大胜阿斯科利，吉拉迪诺打进了 AC 米兰在联赛中的第 4000 个进球。

19 日

英国媒体对一些欧洲著名球员进行了一项调查，他们当中绝大多数人认为，巴塞罗那队的罗纳尔迪尼奥是当今头号任意球杀手。

在克鲁伊夫 60 大寿前夕，阿贾克斯为这位天皇巨星举行了 14 号球衣退役仪式。

意足协裁判委员会宣布吊销 7 名涉案主裁判的执照，这 7 名裁判是贝尔蒂尼、卡萨拉、达蒂奥、卡布雷利、帕帕雷斯塔、皮埃里和拉卡尔布托，另外还有两位巡边员安布罗西诺和巴格里奥尼也被禁赛，他们将等候意大利足协调查小组负责人博雷利提出正式指控。检察机关认为，上述裁判有向特定球员出示黄牌的行为，某些球员甚至因此无法参加下场比赛，尤其是在下场比赛将对阵尤文图斯的时候。其中，执法 2004-05 赛季 AC 米兰客场对尤文图斯比赛的主裁判贝尔蒂尼，已被确定在莫吉的授意之下控制比赛。

法国足协主席埃斯卡莱特正式宣布法国申办 2016 年欧洲杯。

20 日

百事公司斥巨资打造的“2007 梦幻明星阵容”揭开神秘面纱：贝克汉姆、罗纳尔迪尼奥、亨利、兰帕德等世界顶级足球巨星身着自行设计的战衣组成“梦之队”。在这辑全新的广告中，小贝设计的“蓝色之翼”首度亮相，据说灵感来自身上的文身；小罗的球衣上则是一只“胜利之手”从腰部直伸到胸前，体现了他的快乐人生态度；深受法兰西时尚元素熏陶的亨利选择了优雅的象形文字；而兰帕德、梅西、法布雷加斯也纷纷亮出美术功底，漫画英雄、都市风情、家乡情怀、童年时光等元素成了他们的最爱。

21 日

2006-07 赛季法甲联赛第 33 轮，图卢兹客场 2 比 3 不敌雷恩，33 战积 52 分，距离 32 战积 70 分的里昂仍有 17 分差距，因此里昂提前 6 轮得以连续第 6 个赛季夺得联赛冠军。

马拉多纳被转移到了布宜诺斯艾利斯的一家精神病医院继续接受戒酒治疗。被转入精神病医院后，一个由精神病医师、营养学家和专业厨师组成的医疗小组将帮助他消除酒瘾，恢复健康。

2006-07赛季西甲联赛第31轮，皇家马德里队主场2比1战胜瓦伦西亚队。这也是皇马队长劳尔代表皇马出战的第600场比赛，在皇马历史出场纪录排行榜上位列第5，前4位分别是：桑切斯（712场）、桑提亚纳（643场）、亨托（605场）、耶罗（601场）。

22日

葡萄牙足球名宿尤西比奥病情恶化，不得不在里斯本接受手术治疗严重的动脉硬化。

2006-07赛季意甲联赛第33轮，国际米兰客场2比1力克锡耶纳，由于罗马客场负于亚特兰大，国际米兰领先优势达到16分，从而追平了都灵与佛罗伦萨提前5轮登顶的纪录，获得俱乐部历史上第15个意甲冠军。

英超职业球员联盟（PFA）公布了年度两大奖项的得主，曼联的克里斯蒂亚诺·罗纳尔多同时当选为英超年度最佳球员和最佳新秀，他也成为了30年以来第一个在同一年里包揽两项荣誉的球员，上一次是1977年的阿斯顿维拉前锋安迪·格雷。

英超职业球员联盟评选出年度最佳阵容。守门员：范德萨（曼联）/后卫：加里·内维尔、维迪奇、费迪南德、埃弗拉（均来自曼联）/前卫：克里斯蒂亚诺·罗纳尔多、斯科尔斯、杰拉德、吉格斯（除杰拉德外均来自曼联）/前锋：德罗巴（切尔西）、贝尔巴托夫（热刺）/特殊奖：弗格森（曼联）

2006-07赛季苏超联赛决赛圈阶段战罢第4轮，苏超劲旅凯尔特人在客场凭借中村俊辅补时阶段的25米任意球破门，2比1险胜基尔马诺克。该队因此领先格拉斯哥流浪者13分、提前4轮成功卫冕联赛冠军。中村俊辅同时荣膺年度苏格兰足球先生，凯尔特人队主教练斯特拉坎赢得了年度最佳教练奖项。

波兰国家队守门员阿图尔·博鲁茨在异国他乡见义勇为，帮助一名身怀六甲的女同胞避免遭人继续欺凌。现年 27 岁的波兰女青年马格达莱娜有孕在身，她的姐姐和姐夫日前陪着她在公园内散步时，遇到两男一女牵着一只德国猎犬，这三个人听出马格达莱娜讲的是波兰语，就嚷着要他们滚回老家去，并对她的姐姐、姐夫拳脚相加。波兰国家队守门员博鲁茨听到动静后马上赶了过来。袭击者看到身材高大的博鲁茨，吓得赶忙溜走了。

23 日

巴勒莫俱乐部解除了主教练圭多林的职务，助理教练高保以及预备队教练暂时代其职务。

墨西拿俱乐部官方宣布了换帅的决定，三周前刚刚上任的主教练乔尔达诺下课，接替他的是布鲁诺·博尔奇。

巴西球员克莱伯森因为一种正常情况下只出现在情人之间的亲昵举动而吃到黄牌——他试图向主裁判坦白自己内心的感受，然后，一个吻和一张黄牌先后诞生了。

24 日

英超联盟的又一项大奖出炉，曼联的克里斯蒂亚诺·罗纳尔多再获殊荣，他获得了由球迷投票选出的年度最佳球员称号。

25 日

在一场国际友谊赛中，西甲豪门巴塞罗那客场 4 比 0 大胜非洲冠军阿尔阿赫利。这场比赛是为了纪念埃及球队阿尔阿赫利建队 100 周年而举行的。

英格兰 1966 年世界杯冠军队成员阿兰·波尔在应付一次后花园的火灾中心脏病发作辞世，享年 61 岁，他是 1966 年夺取世界杯冠军的英格兰队中最年轻的成员。

26 日

英超米德尔斯堡队确认，英格兰后卫乔纳森·伍德盖特正式从皇家马德里加盟该俱乐部，转会费是 700 万英镑。

27 日

西班牙足协宣布 2006-2007 赛季西班牙国王杯决赛将在皇家马德里队的主场伯纳乌举行。国王杯决赛将于 6 月 23 日举行，也是连续第二年在伯纳乌举行。

英超调查委员会决定对西汉姆联队处以 550 万英镑的罚款，原因是 2006-07 赛季初西汉姆联队在引进阿根廷双星特维斯和马斯切拉诺的交易中存在涉及第三方的违规操作。虽然被处以巨额罚款，但幸运的是在降级边缘挣扎的“铁锤帮”被幸免罚分。这次对西汉姆联罚款 550 万英镑的判决创造了英国足球历史上的罚款数额之最，此前的最高罚款数额纪录是 1994 年托特纳姆热刺队因财政问题而被罚款 150 万英镑。

28 日

德国拜仁慕尼黑队以 1800 万欧元的价格从佛罗伦萨队签下 2005-06 赛季意甲最佳射手、2006 年世界杯冠军队成员、意大利国家队主力前锋卢卡·托尼。拜仁慕尼黑将向托尼提供一份为期 5 年、年薪 550 万欧元的巨额合同。

29 日

伯明翰和桑德兰提前确定了两个直接升入 2007-08 赛季英超的名额。曾在英超风光无限的青年军利兹联则降入英格兰第三级联赛，这是该队 88 年历史上头一遭。

2006-07 赛季荷甲联赛落幕，埃因霍温主场 5 比 1 狂扫维特斯，阿贾克斯客场 2 比 0 战胜威廉二世，阿尔克马尔客场 2 比 3 不敌鹿特丹精英。这样，埃因霍温凭借 1 个净胜球的优势压倒阿贾克斯，获得 2006-07 赛季荷甲联赛冠军。中国球员孙祥虽然本场比赛没有进入大名单，但仍然获得了中国海外球员在欧洲顶级联赛中的第一个冠军。

英超博尔顿主帅阿勒代斯辞职。

前意大利国家队门将佩鲁济宣布正式退役。

2006-07 赛季意甲联赛第 34 轮开始最后 1 场角逐，国际米兰主场 3 比 1 轻取恩波利，取得 2006-07 赛季联赛第 27 场胜利，追平了 1947-48 赛季的俱乐部纪录。

2006-07 赛季德乙联赛首支升班球队产生，德国门神卡恩曾效力的老东家卡尔斯鲁厄在主场 1 比 0 击败翁特哈兴，积 66 分提前 3 轮升级成功。

30 日

2006-07 赛季英超联赛第 36 轮展开争夺，纽卡斯尔客场 0 比 1 不敌雷丁，欧文时隔 314 天后重回球场。

五月

1 日

萨米·李出任英超博尔顿俱乐部新主帅，他同时任命前威尔士队队长加里·斯皮德为一队助理教练。

2 日

欧洲冠军联赛半决赛次回合，AC 米兰主场 3 比 0 完胜曼联，以总比分 5 比 3 逆转晋级，2 年后，再次与利物浦在决赛中会师。而这场比赛也是曼联的第 127 场冠军联赛赛事，追平了皇马的纪录。

3 日

欧足联对比利时国家队守门员斯蒂容处以 5000 瑞士法郎(约合 4130 美

元)的罚款,原因是他曾威胁过效力于曼联队的葡萄牙国脚C·罗纳尔多。

4日

美国《时代》杂志公布了“世界最有影响的100个人”排行榜的调查结果,英超阿森纳的法国射手亨利占据了一席之地,贝克汉姆则榜上无名。

作为主教练率领墨西哥国家足球队参加1978年阿根廷世界杯赛的何赛·安东尼奥·罗加因突发脑溢血去世,享年78岁。

意大利足协宣布了2007-08赛季意甲联赛的开赛日期和意乙的附加赛赛程。新赛季的意甲联赛将从8月26日拉开序幕,比此前预期的8月19日晚了一星期。

16岁的捷克年轻守门员扬·塞贝克从捷克塔楚夫俱乐部转会至英超切尔西俱乐部,他被誉为“新切赫”。

6日

2006-07赛季意甲联赛第35轮,国际米兰客场1比0力擒墨西拿,创造了客场15胜的意甲新纪录。罗马客场2比1力克巴勒莫,提前锁定联赛亚军,墨西拿与阿斯科利提前3轮降级。

2006-07赛季英超联赛第37轮,切尔西客场1比1战平阿森纳,成全曼联提前2轮夺冠。这是曼联在15年英超历程中第9次夺冠,也是第16次夺取英格兰顶级联赛冠军。

桑托斯队2比0击败圣卡耶塔诺队,40年后再次蝉联圣保罗州联赛冠军,这也是该俱乐部历史上第17个州冠军。

阿贾克斯在荷兰足协杯的决赛中点球击败阿尔克马尔,第17次夺得该项赛事的冠军。

7 日

英超纽卡斯尔联俱乐部主教练罗德辞职。

AC 米兰俱乐部官方宣布，正式任命队中后防线老将科斯塔库塔为助理教练，他将与昔日的队友塔索蒂一同辅佐主帅安切洛蒂的工作。

英超官方公布了四月份最佳球员奖的得主，托特纳姆热刺队的前锋搭档贝尔巴托夫和罗比·基恩共同当选。

2006-07 赛季英超联赛第 37 轮，查尔顿主场 0 比 2 负于托特纳姆热刺，提前 1 轮降级。

在接受了将近 2 个星期的治疗之后，球王马拉多纳正式出院。

8 日

亚足联向英足总提出建议，希望曼联取消亚洲之行的计划。

日内瓦警方宣布，在日内瓦火车站进行为期一周的 2008 年欧洲杯安全保卫“实战演习”，主要目的是让警方练习引导和疏导球迷，预防比赛期间球迷发生冲突。

9 日

在《市场》杂志的调查中，曼联在最受欢迎球队的评选中得到了 23.7% 的选票，位列利物浦和阿森纳之前，成为英国最受球迷欢迎的球队。但同样也有不少人痛恨曼联，在最被痛恨的球队调查中，位列第一的竟然也是曼联。在最被痛恨的团队调查中，曼联排在世界第 7，前 3 名分别是 POT 面条、麦当劳和 AOL。

意大利杯决赛开始首回合，国际米兰客场 2 比 6 惨败于罗马，终结了 2002 年以来 28 场意大利杯赛不败战绩，6 比 2 的比分创造了意大利决赛史上单场总进球最高纪录。

法甲南特队 44 年来首次降入乙级联赛。

10 日

前哥伦比亚国脚弗雷迪·林孔因涉嫌洗钱在巴西圣保罗被逮捕。

一场名为“天堂行动”的扫黑风暴在巴西的“圣诞之城”纳塔尔市展开，而这次行动调查的目标之一正是被这个国家奉为“足球上帝”的贝利。因为被怀疑与挪威最大的黑手党 B-Gang 的成员有染，涉嫌帮助该组织在巴西境内洗钱，北大河州的联邦警察已准备好向贝利发出协查通知。

巴西里约热内卢法院判处达伽马俱乐部主席米兰达 10 年监禁，并处 5.3 万雷亚尔的罚款，罪名是“扰乱税务秩序”。

11 日

为了纪念博比·摩尔为英格兰足球做出的贡献，一尊博比·摩尔的铜像在新温布利大球场前正式揭幕。铜像由博比·摩尔的遗孀亲自揭开，英国首相布莱尔也参加了开幕仪式。

法国迪南市轻罪法庭作出判决，判处一名攻击裁判的足球运动员 3 个月徒刑缓期执行，并处罚金 2800 欧元。这是法国实行承认裁判“公务身份”后的第一例判罚。在 2007 年 1 月 25 日进行的一场法国丙级足球联赛中，奥卡勒队队长在被红牌罚下后，用头撞裁判。赛后，该队员被相关机构禁赛 6 年。

AC 米兰俱乐部体育总经理阿里埃多·布拉依达(Ariedo Braida)受聘成为中国 AC 米兰球迷俱乐部名誉主席。

12 日

利物浦俱乐部宣布不与 32 岁的锋线老将罗比·福勒续约，守门员杜德克也得到了同样的通知，两人都会在赛季结束后离队。同时，利物浦俱乐部从巴西格雷米奥俱乐部签下中场新星卢卡斯·雷瓦，转会费为 800 万英镑。

13 日

2006-07 赛季英超联赛第 38 轮，切尔西主场 1 比 1 战平埃弗顿，追平了利物浦连续 63 个主场联赛不败的纪录。

2006-07 赛季英超联赛第 38 轮，曼城客场 1 比 2 负于托特纳姆热刺，遭到本队第 100 场英超客场失利。赛后，曼城主帅皮尔斯宣布离职，他将接过英格兰 U21 国家队的帅印。

维冈竞技主教练朱厄尔宣布辞职，前布拉德福德队主帅哈钦斯接任。

托蒂的爱妻布拉西在罗马的圣皮耶特罗医院顺利产下一个漂亮可爱的女儿，托蒂立即给女儿起了个非常高贵、美丽而且性感的名字：香奈尔（Chanel）。

14 日

曼联各项赛季最佳颁奖，C·罗获球迷投票年度最佳，预备队的基朗·李获得曼联预备队赛季最佳，卡斯卡特获青训营最佳球员奖。

罗马尼亚足球裁判委员会主席格·康斯坦丁宣布一系列足球裁判改革措施，其中包括甲级联赛裁判下个月将接受意大利“光头裁判”科里纳的培训。此外，从秋季联赛开始，每个裁判一场比赛的收入将提高到 1000 欧元，但自理食宿和交通费。同时，裁判将被禁止与足球俱乐部官员进行接触。

15 日

前博尔顿主教练阿勒代斯担任纽卡斯尔俱乐部的新任主教练。

埃辛获得切尔西俱乐部年度最佳球员奖和赛季最佳进球奖。

继卡卡之后，罗纳尔迪尼奥也正式向巴西足协递交了书面申请，要求不随国家队参加 6 月开始的美洲杯足球赛。

16 日

英超谢联俱乐部宣布，主教练尼尔·沃尔诺克离任。

AC 米兰老将马尔蒂尼宣布再踢 1 年。

英格兰联赛教练员协会（LMA）评选出了 2006-07 赛季英超最佳主教练，雷丁队主帅斯蒂夫·科佩尔当选。

17 日

2006-07 赛季欧洲联盟杯决赛在格拉斯哥汉普顿公园球场展开争夺，塞维利亚 2 比 2 战平西班牙人，点球大战中 3 比 1 取胜，卫冕成功。西班牙人队前锋潘迪亚尼共打入 11 球成为赛事最佳射手。

2007 年 17 岁以下世界青年足球锦标赛决赛阶段抽签仪式在韩国首尔君悦酒店举行，仪式由国际足联竞赛部主任布朗主持，参赛的 24 个国家的代表出席了抽签仪式。24 支队伍共分 6 组，其中阿根廷、巴西、加纳、尼日利亚、美国以及东道主韩国队被定为种子球队。

英超官方球员排名体系公布了 2006-07 赛季的最佳阵容。守门员位置是朴茨茅斯的大卫·詹姆斯，他是扑救险球次数最多的门将，累计 489 分，位列各队门将之首。后卫线从左到右依次是利物浦的芬南、切尔西的卡瓦略、曼联的费迪南德和埃弗顿的菲尔·内维尔。在中场球员中，曼联的 C·罗（17 球 14 助攻）、切尔西的兰帕德（11 球 10 助攻）、埃弗顿的阿尔特塔（9 球 11 助攻）和阿森纳的法布雷加斯（2 球 13 助攻）排在前 4 名。锋线上的人选没有太大争议，德罗巴（20 球 4 助攻）和贝尔巴托夫（12 球 10 助攻）当选。

第 59 届意大利杯决赛开始第 2 回合，罗马客场 1 比 2 负于国际米兰，但仍以总比分 7 比 4 夺得 1991 年来俱乐部首座意大利杯。

英乙托奎联主教练勒罗伊·罗瑟尼尔创造了一项前无古人，估计很长时间也无来者的纪录：他在上任 10 分钟后就被解雇，换句话说他在主教练位置上只停留了 10 分钟。

18 日

巴西足协主席特谢拉宣布邓加将执教巴西国家队至 2010 年世界杯。

第 5 届“金足奖”10 人候选名单正式出炉，他们是：卡纳瓦罗（皇家马德里/意大利）、罗伯特·卡洛斯（皇家马德里/巴西）、劳尔（皇家马德里/西班牙）、贝克汉姆（皇家马德里/英格兰）、卡福（AC 米兰/巴西）、皮耶罗（尤文图斯/意大利）、菲戈（国际米兰/葡萄牙）、吉格斯（曼联队/威尔士）、亨利（阿森纳/法国）、马尔蒂尼（AC 米兰/意大利）。

多瑙河队在点球决胜中以 4 比 3 战胜佩纳罗尔队，获得 2006-07 赛季乌拉圭足球甲级联赛冠军。

AC 米兰俱乐部与内斯塔续约至 2011 年。

卡瓦略与切尔西俱乐部续约至 2012 年。

19 日

2006-07 赛季德甲联赛最后 1 轮所有比赛同时开球，斯图加特主场 2 比 1 逆转击败科特布斯，夺得 1992 年来首个德甲冠军。同时，斯图加特、沙尔克 04 和不莱梅获得 2007-08 赛季冠军联赛参赛资格，拜仁慕尼黑、勒沃库森和纽伦堡参加联盟杯，汉堡获得参加托托杯资格，美因茨、亚琛和门兴格拉德巴赫降级。

37 岁的拜仁中场绍尔宣布退役。

2006-07 赛季意乙联赛第 39 轮所有比赛同时开球，尤文图斯客场 5 比 1 大胜前队长孔蒂执教的阿雷佐，提前 3 轮回到意甲。

2006-07 赛季英格兰足总杯决赛在新温布利球场展开争夺，切尔西 1 比

0力克曼联，成为第一支在新球场夺冠的球队，这是切尔西历史上第4座足总杯冠军。

2006-07赛季意甲联赛第37轮，AC米兰主场2比3负于乌迪内斯，41岁的科斯塔库塔罚进一个点球，结束了他在AC米兰22年的职业生涯，这也是他在意甲赛场上的第2个进球。

21日

在巴西甲级联赛达迦马以3比1战胜累西腓体育的比赛中，41岁的罗马里奥在第48分钟罚中一个点球，打进了个人职业生涯的第1000个球。

22日

英超阿森纳俱乐部与多哥前锋阿德巴约签订了一份长期合同。同时还与丹麦前锋本特纳续签了5年的合同。

体育用品零售商迈克·阿什利出价1.33亿英镑收购了英超纽卡斯尔俱乐部。

23日

2006-07赛季欧洲冠军联赛决赛在雅典奥林匹克球场打响，AC米兰2比1力克利物浦，第7次夺得冠军杯。AC米兰队长马尔蒂尼第8次参加冠军杯决赛，追平了前皇马巨星亨托的纪录，同时38岁331天的他成为冠军杯决赛史上年龄最大的非门将球员，卡卡则以10球获得冠军联赛最佳射手。

24日

巴西人尤万维尔拉成为了伊拉克国家队的新任主帅。

荷兰足协决定5年内不再组织与摩洛哥球队的比赛，原因是在荷兰蒂尔堡市进行的荷兰与摩洛哥21岁以下青年足球队比赛中发生了大规模骚乱。

德国国脚扬森从德甲门兴格拉德巴赫俱乐部转会到拜仁俱乐部，这位

21 岁的左后卫和拜仁签下了 4 年合同。

亚昆塔从乌迪内斯俱乐部转会至尤文图斯俱乐部，转会费为 800 万欧元，作为附加条件，尤文图斯将把小将保卢奇租借到乌迪内斯。

多哥足协解除了对效力于阿森纳的多哥头号球星阿德巴约及其两名队友的惩罚。阿德巴约、库巴贾和达雷是 2007 年 3 月 25 日因“明显无纪律行为”被开除出国家队的。他们作为“带头闹事者”，要求足协给每个球员发放 2006 年德国世界杯期间拖欠的 3000 万西非法郎(45735 欧元)。

奥萨苏纳前锋索尔达多首次入选西班牙国家队。

25 日

法甲冠军队里昂主教练霍利尔离任。

英超托特纳姆热刺俱乐部宣布与 17 岁南安普敦后卫贝尔签约，根据协议，热刺先支付 500 万英镑的首付款，然后根据出场次数等条件，转会费可升至 1000 万英镑。

英格兰 B 队 3 比 1 战胜阿尔巴尼亚队，欧文受伤 1 年后首次回归国家队。而 26 岁的雷丁左后卫肖雷成为 106 年以来雷丁俱乐部第一位入选英格兰国家队的球员。

AC 米兰俱乐部就冠军杯庆祝游行球队大巴车上出现的一幅粗俗的标语向同城对手国际米兰俱乐部道歉。

范尼重返荷兰国家队。

26 日

2006-07 赛季意乙联赛第 40 轮，尤文图斯主场 2 比 0 击败曼托瓦，提前 2 轮夺冠。

第 64 届德国杯决赛在柏林奥林匹克球场展开角逐，斯图加特加时赛 2 比 3 负于纽伦堡，纽伦堡夺得俱乐部历史上第 4 座也是 45 年来首座德国杯。

尤文图斯主教练德尚宣布辞职。

27 日

2006-07 赛季意甲联赛最后 1 轮，国际米兰主场 3 比 0 完胜都灵，创造了 97 分和 30 胜的意甲新纪录。切沃客场 0 比 2 负于卡塔尼亚，积 39 分成为最后 1 支降级队。托蒂以 26 球获得联赛最佳射手。

国际足联执委会通过一项决议，禁止在海拔 2500 米以上的地方举行国际足球比赛。

28 日

英冠附加赛决赛举行，德比郡队以 1 比 0 战胜了西布罗姆维奇队，成为最后一支升入 2007-08 赛季英超的球队。

国米球星米哈伊洛维奇的告别赛在塞尔维亚的诺维萨德举行。

29 日

托特纳姆热刺队宣布与前锋罗比·基恩续约 5 年。

捷克球星波波斯基宣布退役。

2007 年德国足球先生评选结果出炉，不莱梅的巴西球星迭戈以 50.7% 的绝对得票率当选。

日本中场稻本润一从土耳其加拉塔萨雷俱乐部自由转会至德甲法兰克福俱乐部，双方签约 2 年。

巴塞尔队 1 比 0 小胜卢塞恩队，获得瑞士杯冠军。

35 岁的巴西球星里瓦尔多从希腊奥林匹亚科斯俱乐部自由转会至同城的雅典 AEK 俱乐部，双方签约 2 年。

30 日

在代表塞帕队夺得伊朗国内联赛冠军，阿里·代伊宣布退役，并担任塞帕队主教练。

英超朴茨茅斯俱乐部正式宣布，加纳国家队中场蒙塔里与球队正式签约 5 年，俱乐部支付给意甲乌迪内斯 700 万英镑转会费。

英超曼联俱乐部宣与里斯本竞技的边锋纳尼和波尔图的中场安德森签约。

墨西哥足球甲级联赛托卢卡俱乐部宣布，前阿根廷队主帅佩克曼将出任球队主教练。

佩兰出任里昂队新主帅。

英国金哨波尔在解释封哨的理由时，把矛头指向了英足总。他声称：屡次争议哨后没有得到足总的支持，令自己失去了继续呆在球场的信心。

31 日

第 57 届国际足联代表大会在瑞士苏黎世举行，布拉特成功连任国际足联主席职务，任期到 2011 年。

意甲桑普多利亚俱乐部宣布队内前锋弗拉基因尿检呈阳性将被禁赛 16 个月。

英超曼联俱乐部官方宣布拜仁中场哈格里夫斯转会至曼联，转会费为 2500 万欧元，双方签约 5 年。

意甲 AC 米兰俱乐部官方宣布和主教练安切洛蒂续约到 2010 年。

意甲帕尔玛俱乐部宣布主教练拉涅利离任。

在《体育画报》年度运动员富豪榜上，足球方面多达 9 位明星上榜。来自巴塞罗那的罗纳尔迪尼奥依然高居榜首，年收入达到了 3270 万美元，2007-08 赛季将转投洛衫矶银河的贝克汉姆依然排在“足球圈”的第 2 位，接下来，分别是第 9 的亨利（阿森纳），第 10 的巴拉克（切尔西），第 11 的罗纳尔多（AC 米兰），第 15 的舍甫琴科（切尔西），第 18 的皮耶罗（尤文图斯），第 19 的特里（切尔西）和第 20 的杰拉德（利物浦）。

六月

1 日

英格兰队在新温布利首次亮相，主场 1 比 1 战平巴西队。贝克汉姆被放逐 335 天后重返国家队，第 95 次为英格兰出战。下半时，英格兰新老队长打出配合，贝克汉姆精准任意球助攻特里得分。

玻利维亚总统莫拉莱斯在玻利维亚海拔 5272 米的雪山山顶组织并参加了一场别开生面的高原足球赛，以实际行动抗议国际足联做出的禁止在海拔 2500 米以上地区举行国际足球比赛的决定。

2 日

曼联中场吉格斯宣布从威尔士国家队退役。

在非洲国家杯足球赛预选赛中，赞比亚队主场以 3 比 0 战胜刚果队，激动的球迷在赛后退场时发生踩踏事件，造成 12 人死亡。警方和医院证实，死者为 10 男 2 女，其中包括 5 名儿童。

2008 年欧洲杯预选赛 F 组丹麦队主场对瑞典队的比赛在临近终场时因

球迷攻击裁判而取消，当时双方比分 3 比 3。丹麦先以 0 比 3 落后，比赛结束前 15 分钟连追 3 球，第 89 分钟，丹麦后腰鲍尔森在禁区内无球状态下击打罗森贝里的腹部，德国主裁判范德尔判罚点球，一名身着红色丹麦球衣的球迷冲入场内，试图攻击范德尔，但被丹麦后卫格拉夫加德阻拦。尽管如此，范德尔还是与两名助理裁判离场，宣布取消比赛。

3 日

欧足联向利物浦俱乐部提出警示。在一份有关球迷表现的分析报告中，英格兰利物浦队的球迷是所有球迷中表现最差的，这份报告是欧洲的一家中立机构联合各国的便衣警察在过去 4 年中一直观察各队球迷表现后分析得出的结论。

意甲卡塔尼亚俱乐部宣布，巴尔迪尼将接任已经辞职的马里诺，担任球队 2007-08 赛季的主教练。

德勤会计师事务所公布了最新的欧洲联赛收入和收益数字，欧洲五大联赛（英超、法甲、德甲、意甲和西甲）的总收入自 2000 年以来增长了 7.2%。做为世界上最富有的联赛，英超收入在近几年逐年递增，2006-07 赛季收入为 20 亿欧元，获利 2 亿欧元。

4 日

尤文图斯宣布 2006-07 赛季带领帕尔玛保级的主教练拉涅利将成为球队新任主教练，双方签订了一份为期 3 年的协议。

塞拉利昂首都弗里敦失事的直升机造成包括多哥体育部长里·阿蒂波埃和多名球迷遇难后，多哥政府决定全国哀悼 3 天。

巴西帕尔梅拉斯俱乐部提出一份 1.2 亿美元的预算，计划翻新其主场，希望能成为 2014 年世界杯足球赛的比赛场地之一。

5日

葡超年度最佳球员揭晓，来自本菲卡队的队长西芒得分第1，高居榜首，来自波尔图的夸雷斯马和里斯本竞技的穆丁尼奥分别名列第2和第3。

法国足球史上执教时间最长的教练居伊·鲁重返法甲足坛，执掌朗斯队的教鞭。

加泰罗尼亚杯决赛在距离巴塞罗那市80公里的萨巴德尔展开争夺，巴塞罗那1比1战平西班牙人，在点球大战中5比4取胜。

6日

意甲都灵俱乐部正式宣布新任主教练上任，刚从桑普多利亚卸任的诺维利诺与都灵正式签约2年，取代了带队保级却与俱乐部主席关系紧张的功勋教练德比亚西。

巴西国家队主教练邓加宣布了参加委内瑞拉美洲杯的22人正式名单。小罗和卡卡希望休息的申请最终得到了批复，两人都将缺席美洲杯。

弗卢米嫩塞队客场以1比0战胜费格伦塞队，并以两回合2比1的总比分力压对手，夺得2007年“巴西杯”足球赛冠军。

7日

法国中场里贝里从法甲马赛俱乐部转会至德甲拜仁慕尼黑俱乐部，转会费为2500万欧元，双方签约4年。

意甲尤文图斯俱乐部与国门布冯续约至2012年。

巴西国际队在南美优胜者杯冠军第二回合中4比0大胜墨西哥帕丘卡队，以总比分5比2夺得2007年南美优胜者杯冠军。

斯托利洛夫宣布辞去保加利亚国家队主教练职务。

8日

韩国科技公司决定在2007年到2009年的3年时间内每年捐资10万余美元，帮助柬埔寨训练国家足球队的队员。

利物浦官方网站宣布与中场大将阿隆索续约，新合同为期5年，这样西班牙国脚将在安菲尔德效力至2012年。

欧足联对于瑞典队和丹麦队的欧洲杯预选赛中的混乱事件做出判决，瑞典队获判3比0获胜，以18分一举登上F组的第1位。

1998年世界杯上的法国队著名后卫劳伦·布兰克被任命为法甲波尔多队的新任主教练。原主教练里卡多则拿起了摩纳哥队的教鞭。

前西班牙国脚瓜迪奥拉出任巴塞罗那俱乐部B队主教练。

泽·罗伯托宣布退出巴西国家队。

9日

伊朗球员马达维基亚和德甲法兰克福队签约3年，从而结束了自己在德甲汉堡队8年的征战历史。

英格兰队的球员们计划把未来4年的全部比赛报酬贡献给“英格兰队球员慈善基金会”。该基金会计划设立专项基金帮助英格兰残疾人青年足球队的发展。

荷兰国脚罗本和爱妻博纳迪恩·埃里尔特正式完婚。

法国前球星、现任斯特拉斯堡队主教练的帕潘决定离开主帅的位置。仅执掌帅印1年的帕潘成功地使这支乙级球队升至甲级联赛。

“菲戈基金会”在里斯本阿尔瓦拉德球场举行了一场慈善赛，齐达内、哈吉、德波尔兄弟等多名退役巨星登场献技，最终菲戈队 5 比 4 击败世界明星队。菲戈在两个半场分别代表“菲戈队”与“世界明星队”出场，下半时有个点球被扑出。

10 日

土伦杯决赛于法国土伦马约尔球场展开，法国青年队 3 比 1 战胜中国国奥队，取得了四连冠。

2006-07 赛季意乙联赛开始最后 1 轮角逐，尤文图斯在补时阶段丢球，主场 2 比 3 负于保级球队斯佩齐亚，终结了该赛季联赛主场不败战绩。在直接升级席位的争夺战中，那不勒斯在客场经过长达 10 分钟的补时 0 比 0 逼平热那亚，从而以 1 分优势力压对方夺得亚军。不过由于皮亚琴察主场被逼平，领先该队 10 分的热那亚也不用打附加赛，直接升入甲级。

11 日

菲戈与国际米兰俱乐部续约 1 年。

皇家贝蒂斯俱乐部宣布将主教练费尔南德斯解职，二队主帅帕科·查帕里奥接任。

皇马俱乐部与博彩公司 BWin 签订了赞助合同，赞助金额为 3 年共 6900 万欧元。这样，皇马将以每年 2300 万欧元的胸前广告赞助额超过曼联(AIG，每年 2075 万欧元)成为世界第 1。

12 日

意甲球队帕尔玛任命意乙曼托瓦主帅多米尼克·迪·卡洛为俱乐部新任主教练，双方签约 1 年。

意甲球队锡耶纳任命意丙帕多瓦队主帅安德烈·曼多里尼成为俱乐部新任主教练，双方签约 2 年。

13 日

德甲沃尔夫斯堡俱乐部正式宣布马加特执掌球队教鞭。

克罗地亚中卫图多尔从意甲尤文图斯俱乐部自由转会至克罗地亚哈伊杜克俱乐部。

在贝鲁特的恐怖炸弹袭击中，两名黎巴嫩阿尔内泽默俱乐部球员不幸丧生。这两名球员分别为 25 岁的侯赛因·多马克和 20 岁的侯赛因·内米，他们当天在训练之后开车经过贝鲁特的闹市区时遭遇不测。

谢联俱乐部状告西汉姆联俱乐部在转会球员时存在违规行为应该进行罚分，球迷们挺身而出支持谢联，谢联的代表甚至还走进了英国的国会向首府大臣们陈述自己的观点。

意大利足协证实内斯塔正式退出国家队。

罗纳尔迪尼奥亲笔致信问候在踢球时突发脑血栓紧急入院治疗的智利总统巴切莱特的大女儿弗朗西斯卡·达瓦洛斯。

14 日

切尔西和阿森纳俱乐部公布了 2007-08 赛季客场队服。阿森纳的这款新队服上，一个值得注意的特色是衣领下端加上的一个小条幅，上面书写着阿森纳传奇主帅查普曼的改革功绩，以表达对这位教头的敬意。

英超官方网站公布新赛季赛程，2007-08 赛季将在 8 月 11 日拉开战幕。

以色列后卫本哈伊姆从英超博尔顿俱乐部自由转会至切尔西俱乐部。

范·马尔韦克出任荷甲费耶诺德俱乐部新主帅，双方签约 2 年。

纽卡斯尔签下了曼城的英格兰中场巴顿，转会费为 550 万英镑，合同期为 5 年。

意大利足协做出了裁决，因涉嫌打假球，判罚阿雷佐俱乐部降到意大利丙级联赛。

尤文图斯的首席执行官塔尔德利宣布辞职。

国际足联给皇马的巴西前锋罗比尼奥颁发“特赦令”，同意他参加完最后一轮西甲联赛再参加美洲杯集训。

瓦伦西亚极端球迷组织 Yomus 大闹训练场，险些和球员间动起手来。

因与总教练特拉帕托尼发生争执，马特乌斯被奥地利萨尔茨堡红牛俱乐部解职。

15 日

皇马前锋波尔蒂略加盟西甲奥萨苏纳队，双方签约 4 年。

南美足联要求国际足联谨慎研究并撤销关于取消高原主场的决定。

因在一次超速驾驶中做伪证，西汉姆联队 41 岁的老将谢林汉姆被伦敦警察厅拘留。

史蒂文斯独立调查小组在耗资 130 万英镑、历经 15 个月的艰难取证后，终于用一种模棱两可的口吻公布了一个“最终报告”。史蒂文斯报告曝光了切尔西、博尔顿等 5 家俱乐部，阿勒代斯、索内斯和老雷德克纳普 3 名教练，以及包括“超级经纪人”萨哈维在内的 15 名足坛掮客，但报告没有证据证明涉嫌的 3 位教练收取“黑金”。

16 日

曼联队长加里·内维尔和埃玛在曼彻斯特大教堂举行结婚。同日，他的队友卡里克和莉萨在怀蒙德姆教堂举行婚礼。

AC 米兰俱乐部签入法国前国脚易布拉辛·巴,希望他在 1 年之后能够帮助 AC 米兰进行一些球探方面的工作。

2007 年欧洲 21 岁以下足球锦标赛 A 组小组赛结束,比利时队 2 比 2 战平了东道主荷兰队,获得了小组第 2 名进入 4 强。根据规则,比利时队与东道主荷兰队携手进军北京奥运会。

河床队前锋奥尔特加在妻子和三个孩子的陪同下前往智利接受酗酒治疗。

意甲卡利亚里俱乐部从阿根廷胡拉坎俱乐部签入阿根廷乙级联赛最佳射手拉里维。

17 日

2006-07 赛季西甲联赛最后 1 轮,皇家马德里主场 3 比 1 逆转取胜马洛卡,巴塞罗那客场 5 比 1 大胜塔拉戈纳。皇马和巴萨同积 76 分,皇马以相互交锋成绩占优而夺得历史上第 30 座联赛冠军。毕尔巴鄂、贝蒂斯保级成功,皇家社会、塞尔塔和塔拉戈纳降级。皇家马德里队的荷兰前锋范尼以 25 球获得联赛最佳射手。

随着西甲联赛大幕落下,欧洲金靴奖揭晓,范尼在最后一轮联赛中由于受伤被提前换下,他的进球数比托蒂少 1 个,托蒂以 26 球 52 分的成绩获得欧洲金靴奖。荷甲的射手,来自海伦芬的巴西人阿方索·阿尔维斯以 34 个进球 51 分(荷甲的系数为 1.5,而五大联赛的系数为 2)获得“银靴”,范尼则以 25 个进球 50 分获得“铜靴”。

在欧洲 21 岁以下青年锦标赛最后一轮中,英格兰队以 2 比 0 击败了塞尔维亚队,和塞尔维亚队一起打进半决赛,同时也获得了进军北京奥运会的另两个名额,而同组的意大利队则被淘汰。

18 日

国际米兰从特雷维索赎回未满 20 岁的小将，意大利 U21 青年队前锋阿夸弗雷斯卡。

米德尔斯堡队从阿森纳队引进了法国前锋阿利亚迭雷，双方签约 4 年，转会费为 150 万英镑。

德国足协将指派一名 28 岁的女警官斯泰因豪斯执法一场德国乙级联赛，她也成为了德国足坛第一位执法男子足球比赛的女裁判。

19 日

德国国门莱曼曝光了世界杯对阿根廷队点球前教练给他的神秘字条，这张字条帮助莱曼在点球大战中连续扑出阿根廷队几名球员的点球，最终淘汰了对手。

西甲皇马队在一场友谊赛中 8 比 0 大胜以色列-巴勒斯坦和平联队，古蒂一人包办 4 粒进球，这场比赛的意义在于促进中东地区和平。

西甲瓦伦西亚俱乐部与主帅弗洛雷斯续约，同日，马竞俱乐部也与主帅阿吉雷续约 1 年。

马竞俱乐部从奥萨苏纳签下中场新星劳尔·加西亚，双方签约 5 年，转会费为 1200 万欧元。

20 日

罗马俱乐部从国际米兰俱乐部签下智利中场皮萨罗另一半所有权，转会费为 575 万欧元。

克罗地亚后卫罗伯特·科瓦奇从意甲尤文图斯俱乐部自由转会至德甲多特蒙德俱乐部。

第 48 届南美解放者杯决赛次回合在巴西阿莱格雷港奥林匹克球场展开角逐，最终博卡客场 2 比 0 击败格雷米奥，里克尔梅独中两元。博卡以 5 比 0 的总比分第 6 次夺冠，还创造了解放者杯决赛最悬殊总比分纪录，并且超越 AC 米兰，创造了 17 项国际赛事冠军的新纪录。

文托拉从意甲亚特兰大俱乐部自由转会至都灵俱乐部，双方签约 2 年。

西甲瓦伦西亚俱乐部解聘经理卡波尼，同时和中场席尔瓦续约到 2011 年，年薪 120 万欧元，毁约金 6000 万欧元。

意甲利沃诺俱乐部从国际米兰完全买入了左后卫帕斯夸莱的所有权。

来自米兰的独立检察官诺切利诺公布了第二阶段调查成果，报告显示：在该赛季，国米通过在交易过程中哄抬球员身价，美化俱乐部账目，达到顺利通过足协赛季前财政审查的目的。除了国米，AC 米兰、桑普多利亚以及雷吉纳等球队也涉嫌做假账。

21 日

前皇马名宿巴尔达诺收购了加迪斯 51% 的股权，成为该队真正的“主人”，他同时宣布任命前皇马主帅雷蒙出任加的斯新赛季主帅，名帅博斯克担任顾问。

在离退休年龄还有 2 年时，英格兰名哨波尔宣布提前封哨。而德国名哨默克则因达到退役年龄宣告封哨。

巴西后卫胡安从德甲勒沃库森队转会至意甲罗马俱乐部，转会费为 630 万欧元，双方签约 4 年。同时被租借至罗马俱乐部的黑山前锋武西尼奇完成了永久转会，转会费为 750 万欧元，双方同样签约 4 年。

阿根廷国家队主教练巴西莱正式公布了阿根廷参加美洲杯的国家队名单，里克尔梅重返国家队，而在巴塞罗那度过了一个失望赛季的萨维奥拉落选。

欧洲21岁以下青年锦标赛进行一场附加赛，意大利队和葡萄牙队为争夺一个北京奥运席位展开激烈争夺，120分钟比赛双方战成0比0，在点球决战中10人作战的意大利队4比3获胜。

根据西班牙一家权威调查机构的问卷调查，刚刚拿到2006-07赛季西班牙甲级联赛冠军的皇家马德里当之无愧地荣膺西班牙最受欢迎的俱乐部，排名第2至5位的依次是巴塞罗那、瓦伦西亚、毕尔巴鄂竞技和马竞。

意甲尤文图斯俱乐部分别从法甲里昂队购入葡萄牙中场蒂亚戈以及从恩波利俱乐部购入阿根廷中场阿尔米隆。

巴西中场泽·罗伯托二度加盟德甲拜仁慕尼黑俱乐部，双方签约2年。

22日

葡萄牙职业足球运动员工会呼吁各俱乐部在即将开始的2007-08年赛季多让本国球员上场比赛。

意大利足协纪律委员会宣布，有关国际米兰俱乐部窃听球员和裁判员电话的指控不成立。

土耳其前锋通恰伊从土耳其费内巴切俱乐部自由转会至英超米德尔斯堡俱乐部，双方签约4年。

罗马尼亚传奇球星哈吉出任罗马尼亚豪门布加勒斯特星队新主帅，双方签约2年。

意甲国际米兰股东举行特别会议，按惯例做出年度财政报表，并一致通过给俱乐部注资7100万欧元。

23日

AC米兰俱乐部宣布退出洪都拉斯前锋苏亚佐的转会纷争，苏亚佐最终得以加盟国际米兰俱乐部。

意甲乌迪内斯俱乐部出价 750 万欧元，从桑普多利亚俱乐部买断了前锋夸利亚雷拉另一半所有权。此外，拉齐奥俱乐部从巴勒莫俱乐部买回了尼日利亚前锋马金瓦另一半所有权，价格为 330 万欧元；罗马俱乐部则从莱切俱乐部买断了后卫卡塞蒂的另一半所有权，价格为 250 万欧元；都灵俱乐部也从罗马俱乐部手中买回了后卫科莫托的一半所有权。

在欧洲青年足球锦标赛决赛中，荷兰队 4 比 1 大胜塞尔维亚队夺得冠军。

2006-07 赛季西班牙国王杯决赛在伯纳乌球场展开争夺，塞维利亚 1 比 0 力克赫塔菲。卡努特的单刀进球帮助塞维利亚历史上首次夺得国王杯，这也令他们 2006-07 赛季获得了杯赛双冠。

欧洲足联宣布取消 2008 年欧洲杯预选赛 A 组亚美尼亚队和阿塞拜疆队之间的两场比赛，双方均失去全取 6 分的机会。这两个相邻国家之间长期以来存在着领土争端，在决定各自国家队的两场 A 组预选赛的比赛地点时双方争执不下，亚美尼亚队希望按照正常的主客场原则进行决断，而阿塞拜疆队则拒绝主场“招待”亚美尼亚队，要求在中立场地举行比赛。

24 日

在中北美洲及加勒比海金杯赛决赛中，东道主美国队主场 2 比 1 逆转墨西哥队，蝉联冠军。美国队将代表中北美洲及加勒比海地区参加 2009 年在南非举行的联合会杯。

英格兰前锋达伦·本特从英冠查尔顿俱乐部转会至英超热刺俱乐部，转会费为 1600 万镑，也打破了热刺俱乐部 2006 年以 1100 万镑买下贝尔巴托夫的俱乐部转会纪录。

25 日

印度正式决定退出申办 2011 年亚洲杯。在申办截至日期到来之前，卡塔尔成了惟一的申办国家。

法国前锋亨利从英超阿森纳俱乐部转会至西甲巴塞罗那俱乐部，双方签约 4 年，转会费为 2400 万欧元。

意甲尤文图斯俱乐部与法国前锋特雷泽盖续约至 2011 年。

意甲桑普多利亚俱乐部与因服用禁药被禁赛 2 年的前锋弗拉基解约。

由于欧文在英格兰队比赛中受伤，国际足联和英足总决定支付给纽卡斯尔俱乐部 1000 万英镑的赔偿金。

阿根廷首都布宜诺斯艾利斯发生一起严重的球迷骚乱，导致 1 名球迷死亡、14 人受伤，另有 78 人被捕。骚乱发生在老虎队客场对阵新芝加哥队的赛场。比赛进入加时赛后，老虎队以 2 比 1 领先。加时赛第 3 分钟时，主裁判古斯塔沃·巴锡判给老虎队一个点球，由于此前老虎队已经在主场以 1 比 0 击败新芝加哥队，这一结果无疑宣判了后者“死刑”，这也激发了新芝加哥队球迷的愤怒。布宜诺斯艾利斯紧急援救中心主任阿尔贝托·克雷申蒂确认，老虎队一名 41 岁的球迷头部被一块石头击中，在被紧急送往医院后不治身亡。

26 日

科特迪瓦后腰亚亚·图雷从法甲摩纳哥俱乐部转会至西甲巴塞罗那俱乐部，转会费为 1200 万欧元。

意大利门将阿比亚蒂被意甲 AC 米兰俱乐部租借至西甲马德里竞技俱乐部 1 年。

德国前锋克洛斯从不莱梅俱乐部转会至拜仁慕尼黑俱乐部，双方签约 4

年，转会费为 1200 万欧元。

皇马替补门将迭戈·洛佩斯转会至比利亚雷亚尔俱乐部。

包括迪米凯莱在内的 4 名意大利球员因为参与非法赌博被意大利足协起诉。

前德国国家队主教练德瓦尔去世，享年 80 岁。德国足协表示，德瓦尔死于一种罕见的疾病。

以色列人格兰特与英超切尔西俱乐部签约 2 年，出任球队技术指导。

27 日

美洲杯揭幕，在首场比赛中，乌拉圭队爆冷 0 比 3 负于秘鲁队。上半时，秘鲁队中卫比利亚尔塔顶进本届杯赛首粒入球。

荷兰边卫范布隆克霍斯特从西甲巴塞罗那俱乐部自由转会至荷甲费耶诺德俱乐部，双方签约 3 年。

国际足联正式调整了高原禁赛令，将国际足球比赛的最高海拔高度由 2500 米调整为 3000 米。

28 日

香港富商杨嘉诚花费 1500 万英镑收购了英超伯明翰俱乐部 29.9%的股权，成为了该俱乐部的最大个人股东。

丹麦前卫丹尼斯·索伦森从丹麦超级联赛的米迪兰特俱乐部转会至德甲科特布斯俱乐部，双方签约 4 年。

17 岁的小将博扬升入巴塞罗那一线队。

西甲皇家马德里俱乐部宣布解聘主教练卡佩罗。

德国足球联盟公布了2007-08赛季德甲新赛季的联赛赛程，首场比赛于8月10日进行，由卫冕冠军斯图加特队在主场迎战沙尔克04队，这也是2006-07赛季冠亚军之间的争夺。

英超利物浦俱乐部与马里中场西索科签约4年。

荷兰前锋马凯从德甲拜仁慕尼黑俱乐部转会至荷甲费耶诺德俱乐部，转会费为500万欧元，双方签约3年。

法国后卫阿比达尔从法甲里昂俱乐部转会至西甲巴塞罗那俱乐部，转会费为1400万欧元，双方签约4年。

英超纽卡斯尔与新赞助商著名啤酒品牌“Carling”签约。

阿根廷提出申办2011年美洲杯。

美洲杯C组首轮开始第2场角逐，阿根廷队4比1击败美国队，终结了对方2006年世界杯以来的不败战绩。克雷斯波在阿根廷国家队的总进球数已经达到了34个，追平了马拉多纳的进球纪录。

29日

意大利中场多纳蒂从意甲AC米兰俱乐部转会至苏超凯尔特人俱乐部，双方签约4年，转会费为300万英镑。

意大利前锋博列洛被AC米兰俱乐部租借至热那亚一个赛季。

斯洛伐克中场哈姆西克从意乙布雷西亚俱乐部转会至意甲那不勒斯俱乐部，转会费550万欧元，双方签约5年。

曼联队的英格兰球星鲁尼宣布将在新赛季改穿10号球衣。鲁尼自加盟曼联以来一直穿着8号球衣。

巴西球星罗纳尔迪尼奥在巴西参加泛美运动会的火炬传递活动。

30日

英超升班马德比郡从英冠诺维奇队买下了威尔士前锋厄恩肖,转会费为350万英镑,这也打破了该俱乐部历史转会费纪录。

美洲杯A组第2轮,东道主委内瑞拉队2比0击败秘鲁队,改写了1967年以来美洲杯不胜的历史。

日本J联赛磐田喜悦俱乐部将前国奥球员菊地直哉开除,因为这名球员竟与一名15岁少女发生性行为而被逮捕。

七月

1日

南非队3比0战胜东道主法国队,获得“达能杯”世界少年足球锦标赛冠军。

法国中场福贝从法甲波尔多俱乐部转会至英超西汉姆联俱乐部,转会费为610万英镑,双方签约5年。

巴西中场卢卡斯从巴西格雷米奥俱乐部正式转会至英超利物浦俱乐部,转会费为800万英镑。

2日

意大利足球联赛官方用球出炉。

克罗地亚前锋爱德华多·达席尔瓦从克罗地亚萨格勒布迪那摩俱乐部转会至英超阿森纳俱乐部,转会费为600万英镑,双方签约4年。

越南法庭认定9名裁判员和足协官员收受贿赂、操纵比赛。其中4人被判4年至7年监禁,其中还包括一位在国际足联注册的高级裁判,其余5人的牢狱生涯在2年至3年之间。这些罪犯均被控诉在越南2004-05赛季收受大量贿赂以达到操纵比赛的目的。

前乌拉圭国脚达里奥·席尔瓦在西班牙走亲访友期间被西班牙警方逮捕。席尔瓦被逮捕与他转移财产,拒绝履行法院的一项判决有关,据悉此前西班牙法院曾三次给他下达过执行通知书,但他一次都没有执行。

3日

与德甲拜仁慕尼黑俱乐部解约的伊朗前锋卡里米加盟卡塔尔竞技俱乐部。

波黑后卫萨利哈米季奇从德甲拜仁慕尼黑俱乐部自由转会至意甲尤文图斯俱乐部。

菲卡邓蒂出任意甲雷吉纳队主帅。

喀麦隆中场格雷米从英超切尔西俱乐部自由转会至纽卡斯尔俱乐部。

阿根廷内政部宣布新芝加哥队的主场将被关闭20场。在升降级附加赛中,新芝加哥队在马塔德罗斯共和球场迎战提格雷队。结果,客队获得了胜利,而主队却不幸降级,这个结果引发了双方球迷的冲突。在冲突中,客队一名叫马塞洛·塞哈斯的球迷被石块击中,不治身亡。

西汉姆联"违规转会"案结案,英超联盟发表声明称不会对西汉姆联进行扣分处罚,也就是说西汉姆联留在英超结果不变,而谢联只能寄望2007-08赛季通过英冠联赛重返英超。

4 日

41 岁的英格兰老将谢林汉姆与英冠科尔切斯特俱乐部签约 1 年。

香港商人杨嘉诚邀请前利物浦球星麦克马纳曼出任收购伯明翰俱乐部的董事会成员之一。

德国门将希尔德布兰从德甲斯图加特俱乐部自由转会至西甲瓦伦西亚俱乐部,双方签约 4 年。

西班牙前锋托雷斯从西甲马德里竞技俱乐部转会至英超利物浦俱乐部,转会费为 2650 万英镑,打破了 3 年前利物浦购买法国前锋西塞的转会费纪录(1400 万英镑),双方签约 6 年。作为交易的一部分(600 万英镑),西班牙前锋路易斯·加西亚前往马德里竞技俱乐部。

5 日

英格兰门将理查德·赖特从埃弗顿俱乐部自由转会至西汉姆联俱乐部。

英格兰前锋萨顿因脑震荡引发的眼疾非常严重,宣布退役。

意大利前锋阿夸弗雷斯卡从国际米兰转会至卡利亚里俱乐部,由两家俱乐部共有。

意大利前锋迪米凯莱从巴勒莫俱乐部转会至都灵俱乐部。

前桑坦德主帅波图加尔出任皇家马德里俱乐部技术总监。

哥伦比亚小将莫斯奎拉在训练中突然晕厥倒地,而且出现了心脏停止跳动的迹象。倒地之后的莫斯奎拉毫无知觉,当时他的身边并没有队友。幸好助理教练发现他不见之后立刻展开搜索,并在找到他之后迅速进行急救,避免了一场悲剧的发生。

欧洲足联放宽对丹麦足协的处罚，后者可以在距离哥本哈根140公里以外的地方举行今后4场2008年欧洲杯预选赛主场比赛，罚金也由10万瑞士法郎降至5万瑞士法郎。

6日

乌克兰前锋沃罗宁从德甲勒沃库森俱乐部自由转会至英超利物浦俱乐部。

瑞典人埃里克森出任曼城俱乐部新主帅。

荷兰边锋岑登从英超利物浦俱乐部自由转会至法甲马赛俱乐部。

法国前锋西塞正式从英超利物浦俱乐部转会至法甲马赛俱乐部，双方签约4年。

美洲杯智利队1比6惨败于巴西队，包括队长巴尔迪维亚，后卫瓦尔加斯、中场特洛和前锋纳维亚全被踢出了智利队的主力阵容。这是因为智利入住的马拉因酒店的安保人员称，至少有5名智利队员在餐厅吃早饭时酗酒寻衅滋事，还有人在房间内损坏了酒店的财物，另外，在同一酒店下榻的一对夫妇也称受到了智利球员的骚扰。随后巴尔迪维亚和瓦加斯等6名国脚被智利足协处以禁赛20场的重罚。

7日

喀麦隆前锋埃托奥在巴黎同他相恋多年的女友乔治凯特正式举行了婚礼，此前他们已育有三位子女。埃托奥的婚礼十分低调，只是举办了一个小型的庆祝仪式，参加婚礼的只有几名亲朋好友，而他的巴塞罗那俱乐部队友几乎无人出席。

意大利后卫格罗索从意甲国际米兰俱乐部转会至法甲里昂俱乐部，转会费为700万欧元，双方签约4年。

捷克国门切赫在布拉格的足球学校揭幕。

西甲皇家马德里俱乐部与后卫拉莫斯续约至 2013 年，毁约金高达 1.5 亿欧元。

9 日

德国人舒斯特尔出任西甲皇家马德里队新主帅，双方签约 3 年。舒斯特尔也是继海因克斯后第 2 位执教皇家马德里队的德国主教练。

丹麦人米歇尔·劳德鲁普接替舒斯特尔，出任西甲赫塔菲俱乐部新主帅。

希腊前锋查理斯特亚斯从荷甲费耶诺德俱乐部转会至德甲纽伦堡俱乐部，转会费为 250 万欧元，双方签约 4 年。

西甲皇家马德里俱乐部宣布放弃引进巴西球星卡卡。

10 日

威尔士前锋贝拉米从英超利物浦俱乐部转会至西汉姆联俱乐部，转会费为 750 万英镑，双方签约 5 年。

意大利前锋米科利从尤文图斯俱乐部转会至巴勒莫俱乐部，转会费为 430 万欧元。

意大利前锋比安奇从意甲雷吉纳俱乐部转会至英超曼城俱乐部，转会费为 900 万英镑。

在德国世界杯决赛后一周年之际，齐达内在接受采访时表示，自己用头将意大利后卫马特拉齐顶翻在地是“不可宽恕的”，裁判将他红牌罚下理所当然。

阿根廷前锋萨维奥拉从西甲巴塞罗那俱乐部自由转会至西甲皇家马德里俱乐部。

西甲巴塞罗那俱乐部确定第42届“甘伯杯”比赛将在2007年8月29日进行，邀请的对手是意甲冠军国际米兰队。

以色列中场贝纳永从英超西汉姆联俱乐部转会至利物浦俱乐部，转会费为500万英镑，双方签约4年。

德国国脚梅策尔德正式从德甲多特蒙德俱乐部自由转会至西甲皇家马德里俱乐部，双方签约4年。

11日

阿根廷中卫加布里埃尔·米利托从西甲萨拉戈萨俱乐部转会至巴塞罗那俱乐部，转会费为2050万欧元，双方签约4年。

英格兰前锋纽金特从英冠普雷斯顿俱乐部转会至英超朴茨茅斯俱乐部，转会费为600万英镑。

法国后卫萨尼亚从法甲欧塞尔俱乐部转会至英超阿森纳俱乐部，转会费为600万英镑。

意大利后卫科科遭遇“情杀”。正在萨丁岛的科科结束夜店生活，正准备回公寓休息，当他和同伴齐普里亚尼一同跨入公寓的厅门时，两位时髦女郎迎面走来，科科热情地和其中一名女郎拥抱。就在他们拥抱时，身后的那位女郎突然拔出尖刀刺向科科的头部，幸好，反应神速的科科躲过了这致命一刀。随后他与两名女郎扭打起来，扭打过程中，科科夺下了尖刀，不过手部被划伤。而眼见偷袭失败，两名女郎迅速逃离现场，不过稍后赶来的警察还是成功将两人擒获。

12 日

西班牙联赛委员会公布了 2007-08 赛季西甲联赛赛程，新赛季于 2007 年 8 月 26 日拉开帷幕至 2008 年 5 月 18 日结束，赛程比 2006-07 赛季提前 1 个月结束。

荷兰边锋巴贝尔从荷甲阿贾克斯俱乐部转会至英超利物浦俱乐部，转会费为 1150 万英镑。

巴西籍葡萄牙后卫佩佩从葡超波尔图俱乐部转会至西甲皇家马德里俱乐部，转会费为 3000 万欧元，双方签约 5 年。

法国中场马卢达从法甲里昂俱乐部转会至切尔西俱乐部，转会费为 1350 万英镑。

意大利前锋 C·卢卡雷利从意甲利沃诺俱乐部转会至乌克兰顿涅茨克矿工俱乐部，转会费为 800 万欧元。

阿根廷中场达历山德罗从德甲沃尔夫斯堡俱乐部完全转会至西甲萨拉戈萨俱乐部，转会费为 350 万欧元。

阿根廷门将乌斯塔里从阿根廷独立俱乐部转会至西甲赫塔菲俱乐部，转会费为 600 万欧元。

13 日

德甲拜仁慕尼黑队门将卡恩宣布 2007-08 赛季结束后退役。

16 岁的足球运动员莱昂德罗·达·席尔瓦在做饭时身中流弹身亡。命案发生在巴西里约热内卢，据了解，当时警方在追捕几名毒品贩子时发生枪战，其中一名毒品贩子被击毙，还有一名警察受伤，但不知谁射出的一枚子弹，穿过一栋附近楼房的窗户，击中了在家做饭的席尔瓦胸部，使席尔瓦年轻的生命意外终结。

意大利前锋蒙特拉从罗马俱乐部自由转会回前东家桑普多利亚俱乐部。

巴西前锋艾尔顿从塞尔维亚贝尔格莱德红星俱乐部自由转会至德甲杜伊斯堡俱乐部，双方签约1年。

瑞士中场戈尔逊·费尔南德斯从瑞士锡永俱乐部转会至英超曼城俱乐部，转会费为380万英镑，这也创造了瑞士球员转会海外俱乐部的新纪录。

巴西足球名宿扎加洛因患脱水症住院接受观察。

巴西中场阿尔贝托从巴西科林蒂安俱乐部转会至德甲不莱梅俱乐部，转会费为800万欧元。

毕尔巴鄂完成了新一届的主席大选，律师费尔南多·加西亚·马库阿险胜竞争对手，接任2006-07赛季中期临时就职的女主席阿娜·乌尔基霍，成为俱乐部历史上第30任主席。

14日

西班牙后卫布拉沃从西甲皇家马德里转会至希腊奥林匹亚科斯俱乐部，转会费为200万欧元，双方签约6年。

刚刚从瓦伦西亚俱乐部转会至比利亚雷亚尔俱乐部的阿根廷中卫阿亚拉，在未代表“黄色潜水艇”出战过一场比赛的情况下又转会至萨拉戈萨俱乐部，毁约金为600万欧元，双方签约3年。

巴西前锋埃韦顿被西甲萨拉戈萨俱乐部租借至德甲斯图加特俱乐部直至2007-08赛季结束。

贝克汉姆身披23号球衣，正式亮相洛杉矶银河。

西甲联赛官方宣布2007-08赛季将首次启用一名女巡边员，她的名字叫玛丽亚·路易莎。

卡帕罗斯出任西甲毕尔巴鄂俱乐部新主帅。

15 日

阿根廷教练库珀出任西甲皇家贝蒂斯俱乐部新主帅。

第 42 届美洲杯决赛在马拉开波打响，巴西 3 比 0 完胜阿根廷，第 8 次夺得美洲杯冠军。巴西前锋罗比尼奥以 6 球成为本届赛事最佳射手。

哥伦比亚后卫里瓦斯从阿根廷河床俱乐部转会至意甲国际米兰俱乐部，转会费为 500 万欧元，双方签约 4 年。

法国前锋亨利与结发 4 年的妻子、英国名模克莱尔分手。

16 日

英超阿森纳俱乐部宣布不引进巴普蒂斯塔，巴西前锋将结束租借生涯，返回皇家马德里。

英格兰中场里查森从曼联俱乐部转会至桑德兰俱乐部，转会费为 550 万英镑，双方签约 4 年。

法国前锋贝里昂从尼斯俱乐部转会至波尔多俱乐部，转会费为 200 万欧元。

法国边锋久利从西甲巴塞罗那俱乐部转会至意甲罗马俱乐部，转会费为 400 万欧元。

巴西前锋罗比尼奥荣膺 2007 年美洲杯最有价值球员（MVP）奖。

一件卡卡穿过的 22 号球衣在 E-bay 上进行拍卖，限期 3 天，拍卖所得将全部捐献给参加特殊奥林匹克运动会的意大利选手，用作他们的路费。

雷科巴宣布退出乌拉圭国家队。

17日

德国门将布特从德甲勒沃库森俱乐部转会至葡萄牙本菲卡俱乐部，双方签约2年。

乌拉圭前锋弗兰从西甲比利亚雷亚尔俱乐部转会至马德里竞技俱乐部，双方签约4年，转会费为2100万欧元。

阿亚拉宣布退出阿根廷国家队。

葡萄牙后卫安德拉德从西甲拉科鲁尼亚俱乐部转会至意甲尤文图斯俱乐部，转会费为1000万欧元，双方签约3年。

巴西中场吉奥瓦尼从巴西克鲁塞罗俱乐部自由转会至英超曼城俱乐部，双方签约1年。

西班牙后卫帕文从皇家马德里俱乐部转会至萨拉戈萨俱乐部，这也标志着“银河舰队”时代正式宣告结束。

18日

西甲马竞俱乐部宣布阿根廷球员马克西担任球队队长。

庆祝南非前总统曼德拉89岁生日的足球赛在南非开普敦举行。对阵双方是世界明星联队和非洲明星联队，最终双方战成3比3。

意大利前锋维埃里从亚特兰大俱乐部自由转会至佛罗伦萨俱乐部，双方签约1年。

19 日

乌拉圭前锋潘迪亚尼从西班牙人俱乐部转会至奥萨苏纳俱乐部，转会费为 200 万欧元。

前意大利著名裁判科里纳出任意大利足球甲级和乙级联赛裁判指派官。

波兰门将杜德克从英超利物浦俱乐部自由转会至西甲皇家马德里俱乐部，双方签约 2 年。

法国中场阿卢·迪亚拉从里昂俱乐部转会至波尔多俱乐部，转会费为 775 万欧元，双方签约 4 年。

在塞尔维亚莫斯塔尔举行的联盟杯预选赛中，贝尔格莱德游击队队以 6 比 1 大胜对手，赛后发生了球迷骚乱，27 名警察和 9 名球迷在骚乱中受伤，6 名肇事球迷被拘留。

20 日

阿根廷后卫杜舍尔从拉科鲁尼亚俱乐部转会至桑坦德竞技俱乐部。

托蒂正式宣布退出意大利国家队。

西班牙后卫埃尔格拉从皇家马德里转会至瓦伦西亚俱乐部，转会费为 350 万欧元，双方签约 3 年。

丹麦前锋罗梅达尔从英冠查尔顿俱乐部转会至前东家荷甲阿贾克斯俱乐部，转会费为 68 万英镑，双方签约 3 年。

21 日

巴格达民众开枪庆祝国家队晋级亚洲杯足球赛四强期间，导致至少 3 人死亡、15 人受伤。

法甲里昂队1比0战胜英超博尔顿队，获得2007年韩国“和平杯”冠军。

意甲尤文图斯与中场塔奇纳迪解约。

22日

阿根廷队2比1逆转击败捷克队，蝉联U20世青赛冠军。阿根廷前锋阿奎罗以6球夺得射手王，还被评为本届赛事最佳球员。在稍前结束的第3名争夺战中，智利队1比0力克奥地利队，夺得季军。

西甲前锋特里斯坦从西甲马洛卡俱乐部自由转会至意甲利沃诺俱乐部，双方签约1年。

23日

意甲AC米兰俱乐部将巴西前锋奥利维拉租借至西甲萨拉戈萨俱乐部直至2007-08赛季结束。

瑞典中场永贝里从英超阿森纳俱乐部转会至西汉姆联俱乐部，转会费为300万英镑，双方签约4年。

科特迪瓦前锋萨诺戈从德甲汉堡俱乐部转会至不莱梅俱乐部，转会费为500万欧元。

24日

秘鲁前锋皮萨罗从德甲拜仁慕尼黑俱乐部自由转会至英超切尔西俱乐部，双方签约4年。

国际足联在与英足总和英超联盟会面后，宣布不介入特维斯转会案。

意大利中场马尔吉奥尼被尤文图斯俱乐部租借至恩波利直至2007-08赛季结束，后卫皮科洛则被出售给恩波利一半所有权。

英超纽卡斯尔联俱乐部与主席谢泼德解约，赔偿金为100万英镑。克里斯·莫特取代谢泼德，成为纽卡斯尔联俱乐部新一任主席。

25日

福勒加盟英冠加的夫城俱乐部，双方签约2年。

英超利物浦俱乐部在官方网站上展示了俱乐部新球场的设计图。能容纳6万人的新球场坐落于利物浦市的斯坦利公园，将于2010年建成。

伊拉克球迷在巴格达街头庆祝伊拉克队打入亚洲杯决赛时，两起炸弹爆炸事件导致至少造成55人死亡，135人受伤。

英超纽卡斯尔球员罗伯特·李和巴顿因涉嫌未经许可开走一辆豪华轿车被警方逮捕。

罗马尼亚前锋马里卡从乌超顿涅茨克矿工俱乐部转会至德甲斯图加特俱乐部，转会费为800万欧元，双方签约4年。

26日

意大利前锋佩莱从意甲莱切俱乐部转会至荷甲阿尔克马尔俱乐部，转会费为750万欧元。

西班牙《马卡报》网站公布了“本世纪最糟转会”的结果，英格兰中卫伍德盖特2004-05赛季以2200万欧元转会皇家马德里俱乐部，被37.11%的网友投票率当选。

保加利亚中场马丁·彼得罗夫从西甲马德里竞技俱乐部转会至英超曼城俱乐部，转会费为470万英镑。

由于酒店的接待能力远远不能满足球迷住宿的要求，将举办6场欧洲杯比赛的瑞士巴塞尔市计划搭建球迷露营帐篷营地。这种营地将由私人企业经营,可以以优廉的价格解决 2500 名球迷的住宿问题。

巴西女足以 5 比 0 战胜美国女足,获得第 15 届泛美运动会女足比赛冠军。

意甲罗马俱乐部举迎来俱乐部成立 80 周年,在这一天里,罗马俱乐部与意大利电信公司达成了赞助协议,合同年限为 2 年,罗马俱乐部每年将获得 600 万欧元的赞助费,终于摆脱了连续 3 年没有主赞助商的状况。

27 日

英格兰切尔西俱乐部与队长特里续约 5 年,新合同为周薪 13.1 万英镑,680 万英镑的年薪也让他成为英格兰足坛薪水最高的球员。

墨西哥足协宣布国家队主教练乌戈·桑切斯兼职国奥队,率队出战 2008 年北京奥运会预选赛。

罗马尼亚后卫齐沃从意甲罗马俱乐部转会至国际米兰俱乐部,双方签约 5 年。

德甲拜仁慕尼黑俱乐部从秘鲁水晶体育俱乐部签下了一名叫皮雷·拉尔劳利的 13 岁神童。

拜仁慕尼黑 1 比 0 小胜沙尔克 04,第 6 次夺取德国联赛杯冠军。

28 日

巴拉圭前锋圣克鲁斯从德甲拜仁慕尼黑俱乐部转会至英超布莱克本俱乐部,转会费为 350 万英镑,双方签约 5 年。

捷克警方正式开始调查前不久引起广泛关注的足协大楼拍卖一事。

里昂 2 比 1 战胜索肖,夺得法国超级杯。

迟到 113 年的足球决赛终于有了结果。维多利亚柏林队以总比分 4 比 1 击败哈瑙队,夺得 1894 年德国足球锦标赛冠军。这一本该在 113 年前进行的决战因为哈瑙队当时无力支付前往柏林的旅费而被拖到现在。1894 年,由于哈瑙队不能应战,维多利亚柏林队被宣布为冠军,这引起了许多非议,很多人认为这是不公平的。

29 日

伊拉克队 1 比 0 擒下沙特队,历史上首次捧起亚洲杯。

葡萄牙边锋西芒从葡超本菲卡俱乐部转会至西甲马德里竞技俱乐部,转会费为 1900 万欧元,双方签约 4 年。

阿森纳 2 比 1 力克国际米兰,瓦伦西亚 0 比 3 不敌巴黎圣日耳曼,阿森纳最终夺得 2007 年“酋长杯”冠军。

托特纳姆热刺 3 比 0 奥兰多海盗夺得 2007 年“挑战杯”冠军。

西班牙前锋雷耶斯从英超阿森纳俱乐部转会至西甲马德里竞技俱乐部,转会费为 1200 万欧元,双方签约 5 年。

30 日

球王贝利推出了自己的“神奇 10 号”品牌,产品包括服装、鞋类和香水。

荷兰边锋卡斯特伦从荷甲费耶诺德俱乐部转会至德甲汉堡俱乐部,转会费为 300 万欧元,双方签约 4 年。

西甲裁判佩戴了一种名为“Pinganillo”的新型裁判员通话设备进行试验。

老帅佩内夫再次出任保加利亚国家队主教练。

美国前锋阿杜从美国皇家盐湖城俱乐部转会至葡超本菲卡俱乐部，转会费为200万美元。

31日

耐克公司为国际米兰俱乐部百年庆典特别设计的2007-2008赛季新款球衣正式在伦敦面世，主席莫拉蒂获得了最特别的100号。

意大利足协正式宣布了对前国脚迪米凯莱的处罚，他因涉嫌赌球将被禁赛3个月。

意甲2007-08赛季赛程公布，赛季将于2007年8月25日开始，至2008年5月17日结束。

博彩公司开出了英超2007-08赛季夺冠赔率，曼联以微弱优势领先切尔西。

德国中场K·博阿滕从德甲柏林赫塔俱乐部转会至英超托特纳姆热刺俱乐部，转会费为600万英镑。

英格兰前锋比蒂从英超埃弗顿俱乐部转会至英冠谢菲尔德联俱乐部，转会费为400万英镑。

马德里竞技主席塞雷佐与马德里市市长阿尔贝托·路易斯·加拉尔东签订了正式协议，马德里竞技将在未来2年之内逐步搬出卡尔德隆球场，原址之上将会兴建一座大型滨河公园。马德里竞技俱乐部将迁入奥运村内的鸡冠体育场，这座球场竣工之后将更名为“马德里球场”。新体育场共有73739个座位。

巴西足协主席特谢拉正式向国际足联主席布拉特递交了2014年世界杯申办报告。在开赴瑞士苏黎世的巴西代表团中，“独狼”罗马里奥取代球王贝利，成为巴西足协的球员代表。

八月

1日

意大利前锋罗西从英超曼联俱乐部转会至西甲比利亚雷亚尔俱乐部，转会费为1000万欧元。

保加利亚前锋博季诺夫从意甲尤文图斯俱乐部转会至英超曼城俱乐部，转会费为750万欧元。

泰国前总理他信正式以新老板的身份亮相曼城俱乐部。

西甲瓦伦西亚主席索莱尔宣布正式启动新球场的建设计划，据索莱尔介绍，新球场的建设预算高达2.5亿欧元，俱乐部将通过转让旧梅斯塔利亚球场和其周边土地共得到3.2亿欧元，新球场将在2009年下半年建成。

因在2004年发表过一篇涉嫌种族主义的访谈，阿尔巴尼亚主帅巴里奇被欧足联纪律委员会处以1825欧元的罚款。

意大利顶级时尚品牌阿玛尼成为英超切尔西俱乐部官方礼服供应商。

2日

巴西前锋帕托正式签约意甲AC米兰俱乐部，转会费为2200万欧元，双方签约5年。由于帕托未满18岁，他将于2008年1月1日冬季转会窗口开放时才能从巴西国际俱乐部加盟。

3日

英格兰前锋史密斯从曼联俱乐部转会至纽卡斯尔联俱乐部，转会费为600万英镑，双方签约5年。

阿根廷博卡俱乐部在首都布宜诺斯艾利斯举行了新球衣的发布会，根据俱乐部与联合国儿童基金会达成的一项合作协议，新赛季博卡队的球衣两袖上，将会印上儿基会的缩写“UNICEF”。博卡成了美洲第一家在球衣上为联合国做公益广告的俱乐部。博卡和联合国儿童基金会的协议同时还规定，每卖出一件球衣，儿基会驻阿根廷办事处就将从博卡青年俱乐部获得1美元的收入，这笔款项将用于资助该基金会执行帮助贫困地区儿童的各种项目。

4日

2007-08赛季法甲联赛战幕拉开，在揭幕战中，摩纳哥主场1比1战平圣埃蒂安。

5日

第85届“英格兰社区盾杯”在温布利球场展开争夺，经过90分钟比赛曼联1比1战平切尔西，点球大战中曼联3比0取胜切尔西，第12次夺取“社区盾杯”冠军，成为历史上夺取该项赛事冠军次数最多的球队。

埃因霍温队2比1战胜皇家马德里队，获得俄罗斯“铁路杯”邀请赛冠军。

前阿根廷国家队主教练贝尔萨出任智利国家队新主帅。

波尔图队获得荷兰鹿特丹“港口杯”邀请赛冠军。

6日

意甲国际米兰俱乐部与后卫科科解约。

西班牙后卫恩里克从西甲比利亚雷亚尔俱乐部转会至英超纽卡斯尔联俱乐部，转会费为630万英镑，双方签约5年。

7日

苏格兰国门戈登从苏超哈茨俱乐部转会至英超桑德兰俱乐部，转会费为

900 万英镑，这个数字超过 2000 年曼联收购巴特斯的 780 万英镑，成为英国转会市场上守门员的最高身价。

英格兰年轻后卫拜恩斯从维冈竞技俱乐部转会至埃弗顿俱乐部，转会费为 600 万英镑，双方签约 5 年。

8 日

斯图加特前锋戈麦斯当选为德国《踢球者》杂志评出的 2006-07 赛季德甲最佳球员。

国际米兰 2 战 2 胜，获得第 11 届“莫雷蒂杯”三角赛冠军，尤文图斯 1 胜 1 负列次席，东道主那不勒斯 2 负垫底。

荷兰后卫德伦特从荷甲费耶诺德俱乐部转会至西甲皇家马德里俱乐部，转会费为 1300 万欧元，双方签约 5 年。

9 日

身高的 2.02 米的塞黑前锋日基奇从西甲桑坦德竞技俱乐部转会至瓦伦西亚俱乐部，转会费为 2000 万欧元，双方签约 5 年。

因为行政托管后依然无法还清债务，英格兰联赛委员会维持了对利兹联俱乐部扣除 15 分的处罚，这样在 2007-08 赛季的英甲联赛中，利兹联的积分将从负 15 分开始计算。

英超阿森纳俱乐部宣布任命法国后卫加拉为新一任队长，接过亨利留下的袖标。

拉科鲁尼亚 2 比 1 战胜皇家马德里，获得“赫雷拉杯”冠军。

在洛杉矶银河队客场 0 比 1 不敌华盛顿联队的比赛中，贝克汉姆首次亮相美国职业大联盟。

10 日

阿根廷前锋特维斯从西汉姆联俱乐部转会至曼联俱乐部。特维斯所有权的拥有者霍拉布钦同意支付 410 万美元的赔偿金给西汉姆联队，而曼联支付给霍拉布钦公司 2030 万美元。合同为先租借 2 年，租借期满后拥有正式签约 3 年的优先权。

巴西中卫阿莱士从荷甲埃因霍温俱乐部租借期满，回归英超切尔西俱乐部，双方签约 3 年。

2007-08 赛季德甲联赛揭幕战在戈特利布-戴姆勒球场展开争夺，斯图加特主场 2 比 2 战平沙尔克 04。

哥伦比亚后卫莫斯克拉从墨西哥帕丘卡俱乐部转会至西甲塞维利亚俱乐部，转会费为 750 万欧元。

11 日

2007-08 赛季英超联赛揭幕。在揭幕战中，升班马桑德兰队凭借第 93 分钟的“压哨球”主场 1 比 0 击败托特纳姆热刺队。

阿贾克斯队 1 比 0 击败埃因霍温队，获得荷兰超级杯冠军。

里斯本竞技队 1 比 0 击败波尔图队，获得葡萄牙超级杯冠军，俄罗斯外援伊斯梅洛夫攻入致胜一球。

12 日

荷兰中场斯内德从荷甲阿贾克斯俱乐部转会至西甲皇家马德里俱乐部，转会费为 2700 万欧元，双方签约 5 年。

刚果前锋卢阿卢阿从英超朴茨茅斯俱乐部转会至希腊奥林匹亚科斯俱乐部，转会费为 410 万欧元，双方签约 3 年。

13 日

第 24 届世界大学生运动会男足 1/4 决赛赛场发生斗殴，泰国队和墨西哥队在比赛期间和结束后两次上演“全武行”。两队一共被罚下 5 人，其中墨西哥队 3 人，泰国队 2 人，加拿大主裁判沃德上下半场一共加时 8 分钟，泰国队最终以 1 比 0 取胜。

阿根廷前锋奥斯瓦尔多从亚特兰大俱乐部转会至佛罗伦萨俱乐部，双方签约 5 年。

14 日

西甲塞维利亚俱乐部与马里前锋卡努特续约 3 年，新合同直至 2010 年结束，毁约金为 2500 万欧元。

国际米兰获得第 7 届“蒂姆杯”三角赛冠军，AC 米兰获得亚军，尤文图斯垫底。

西甲皇家马德里俱乐部将意大利前锋卡萨诺租借至意甲桑普多利亚俱乐部直至赛季结束。

43 岁的巴洛塔在冠军联赛第 3 轮资格赛首轮中出场，巴洛塔在冠军联赛处子秀的同时，也打破了 AC 米兰后卫科斯塔库塔 41 岁出场的原纪录。

15 日

大约 10 万名球迷参加了曼联官网组织的“英超史上最佳 11 人”票选活动，最终结果为：门将：舒梅切尔/后卫：G・内维尔、斯塔姆、费迪南德、埃尔文/前卫：贝克汉姆、斯科尔斯、基恩、吉格斯/前锋：鲁尼、坎通纳。

巴塞罗那客场 1 比 0 小胜拜仁慕尼黑，夺得首届“贝肯鲍尔杯”冠军。本场比赛也是拜仁中场绍尔的告别赛，他为拜仁贡献了 15 年职业生涯，他退役后已在拜仁俱乐部的保龄球队注册。

在洛杉矶银河队与华盛顿联队的比赛中，贝克汉姆上半场以一记定位球攻破对手大门，这也是他加盟美国职业联盟以来打入的首粒入球。

荷兰中场范德法特利用罢赛来要挟德甲汉堡俱乐部放他加盟西甲瓦伦西亚俱乐部。

国际足联宣布将2007年的世界俱乐部杯总奖金额提高100万美元，达到1600万美元，并为东道主日本增加一个参赛席位，参赛球队从而达到7支。

因为拒绝加入瑞士国家队，德甲沙尔克04俱乐部的克罗地亚中场拉基蒂奇收到了死亡威胁。

16日

荷兰前锋哈塞尔巴因克与英冠卡迪夫俱乐部签约1年。

埃及前锋米多从英超托特纳姆热刺俱乐部转会至米德尔斯堡俱乐部，转会费为600万英镑，双方签约4年。

阿根廷前锋马克西·洛佩斯从西甲巴塞罗那俱乐部转会至俄罗斯FK莫斯科俱乐部，转会费为200万欧元，双方签约4年。

皇家贝蒂斯点球4比3战胜萨拉戈萨，夺得“卡兰萨杯”冠军。皇家马德里3比1战胜卡迪斯，获得季军。

斯科尔斯为曼联打进第96个英超进球，超越了范尼斯特鲁伊(95球)，成为了曼联俱乐部联赛进球最多的球员。

17日

AC米兰2比0击败尤文图斯，获得第17届“贝鲁斯科尼杯”冠军，同时第9次夺冠，也超过了8次夺冠的尤文图斯。因扎吉梅开二度，使自己在该项赛事的进球达到 6 个(代表尤文图斯与 AC 米兰各进 3 球),超过打进 4 球的皮耶罗独占射手榜首位。安切洛蒂第 6 次率队夺得“贝鲁斯科尼杯”(尤文图斯 2 次,AC 米兰 4 次),超过了 5 次捧杯的卡佩罗。

18 日

前西汉姆联前锋杰罗恩·博雷在西班牙去世,年仅 39 岁。1999 年,博雷在日本遇袭后一只眼睛失明,被迫退役。

巴西女裁判安娜·奥利维拉因为成人杂志《花花公子》拍摄系列裸照被国际足联暂停执法资格。

在意大利杂志《微笑与歌声》的采访中,马特拉齐详细描述了德国世界杯决赛中究竟对齐达内说了什么,持续 1 年的谜终于有了答案——“你姐姐还不如个婊子。”

英甲沃尔沙尔俱乐部青年队 16 岁的球员安顿·雷德,在训练场因心肌功能衰竭猝死。

19 日

罗马 1 比 0 力克国际米兰,获得意大利超级杯,恰逢 34 岁生日的马特拉齐第 200 次代表国际米兰出战正式比赛。

塞维利亚客场 5 比 3 战胜皇家马德里,总比分 6 比 3 获得西班牙超级杯。

20 日

西班牙人卡马乔出任葡超本菲卡俱乐部新主帅。

切尔西门将切赫荣获捷克金球奖。

21 日

卡卡接替队友罗纳尔多，成为中国金嗓子集团新的形象代言人。

英超联盟的特别评审小组做出裁决，阿根廷后卫海因策从曼联俱乐部转会利物浦俱乐部的申请被驳回。

巴西中场埃莫森从西甲皇家马德里俱乐部转会至意甲 AC 米兰俱乐部，转会费为 500 万欧元。

那不勒斯买下尤文图斯两位球员的共有权，乌拉圭前锋萨拉耶塔的一半所有权为 150 万欧元，双方签约 4 年；意大利中场布拉西的一半所有权为 250 万欧元，双方签约 5 年。

22 日

热那亚当地的安全部门出于安全原因，不允许 AC 米兰球迷前往热那亚观看比赛。1995 年两队球迷曾发生冲突，一名热那亚球迷被 AC 米兰球迷刺死。

科特迪瓦前锋科内从荷甲埃因霍温俱乐部转会至西甲塞维利亚俱乐部，转会费为 1000 万欧元。

尼日利亚前锋雅库布从英超米德尔斯堡俱乐部转会至英超埃弗顿俱乐部，转会费为 1125 万英镑。

法国前锋维尔托德从里昂俱乐部转会至雷恩俱乐部，双方签约 2 年。

意大利队在热身赛中客场 1 比 3 负于匈牙利队，继 1965 年之后，42 年来首次输给匈牙利队。

法国队在热身赛中客场 1 比 0 小胜斯洛伐克队，亨利打入第 40 粒国家队进球，与普拉蒂尼保持的法国队进球纪录仅差 1 球。

荷兰队在热身赛中客场 1 比 2 负于瑞士队，范尼斯特鲁伊自世界杯以后首次重返国家队。

西班牙队在热身赛中客场 3 比 2 击败希腊队，希腊队长扎戈拉基斯第 120 次也是最后一次代表国家队出场。

英格兰队在热身赛中主场 1 比 2 不敌德国队，自从 1982 年以来，德国人在温布利对阵英格兰取得 5 连胜。

荷兰前锋罗本从英超切尔西俱乐部转会至西甲皇家马德里俱乐部，转会费为 3500 万欧元，双方签约 5 年。

巴西后卫西西尼奥从西甲皇家马德里俱乐部转会至意甲罗马俱乐部，转会费为 900 万欧元，双方签约 5 年。

巴西后卫贝莱蒂从西甲巴塞罗那俱乐部转会至英超切尔西俱乐部，转会费为 550 万欧元。

5.3 万名球迷在 myfootballclub.co.uk 网站上注册，加入了一个旨在购买足球俱乐部的计划。这个网站的创建者威尔·布鲁克斯向每一个想成为会员的人收取 35 英镑(约合 69 美元)。

23 日

乌克兰队以 3 比 2 战胜中国重庆队，获得第 8 届国际警察室内足球赛冠军。

阿根廷后卫海因策从英超曼联俱乐部转会至西甲皇家马德里俱乐部，转会费约为 1250 万欧元。

巴西中场卡卡被授予意大利“天空体育”奖，该奖项是由记者和播音员一起评出的。

意大利中卫马特拉齐因右大腿动脉破裂告别2007年所有比赛。

24日

英格兰前锋安迪·科尔从朴茨茅斯俱乐部自由转会至桑德兰俱乐部。

西班牙前锋卢克从英超纽卡斯尔联俱乐部自由转会至荷甲阿贾克斯俱乐部,双方签约2年。

波兰中场斯莫拉雷克从德甲多特蒙德俱乐部转会至西甲桑坦德竞技俱乐部,转会费为480万欧元,双方签约4年。

圣保罗州州长若泽·塞拉和桑托斯市市长若奥·保罗·塔瓦雷斯签署协议,由市政府捐献位于桑托斯老城一栋建于1865年的古老建筑物并将之改造成"贝利"博物馆。2009年新的博物馆建成后将汇集现在德国、阿联酋和桑托斯市收集的全部有关贝利的收藏品。这个博物馆将超过美国歌手"猫王"艾尔维斯·普雷斯利的博物馆,成为世界上为个人建立的最大的博物馆。

英冠女王公园巡游者队的前锋雷·琼斯遭遇车祸身亡,年仅18岁。

沙特阿拉伯著名前锋萨米·贾巴尔宣布挂靴。

68岁的传奇教练老帅居伊·鲁辞去朗斯主帅之职,他的第2次复出以失败告终。前法国国脚帕潘接替居伊·鲁,成为朗斯新主帅。

25日

2007-08赛季西甲联赛揭幕。首轮多个国家球迷无法正常观看西甲转播。原因在于两家从事西甲电视转播的公司AVS和MDP开始了这场史无前例的争夺,由于MDP的破坏性计划,AVS不仅要求他们迅速还钱,还决定在收回转播权的同时,将比赛免费直播,MDP因此表示AVS违约,并索赔3100万欧元。由于MDP和AVS间的矛盾暂时无法化解,2007-08赛季所有牵涉到AVS所拥有的12家俱乐部的主场比赛,MDP都可能无法拿到信号,外国观众也就可能都看不到比赛。

2007-08 赛季意甲联赛揭幕。在揭幕战中，拉齐奥主场 2 比 2 战平都灵，都灵前锋罗西纳打进了 2007-08 赛季意甲首粒入球。

在帕尔玛与卡塔尼亚的意甲联赛中，卡塔尼亚主帅巴尔迪尼与主裁判发生了争吵，被出示红牌罚上看台，在他退场时，又与帕尔玛主帅迪卡洛发生了争吵，火头上的巴尔迪尼朝着迪卡洛就是一脚踹去，正好踹在迪卡洛的屁股上。

2007-08 赛季德甲联赛第 3 轮，拜仁慕尼黑 3 比 0 战胜汉诺威 96，这是拜仁主帅希斯菲尔德在德甲取得的第 250 场胜利，仅次于雷哈格尔(387)和拉特克(282)。这也是卡恩的第 534 场德甲联赛，追平了伊梅尔保持的门将在德甲中的出场最高纪录。

26 日

葡萄牙中场曼努埃尔·费尔南德斯从葡超本菲卡俱乐部转会至西甲瓦伦西亚俱乐部，转会费为 1250 万欧元。

27 日

巴西中场罗纳尔迪尼奥在西班牙当地法庭宣誓遵守西班牙宪法，正式获得西班牙国籍。

意大利门将阿方索从意乙切沃俱乐部转会至意甲国际米兰俱乐部，性质为共有，双方签约 5 年。

因无根据地诋毁意大利从青年队就开始打假球，欧足联宣布对法国国家队主教练多梅内克禁赛 1 场，并罚款 1 万瑞士法郎。

28 日

因困扰 4 年的膝伤始终无法治愈，曼联俱乐部的挪威前锋索斯克亚宣布退役。

在 2007-08 赛季西甲联赛首轮对阵赫塔菲比赛中因突发心脏病倒下的塞维利亚后卫普埃尔塔，在入院三天后终因抢救无效离开了人世，年仅 22 岁。

意大利前锋西蒙尼·因扎吉从拉齐奥俱乐部转会至亚特兰大俱乐部，转会费为 90 万欧元。

英甲奥德海姆宣布签下前西布朗球员李·休斯。成为新闻焦点的不是球员的能力或薪酬，而是因为球员本人刚假释出狱。休斯是 4 年前一桩可怕的交通事故中的“公路杀手”，因为他的过错，造成 1 死 2 伤。

29 日

英超西汉姆联队的英格兰国脚代尔的小腿在联赛杯中被布里斯托尔队的雅各布森踢断。

2007-08 赛季冠军联赛 31 支入围小组赛的球队出炉。仅剩下雅典 AEK 和塞维利亚争夺最后一个小组赛名额。

巴塞罗那 5 比 0 大胜国际米兰，夺得第 42 届“甘伯杯”冠军。

桑德兰队长怀特黑德十字韧带撕裂，缺阵 2007 年剩余比赛。

以色列乙级贝尔沙巴工人队的赞比亚球员诺索弗瓦在 40 度的高温下训练时突然倒地，被送入医院后因心脏衰竭去世，年仅 27 岁。

30 日

欧洲冠军联赛小组赛抽签在摩纳哥揭晓。小组前两名进入 16 强淘汰赛，小组第三名进入联盟杯。冠军联赛决赛将于 2008 年 5 月 21 日在莫斯科举行。

欧足联公布了上赛季多项最佳球员奖项的得主，AC 米兰中场卡卡荣膺俱乐部年度最佳球员，切尔西的切赫荣膺年度最佳守门员，AC 米兰的马尔蒂尼、西多夫和卡卡分获年度最佳后卫、最佳中场和最佳前锋奖。

意大利国际米兰队后卫马特拉齐发行了自传《像斗士一样生活》。

荷兰前锋克鲁伊维特从荷甲埃因霍温俱乐部自由转会至法甲里尔俱乐部。

31 日

韩国前锋李天秀从韩国蔚山现代俱乐部转会至荷甲费耶诺德俱乐部，转会费为 200 万欧元，双方签约 4 年。

意甲国际米兰俱乐部将乌拉圭前锋雷科巴租借至都灵俱乐部直至赛季结束。

塞内加尔中场法耶从英冠查尔顿俱乐部转会至苏超格拉斯哥流浪者俱乐部。

2007-08 赛季联盟杯首轮对阵在摩纳哥揭晓，拜仁慕尼黑 10 年来的首场欧洲联盟杯比赛对手是葡萄牙的比勒伦斯。

巴西中场莫塔从西甲巴塞罗那俱乐部转会至马德里竞技俱乐部，转会费为 150 万欧元。

意大利前锋科拉迪被英超曼城俱乐部租借至意甲帕尔玛俱乐部。

AC 米兰 3 比 1 逆转塞维利亚，夺得第 33 届欧洲超级杯冠军，创纪录地第 5 次夺冠。因扎吉打进 94 场欧战的第 59 个进球，在现役射手中与舍甫琴科并列第一，仅落后于传奇前锋盖德·穆勒(62 球)。冠军杯、联盟杯、优胜者杯、托托杯加上最新的欧洲超级杯，因扎吉已在欧洲俱乐部级别的所有赛事中实现进球“大满贯”。

法国中场拉萨纳·迪亚拉从英超切尔西俱乐部转会至阿森纳俱乐部，转会费为200万英镑。

秘鲁中场索拉诺从英超纽卡斯尔联俱乐部转会至西汉姆联俱乐部。

塞内加尔前锋亨利·卡马拉从英超维冈竞技俱乐部转会至西汉姆联俱乐部。

法甲马赛俱乐部的塞内加尔后卫贝耶和英超博尔顿俱乐部的塞内加尔中场法耶同时加盟英超纽卡斯尔联俱乐部。

西班牙前锋何塞·马里从比利亚雷亚尔俱乐部转会至贝蒂斯俱乐部。

随着欧洲转会市场关闭，西甲皇家马德里俱乐部以花费1.18亿欧元成为2007-08赛季的转会标王。曼联居第二，为1.03亿欧元。

在普埃尔塔悲剧发生后，西班牙足协派出专门的考察组赴意大利取经，学习意大利医疗系统对心脏病的防治。

九月

1日

塞维利亚主席德尔尼多表示：“普埃尔塔的16号球衣将退役。”职业联盟也破例接受塞维利亚的申请（西甲注册球员号码限定为1至25号）。

效力于厄瓜多尔钦博拉索队的前锋安·纳萨雷诺在一场乙级联赛中因体力消耗过度，在全场比赛结束后不久突然发生晕阙和呼吸困难等症状。纳萨雷诺随后被紧急送往当地医院，1个小时后医生宣布，该球员因突发心脏病经抢救无效死亡。

2 日

2007-08 赛季英超联赛第 5 轮，切尔西客场 0 比 2 不敌阿斯顿维拉，18 场联赛不败被终结。

2007-08 赛季英超联赛第 5 轮，纽卡斯尔主场 1 比 0 险胜维冈竞技，欧文终结了球队 647 分钟的联赛主场进球荒和自己长达 622 天的个人联赛入球荒。

巴西前锋阿德里亚诺落选国际米兰参加冠军联赛大名单。

南非"黑豹"俱乐部的莫桑比克国脚费尔南多·马托拉在一场车祸中丧生，他的妻子和两个孩子也同时罹难。

3 日

由全球球迷票选产生的第 5 届金足奖得主在摩纳哥海边的冠军大道揭晓。尤文图斯队长皮耶罗以微弱的优势击败了罗伯特·卡洛斯、马尔蒂尼等另 9 名候选人，获得了 2007 世界金足奖。

荷兰足球年度最佳颁奖典礼举行，著名教练希丁克当选最佳教练，曼联队的守门员范德萨当选最佳球员，埃因霍温中场阿弗莱获最有天赋年轻球员奖。

德国中场巴拉克因伤落选切尔西参加冠军联赛大名单。

西班牙的 3 家反足球恶习协会联名向法院提交了一份申请，要求限制皇马俱乐部将相关的产品出售给未成年人。因为皇马开发的球衣、纪念章等产品上都会带有赞助商的标记，未成年人购买之后会根据上面的网址上网浏览，由此大大增加了在网上下注赌球的可能。另外两家赞助商是博彩公司的俱乐部，也一同被告上了法庭，分别是塞维利亚和卡斯特尔德菲尔斯。

英国 BBC 的 2007 年英国国家足球博物馆名人堂投票得出结果，前阿森纳荷兰前锋博格坎普力压曼联的斯科尔斯、英格兰名宿布鲁金、雷·克莱门斯、雷·维尔斯和莱恩·沙克顿，正式被列入名人堂。

国际足球历史和统计联合会公布了 2007 年 8 月份世界俱乐部排行榜，塞维利亚以 303 分的成绩高居榜首，这已经是塞维利亚连续第 12 个月成为世界最佳俱乐部，打破了意甲罗马俱乐部在 1991 年创造的 11 个月连续称霸世界俱乐部排行榜的纪录。

南非年轻球星基福特·赖瑞米因车祸丧生。

布里亚托尔和 F1 掌门人埃克莱斯顿出价 1400 万英镑购买英冠女王园林巡游者俱乐部。

4 日

33 岁的前法国国脚坎德拉宣布退役。

欧足联维持对法国队主教练多梅内克禁赛 1 场的处罚，但免去对他 1 万瑞士法郎(约合 6000 欧元)的罚款。

5 日

意大利前国际米兰门将曾加出任罗马尼亚布加勒斯特迪纳摩俱乐部新主帅，接任前主帅雷德尼克，双方签约 2 年。

6 日

在意甲联盟的选举中，尤文图斯主席吉利 8 比 11 不敌帕尔玛主席吉拉尔迪，包括尤文图斯、AC 米兰、国际米兰、罗马和那不勒斯这 5 家拥有最多球迷的豪门首次无缘职业联盟的 6 人委员会，这意味着传统豪门在意甲联盟的最高权力机构中已经失去了话语权。

萨瓦德尔市地方法院给巴塞罗那后卫奥莱格发来了传票，因一桩 4 年前的袭警案，奥莱格被起诉。

7日

英超阿森纳俱乐部与主帅温格续约3年，新合约直至2011年。

8日

阿森纳俱乐部在官方网站公布了2007年8月份队内最佳球员的得主，西班牙中场法布雷加斯以52.9%的得票当选。排在第2位的是白俄罗斯中场赫莱布，得到了23%的选票，法国左后卫克利希排在第3，得票率为8.1%。

英超曼联俱乐部的威尔士球星吉格斯和未婚妻斯苔茜·库克举行了婚礼。

2008年欧洲杯预选赛B组焦点战在米兰圣西罗球场打响，意大利队主场0比0战平法国队，马特拉齐因伤在看台上观战，胸前T恤印有“我爱巴黎”字样。球场大屏幕打出歌王帕瓦罗蒂的遗像，众人用特别的掌声表达哀思。开赛前6小时，帕瓦罗蒂的葬礼在他的家乡摩德纳举行。开球前演奏法国国歌的时候，意大利球迷发出巨大的嘘声，多梅内克入场落座，马赛曲更是完全被噪声掩盖。

在墨西哥队与巴拿马队的友谊赛中，18岁的巴塞罗那前锋多斯桑托斯首次代表墨西哥国家队出场。

9日

2007世界U17少年足球锦标赛决赛展开争夺，双方120分钟互交白卷，尼日利亚队在点球大战中3比0战胜西班牙队夺冠。这是尼日利亚队第3次夺取该项赛事冠军，西班牙队则第3次获得亚军。德国队2比1取胜加纳队获得季军。德国队的克罗斯获得金球奖，尼日利亚队的克里桑图斯以7球夺得金靴奖，哥斯达黎加队获得公平竞赛奖。

厄瓜多尔球员曼奴埃尔·阿尔达斯在一场业余联赛中心脏骤停而猝死。曼奴埃尔所在的卡科罗斯队与阿姆巴托河床队进行了一场比赛，中场休息的时候，曼奴埃尔突然感觉身体不适，出现胸闷、呼吸困难等症状，还没来得及被送到医院就溘然长逝。

前奥地利国家队教练塞内科维茨去世，享年73岁。

11日

意大利《米兰体育报》公布了最新的意甲球员的收入情况以及球队每年的工资总额，其中最大的变化是卡卡凭借600万欧元的年薪超越托蒂的550万欧元年薪，成为意甲收入最高的球员。AC米兰也凭借每年1.2亿的工资总额成为意甲榜首，国际米兰以1.01亿欧元居次席。

巴塞罗那1比2不敌塔拉戈纳，痛失第19届“加泰罗尼亚杯”冠军，这也是塔拉戈纳历史上首度夺得该项赛事冠军。

AC米兰主教练安切洛蒂在8家欧洲权威体育报纸的评选中，当选了2006-07赛季的欧洲最佳主教练。

12日

前切尔西主帅波特菲尔德因癌症去世，享年61岁。

赞比亚陆军宣布将男足国家队队长卡通戈晋升为中士，以表彰其对赞比亚足球事业的贡献。3天前，身为陆军下士的卡通戈在对南非队的关键一战中独中三元，将赞比亚队送入非洲国家杯决赛圈。

2008年欧洲杯预选赛A组，葡萄牙队主场1比1战平塞尔维亚队，赛后葡萄牙队主帅斯科拉里竟向对方中卫德拉古蒂诺维奇挥拳，险些引发混乱。

2008年欧洲杯预选赛B组，法国队主场0比1不敌苏格兰队，自1950年以来首次主场负于对手。

阿森纳俱乐部出版百年纪念册，这本纪念册记录了俱乐部从 1913 年至 2006 年的历史以及海布里球场的兴衰。

14 日

霍利尔出任法国国家队技术顾问。

巴西最高联邦法院有条件释放了哥伦比亚前国脚林孔，他被指控参与了哥伦比亚毒枭蒙塔尼奥贩毒集团的活动。

15 日

2010 年世界杯东道主南非举行庆祝活动，迎接 1000 天倒计时。

曼奇尼的两个儿子菲利普和安德莱阿在米兰菲埃拉区足球队学习完毕，正式进入国际米兰青少年队。

荷兰主帅希丁克同意与俄罗斯足协续约至 2010 年。

17 日

曼联后卫西尔维斯特十字韧带受伤，将缺阵 2007-08 赛季剩余比赛。

挪威人奥尔森出任伊拉克国家队主教练。

墨西哥国家队有意改变国家队球衣的颜色，因为传统的绿色和草皮非常相像，很容易导致球员找不到队友。

18 日

2007-08 赛季欧洲冠军联赛 D 组首轮，AC 米兰主场 2 比 1 击败本菲卡。因扎吉打进个人欧战第 60 球，和舍甫琴科并列现役欧战进球第 1 人。

2007-08 赛季欧洲冠军联赛 C 组首轮，皇家马德里迎来第 300 场冠军杯(含冠军联赛)比赛，主场 2 比 1 力克不莱梅。

19 日

2007-08 赛季欧洲冠军联赛 E 组首轮，巴塞罗那主场 3 比 0 完胜里昂，第 88 分钟，17 岁零 22 天的博扬换下梅西，也使他成为巴塞罗那历史上欧战出场年龄最小的球员。

2007-08 赛季欧洲冠军联赛 F 组首轮，曼联客场 1 比 0 力擒里斯本竞技，取得冠军联赛第 100 场胜利，成为继皇家马德里、拜仁慕尼黑和 AC 米兰之后第 4 个欧洲俱乐部顶级赛事实现百胜的俱乐部。

英超切尔西俱乐部宣布主教练穆里尼奥离任。切尔西俱乐部支付给葡萄牙人的违约金高达 1250 万英镑，创造了足球史上解约金新纪录。

因在比赛中错误罚下球员，厄瓜多尔裁判贝拉被足协停赛 10 场。

20 日

罗马尼亚布加勒斯特星队主教练格哈吉辞职。

全球最大的广告、营销及企业传播公司 BBDO 公布“欧洲足球俱乐部最有价值品牌排名榜”，皇家马德里以 10.63 亿欧元的品牌总价值位居首位，是全球所有足球俱乐部中品牌价值惟一超过 10 亿欧元的俱乐部。巴塞罗那排名第 2，其品牌价值也达到了 9.48 亿欧元。

由于在球场上拳击对手，葡萄牙国家队主帅斯科拉里被欧足联停赛 4 场，并被罚款 12000 欧元。

以色列人格兰特出任英超切尔西俱乐部新主帅。

因攻击球童，秘鲁国门弗洛雷斯被逮捕。

21 日

非洲足联宣布，将从 2008 年开始举办非洲足球锦标赛。这项新赛事的不同之处在于，参赛的国家队必须全部由在非洲各国国内联赛踢球的球员组成。

巴西科林蒂安俱乐部主席杜阿利布和副主席库里辞职，以避免俱乐部的声誉在愈演愈烈的洗钱案调查中受到损害。

由于在一场足球比赛中“严重犯规”，阿根廷北部城市萨尔塔的一名球员被当地法院判定入狱 1 年。在一场业余足球比赛中，马塞洛·西尔在拼抢中用前臂击打对方的马里奥·鲁伊斯，导致后者当即退出比赛，一只眼睛几乎失明。

意大利一家名为 francorossi 网站披露全球华人首富李嘉诚准备以 3.5 亿欧元收购意甲国际米兰俱乐部。

欧足联出台了一项建议性的规定：在比赛进行中，如果出现球员倒地不起的情况，球员不必故意造成死球，等待倒地球员，而把中止比赛的决定权交给裁判，由当值的主裁判决定是否有必要为倒地的球员留出治疗时间。

乌超基辅迪纳摩主帅德姆雅宁科辞职。

22 日

2007-08 赛季德甲联赛第 6 轮，斯图加特客场 1 比 4 不敌不莱梅，成为 23 年以来开局成绩最差的卫冕冠军。

23 日

德甲科特布斯俱乐部宣布解聘主教练桑德尔，桑德尔也成为 2007-08 赛季德甲联赛第一位下课的主教练。

2007-08 赛季英超联赛第 7 轮，曼联主场 2 比 0 力克切尔西，特维斯打入加盟曼联后的处子球。

2007-08 赛季意甲联赛第 4 轮，罗马主场 2 比 2 被尤文图斯逼平，特雷泽盖打进他第 100 粒意甲进球。

在俄超联赛莫斯科火车头 4 比 3 战胜莫斯科斯巴达克的比赛中，发生群殴暴动事件，51 名滋事分子被逮捕。

意甲国际米兰俱乐部与阿根廷后卫布尔迪索续约至 2011 年。

23 日

英超曼城俱乐部与丹麦 21 岁以下国门卡斯珀·施梅切尔续约 4 年。

24 日

阿森纳年度财政报告显示俱乐部营业额有了接近 50％增长，超过了 2 亿英镑，成为了英超最富有的俱乐部。

25 日

76 岁的巴西老帅·扎加洛宣布退休。

西甲皇家马德里俱乐部门将卡西利亚斯与一家名为 Groupama 的保险公司进行了初步接触，给自己的双手投保 750 万欧元。

比利时人格雷茨代替埃蒙，出任法甲马赛队新主帅。

57 岁的罗马尼亚功勋教练约尔达内斯库宣布退休。

26 日

尤文图斯俱乐部第 4 次蝉联意大利小姐最喜爱的俱乐部。

皇家马德里主席卡尔德隆在纽约机场通关时，因被误会成通缉犯遭到短暂扣押。

27 日

西班牙足协任命前皇家马德里传奇球星耶罗出任国家队总监。

荷兰足协宣布，取消埃因霍温 2007-08 赛季荷兰杯的参赛资格，原因是他们派出的球员达科斯塔不具备参赛资格，违反了荷兰足协章程。

利物浦俱乐部推出官方电视频道。

28 日

斯洛文尼亚人普拉斯尼卡出任德甲科特布斯新主帅。

俄罗斯亿万富翁乌斯马诺夫再次购进阿森纳俱乐部股份，控股已从最初的 2%激增到了 23%。

2007-08 赛季英超联赛第 8 轮，朴茨茅斯主场 7 比 4 战胜雷丁，单场出现 11 个进球创造了英超的新纪录。此前，单场 9 球的纪录(1995 年曼联 9 比 0 胜伊普斯维奇以及 1998 年布莱克本 7 比 2 胜谢周三)保持 12 年之久。

伊朗足坛名宿希尔萨德甘因癌症病发与世长辞，享年 66 岁。

29 日

2007-08 赛季德甲联赛第 8 轮，不莱梅主场 8 比 1 狂胜比勒菲尔德。

马德里当地的《ABC》报报道，为了规范纪律，皇家马德里主席卡尔德隆公布了一个被命名为“反罗纳尔迪尼奥”的条款，目的在于约束自己的球员好好处理业余生活，不参加对身体有损伤的活动以及一些过渡牵扯精力的夜间活动。

2007-08 赛季意甲联赛第 6 轮，桑普多利亚主场 3 比 0 完胜亚特兰大，卡萨诺攻入回归意甲首粒进球。

2007-08 赛季西甲联赛第 6 轮，皇家马德里客场 1 比 0 险胜赫塔菲，3 年来首次在客场战胜对手。

沙特资深老教练纳瑟尔阿尔约海尔被沙特足协任命为沙特国奥队新主帅，替代执教战绩不佳的班达尔。

十月

1 日

一名职业密探布赖恩·塔夫向《世界新闻报》透露，自己一直受雇于纽卡斯尔联俱乐部，对该队的教练和球员监听，就连希勒也没逃脱。

意甲佛罗伦萨前锋奥斯瓦尔多入选意大利 U21 国家队，他拥有阿根廷和意大利双重国籍。

2 日

英格兰足总首席执行官巴威克表示，由于赛场上针对裁判的暴力和侮辱行为越来越多，已影响了比赛的质量。为此，英足总拟于 2008 年 1 月在 9 个地区推出一些试验性的规则，例如只有球队队长可以与裁判交涉；青少年比赛将把球员家长隔离，从而避免后者将怒气宣泄在裁判身上；所有球员和俱乐部必须签署谅解备忘录等。

喀麦隆足协宣布，将西甲瓦拉多利德队中场科梅和西甲莱万特队前锋梅永泽开除出国家队，因为两人在对阵赤道几内亚队的非洲国家杯预选赛之前擅自离队泡吧。这是喀麦隆足球史上对球员最严厉的处罚。

2007-08 赛季欧洲冠军联赛 H 组第 2 轮，塞维利亚主场 4 比 2 轻取布拉格斯拉维亚，获得近 50 年来冠军联赛首胜。

在俱乐部无球可踢的里克尔梅入选阿根廷国家队。

3 日

2007-08 赛季欧洲冠军联赛 D 组第 2 轮，AC 米兰客场 1 比 2 负于凯尔特人，此后一名球迷冲入场内，左手轻轻打了迪达一下，迪达反身追赶球迷的时候捂着脸倒下不起。可实际上，苏格兰球迷碰到的是巴西人的脖子。

2007-08 赛季欧洲冠军联赛 C 组第 2 轮，不莱梅主场 1 比 3 负于奥林匹亚科斯。奥林匹亚科斯取得历史上首场冠军联赛客场胜利，此前他们连续 31 个客场不胜。

4 日

2007-08 赛季欧洲联盟杯第 1 轮次回合，意甲 4 支球队中仅佛罗伦萨点球取胜涉险晋级，德国 4 支球队和希腊的 5 支球队全部晋级小组赛。

亨利与著名时装品牌 TommyHilfiger 合作，在伦敦推出了以他名字命名的系列时装。亨利推出自己的品牌服装，目的并不是为了赚钱，而是为了慈善事业。“亨利系列”所有的利润，都将被捐献给一个名为“One4AllFoundation”基金会。该基金会是亨利亲手创办的，其主要工作是消除种族歧视和社会不公正。

葡萄牙队主帅斯科拉里通过上诉获得减刑，禁赛处罚由 4 个月改为 3 个月。根据最新判决，斯科拉里将首先停赛 2 个月，第 3 个月的禁赛将缓期 2 年执行。这个判决将使斯科拉里得以在最后一场预选赛、即 2007 年 11 月 21 日主场对芬兰队的生死战前一天重获自由。此外，对斯科拉里罚款 2 万瑞士法郎(约合 12022 欧元)的判决维持不变。

跳入球场袭击迪达的凯尔特人球迷主动前往凯尔特俱乐部自首，随后他被凯尔特人俱乐部移交当地警方处理。在法庭作出判决之前，凯尔特人俱乐部已经率先对其进行了处罚，俱乐部首席执行官拉威尔宣布俱乐部将对这名球迷实施终生“禁赛”。

意甲罗马后卫梅克斯获得“篮子里最棒的无花果”奖。“无花果”奖起源于一个古老的罗马传统，丰收后，农民们就会挑出最好的无花果放在外层吸引买家，后来人们在马尔古塔街的一块大理石上发现了一位古代诗人赞美无花果的诗歌，因此茂盛的无花果林也成了该地区的代名词。4 年前，一位美术馆馆长设立了“篮子里最棒的无花果”奖，目的在于从文艺、政治、体育各个领域选出最能代表罗马特点的名人。

5 日

FIFPRO（国际职业球员联盟）揭晓了世界最佳球员奖项的得主，在 42 个国家的 4.5 万名职业球员投票中，AC 米兰中场球员卡卡力压 55 位世界级球星荣膺此奖项。同时，FIFPRO 还评选出了世界最佳阵容，巴塞罗那有 3 人入选，AC 米兰和切尔西均有 2 位球员入选。门将：布冯（意大利/尤文图斯）/后卫：内斯塔（意大利/AC 米兰），卡纳瓦罗（意大利/皇家马德里），特里（英格兰/切尔西），普约尔（西班牙/巴塞罗那）/中场：杰拉德（英格兰/利物浦），C・罗纳尔多（葡萄牙/曼联），卡卡（巴西/AC 米兰）/前锋：梅西（阿根廷/巴塞罗那），德罗巴（科特迪瓦/切尔西），罗纳尔迪尼奥（巴西/巴塞罗那）

西班牙足协理事会宣布，欧盟与非洲、加勒比和太平洋国家集团（ACP）签署的一项协议开始生效。借助该协议，在西甲，非洲球员将不再被视为非欧盟球员。

劳尔再次落选西班牙队名单。

2007-08 赛季德乙联赛第 9 轮，在德国职业联赛第一名女主裁判施泰因豪斯吹响开场哨后仅 8 秒，韦恩-威斯巴登队中场西格特（Siegert）便在 25 米外发炮命中左上角，这个进球也创造了德国职业联赛（德甲与德乙）最快进球纪录。此前这项纪录是由埃尔伯、基尔斯滕与弗赖尔 3 人共同保持的，时间为 11 秒。

6 日

在波兰地方联赛中，“捷克”钢铁工人队以 3 比 0 战胜马乌基尼亚队，60 岁的波兰足球运动员波格丹・格万比茨基攻入 1 球。

2007-08 赛季德甲联赛第 9 轮，斯图加特主场 0 比 2 不敌汉诺威 96，联赛主场 19 场不败被终结。

7 日

2007-08 赛季西甲联赛第 7 轮，巴塞罗那主场 3 比 0 力克马德里竞技，梅西连续 6 场比赛进球助巴塞罗那取得 6 连胜(其中联赛 4 连胜)。

2007-08 赛季荷甲联赛第 7 轮，海伦芬 9 比 0 大胜赫拉克勒斯，巴西前锋阿方索一人独进 7 球，打破了此前克鲁伊夫与巴斯滕等 4 人荷甲单场进 6 球的纪录。

2007-08 赛季阿根廷联赛第 13 轮，在举世瞩目的世纪大战中，河床主场 2 比 0 力克博卡青年，自 1931 年建立职业联赛以来双方 180 次交锋中，河床胜 60 场平 55 场负 65 场。

8 日

荷甲阿贾克斯俱乐部正式同意主教练滕卡特(Henk Ten Cate)前往英超，担任切尔西主帅格兰特的助手。

由西班牙《马卡报》主办颁发的西甲各项年度最佳奖项颁奖典礼在马德里举行，荷兰前锋范尼凭借 2006-07 赛季 25 个联赛进球获得“最佳射手”称号。

莱万特主教练雷西诺被解职，成为了 2007-08 赛季西甲首位下课的教练。

西乙塞尔塔主教练斯托伊奇科夫被解职，原皇马主帅卡罗接替他的职务。

因涉嫌危险驾驶，拜仁慕尼黑前锋波多尔斯基受到指控。

9 日

利沃诺主教练奥尔西被解职，成为了 2007-08 赛季意甲首位下课的教练。

瑞典球星伊布拉希莫维奇出资翻修儿时的体育场。

哥伦比亚国脚科尔多巴拒绝了国家队的征召，理由是“对国家队的教练组没有足够的信任”。

德国 U21 队将去客场和以色列进行欧青赛预选赛，但沃尔夫斯堡中场德贾加因个人原因决定不随队出征。德贾加的父母是伊朗人，伊朗自从 1979 年伊斯兰革命后就拒绝承认以色列，并禁止伊朗公民进入以色列，这是他做出决定的重要原因。

10 日

国际足联在瑞士伯尔尼公布了 2007 年世界足球先生候选名单，让人意外的是，2006-07 赛季获得欧洲金靴奖的托蒂以及在国际米兰表现出色的伊布拉西莫维奇榜上无名。

慈善机构“救救护士”公布了向英超俱乐部募捐的结果——计划中的 100 万英镑只完成了不到 20 万。在捐款中，排在前面的是富勒姆、雷丁、博尔顿等小球会，曼联、阿森纳等都在很后面，而切尔西居然没有一名球员捐钱。

马德里第 36 号一审法庭对转播商纠纷作出裁决，要求两家电视转播机构必须遵守转播协议，视听体育集团恢复在有线收费和卫星收费频道转播最多比赛的权利，而 Mediapro 每轮可以在西班牙电视六台免费直播一场西甲比赛，另外视听体育集团必须对 Mediapro 的海外转播提供支持。

意大利足协指控，拉齐奥主帅罗西涉嫌在 2005-06 赛季意甲第 36 轮拉齐奥主场迎战莱切的比赛前操纵比赛。

国际足联将在 2007 年 12 月于日本举行的世俱杯中进行一项针对现行足球比赛规则的重大改革，为每场比赛增派 2 名助理裁判，专门负责看管球门区域，届时每场比赛将出现 1 名主裁、2 名边裁、2 名球门裁判、1 名第四官员一共 6 名裁判。

11 日

欧足联对在冠军联赛中故意诈伤的迪达实施停赛 2 场的惩罚，不过停赛仅限于欧战范围。

尤文图斯队门将布冯出任意大利国家队队长。在 25 年后，意大利国家队队长再次由门将出任。

13 日

由于斐济队守门员塔马尼苏无法获得签证，国际足联宣布推迟斐济队客场与新西兰队的世界杯预选赛。

2008 欧洲杯预选赛 E 组，英格兰队主场 3 比 0 轻取爱沙尼亚队，鲁尼打进 11 个月以来的首粒国家队入球。

2008 欧洲杯预选赛 D 组，德国队客场 0 比 0 战平爱尔兰队，提前 3 轮出线，成为 2008 年欧洲杯预选赛首支出线的球队。

2008 欧洲杯预选赛 B 组，法国队客场 6 比 0 大胜法罗群岛队，亨利打进国家队第 41 球，追平了普拉蒂尼的国家队进球纪录。

2008 欧洲杯预选赛 A 组，葡萄牙队客场 2 比 0 力克阿塞拜疆队，C・罗纳尔多为国家队效力达到 50 场。

2008 欧洲杯预选赛 F 组，西班牙队客场 3 比 1 力克丹麦队，第 38 分钟，卡普德维拉断球成功，西班牙队开始了多达 28 脚、为时 75 秒的连续传递，所有参与者都在得球后选择快速传球。最后，插上助攻的右后卫拉莫斯突破至小禁区边缘，轻巧地用右脚将球挑过门将索伦森入网，打进本队第 2 球。

2010 年世界杯南美区预选赛首轮打响，委内瑞拉队爆冷客场 1 比 0 力克厄瓜多尔队，终结了厄瓜多尔队 2001 年以来主场不败纪录。

14 日

奥地利组委会正式开通 2008 年欧洲杯专列。

在世界杯预选赛首轮中，巴西队被哥伦比亚队 0 比 0 逼平，可巴西足协在其官方网站上自摆乌龙，登出的比赛结果是巴西队 2 比 1 胜哥伦比亚队。

15 日

西甲比利亚雷亚尔俱乐部经理伊利内萨表示，里克尔梅即使在国家队表现再优秀也无从动摇“潜水艇”将其打入“冷宫”的决定，而且俱乐部已经决定，会在冬季转会期卖掉里克尔梅。

16 日

巴西队主教练邓加在著名的马拉卡纳足球场名人堂留下脚印，成为第 93 位进入这一名人堂的足球名人。

尤文图斯俱乐部宣布，与皮耶罗续约 2 年，新合约将到 2010 年。

由于在对那不勒斯的比赛中出现强烈侮辱性标语，意大利足协纪律委员会对国际米兰做出了关闭梅阿查球场北看台的部分席位 1 场的决定，北看台是国际米兰球迷组织聚集的地方。

2010 年世界杯南美区预选赛第 2 轮，阿根廷队客场 2 比 0 击败委内瑞拉队，中卫 G・米利托顶进他在 30 场国家队比赛的首粒入球。萨内蒂第 115 次为阿根廷成年队出场，追平了阿亚拉代表阿根廷国家队的参赛纪录。

17 日

英超博尔顿俱乐部与主帅萨米·李解约。

2008 欧洲杯预选赛 B 组，法国队主场 2 比 0 取胜立陶宛队。96 次出场打入 43 粒入球的亨利打破了普拉蒂尼保持的 41 粒入球的国家队进球纪录。

2008 欧洲杯预选赛 B 组，苏格兰队客场意外地 0 比 2 负于格鲁吉亚队。17 岁的格鲁吉亚前锋麦克赫迪泽首次代表国家队出场就在第 16 分钟头球破门。

2008 欧洲杯预选赛 D 组，德国队主场 0 比 3 惨败于捷克队，捷克继德国之后也从小组出线。刚开赛 112 秒，西翁科就在扬·科勒的配合下偷袭得手。德国队上一次开场这么快丢球，要追溯到 1974 年世界杯决赛。

2008 欧洲杯预选赛 C 组，希腊队客场 1 比 0 力克土耳其队，提前 2 轮出线。

2008 欧洲杯预选赛 G 组，罗马尼亚队客场 2 比 0 取胜卢森堡队，提前 2 轮出线。

在西甲萨拉戈萨俱乐部的训练中，两名阿根廷中场达历桑德罗和艾玛尔发生激烈争吵，随即争吵就升级成了斗殴。

2010 年世界杯南美区预选赛第 2 轮，巴西队 7 年后重回马拉卡纳球场，主场 5 比 0 大胜厄瓜多尔队，罗纳尔迪尼奥第 100 次入选巴西队。

德甲不莱梅俱乐部与主教练沙夫续约到 2010 年。

18 日

在阿森纳年会上，俱乐部送给温格一座半身铜像，以表彰法国人 11 年来为俱乐部做出的杰出贡献。

阿森纳俱乐部与巴西小将德尼尔森续约，双方签下了一份未透露的长期合同。

19 日

捷克教练泽曼再次炮轰意大利足球，他认为“电话门”事件并没有改变意大利足球氛围，同时批评意大利足协对近来的球场暴力处罚不力，只能采取禁止球迷入场的方式来惩罚俱乐部。

20 日

阿森纳主教练温格和中场球员法布雷加斯当选英超 9 月“双最佳”。

2007-08 赛季西甲联赛第 8 轮，巴塞罗那客场 1 比 3 不敌比利亚雷亚尔，遭遇赛季首败，博扬打入联赛处子球，17 岁零 52 天也让他成为了巴塞罗那在西甲中进球的最年轻球员。

2007-08 赛季西甲联赛第 8 轮，皇家马德里客场 1 比 2 不敌西班牙人，遭遇赛季首败，后卫拉莫斯第 100 次代表皇家马德里出战。

一位 61 岁的老球迷因为受不了瓦拉杜利德接连丢球的打击，心脏病发作，在看台上猝死。

21 日

《法国足球》杂志公布了金球奖（欧洲足球先生）的 50 人候选名单，在这份名单中，西甲巴塞罗那和意甲 AC 米兰都有 6 人入围。另外，伊拉克球员尤尼斯和日本核心中村俊辅也出现在了大名单中。本届金球奖的最终得主将由来自全世界的评委投票选出，有别于以往的全欧洲评委投票选定最终大奖得主的模式。

在美国职业足球大联盟的常规赛中，贝克汉姆效力的洛杉矶银河队以 0 比 1 负于芝加哥火焰队，无缘季后赛。

普埃尔塔的妻子罗尔丹在塞维利亚当地的医院生下了他的遗腹子，小男孩取名艾托，出生时体重 3.7 千克。塞维利亚主席德尔尼多表示，当普埃尔塔的儿子年满 18 岁时，塞维利亚的 16 号球衣将重新启用。

22 日

欧洲足联公布，AC 米兰门将迪达冠军联赛的禁赛从 2 场减至 1 场。

巴西达迦马队宣布罗马里奥出任球队的球员兼教练。

23 日

曾在 2005 年因为禁药事件被意大利布雷西亚法院民事法庭判处入狱 7 个月的前巴萨球星瓜迪奥拉被无罪释放。2001 年 11 月 22 日，瓜迪奥拉在布雷西亚客场与皮亚琴察比赛后被查出癸酸南诺龙指标呈阳性，几天后，他在与拉齐奥比赛中的尿样检查得到了相同的结果，之后被判处禁赛 4 个月。2005 年布雷西亚法院民事法庭的荣誉法官马泰奥·曼托瓦尼判处瓜迪奥拉入狱 7 个月，外加 9000 欧元的罚款与诉讼费。

2007-08 赛季欧洲冠军联赛 G 组第 3 轮，国际米兰客场 2 比 1 逆转莫斯科中央陆军，菲戈第 100 次出战冠军联赛。

24 日

爱尔兰足协宣布与国家队主帅斯汤顿解约。

2007-08 赛季欧洲冠军联赛 C 组第 3 轮，皇家马德里主场 4 比 2 击败奥林匹亚科斯，劳尔将他保持的冠军联赛进球纪录增加到 58 球。

英超博尔顿俱乐部任命梅格森为新主帅。

国际足联和英足总公认的足球史上最老俱乐部、英格兰第 7 等联赛球队“谢菲尔德足球俱乐部(Sheffield FC)”度过了 150 岁生日。国际足联主席布拉特、足球名宿芬尼爵士、门神班克斯、名将布赖恩·罗布森和在谢菲尔德出生的足总主席汤普森都参加了庆祝晚宴。

25 日

英超托特纳姆热刺俱乐部与主帅约尔解约。

迭戈・马拉多纳挂靴 10 周年纪念日。

26 日

因在巴西队和墨西哥队友谊赛上行为过激,巴西国家队主帅邓加和中场埃拉诺将面临巴西最高体育法庭审判。

塞维利亚俱乐部宣布希门尼斯(Manuel Jimenez)接替拉莫斯,成为球队的新任主教练,任期直到 2007-08 赛季结束。

罗马尼亚"足球魔术大师"多布林因肺癌去世,享年 60 岁。15 岁就进甲级俱乐部踢球的多布林共参加过 408 场甲级联赛,进球 111 个。

罗纳尔迪尼奥的电子信箱被一位名叫埃维顿的黑客破解,随后这位黑客以罗纳尔迪尼奥姐姐的名义给银行发去电子邮件,要求银行往指定账号汇款 80 万欧元,好在一个意外事件让骗局未能如愿。在得知这是一个骗局后,银行和罗纳尔迪尼奥的姐姐一起报案,警方也很快将这名黑客兼诈骗犯擒拿归案。

57 岁的法国人达米亚诺出任尤文图斯队助理教练。

27 日

2007 年芬兰超级联赛超级联赛闭幕,坦帕尔队获得冠军。中国球员高雷雷同时结束了自己在芬超的征战。

卷入球员转会风波的巴西科林蒂安俱乐部宣布,将分 3 次向法国里昂俱乐部赔付 600 万欧元,并采取分期付款的方式向巴西国际俱乐部赔付 200 万欧元。里昂和科林蒂安 2006 年为争夺前锋尼尔马陷入拉锯战，科林蒂安原本承诺支付 1000 万欧元，实际只付了 200 万欧元，最后国际足联不得不出马解决纠纷，裁定尼尔马归科林蒂安所有，但科林蒂安必须向里昂支付其余 800 万欧元转会费。由于尼尔马的 20% 所有权归国际俱乐部，因此剩余的 800 万欧元中，国际俱乐部将分得 200 万欧元。

西班牙人拉莫斯出任英超托特纳姆热刺队新主帅，双方签约至 2012 年。

28 日

2007-08 赛季英超联赛第 11 轮，利物浦主场 1 比 1 战平阿森纳。杰拉德第 400 次代表利物浦出场。

马拉多纳接受采访时指责现在的阿根廷队“缺乏荣誉感”。

2007-08 赛季意甲联赛第 9 轮，桑普多利亚客场 0 比 2 负于卡塔尼亚，第 39 分钟，“坏小子”卡萨诺自己把自己换下场。蒙特拉企图阻拦他时，卡萨诺不仅咒骂了蒙特拉，还与他的前队友撕扯起来，主教练马扎里也没法阻止卡萨诺的决定，只得把他换下。

2007-08 赛季意甲联赛第 9 轮，AC 米兰主场 0 比 1 不敌罗马。5 个主场不胜，追平了 26 年前的最差纪录。

意大利一家资深调查机构对国内各企业 2006 年财政情况做了一个排名，莫拉蒂家族的 SARAS 石油集团从 18 位上升到第 14 位，同时，贝鲁斯科尼的家族企业费宁韦斯特投资集团则从第 12 位滑落至第 16 位。

29 日

荷甲阿贾克斯队后卫斯塔姆宣布退役。

西甲瓦伦西亚俱乐部与主帅弗洛雷斯解约。

30 日

国际足联在总部苏黎世正式宣布 2014 年男足世界杯落户巴西，这也是巴西继 1950 年后再次主办男足世界杯。

国际足联主席布拉特宣布世界杯大洲轮换制度将到 2014 年世界杯终结，从 2018 年世界杯开始，任何不是此前两届世界杯主办国所在大洲的国家和地区，都可以申办世界杯。

31 日

欧足联主席普拉蒂尼表示，同胞温格挖掘低幼球员的做法让他担忧。

据德国 Sport Market 公司的调查统计，在欧洲巴塞罗那球迷总数达到惊人的 3600 万，这个数字是皇家马德里球迷人数的两倍。

英格兰宣布申办 2018 年世界杯。

科曼和助理教练布鲁因斯与荷甲埃因霍温俱乐部解约，出任西甲瓦伦西亚队新主帅，双方签约 3 年。

十一月

1 日

意甲雷吉纳主教练菲卡邓迪下课。

意甲莱切队管理员乔尔吉在训练中被闪电劈中不治身亡。

德国丙级不莱梅二队主场 4 比 2“点杀”乙级队圣保利，克罗地亚前锋克拉什尼奇在暂别球场近 1 年、经历过 2 次换肾手术后成功复出。

法甲里昂队捷克前锋巴罗什打破了法国的交通违章纪录，最快车速高达了271公里/小时，而在法国，高速公路限速是130公里/小时。法国警方随后暂时扣押了巴罗什的跑车和驾照，超速驾驶的代价是3年内他将无车可开。

2日

2007年沙滩足球世界杯揭幕。

阿森纳10月份最佳球员评选揭晓，法布雷加斯以40.1%的支持率连续第二个月荣获全队最佳。

前博洛尼亚主帅乌利维耶里出任意甲雷吉纳队新主帅，他也是目前意甲年龄最大的主教练。

韩国女子国少队主力球员金芷秀在膝盖韧带手术昏迷3个月后不幸去世，年仅16岁。金芷秀的膝盖韧带在比赛中受伤，3个月前住进大田韩国乙支大学医院进行治疗，她在手术中昏迷失去知觉，成为植物人。

3日

2007-08赛季英超联赛第12轮，切尔西客场2比0力克维冈竞技，德罗巴第100次代表切尔西出场。

4日

2007-08赛季意甲联赛第11轮，尤文图斯主场1比1战平国际米兰，“电话门”后尤文图斯与国际米兰首次联赛遭遇，由于球场外堵车，国际米兰球队大巴无法及时赶到，开球时间推迟15分钟。克鲁斯终结了尤文图斯主场连续354分钟不失球纪录。

2007-08赛季西甲联赛第11轮，巴塞罗那主场3比0完胜贝蒂斯，里杰卡尔德迎来执教巴塞罗那的第100场胜利，在球队历史上，仅次于两位荷兰教头米歇尔斯(105胜)和克鲁伊夫(183胜)。

5日

英超维冈竞技俱乐部宣布解除哈钦斯的主教练工作，球队临时由助理教练巴洛夫接管。

韩国门将李云在由于亚洲杯期间违反国家队队规而被韩国足协处以重罚后，亚足联研究决定取消其2007年亚足联年度最佳球员提名的资格。

伊拉克国家队队长尤尼斯被意甲国际米兰俱乐部授予了法切蒂国际奖。

6日

亚洲足球联合会2007年度女子最佳奖项评选在马来西亚首都吉隆坡揭晓，朝鲜的李金淑力压日本的泽穗希和澳大利亚的科利特·麦卡勒姆，荣膺亚足联年度最佳女子球员称号。丁恩欣赢得年度最佳女子青年球员称号，朝鲜队则由于在2007年诸多国际比赛中的优异成绩，成为年度最佳女足国家队。

瑞典传奇球星利德霍尔姆逝世，享年85岁。

2007-08赛季欧洲冠军联赛A组第4轮，利物浦主场8比0狂胜贝西克塔斯，打破尤文图斯2003年和阿森纳本赛季单场净胜7球的冠军联赛纪录，并追平摩纳哥2003年创造的单场一方攻入8球的冠军联赛纪录，这也是贝尼特斯上任以来利物浦单场进球最多的比赛。

2007-08赛季欧洲冠军联赛C组第4轮，皇家马德里客场0比0战平奥林匹亚科斯，近8次做客希腊未尝胜绩。

2007-08赛季欧洲冠军联赛D组第4轮，AC米兰客场3比0击败顿涅茨克矿工，因扎吉梅开二度，欧战进球增至62球，追平了德国“轰炸机”盖德·穆勒保持的纪录。

7 日

2007-08 赛季欧洲冠军联赛 E 组第 4 轮，里昂主场 4 比 2 力克斯图加特，德甲冠军 4 场比赛全部输球，在小组赛中垫底，彻底失去了小组出线权。

2007-08 赛季欧洲冠军联赛 E 组第 4 轮，巴塞罗那 2 比 0 战胜格拉斯哥流浪者，巴塞罗那门将巴尔德斯在欧洲赛场上连续 466 分钟不失球，创造了球队新纪录。巴塞罗那之前欧战不失球纪录由上世纪 70 年代的门将莫拉创造，时间为 406 分钟。

2007-08 赛季欧洲冠军联赛 F 组第 4 轮，曼联主场 4 比 0 轻取基辅迪纳摩，以本届冠军联赛小组赛惟一的 4 连胜战绩提前出线。

2007-08 赛季欧洲冠军联赛 F 组第 4 轮，里斯本竞技主场 2 比 2 战平罗马，巴西球员列德森突破了效力里斯本的百球大关，达 101 个。

2007-08 赛季欧洲冠军联赛 H 组第 4 轮，阿森纳客场 0 比 0 战平布拉格斯拉维亚，提前 2 轮出线。这也是温格执教的第 100 场欧冠比赛。

贝克汉姆率洛杉矶银河队在加拿大的温哥华与当地的一支球队进行了一场友谊赛，很多球迷在球场上的裸奔抢去了贝克汉姆不少风头。

《法国足球》2007 年欧洲金球奖的投票全部结束。投票结果被提前泄露，金球奖最大热门卡卡成为 AC 米兰历史上第 6 位欧洲金球奖得主。

8 日

国际足联主席布拉特表示，他希望能限制足球教练们随意转会，就像限制球员转会那样，应该有一个转会窗口。

英超曼联俱乐部与塞尔维亚后卫维迪奇续约至 2012 年。

9 日

美国大联盟洛杉矶银河队宣布，任命荷兰球星古力特为球队新任主帅，双方签约 3 年。

世界球员联盟(FIFPRO)评选出 2006-07 赛季最佳 11 人，门将：布冯(尤文图斯、意大利)/后卫：内斯塔(AC 米兰、意大利)、卡纳瓦罗(皇家马德里、西班牙)、特里(切尔西、英格兰)、普约尔(巴塞罗那、西班牙)/中场：C·罗纳尔多(曼联、英格兰)、卡卡(AC 米兰、意大利)、杰拉德(利物浦、英格兰)/前锋：梅西(巴塞罗那、西班牙)、德罗巴(切尔西、英格兰)、罗纳尔迪尼奥(巴塞罗那、西班牙)

2007-08 赛季英超联赛 10 月最佳球员和最佳教练得主公布，曼联前锋鲁尼荣膺最佳球员，最佳教练的荣誉归布莱克本主帅马克·休斯所有。

在埃及首都开罗进行的 2007 年非洲冠军联赛决赛第 2 回合比赛中，客场作战的突尼斯撒赫勒运动之星队以 3 比 1 战胜卫冕冠军埃及阿赫利队，并以 3 比 1 的总比分捧得奖杯。

10 日

2007-08 赛季英超联赛第 13 轮，利物浦主场 2 比 0 力克富勒姆，利物浦主帅贝尼特斯继续派出在周中大胜贝西克塔斯的首发阵容，这是他在安菲尔德执教期间第 2 次未改变首发阵容，也是他执教利物浦的第 200 场比赛。

皇家马德里俱乐部聘请 F1 车手的“御用”心理辅导专家、新西兰著名心理学斯帕克曼对球员进行心理辅导。

一名阿根廷球迷在阿根廷西北部门多萨省的一座球场外遇刺身亡。遇害的球迷名叫巴蒂斯塔·穆尼奥斯，38 岁，是 6 个孩子的父亲。当天，他在门多萨的加尔甘蒂尼体育场观看两支乙级球队的比赛，穆尼奥斯支持的独立队 7 比 0 大胜贝尔格拉诺队。观看比赛期间，穆尼奥斯和贝尔格拉诺队的球迷发生了口角。比赛结束后不久，穆尼奥斯遭到贝尔格拉诺队球迷的围攻。

穆尼奥斯胸口中刀，被送到医院紧急抢救，但是由于伤势过重，最终不治身亡。

11 日

26 岁的拉齐奥球迷布里埃尔·桑德里在阿雷佐意外身亡，2007-08 赛季意甲联赛第 12 轮国际米兰主场迎战拉齐奥的比赛被宣布改期进行，罗马主场对阵卡利亚里的晚场比赛也被取消。在意大利托斯卡纳大区古城阿雷佐附近 A1 高速公路服务区中，一群拉齐奥极端球迷攻击了另一小群尤文图斯球迷，在随后的混乱中，桑德里因为警察朝天鸣枪示警时被误杀。该事件还挑起了贝尔加莫的球迷骚乱，AC 米兰客场挑战主队亚特兰大的比赛也因球迷骚乱被迫中断。

在《马卡报》举办的皇马“历史最佳阵容评选中”，皇家马德里门将卡西利亚斯以绝对的优势获得“历史最佳门将”的荣誉，在总共 197724 张选票中，卡西利亚斯获得了 133004 张选票，得票率高达 67.3%。

西甲比赛转播的风波慢慢平息。在这场风波中闹得不可开交的 MDP 和 AVS 公司，终于在转播场次的问题上达成了一致。在西班牙国内，每周在公众电视台免费转播 1 场，在收费电视台转播 1 场，其余 8 场单场付费(PPV)的原有模式得到了沿袭；而在西班牙之外，绝大部分的比赛转播权也都按时发送。

首届波罗的海足球联赛结束，拉脱维亚的利耶帕亚金属队以 5 比 1 战胜另一支拉脱维亚球队文茨皮尔斯队，两回合以 8 比 2 的总比分获得冠军。

巴西国家队 8 比 2 大胜墨西哥国家队，成功卫冕，第 11 次捧起沙滩足球世界冠军锦标，巴西球员布鲁获得金球奖。

12 日

因桑德里遇害，意大利足球联盟宣布 2007-08 赛季乙级联赛和丙级联赛比赛延期一周。

意甲国际米兰前锋伊布拉希莫维奇当选 2007 年瑞典足球先生。

因在比赛中没有佩戴黑纱纪念桑德里，AC 米兰中场西多夫受到死亡威胁。

意甲卡利亚里俱乐部宣布与主帅詹保罗解约。

在阿根廷中部科尔多瓦省里奥瓜尔多市举行的一场比赛中，阿特纳斯队和瓜伊马勒队相遇。比赛期间，阿特纳斯队门将埃・贝尔丹注意到对方门将已经冲到中场附近，球门洞开，毫无防范。于是他在拿球之后用力向中场踢去，希望能传给队友破门。但是他没想到自己这一脚力量奇大无比，足球直飞对方后场，着地后弹入球门，直接得分。阿特纳斯队随后士气大振，以 3 比 1 战胜对手。

2007-08 赛季英超联赛第 13 轮，阿森纳客场 3 比 1 力克雷丁，阿德巴约的进球不仅打破了长达 9 场的进球荒，更重要的是，这还是阿森纳在英超历史上的第 1000 球。距离英超元年鲍尔德为阿森纳攻入英超第 1 球，已经 15 年又 3 个月。同时本场也是法布雷加斯为阿森纳的第 100 场首发。

13 日

意大利足协宣布了因球迷骚乱的 2 场比赛重赛日期，国际米兰主场对阵拉齐奥、罗马队主场对卡利亚里的比赛将于 2007 年 12 月 5 日(周四)重新开赛，而另外一场亚特兰大与 AC 米兰的比赛则没确定。

14 日

曼联功勋球员约翰・达赫迪逝世，享年 72 岁。达赫迪是著名的“巴斯比孩子们”中的一员，慕尼黑惨案发生前不久，达赫迪被出售给莱切斯特，不幸离队的另一面是幸运躲过了那次空难。

欧足联主席普拉蒂尼和红十字国际委员会主席克伦贝格尔在尼翁宣布，欧足联选择红十字国际委员会作为 2008 年欧洲杯人道主义合作伙伴组织，在欧洲杯期间为红十字国际委员会进行网上募捐，以救助阿富汗地雷受害者。网民球迷可购买进球彩帮助其支持的球队赢得 2008 年欧洲杯最慈善球队奖。此外，欧足联将为欧洲杯期间每个进球向红十字国际委员会捐款 4000 欧元。

桑德里的追悼会在罗马圣皮奥十世教堂正式举行。在追悼会召开之前就传出消息，将禁止一切警察和宪兵到场，球迷用这种方式来抗议。当天的追悼会现场，果然没有一名警察到场，甚至连维持秩序的警察都没有。

2007 世界俱乐部杯赛程公布，本届世俱杯将从 2007 年 12 月 7 日开战到 12 月 16 日，跨度为 9 天。本次比赛比过去有更多的球队参加，除了欧洲、南美、北美、非洲、亚洲的冠军之外，还有亚洲亚军伊朗塞普汉队，以及代表大洋洲的新西兰怀特里卡联队。

16 日

英超曼城俱乐部签下 3 名泰国球员苏克哈、刚达以及萨瓦奥。

17 日

日本国家队主帅奥西姆因急性脑梗塞被送入千叶县浦安市医院的重症监护病房（ICU）接受治疗。

2008 年欧洲杯预选赛 A 组，波兰队主场 2 比 0 力克比利时队，历史上首次打进欧洲杯决赛圈。

2008 年欧洲杯预选赛 B 组，意大利队客场 2 比 1 力克苏格兰队，携手轮空的法国队出线。

2008 年欧洲杯预选赛 E 组，俄罗斯队客场最后一分钟丢球 1 比 2 不敌以色列队，让英格兰队重新看到出线希望。

2008 年欧洲杯预选赛 F 组，北爱尔兰队主场 2 比 1 胜丹麦队，希利为北爱尔兰队打入致胜球，这也是他在本届欧洲杯预选赛上的第 13 粒入球，打破了 11 年前克罗地亚前锋苏克创造的欧洲杯预选赛 12 球的纪录。

2010 年世界杯预选赛南美区第 3 轮，阿根廷队主场 3 比 0 完胜玻利维亚队，阿圭罗顶进他在国家队的首球。萨内蒂第 116 次代表阿根廷国家队登场，成为了阿根廷国家队历史上出场次数最多的球员。

2010 年世界杯预选赛南美区第 3 轮，巴拉圭队主场 5 比 1 大胜厄瓜多尔队，厄瓜多尔队主教练苏亚雷斯赛后宣布辞职。

尤文图斯董事会计划在阿尔卑球场的原址上建造一座专属于尤文图斯的球场。改造计划分为两部分，第一部分是将阿尔卑球场的容量缩小，将原有的 69041 个座位缩减到 41000 个座位；第二部分是将阿尔卑改造为一个多功能的体育中心，球场将包括超市、餐馆、儿童健身中心以及博物馆。

罗马队长托蒂通过安莎社发出一个通告，强调永不再返回意大利国家队。

18 日

2010 年世界杯预选赛南美区第 3 轮，乌拉圭队主场 2 比 2 平智利队。

西班牙主帅阿拉贡内斯宣布 2008 年欧洲杯结束后离职。

意甲联盟宣布，因球迷骚乱而取消的亚特兰大和 AC 米兰将择日在一个没有观众的场地重赛。

19 日

伯明翰队的主帅布鲁斯出任维冈竞技队新主帅。作为补偿，维冈竞技队将支付给伯明翰队 300 万英镑的赔偿费用。

土库曼斯坦队战胜中国香港队，成为继乌兹别克斯坦之后第 2 支进入南非世界杯亚洲区预选赛 20 强的中亚球队。为此，土库曼斯坦总统别尔德穆哈梅多夫下令给每个队员发一块手表以示奖励。

由巴西球星罗纳尔多和前法国球星齐达内联合举行的名为“反对贫穷”足球慈善赛在西班牙南部城市马拉加举行。

20 日

2010 年世界杯预选赛南美区第 4 轮，阿根廷队客场 1 比 2 负于哥伦比亚队，终结了本届预选赛全胜战绩。委内瑞拉队主场 5 比 3 胜玻利维亚队，委内瑞拉队比赛中曾三度落后。

俄罗斯莫斯科斯巴达克的老板费敦发出悬赏广告：如果克罗地亚队在温布利战胜英格兰队，他将赠出 4 台奔驰轿车——1 辆给效力于莫斯科斯巴达克的克罗地亚门将普莱蒂科萨，另外 3 辆给 3 个表现最好的非门将球员。

21 日

日本国奥队主场 0 比 0 战平沙特阿拉伯国奥队，从奥运会亚洲区预选赛 C 组出线，自 1996 年亚特兰大奥运会以来连续 4 届获得奥运入场券。

2008 欧洲杯预选赛 B 组，法国队客场 2 比 2 平乌克兰队。法国门将弗雷迎来国家队处子秀。

2008 欧洲杯预选赛 F 组，丹麦队主场 3 比 0 胜冰岛队。托马森打进他第 50 个国家队进球。

2008 欧洲杯预选赛 E 组，英格兰队主场 2 比 3 不敌克罗地亚队。克拉尼察和奥里奇连入 2 球，尽管兰帕德和克劳奇的进球一度将比分追平，但替补出场的佩特里奇将英格兰人送入深渊。由于俄罗斯队在客场 1 比 0 小胜安道尔队，英格兰队位列小组第 3 惨遭淘汰。

2008 年欧洲杯预选赛上演大结局，16 支参赛球队全部产生，他们是：瑞士（东道主）、奥地利（东道主）、希腊（卫冕冠军，也通过预选赛出线）、荷兰、克罗地亚、德国、意大利、捷克、俄罗斯、葡萄牙、瑞典、罗马尼亚、波兰、法国、西班牙、土耳其。欧洲各大博彩公司公布了夺冠赔率，德国、意大利和法国队排在前 3 名。

22 日

英格兰主帅麦克拉伦被英足总解雇，补偿金超过 200 万英镑。18 个月的任期让麦克拉伦成为英格兰足球史上最“短命”的国家队主帅。

英国考文垂商业学院的体育商业战略和营销教授查德维克预测，英格兰队未能跻身 2008 年欧洲杯决赛圈不仅使英国体育用品制造商的股价大幅下跌，而且使英国将蒙受 20 亿英镑(约合 41 亿美元)的巨额经济损失。

因英格兰队未能打入欧洲杯决赛圈，茵宝公司生产的英格兰队队服销量“锐减”，该公司的股价因此也下跌了 2.3％。

球王马拉多纳向在意大利的私生子小马拉多纳道歉，称自己的很多话被误解。2005 年 8 月，马拉多纳在自己主持的访谈节目“10 号之夜”时说：“接受他是我的儿子并不意味着我爱他。我的两个女儿才是我的至爱，我在用钱为我过去的错误赎罪。”

23 日

历史与足球统计协会评选出了足坛最强的 100 人，几乎涵盖了百年来最优秀的球星，排名第 1 的是球王贝利，罗纳尔多第 2，马拉多纳仅列第 6。在前 100 中，法国人最多，16 人，接下来是巴西 11 人，意大利和德国都是 10 人，英格兰 7 人，阿根廷 5 人。

国际足联在南非东部海滨城市德班公布了 2010 年南非世界杯赛的官方海报。海报画面是由非洲大陆版图演化成的喀麦隆著名球星埃托奥仰头凝视右上方的一个足球构成。

24 日

突尼斯斯法克斯队在非洲联盟杯决赛第二回合中，主场以 1 比 0 战胜苏丹麦利耶赫队，以 5 比 2 的总比分第二次夺得了非洲联盟杯，来自突尼斯的球队也因此赢得了该年度非洲足球俱乐部赛事的大满贯。

年仅 31 岁的德国中场里肯宣布退役。

25 日

国际足联（FIFA）在南非港口城市德班国际会议中心举行南非世界杯各大洲预选赛小组抽签。

贝肯鲍尔的好友、受他邀请前往德班的抽签嘉宾奥地利前足球运动员博格斯塔勒被人杀害，尸体在离德班市区很近的一个高尔夫球场被发现，胸部中弹。43 岁的博格斯塔勒曾是萨尔茨堡俱乐部门将，被害前经营一家通讯社。

梅西荣获意大利知名体育杂志《体育战报》评出的“小金球先生”奖（Bravo）。

圣保罗俱乐部夺得 2007 年巴西联赛冠军。

26 日

英超德比郡俱乐部与主教练比利·戴维斯解约。

阿根廷博卡俱乐部就里克尔梅转会与西甲比利亚雷亚尔达成协议。

意甲巴勒莫俱乐部与主帅科兰托诺解约，圭多林第 4 次出任球队主帅。

意甲恩波利俱乐部与主帅卡尼解约，马莱萨尼接任。

27 日

2007-08 赛季欧洲冠军联赛 H 组第 5 轮，阿森纳客场 1 比 3 不敌塞维利亚。阿森纳遭遇赛季首败，塞维利亚获得4连胜出线。

2007-08赛季欧洲冠军联赛E组第5轮，里昂主场2比2平巴塞罗那，里杰卡尔德被当值意大利主裁法里纳罚离教练席，这也是他就任巴塞罗那主教练一职4年半以来第一次遭受这样的“礼”遇。

2007-08赛季欧洲冠军联赛E组第5轮，斯图加特主场3比2力克格拉斯哥流浪者，避免成为了第一支在冠军联赛小组赛全负的德国球队。

2007-08赛季欧洲冠军联赛G组第5轮，国际米兰主场3比0完胜费内巴切，比赛当天恰逢曼奇尼43岁生日。

伦敦警方逮捕了4名涉嫌诈骗和制作假账的足球从业人员。其中包括朴茨茅斯主帅雷德克纳普、朴茨茅斯总执行官斯托雷、效力苏超格拉斯哥流浪者的费耶、经纪人马克凯以及莱切斯特城主席曼德里克。

皇家马德里抵达不莱梅参加2007-08赛季冠军联赛C组比赛前，收到了一份罚款通知书，因为皇家马德里队衣的胸前广告上的Bwin被当地法律禁止。皇家马德里队的胸前广告赞助商是来自奥地利的博彩公司Betandwin，根据不莱梅所在的下萨克森州的法律，任何竞技活动中都不得出现与赌博行为相关的广告。

28日

亚足联年度颁奖大会在澳大利亚悉尼举行，沙特国脚亚卡赫塔尼力压伊拉克球星尤尼斯和阿克拉姆，成为亚足联年度最佳球员。伊拉克队获得年度最佳国家队，日本浦和红宝石获得年度最佳俱乐部，朝鲜的金正一获得年度最佳年轻球员，日本队获得年度公平竞赛奖。中国足协获得年度最佳协会奖。澳大利亚的希尔德获得年度最佳裁判。

英超德比郡俱乐部宣布，保罗·杰维尔出任球队新主帅。

2007-08 赛季欧洲冠军联赛 A 组第 5 轮，利物浦主场 4 比 1 击败波尔图。杰拉德以 22 球追平此前由欧文保持的俱乐部欧战进球纪录。

29 日

2007-08 赛季欧洲联盟杯小组赛第 3 轮，佛罗伦萨客场 1 比 1 平雅典 AEK，这是紫百合参加的第 100 场欧战，主帅普兰德利因妻子病逝而缺席。

在受伤 3 个月之后，巴塞罗那队的喀麦隆前锋埃托奥正式复出。

欧盟轮值主席国葡萄牙内政部长佩雷拉表示，为了有效打击球场暴力，欧盟成员国今后将加强司法以及警方的合作，组建一支统一的欧洲体育警察队伍。

30 日

国际足联正式公布 2007 年度足球先生和足球小姐的最终三强名单。足球先生方面，卡卡(巴西)、梅西(阿根廷)和 C・罗纳尔多(葡萄牙)入围；足球小姐方面，则是普林茨(德国)、克里斯蒂安妮和玛塔(皆为巴西)3 人。

欧足联正式通过了 2009-10 赛季开始的冠军联赛改制决议。根据新赛制，直接晋级球队数量从 16 支变为 22 支，欧洲前三大联赛的第 3 名和第 10-12 联赛的冠军分享了 6 个新增加的小组赛门票。而资格赛晋级的球队从目前的 16 支将变成 10 支。除此之外，冠军联赛决赛日由周三改到周六。

委内瑞拉国家队主教练帕斯辞职。

网球高手纳达尔和皇家马德里门将卡西利亚斯在马德里进行了一场别开生面的跨项目对抗——先进行纳达尔擅长的网球比赛，再进行卡西利亚斯擅长的点球大战，最终，两人握手言和。本次比赛是由“红十字组织”主办的一场公益活动。

十二月

1日

2007-08 赛季西甲联赛第 14 轮，皇家马德里主场 3 比 1 力克桑坦德竞技，卡西利亚斯第 400 次代表球队出场。

欧足联一名资深官员证实，欧足联怀疑欧洲杯预选赛、冠军联赛的多场比赛存在打假球现象。

欧足联在瑞士卢塞恩宣布，他们将为参加 2008 年欧锦赛决赛阶段比赛的 16 支球队提供 1.84 亿欧元(约合 2.71 亿美元)的奖金。这一数字比 2004 年欧锦赛的奖金总数增加了 5500 万欧元。按规定，所有参赛队都将获得 750 万欧元的基础奖金，而在 2004 年，参赛队所获奖金数为 480 万欧元。另外在小组赛阶段，每赢一场比赛将获得 100 万欧元，平一场的奖金数为 50 万欧元。进入八强的球队将额外获得 200 万欧元，打入半决赛的球队则会获得 300 万欧元的奖励。最终夺冠的球队，其收入将再增加 750 万欧元，获得第二名的球队也将得到 450 万欧元。

霍奇森辞去芬兰国家队主帅一职，返回国际米兰担任主席的顾问。

凯撒酋长队点球 3 比 2 击败比勒陀利亚马美罗迪日落队，获得南非联赛杯冠军。

2日

《法国足球》通过法国电视一台和杂志官方网站宣布：卡卡荣膺 2007 年也是历史上第 52 座金球奖，他以 444 分的绝对优势压倒了另两位新生代球星 C·罗纳尔多(277 分)与梅西(255 分)。

2008 年欧洲杯官方用球 EUROPASS(欧洲直通车)发布。

2008 年欧洲杯分组抽签结果大出人们意料，荷兰、意大利、法国和罗马尼亚进入 C 组，成为死亡之组。

阿根廷博卡青年俱乐部邀请马拉多纳担任顾问，全权负责俱乐部买卖球员等事务。

一场由英格兰职业球员协会主办的明星慈善赛在曼彻斯特城市球场展开较量，参赛一方是由英格兰足坛元老组成的明星队，另一方是由曾经效力过英格兰联赛的各国明星组成的世界元老明星队，最终英格兰元老队主场 2 比 3 不敌世界元老明星队。

2007 年巴西甲级联赛落幕。有 97 年历史的传统强队科林蒂安队首次降入乙级联赛。

在 92 年历史上，拉努斯队首次夺得阿根廷春季联赛冠军。

3 日

切尔西前锋德罗巴获得 2007 年度 BBC 伦敦最佳球员的奖项。他是继兰帕德、特里和乔·科尔之后，连续第 4 名赢得该项奖项的切尔西球员。

西甲皇家贝蒂斯俱乐部与主教练库珀解约。

2007 年巴西足球颁奖晚会在里约热内卢举行。圣保罗队长塞尼荣膺“最受欢迎球员”奖，圣保罗后卫布雷诺被授予“最佳新人奖”。弗拉门戈成为“最受欢迎球队”。

荷兰人商斯出任纳米比亚国家队主帅。

55 岁的德国教练法比施出任贝宁国家队主教练。

4 日

2007-08 赛季欧洲冠军联赛 D 组第 6 轮，AC 米兰主场 1 比 0 小胜凯尔特人，因扎吉下半时攻入惟一进球，以 63 球打破了盖德·穆勒保持的欧战进球纪录。

根据《罗马体育报》的统计，在欧洲五大联赛现役教练中，国际米兰主帅曼奇尼凭借联赛执教最高胜率(62.9%)以及最低败率(8.6%)，成为了所有教练当中联赛成绩最好的主帅。

莱万特队长德斯卡加在比赛中因与赫塔菲队球员剧烈冲撞而倒地昏迷，休克数小时之久。

前韩国国脚黄善洪出任韩国釜山偶像队主帅。

巴西科林蒂安俱乐部与主帅内尔西尼奥解约。

希蒙斯出任牙买加国家队主帅。

韩国中场金南一从韩国水原三星俱乐部转会至日本神户俱乐部。

5 日

英超阿森纳俱乐部 11 月最佳人选揭晓，队长加拉大胜法布雷加斯，让西班牙天才连夺 3 个月最佳的美梦破碎。

在南美杯决赛第二回合比赛中，阿塞纳尔队 1 比 2 不敌墨西哥美洲队，双方总比分战成 4 比 4 平，阿塞纳尔队凭借客场进球数优势，赢得冠军奖杯。

荷兰人维尔贝克出任澳大利亚国家队主帅。

法国后卫伊斯梅尔从德甲拜仁慕尼黑俱乐部转会至汉诺威 96 俱乐部。

日本市原东日本联队与主帅阿马尔·奥西姆解约，阿马尔是前日本国家队主帅伊维卡·奥西姆之子。

6日

皇家马德里队主场2比0取胜贝尔格莱德游击队队，获得第29届“伯纳乌杯”冠军。

欧足联公布了2008联盟杯决赛宣传画。

曼联三维博物馆揭幕。

乌克兰国家队主帅布洛欣辞职。

塞尔维亚足协与西班牙教练克莱门特解约。

7日

德罗巴和切赫分别当选国际体育记者协会评出的2007年度最佳前锋和最佳门将。来自150个国家，总共1.05万名国际体育记者协会的会员参与了投票。

曼联主帅弗格森被法国足球杂志《11人世界》评为欧洲最佳主帅。

英超米德尔斯堡队的西班牙球员门迭塔宣布2007-08赛季结束后退役。

英超官方公布了11月的各项最佳。阿斯顿维拉主教练奥尼尔与前锋阿邦拉霍包揽了月最佳教练与球员的称号。

韩国足协任命许丁茂为国家队新任主帅。

巴西科林蒂安聘请梅内泽斯出任球队新主帅。

前法国主帅桑蒂尼出任阿联酋阿赫利队新主帅。

冈田武史二度出任日本国家队主帅。

瑞典赫尔辛堡主帅巴克斯特辞职。

8日

2007-08赛季英超联赛第16轮，曼联主场4比1大胜德比郡。埃弗拉和维迪奇第50次代表曼联出战，鲁尼第100次为曼联首发，吉格斯打进他的第100个英超进球。

阿根廷前锋阿圭罗荣膺意大利《都灵体育报》评出的2007年度欧洲“金童奖”。

瓦伦西亚极端球迷组织的53名球迷因为被指控暴力行为扰乱社会治安而被逐出潘普洛纳市。

因公开批评队友里贝里和托尼，以及在俱乐部的圣诞晚会上提前离开，拜仁慕尼黑队长卡恩被禁止参加冬歇期前最后一轮联赛，并被罚款2.5万欧元。

前俄罗斯国家队主帅谢明出任乌超基辅迪纳摩新主帅。

9日

由于球迷骚乱造成1名警察严重受伤，3名贝尔格莱德红星队的官员和1名比赛代表被拘留1个月。

2007-08赛季英超联赛第16轮，阿森纳客场1比2不敌米德尔斯堡，2007-08赛季联赛首遭败绩。

墨西哥阿特兰特队在冬季联赛决赛第二回合比赛中主场2比1战胜老

牌强队美洲豹队，以两回合 2 比 1 的总比分获得冠军。

前英格兰主帅罗布森爵士在 BBC 体育年度体育人物奖节目中获得终身成就奖。

10 日

国际米兰前锋阿德里亚诺在众多失意人当中脱颖而出，蝉联了意甲“金骗子奖”。AC 米兰的迪达和罗纳尔多分列第二三名。

巴塞罗那前锋梅西当选《体育画报》杂志拉美版评出的 2007 年度拉美年度运动员。

德甲比勒菲尔德俱乐部与主帅米登多普解约。

4 名黑衣男子闯入利物浦队长杰拉德的家中，偷取了项链等珠宝首饰。

阿根廷胡拉坎主帅阿迪莱斯在执教 12 场比赛后辞职。

卡拉卡斯获得委内瑞拉春季联赛冠军，这也是该队历史上首次夺冠。

11 日

西甲比利亚雷亚尔俱乐部与主帅佩莱格里尼续约到 2010 年。

因为长年来对体育和足球的贡献，曼联的威尔士球星吉格斯被授予了英帝国勋章。

2007-08 赛季欧洲冠军联赛 C 组最后 1 轮，奥林匹亚科斯主场 3 比 0 击败不莱梅，1999 年以来首次打进欧冠淘汰赛。

在欧洲杯预选赛上与瑞典比赛中袭击主裁判的丹麦球迷被判罚入狱 20 天。

12 日

瑞士电信公司计划投资数千万瑞士法郎，目标是在 2008 年 6 月欧洲杯开赛之前，让 4 个承办城市伯尔尼、巴塞尔、苏黎世和日内瓦市民通过手机欣赏比赛的电视转播。

曼联中场朴智星连续两年名列韩国网民搜索运动员次数的第一位。

非洲足联在尼日利亚海港城市拉各斯公布了 2007 年年度足球先生最终 5 人候选名单，分别是上届得主德罗巴（科特迪瓦/切尔西）、阿德巴约（多哥/阿森纳）、埃辛（加纳/切尔西）、卡努特（马里/塞维利亚）和迪亚拉（马里/皇家马德里）。

2007-08 赛季欧洲冠军联赛 F 组最后 1 轮，曼联客场 1 比 1 战平罗马。第 72 分钟，董方卓换下曼联队长鲁尼，成为继孙祥之后第 2 名亮相冠军联赛的中国球员。

2007-08 赛季欧洲冠军联赛 H 组最后 1 轮，阿森纳主场 2 比 1 小胜布加勒斯特星。缺阵 22 场的莱曼自 8 月 19 日以来首度代表阿森纳出场，缺阵 12 场的范佩西膝伤痊愈首发。

2007-08 赛季英格兰联赛杯 1/4 决赛，埃弗顿客场 2 比 1 取胜西汉姆联，自 1988 年以来首度晋级该项赛事 4 强。

汽车用品厂商嘉实多聘请阿森纳主教练温格出任宣传大使。

奥地利人里德尔辞去越南国家队主教练职务。

法国人卡瓦利出任突尼斯卡萨布兰卡韦达队主帅。

法甲索肖俱乐部与主帅汉茨解约。

意大利足坛德高望重的名帅马佐尼面临意大利检察官的司法调查。1987年,前佛罗伦萨球员布鲁诺·比阿特里斯因为身患白血病英年早逝,而他之所以会患上绝症乃是因为接受了辐射治疗。意大利检察机关认为马佐尼对比阿特里斯的死负有责任。

13日

英超切尔西俱乐部与代理主帅格兰特正式签署了一份为期4年的新工作合同。

卡卡当选英国《世界足球》评出的年度最佳球员,他的得票超过了50%,在《世界足球》评选历史中,此前仅有普拉蒂尼的得票超过50%。第二名是巴塞罗那前梅西,第三名为曼联前锋C·罗纳尔多。在其他项目的评选中,梅西当选了年度最佳新人,法布雷加斯和C·罗纳尔多分列二三位;曼联主教练弗格森成为了年度最佳教练,前塞维利亚主帅,现在执教热刺的拉莫斯名列第二,率领AC米兰夺得欧洲冠军联赛冠军的安切洛蒂列第三。另外,在亚洲杯夺冠的伊拉克获得了年度最佳球队称号,AC米兰和塞维利亚分别获得第二和第三名。

英超西汉姆联主席马格努森在董事会重组中下课,球队真正的老板古德姆森出任新主席。

一部以卡纳瓦罗为原型的话剧"Uno di noi"("我们中的一员")创作完毕,编剧们创作此剧的目的,除了歌颂那不勒斯的城市英雄卡纳瓦罗外,还希望这座城市的年轻人都能以卡纳瓦罗为榜样,最终也取得成功。

14日

德甲拜仁慕尼黑俱乐部宣布签入18岁的圣保罗中卫布雷诺,合约签至2012年6月30日,转会费为1800万欧元。

卡佩罗出任英格兰国家队新主帅,双方签约4年半,根据合同,卡佩罗将带着自己的教练组上任,成员都是意大利人,包括助理教练巴尔蒂尼、加尔比亚蒂，守门员教练坦克雷蒂，体能教练内里。

因对主裁判克拉滕博格抱怨，并伴有脏话，曼联主教练弗格森被禁赛 2 场、罚款 5000 英镑。

布洛欣出任俄超 FK 莫斯科队主教练。

英冠沃特福德队老板、著名歌星埃尔顿·约翰支持塞拉利昂中场班古拉留队。班古拉 15 岁时被经纪人半拐半卖弄到英国，随后被抛弃。班古拉流浪伦敦，曾在街头遭到性攻击，误打误撞下，他得到在沃特福德试训和签约机会。但由于他没有代表塞拉利昂出战过去两年 75% 的赛事，英国内政部驳回了班古拉的签约申请。

15 日

2007-08 赛季德甲联赛第 17 轮，拜仁慕尼黑客场 0 比 0 战平柏林赫塔，夺得半程冬季冠军。

国际足联正式宣布封杀海拔在 2750 米以上的高原赛场。

阿迪达斯携手德国开罗斯科技公司正式向全球发布高科技“智能足球”——“团队之星”二代（Teamgeist II），这款足球和配套系统具有最新的“门线技术”，可以明确判别足球是否整体越过球门线。

阿根廷豪门河床队正式任命迭戈·西蒙尼为新任主帅。

16 日

AC 米兰 4 比 2 完胜博卡青年，时隔 17 年后再度夺得世俱杯冠军，并创造 18 次国际俱乐部赛事夺冠的纪录。卡卡也复制了巴斯滕在 1989 年包揽冠军杯、欧洲超级杯、金球奖和洲际杯（丰田杯）的历史。

德甲拜仁慕尼黑队中场球员里贝里当选 2007 年法国足球先生。之前 4

年该奖项得主、西甲巴塞罗那队前锋亨利排名第二，法甲里昂队前锋本泽马名列第三。

在不莱梅 5 比 2 战胜勒沃库森的比赛里，克罗地亚前锋克拉什尼奇打进了换肾后的第 1 个进球。

17 日

国际足联公布了 2007 年 12 月份国家队排名。阿根廷队继续占据榜首的位置，巴西、意大利、西班牙队紧随其后。

2007 年国际足联颁奖大典在苏黎世歌剧院举行。巴西人获得 4 个奖项，卡卡与玛塔分别夺得世界足球先生和世界足球小姐。阿根廷前锋阿圭罗和德国中场克罗斯分获 U21 和 U17 世青赛最佳球员。阿根廷则首次成为年度最佳球队。西甲巴塞罗那俱乐部获得公平竞赛奖。国际足联主席奖颁给贝利，以褒奖他“为这项运动所作的贡献”。

欧足联纪律委员会决定对在 2007-08 赛季冠军联赛小组赛第 5 轮巴塞罗那客场对里昂比赛中吃到红牌的里杰卡尔德追加停赛 1 场。

18 日

参加 2008 年欧洲杯全部 16 支队伍的训练基地公布。

欧足联证实，由于在 11 月的欧洲冠军联赛小组赛对阵西班牙塞维利亚的比赛中有不恰当行为，阿森纳主教练温格将被在欧洲俱乐部比赛中禁赛 1 场。

前巴西队主教练卢森博格出任巴西帕尔梅拉斯俱乐部新主帅。

瓦伦西亚俱乐部宣布 8 人清洗名单，名单中包括了队内最具重量的 2 位球员卡尼萨雷斯和阿尔贝尔达。

巴西最高体育法院宣布，因在其药检中查出非那雄胺，罗马里奥被禁赛

120天。

波黑足协与国家队主帅穆佐罗维奇解约。

19日

赛季初遭到解职的詹保罗重返意甲卡利亚里队执教，取代辞职的索内蒂。

因涉嫌强奸一名26岁女性，曼彻斯特警方了逮捕19岁的曼联新星强尼·埃文斯。

意甲国际米兰俱乐部将前锋阿德里亚诺租借至巴西圣保罗俱乐部直至2007-08赛季结束。

曼联前锋鲁尼宣布2008年6月迎取未婚妻科琳，和所有的名人婚礼一样，鲁尼也把这场婚礼的独家报道权以150万英镑高价卖给了《Hello》杂志，但他会将这些钱全部捐给慈善事业。

34岁的法里亚斯出任委内瑞拉国家队新主帅。

塞尔维亚贝尔格莱德游击队与主帅久基奇和平分手。

巴塞罗那前球员阿莫尔在塔拉戈纳的AP-7高速公路上发生严重车祸，几乎丧命。

特列斯曼勋爵取代前任乔夫·汤普森成为新一任英足总主席。特列斯曼勋爵成为了英足总历史上第一位独立主席，而前任乔夫·汤普森将继续担任欧足联和国际足联副主席之职。

20日

2007-08赛季意大利杯1/8决赛首回合，国际米兰客场4比1轻取雷吉纳，17岁小将巴洛特利梅开二度。

2007-08 赛季意大利杯 1/8 决赛首回合，AC 米兰主场 1 比 2 不敌卡塔尼亚，17 岁小将帕罗斯基首次亮相就打进处子球。

法甲里昂前锋本泽马荣膺法国橙色体育奖。

厦门蓝狮队的塞尔维亚前锋耶利奇自由转会至科特布斯俱乐部，双方签约至 2010 年。

德甲汉堡球员送给了队长范德法特一件别致的圣诞礼物：一件橙色的瓦伦西亚 23 号球衣，而且上面印的名字（van der Verrat）和范德法特的名字（Van der Vaart）稍有不同，Verrat 在德语中是“背叛”之意。

英超伯明翰俱乐部终止了同香港富商杨嘉诚的投资公司 GIH 进行的收购谈判，杨嘉诚的收购计划告吹。

克罗地亚人加卡宁出任科威特国家队主帅。

法国人特鲁西埃出任日本低级别联赛球队冲绳 FC 队主帅。

21 日

英超富勒姆俱乐部与主教练桑切斯解约。

2007-08 赛季冠军联赛 16 强淘汰赛抽签在瑞士尼翁欧足联总部举行。米兰双雄遭遇英超两强，卫冕冠军 AC 米兰对阵阿森纳，国际米兰则与利物浦交锋。

梅地亚奥集团以每年近 800 万美元的赞助费成为巴西老牌豪门科林蒂安俱乐部新赞助商。在降为巴西乙级球队后，原主赞助商、韩国的三星集团提出每月 24 万美元赞助费应当予以减半，双方合作由此告吹。

阿根廷博卡青年队主帅鲁索辞职。前阿根廷国家队著名前锋巴蒂斯图塔明确拒绝出任该队主教练。

22 日

英超曼联俱乐部签入安哥拉前锋马努乔，双方签约 3 年。

英超阿森纳在 2 比 1 力克同城死敌托特纳姆热刺后，提前锁定了“圣诞冠军”。

苏丹队在点球大战中以 6 比 4 的总比分战胜卢安达队，成为 2007 年中部东部非洲足球锦标赛冠军。

19 岁的裁判莫雷诺在执法一场意大利丙 1 联赛时猝死。

23 日

2007-08 赛季意甲联赛第 17 轮，国际米兰“主场”2 比 1 逆转 AC 米兰，皮尔洛终结了国际米兰联赛连续 429 分钟不失球纪录。

2007-08 赛季西甲联赛第 17 轮，皇家马德里客场 1 比 0 力克巴塞罗那，巴塞罗那联赛主场 34 场不败被终结。

智利科洛科洛俱乐部队 3 比 0 轻取康塞普西翁大学队，以 4 比 0 的总比分连续第五次夺得智利春季联赛冠军。

法甲梅斯俱乐部与主帅德·塔德奥解约。

24 日

普利康出任法甲梅斯队新主帅。

久基奇出任塞尔维亚国家队新主帅。

约万诺维奇出任塞尔维亚贝尔格莱德游击队队新主帅。

阿根廷博卡青年俱乐部任命执教低级别球队的伊斯基亚出任主教练后，马拉多纳非常不满，认为伊斯基亚的水平难以担当大任，宣布辞去博卡俱乐部顾问职务。

26 日

17 名球员状告西甲莱万特俱乐部欠薪，涉及工资款超过 500 万欧元。

27 日

前中国国家队主教练阿里·汉出任阿尔巴尼亚国家队的主教练，双方签约至 2010 年。

西班牙职业足球联盟发出通告，如果在规定时间内那些违规俱乐部不付清全部欠薪，将被剥夺冬歇期的球队转会资格，而且下半赛季球队的参赛资格也将被暂时吊销。

巴拉尔迪尼出任意甲卡利亚里俱乐部新主帅。

英超纽卡斯尔联队球员巴顿因涉嫌袭击他人被警方逮捕，同时被捕的还有一名 19 岁男子和一名 27 岁女子。

由巴西传奇球星济科发起的慈善义赛在里约热内卢马拉卡纳足球场举行。由济科领衔的“弗拉门戈 1987”队最终以 8 比 5 战胜由德科等球星组成的“济科的朋友”队。

罗马尼亚 Pandurii Targu Jiu 俱乐部宣布与 11 名来自葡萄牙联赛的球员签约，该队新帅特谢拉也是葡萄牙人。

比利时传奇球星希福出任比利时甲级球队穆斯克隆队新主帅。

28 日

霍奇森出任英超富勒姆俱乐部新主帅。

意大利媒体对意甲的20位教练进行了民意调查，国际米兰当选年度最佳球队，而AC米兰则是“最令人失望球队”；在“最佳球员”票选中，伊布拉希莫维奇以5票名列最佳，紧随其后的是4票的卡卡；乌迪内斯和罗马并列被选为“打法最漂亮的球队”，同时，乌迪内斯还被更多的教练选为了“最大黑马”；此外，20位主教练中的18位都认为意大利队将获得2008欧洲杯的冠军，只有国际米兰的曼奇尼和那不勒斯的雷亚投了弃权票。

西甲马德里竞技俱乐部与阿根廷前锋阿圭罗续约，新合同毁约金达到了5500万欧元。

29日

在和法尔科克的苏超联赛中，35岁的马瑟维尔队长奥唐内尔在最后阶段无法坚持比赛，替补队员菲斯帕特里克已经站到了场边，但当奥唐内尔向场下走时，却突然倒在了地上，随后不治身亡。

30日

埃因霍温队获得荷甲联赛半程冠军。

英超曼城俱乐部计划签入亚洲足球先生卡赫塔尼。

31日

国际足球历史和统计协会(IIFHS)公布了2007年度国际射手总排行榜，荷甲海伦芬队的巴西国脚阿方索排名第一，现阿森纳射手爱德华多屈居次席，两人都打进了34粒进球，但爱德华多因联赛参赛场次多一场不得不屈居亚军。

吉洛出任法甲索肖队新主帅。

葡萄牙球星鲁伊·科斯塔宣布赛季结束后挂靴。